Les aventures de Louna Parker Johns

Le mal noir

Dépôt légal 2008
ISBN : 978-2-35451-019-0 EAN : 9782354510190

Anna Khan

Les aventures de Louna Parker Johns

Le mal noir

Remerciements

Je remercie pour leur aide et leurs encouragements ma mère et mon père qui connaissent ce livre par cœur à force de l'avoir lu et corrigé, mon mari pour sa confiance et son soutien indéfectibles, mes amis qui ont eu la gentillesse de me donner leur avis et m'ont permis d'apporter les corrections nécessaires à la finalisation de mon travail, et bien sûr, mon éditeur, qui a décidé de croire en Louna et son aventure... et a depuis passé un nombre très certain de nuits blanches afin que ce livre voit le jour. Je remercie également Kira et Rex qui me donnent chaque jour la force d'avancer.

Livre 1

Chapitre 1

Le temple du rivage.

8 septembre 1992, temple du Rivage, état du Tamil Nadu, Inde du Sud.

Une fois passé le seuil, l'intérieur du temple était très sombre. Un étroit couloir s'enfonçait dans les profondeurs du sanctuaire. Il obliquait à mi-parcours, descendait doucement puis tournait de nouveau pour déboucher dans une petite salle rectangulaire. Le long des murs luisants d'humidité, brillaient des torches au halo vacillant. De là, en tendant l'oreille, on entendait des coups résonner, semblant émaner des entrailles de la Terre.
Il fallait de bons yeux pour discerner un puits dans un des angles de la pièce. C'est de là que provenait le bruit, il sonnait avec la régularité d'un battement de cœur. En s'approchant, on apercevait les barreaux d'une fragile échelle de bois, très étroite, qui s'enfonçait dans le sous-sol.
La descente était longue et angoissante. Parfois, le corps frottait légèrement contre le mur, et l'humidité ambiante pénétrait par tous les pores de la peau.
Enfin, après un temps infini en équilibre au-dessus du vide, on touchait terre au milieu d'une pièce au sol recouvert d'une fine poudre blanche. À chaque mouvement, celle-ci se soulevait en un épais brouillard. À l'une des extrémités, une porte taillée à même la roche se détachait du mur. En ouvrant celle-ci, un

étrange spectacle s'offrait à la vue. À la lueur de torches et de chandelles, sous un plafond de dentelle de roche, un petit groupe s'affairait avec pelles et pioches autour d'un trou béant.

La petite équipe se composait de quatre hommes et de deux femmes.
L'une d'elles, Lila, s'était assise près de l'excavation et prenait des mesures. Ses cheveux dorés reposaient sur sa nuque en un chignon soyeux, et ses grands yeux verts, surmontés de deux fins sourcils, brillaient d'une excitation juvénile. De temps en temps elle levait la tête et dévorait Charles, son fiancé, d'un regard où se mêlaient amour et admiration.
Son amie Mia était, elle, plus réservée. Les cheveux courts, une multitude de taches de rousseur sur de petites joues rebondies, elle affichait à cet instant un visage légèrement inquiet.

Devant elles, les quatre hommes penchés au-dessus du trou, creusaient vigoureusement. Tous étaient exténués, des gouttes de sueur perlaient de leur front, mais aucun ne songeait à se reposer tant ils étaient absorbés par leur tâche.

Le Général était le plus affecté par leur harassante besogne. De loin le plus âgé de l'équipe, ses cheveux blancs lui donnaient une allure très respectable, et l'on aurait sans peine imaginé le rencontrer dans un club élégant, autour un verre de whisky.
Près de lui s'affairait James, un rouquin d'une trentaine d'années. Plus jeune et plus vigoureux, il avait dégagé un espace beaucoup plus profond que ses compagnons. Au moment où il rejetait une pelleté de terre derrière lui, sous leurs yeux éblouis, apparu une étrange poudre d'or, qui illumina la pièce de son éclat métallique.
Resté légèrement en retrait, Charles, leur chef de mission, se rapprocha. C'était un homme assez grand. De petites boucles brunes entouraient son visage sérieux, presque crispé. Sa bouche,

plutôt fine était surmontée d'un nez droit, et ses yeux noirs, légèrement étirés, regardaient fixement devant lui. Il poussa doucement sur le côté Sharim, leur assistant indien et, s'accroupissant devant le trou, fit glisser un peu du métal éclatant entre ses doigts. À peine l'avait-il saisi qu'il le rejetait vivement à terre.

– Charles, que se passe-t-il ? demanda Lila.
– Cette poudre est brûlante !
– Comment cela ?
– C'est incompréhensible !

La jeune femme s'approcha, tendit la main, fébrile, et saisit à son tour une poignée d'or. Dans le creux de sa paume, le petit tas de métal dispensa aussitôt une chaleur si forte, qu'elle sentit son corps envahi d'un flux brûlant, lui traversant les veines, l'oppressant jusqu'au cœur. Elle vacilla, puis s'écroula. Prise d'une peur incontrôlable, elle eut juste le temps de jeter à son tour la poudre à terre et s'évanouit dans les bras de son compagnon.

– Sharim, cria-t-il, cours chercher Franck !

L'indien, affolé, se précipita vers la sortie pour appeler le médecin de l'équipe. Charles déposa Lila délicatement sur le sol. Mia s'était aussitôt assise à ses côtés.

– Soutiens-lui la tête, je vais essayer de la faire revenir à elle, reprit le jeune homme.

Le Général s'avança et se pencha sur la jeune femme inconsciente. Charles l'entendit murmurer :

– Mon Dieu, c'est un *Lya* ! Il l'a reconnue, nous n'avons que peu de temps !

Il n'eut pas le loisir de lui demander d'explications, car l'état de Lila s'aggravait, la jeune femme était à présent agitée de spasmes et semblait étouffer. Il se pencha sur sa poitrine, puis se releva, livide, son cœur battait très faiblement.

– Calme-toi, lui dit le Général, elle a été reconnue. Je suis seul à pouvoir l'aider à présent.
– Comment cela reconnue, qu'est-ce que cela signifie, et que comptes-tu faire ? lui demanda Charles.
– C'est la poudre d'or, la terre... elle a commencé à s'emparer d'elle... toi et Franck ne pouvez plus rien pour elle...
– Mais...
– Charles, tu dois me laisser faire. D'un geste de la main il éloigna le jeune homme complètement désemparé. Je n'ai pas le temps de vous expliquer, mais sache qu'elle court un danger mortel et chaque seconde perdue l'éloigne un peu plus de la vie. Maintenant, écartez-vous tous, dit-il d'un ton sans appel.

Lila semblait lutter de tout son être contre un ennemi invisible, son sang s'était retiré de son corps et sous sa blancheur cadavérique, une lueur dorée se répandait à une vitesse effrayante. La jeune femme marmonnait des mots que seul le vieux militaire paraissait comprendre. Ses yeux étaient fermés et sur son front perlaient, translucides, de petites gouttes de sueur. D'un mouvement sec, le Général lui arracha une petite mèche de cheveux. Charles fit un mouvement pour intervenir, choqué par cette agression soudaine, mais James l'arrêta.

– Je suis sûr qu'il sait ce qu'il fait. Tout cela me dépasse également, mais l'état de Lila semble plus que préoccupant, et aucun d'entre nous ne sait que faire à part lui. Si Sharim ne revient pas assez vite avec Franck... elle est vraiment faible...
– Je sais...

– Tu as toujours eu confiance en lui n'est-ce pas ? Charles acquiesça, alors ne doute pas maintenant !

Lila, le corps agité de soubresauts, déclinait davantage à chaque instant. Le Général sortit une petite pierre ronde d'un petit sac de cuir attaché à sa ceinture. Il la posa sur la mèche arrachée à la moribonde, et se recula vivement. Aussitôt, les cheveux entourèrent la pierre comme une liane. Il se saisit du talisman, et le posa sur le front de la jeune femme, des étincelles d'or jaillirent autour de sa tête. Un à un, délicatement, les cheveux se détachèrent de la pierre pour courir sur son corps comme des tentacules, se gorgeant de la substance aurifère, puis revinrent enserrer la pierre, qui absorba lentement la sève dorée ainsi recueillie.
Lentement, Lila se calma. Le liquide mortel happé à l'extérieur de son corps semblait s'être consumé dans le talisman, la libérant ainsi de l'emprise maléfique de la poudre d'or.

Autour du corps inerte de la jeune femme, tous étaient pétrifiés, attendant un signe du Général ou une réaction de celle-ci, enfin quelque chose qui les sortirait de ce cauchemar. Le vieil homme lui saisit délicatement le poignet pour vérifier son pouls. À peine avait-il effectué ce geste, qu'elle se redressa en hurlant. Instinctivement, elle porta une main sur son cœur comme pour vérifier qu'il battait encore. Un instant plus tard, rien ne rappelait la scène irréelle qui venait de se dérouler. Charles se précipita alors vers sa bien-aimée, la serrant de toutes ses forces contre lui.

Dans un coin de la pièce, Mia, complètement recroquevillée, disparaissait entièrement dans les bras de James qui l'avait instinctivement protégée de la vue se son amie agonisante. Des larmes coulaient sur ses joues et venaient perler aux coins de ses lèvres. Ses grands yeux gris regardaient fixement devant elle, perdus.

Au même moment, arrivèrent haletants, Sharim et Franck. Dans une tout autre circonstance, les visages de leurs compagnons auraient pu les faire rire, mais ils perçurent tout de suite la gravité de la situation.

– Que s'est-il passé, comment va-t-elle ? demanda Frank.

Enfin, il vit le couple enlacé dans un coin de la pièce, et eut un soupir de soulagement :

– Ouf, je n'arrive pas trop tard…
– Quand bien même, vous n'auriez rien pu faire, dit le Général d'une voix lasse.

Frank se retourna vers lui avec un regard interrogateur, puis vers James et Mia qui n'avaient pas bougé. C'est alors qu'il se rendit compte qu'il venait de se passer quelque chose d'incroyable, au point que la petite équipe, pourtant rodée à toutes sortes d'aventures, semblait profondément choquée.
Pendant ce temps, Charles interrogeait Lila avec une grande fébrilité, il parlait sans s'arrêter, d'une voix que l'inquiétude avait rendue suraiguë.

– Chérie, que s'est-il passé… peux-tu me décrire ce que tu as ressenti ? La poudre d'or devait être empoisonnée, mon Dieu comment n'y ai-je pas pensé, la plupart de ces tombes sont piégées et moi qui t'ai dit de la toucher, je ne me le pardonnerai jamais… tu aurais pu mourir, et tout est de ma faute, je…

Lila l'interrompit :

– Charles, l'or n'était pas empoisonné, c'est…
– Mais si, c'est pour cela que tu as fait un malaise, le poison a dû passer dans ton sang et…

– Charles, cet or... il est entré dans mon corps… je le voyais pénétrer mon être, partout… comme une ombre malfaisante.
– Qu'est-ce que tu racontes, mon Dieu, tu délires !
– Charles, écoute-moi je t'en prie, souffla Lila dans un sursaut d'énergie, laisse-moi finir. Quand j'ai pris cet or dans mes mains, j'ai tout de suite senti qu'il me reconnaissait… Charles lança un regard au Général... Puis aussitôt, il y a eu cette chaleur, elle a commencé à pénétrer mes paumes, monter en moi, grandir, envahir mon corps, et venir autour de mon cœur. Je la sentais s'enrouler comme un serpent et m'enserrer, j'ai commencé à étouffer, et puis, j'ai eu un flash. Elle avait l'air effaré. J'ai ressenti comme une explosion dans la tête, puis la vision de cet être monstrueux, immense, brûlant, toute mon âme a hurlé, comme devant un épouvantable souvenir. Elle s'arrêta un instant… tu sais, comme quelque chose de caché au plus profond de ton être, quelque chose de si douloureux que jamais tu ne voudrais le voir ressortir. Eh bien cette chose est revenue, elle m'a possédée tout entière, Charles, elle est de retour, je la connais, je le sais, nous sommes perdus… Puis, épuisée, à bout de forces elle s'effondra en sanglots dans les bras de son fiancé.

Charles serrait Lila contre lui, il était terriblement inquiet, les mots qu'elle prononçait, les sensations qu'elle décrivait, tout lui rappelait à lui aussi des événements qu'il connaissait, exactement ce qu'elle avait dit : « Comme un lointain souvenir enfoui », or jamais pourtant, il n'avait vécu pareil cauchemar. Son bon sens l'empêchait de croire Lila, pourtant il savait qu'elle avait raison. D'un mouvement de tête commun, ils se tournèrent vers la fosse lumineuse.

– Qu'y a-t-il dans cet or maudit… murmura Charles.

Le Général les regarda les uns après les autres.

– Vous êtes tous novices dans beaucoup de domaine, sauf en un sens Lila et Charles… cet or poursuivit-il est un *Lya*, c'est-à-dire en langue *aroub* : *ce qui préserve la vie*. En entendant ces mots, Lila releva brusquement la tête. Pour être tout à fait clair, quelque chose, ou quelqu'un, a été enfoui dans cette fosse, et l'on a préservé son existence en le couvrant *d'or pur baigné de lune.*

Charles fit une grimace tandis que James clignait des yeux, l'air dubitatif.

– Avec le temps, la terre blanche a dû se mélanger à l'or et le diluer un peu, sans cela, Lila n'aurait pu être sauvée… et vous auriez subit le même sort Charles, même s'il vous désire dans une moindre mesure…

Charles et Lila fixaient Le Général. Que savait-il sur eux, qu'eux-mêmes ignoraient ?

– Cet or a des propriétés mystérieuses qui remontent à la nuit des temps. Personne ne connaît de nos jours les pouvoirs exacts du *Lya,* et rares sont les écrits qui le mentionnent…
– Qu'est-ce que cela signifie ? demanda Mia qui venait à peine de reprendre ses esprits, qu'un être vit enfoui dans cet or maléfique depuis des milliers d'années ?
– Notre monde conserve encore de nombreux secrets cachés au commun des mortels…
– Général, vous connaissez manifestement certaines « choses » à notre sujet et au sujet du *Lya*, qui nous sont difficiles à appréhender… pouvez-vous nous dire ce que cela représente, et ce qui est arrivé à Lila ?
– Oui, pourquoi le *Lya* la désirait-elle ? renchérit James.
– Il est certains secrets qu'il vaut mieux ne pas connaître… pour cette raison, je ne peux rien vous dire, d'ailleurs, j'ai peur que

tout cela ne vous rattrape bien plus rapidement que vous ne le souhaiteriez... Lila lui jeta un regard perçant. En attendant, il me semble impératif de rentrer au camp pour nous reposer. Quant à cette fouille, il ne s'agit pas de ce que nous recherchons, je le sais à présent, nous devons tout arrêter. En pensant découvrir la dernière demeure du roi le plus légendaire de notre histoire, j'ai peur que l'on ne nous ait dirigés vers le lieu de repos d'un être malfaisant. Plus rien ne nous retient ici, prions pour qu'il ne soit pas trop tard et que nous n'ayons pas, dans notre inconscience, libéré des forces que personne ne pourrait plus contrôler.
– Mais c'est impossible ! protesta Charles. Quelque chose, quelqu'un vit là-dessous, vous nous l'avez dit vous-même, comment pouvez-vous savoir que ce n'est pas ce que nous cherchons ?

La voix du Général se fit dure et sans appel :

– Je le sais, c'est suffisant. Aucune tombe d'un habitant du monde *blanc* ne possède le *Lya, l'or pur baigné de lune* appartient au monde des ombres et des ténèbres... seuls leurs mages en ont le secret. Personne ne doit plus retourner à la grotte, personne vous m'entendez ! Dès que nous serons remis les uns et les autres, nous refermerons ce puits en espérant que ce qui y vit, restera enfermé à tout jamais. En attendant, rentrons, nous sommes tous terriblement éprouvés par ce qui vient de se passer.

Sans un mot de plus, le Général se dirigea vers la sortie, donnant ainsi le signal du départ.

Chapitre 2

Les langues de feu.

Une heure plus tard, tout le monde était de retour au campement. Ereinté, chacun était rentré directement dans sa tente, seul Franck était passé chercher de quoi se restaurer, personne d'autre n'avait faim.
En quelques minutes, les lumières s'éteignirent les unes après les autres. Aussitôt allongés sur leurs lits, tous sombrèrent dans un sommeil sans rêve, les émotions de la journée avaient jeté un silence pesant, que seules venaient troubler quelques chauves souris.
Le vent faisait doucement bruisser le feuillage des arbres gigantesques qui bordaient les tentes. La lumière glacée de la lune donnait au campement des allures fantomatiques.
Une seule restait éclairée, un halo doré bougeait de temps à autre, Charles et Lila ne dormaient pas.

– Calme-toi chérie, il doit s'agir d'un cauchemar, tu devais être en transe, cet or contenait sûrement des substances hallucinogènes, un poison, et tu crois avoir vu cet être en toi.
– Charles, tu ne m'écoutes pas, j'étais consciente, je te voyais, je vous voyais tous, et cette chose montait dans mon corps, puis elle a pris forme dans ma tête, c'était horrible, oh ! Mon Dieu, j'ai un affreux pressentiment…

Charles se débattait depuis un certain temps déjà, à la fois avec ses propres émotions révélées par le récit de sa compagne, et avec celle-ci, à qui il ne parvenait pas, malgré tout, à donner raison. C'était comme si quelque chose en lui, un dernier bastion, résistait devant tant d'invraisemblances ; mais surtout devant ce qu'il sentait surgir en lui, cette terrible impression de déjà vu, de déjà vécu. Le *Lya* aurait-il révélé en lui un être dont il n'avait pas conscience ? Lui aurait-il dévoilé une mémoire d'événements passés ? Lila ressentait-elle aussi tous ces changements ? Il était trop effrayé par ce qu'il découvrait en lui-même pour le lui demander.

– Chérie, viens ici, Lila se blottit contre l'épaule de son compagnon. Tu ne dois pas t'inquiéter, tu sais que je te protégerai toujours. De plus, si nous ne découvrons rien de tangible, la mission sera ajournée, tu le sais bien. Tu ne peux pas oublier que si nous avons la confirmation de ce que nous cherchons, le monde entier se tournera vers nous, nous aurons le soutien de toute la communauté scientifique, les équipes que nous voulons, deux mois à tenir dans ces conditions et tout deviendra public… Lila, nous ne pouvons pas flancher, pas maintenant…
– Je pense à Louna, Charles, s'il nous arrivait quelque chose, à quoi bon tout cela ? Si nous nous mettons en péril et si nous sacrifions sur l'autel de la science le bonheur de notre enfant… Quelque chose d'anormal se passe… s'il y avait là-dessous un être maléfique comme dit le Général… oh mon Dieu, vois ce que cette situation me fait dire, je parle d'être maléfique avec le plus grand sérieux du monde, le pire est que je sais avoir des raisons de croire que cet être existe… j'ai peur pour nous, pour l'équipe, je sens un danger menacer mon enfant.
– Lila, cesse de tourner cela en tout sens, Louna n'a rien à voir avec cela, tu es choquée et ton imagination s'emporte. Demain tu vas rester au camp avec un livre et te reposer, je peux t'assurer qu'il ne va rien nous arriver. Ce n'est pas notre première mission et tout s'est toujours parfaitement déroulé.

Au moment même où ces mots sortaient de sa bouche, Charles aussi se faisait la réflexion, que l'idée de l'existence d'êtres maléfiques ne le choquait pas non plus, et qu'il y croyait, tout autant que son amie. Quant à dire que tout se passait parfaitement... il ne savait plus qui, il souhaitait convaincre, lui-même ou Lila... mais il ne reculerait pas devant l'adversité. S'il se doutait qu'il ne trouverait pas dans cette tombe ce qu'il était venu chercher, son instinct lui commandait de traquer ce qui y vivait pour l'anéantir.

– Tout est différent à présent, Charles, je veux rentrer... nous devons écouter le Général, s'il nous affirme que nous ne trouverons pas ce que nous cherchons, je suis sûre qu'il a de bonnes raisons de le croire.
– Et pourquoi ne nous dit-il rien alors ?
– Ce qui s'est passé cet après-midi ne t'a pas suffi, tu n'as pas assez tremblé en me regardant souffrir ainsi devant toi, que cherches-tu ? Que quelqu'un meurt cette fois ?

Sa voix se brisa...

– Ce qui vit sous cette terre est terriblement dangereux, je le sais, ne me demande pas pourquoi, c'est ainsi... il veut nous protéger... nous devons le croire et tout arrêter.
– Lila, il est évident qu'il y a une tombe dans le temple, et qu'elle est toujours intacte. Quelque chose repose là-bas, quelque chose qui a peut-être des milliers d'années... cela ne te fascine pas ? Je prendrai plus de précautions à l'avenir, mais je saurai ce qui s'y passe !
– Charles, pourquoi ne veux-tu jamais m'écouter ?
– Écoute, j'ai une idée. Tu vas rentrer à Paris quelques jours voir Louna, la petite sera enchantée et cela te fera le plus grand bien. Quand tu te sentiras rassurée, tu reviendras ici et nous finirons

cette mission ensemble. En attendant, je n'entreprendrai plus rien, je suspends tout et je mets tout le monde au repos. Comme ça, nous verrons si les choses évoluent dans le temple, et si rien ne se passe, nous reprendrons les travaux, tu es d'accord ?

Lila eut un sourire las.

– Tu me le promets ?
– Chérie, c'est promis…

Charles regarda intensément sa compagne dans les yeux, et se penchant à son oreille lui murmura :

– Je t'aime. Dors à présent, et oublie cette horrible journée.

Le jeune homme se lova dans son duvet serrant Lila contre lui. Il ne pouvait s'empêcher de penser à ce qui s'était passé, il avait failli la perdre et cela l'angoissait au plus haut point. L'avoir convaincue de rentrer un temps à Paris auprès de leur fille le rassurait. En revanche, il n'était pas du tout résigné à stopper le chantier. Il devait éloigner quelque temps le Général, puis reprendre les travaux en accéléré avec son équipe. Il savait à présent, que son temps dans le temple était compté, quelques heures, quelques jours tout au plus. Cet *or baigné de lune* l'attirait comme un aimant, il ne pourrait résister à faire de nouvelles recherches dans le puits.

Longtemps après qu'ils eurent éteint la lumière, le camp resta baigné par un doux clair de lune, quelques oiseaux criaient de temps à autre. Soudain, une faible lueur dorée se mit à poindre de l'une des tentes, irréelle. Le silence se fit instantanément au dehors, plus un animal ne bougeait, plus une feuille n'osait un bruissement. Une ombre passa devant la lune. Seule l'étrange lueur restait tel l'unique soleil des ténèbres. Un instant elle faiblit, puis se mit à battre. Comme un cœur diffusant le sang dans le reste du corps, elle envoya des éclairs qui, rampant d'une tente à une autre, s'immisçaient sournoisement jusqu'à chaque dormeur. Toutes les tentes furent visitées par les langues de feu. Toutes sauf une, celle du Général qui semblait leur inspirer une grande peur. Puis chacune des lumières retourna d'où elle venait. La lueur dorée continua de battre un instant sous la tente d'origine, enfin, doucement, le cœur de Charles s'éteignit, et la lune reparut dans le ciel.

Chapitre 3

Asraita.

Assise dans l'avion qui l'emmenait à Paris, Lila, songeuse, repensait aux événements de la veille. Elle ne pouvait se départir de ce pressentiment qui la hantait depuis son évanouissement dans la grotte. Charles lui avait raconté la méthode surprenante utilisée par le Général pour la ranimer, et comme il n'y avait eu aucune explication à ce qui s'était passé, chacun avait donné son avis sur la question.

James s'était dit convaincu qu'il s'agissait de vaudou. Mia s'était souvenue que sa grand-mère chinoise lui avait fait des démonstrations de magie blanche assez similaires, quant à Frank, toujours très pratique, il avait supposé que le Général possédait sans doute un don de magnétiseur, le reste n'étant à son avis, que poudre aux yeux, et hallucinations de leurs esprits angoissés.

– On voit bien que tu n'étais pas là, lui avait répliqué vertement Mia.

Cependant, Lila ne pouvait s'empêcher de penser que cette fouille était différente de celles qu'elle avait pu faire auparavant. Tout, depuis le départ, se passait étrangement, à commencer par ce ministre indien qui les avait contactés, pourquoi eux, alors que de nombreux archéologues indiens réputés étaient à même de faire ce travail ?

– Parce que vous êtes les meilleurs, leur avait répondu ce dernier.

Charles avait souri, mais elle n'avait pas été convaincue par cette réponse, pourtant, l'enjeu ne permettait aucune discussion, la découverte promise, était trop exceptionnelle, pour permettre le moindre état d'âme. Il leur avait dit avoir trouvé le médaillon en restaurant une partie d'un des sanctuaires au sud du pays, or ce médaillon, tout le monde scientifique le connaissait. Sa reproduction issue de gravures anciennes avait été maintes fois publiée, il était attaché à l'une des plus fabuleuses histoires de l'humanité... Lila n'en avait pas cru ses yeux quand l'indien le lui avait déposé dans la main. Le pendentif de cristal du roi des Rois, l'emblème de son pouvoir, la preuve de l'existence de cet homme hors du commun, la légende qui devenait réalité…
Les deux archéologues en étaient restés muets.

– Vous avez donc une piste sérieuse ? avait demandé Charles surexcité.
– Nous croyons avoir l'emplacement même de la tombe. À vous de faire le reste…

Tout s'était alors enchaîné si rapidement, qu'ils n'avaient eu qu'à prendre le premier avion pour le sanctuaire et commencer les fouilles. Charles avait réuni son équipe dans le plus grand secret, – enfin c'était ce qu'il croyait avant que le Général ne se présente, recommandé, ou plutôt imposé, par un haut fonctionnaire de Matignon… – le matériel les attendait sur place. Cela avait été si simple… trop simple…

Machinalement, la jeune femme saisit le bijou dans sa poche et le serra fort entre ses doigts. Il lui avait été expressément confié par le ministre, et elle avait préféré ne pas s'en séparer. S'il provenait bien de l'endroit que cet homme leur avait indiqué, alors la tombe

était là, sous leurs pieds et avec elle, une découverte archéologique des plus incroyables, mais provenait-il réellement du temple ? Soudain, le doute d'insinuait en elle…
Auraient-ils pu être trompés et envoyés sur une mauvaise piste ? Le médaillon avait-il été véritablement découvert ? Et surtout pour quelle raison avoir manigancé cela ? Quel intérêt de les faire creuser, eux, en particulier, et sur ce site…
Un éclair lui traversa l'esprit, ses pensées prirent la forme de la vision monstrueuse, elle se recroquevilla instinctivement sur son siège. Ces sentiments, confus, se mêlaient à de vagues souvenirs, que son esprit tentait désespérément de refouler, mais d'où lui venait cette mémoire qu'elle ne connaissait pas ? Lila se sentait de plus en plus perdue. Puis elle pensa à autre chose, cela pouvait-il avoir un lien avec *la prophétie* ? Pourtant, si l'on en croyait les dires de la belle magicienne, ce n'était qu'une fois le palais de cristal découvert que celle-ci se réaliserait… et quelle prophétie ?

La jeune femme frissonna malgré la chaleur ambiante. Si elle la comprenait correctement, il n'y avait aucun danger avant cela, et si on les avait envoyés sur une autre tombe, elle ne pourrait pas se réaliser... Pourtant, Lila sentait que son raisonnement était bancal, quelque chose lui échappait, quelque chose de grave, mais elle ne parvenait pas à comprendre quoi. D'autant, que depuis *ce jour*, elle priait désespérément pour que la tombe ne leur livre pas les tablettes disparues.

Elle se remémora encore une fois, la phrase qui la tourmentait tant : « *L'élue, enfant de lune et fille des étoiles, descendante de la lignée de Shao, devra délivrer le monde des ténèbres, au jour où le palais de cristal du roi des rois, rendra les tablettes d'or des 10 000 lois* ».
Un instant elle avait douté que cette femme parlait bien de Louna, sa petite fille... ou plutôt, elle avait espéré qu'elle se trompait.

La magicienne l'avait regardée avec insistance, et c'est alors qu'elle avait su. Dès lors, elle aurait voulu que cette journée n'existât jamais, pourtant, elle s'en rappelait chaque instant…

Charles était en entretien avec le ministre pour régler les derniers détails ayant attrait aux fouilles. Pendant ce temps, elle déambulait dans les rues de Delhi, quand tout un équipage passa devant elle. Il s'agissait sans doute d'une famille très riche car l'escorte était nombreuse, et bien armée. Soudain, en arrivant à sa hauteur, elle entendit une voix crier de l'intérieur du carrosse. Toute la petite troupe s'arrêta net. Intriguée, Lila contempla la magnificence de l'ensemble, quand elle vit un des gardes se diriger vers elle et lui intimer l'ordre de le suivre. Surprise et curieuse, elle lui emboîta le pas. Il la conduisit directement au carrosse et lui fit comprendre qu'elle devait monter. Elle s'apprêtait à refuser quand une voix douce l'appela de l'intérieur :

– N'ayez crainte fille des étoiles, douce Lila, je ne vous veux aucun mal, entrez un instant, que nous discutions ensemble.

Lila grimpa les trois marches du carrosse, souleva le voile soyeux qui isolait les occupants et pénétra dans la voiture. En face d'elle, se trouvaient une jeune femme indienne et sa fille, toutes deux d'une merveilleuse beauté. La petite fille, qui devait avoir deux ans, se blottit instinctivement contre sa mère pendant que celle-ci donnait des ordres pour repartir.

– Nous ne pouvons rester ainsi en pleine rue, nous attirerions trop de badauds, et je souhaite que cette entrevue reste aussi secrète, que cette rencontre ne fût fortuite.

Lila ne pouvait s'empêcher d'être émerveillée par la splendeur de la personne qu'elle avait en face d'elle. Son visage était radieux, d'une pureté et d'une perfection à couper le souffle, sur sa tête au port altier, reposait un voile de soie safran, brodé de fils d'or d'où pendaient de petits bijoux ajourés. Elle portait de lourds pendants d'oreilles du même métal et sur son cou reposait le plus gros rubis qu'il lui ait été donné de contempler. Il était savamment enchâssé dans une monture d'or, rehaussé de citrine et lui couvrait tout le haut du buste. Lila était tellement éblouie qu'elle en oublia presque comment cette jeune femme, qu'elle n'avait jamais vue, pouvait bien la connaître.

– Je suis bien aise de vous rencontrer Lila, ces jours sont heureux et nous devons en profiter, pourtant, je vois au loin des nuages noirs s'amonceler. Je sais quelle est votre quête et je sais qu'elle sera difficile, mais dans l'adversité ne perdez jamais espoir car bientôt le temps viendra ou l'élue sera. Si sa lutte s'annonce ardue, elle ne restera pas sans soutien et ensemble ils avanceront.

La jeune femme regardait bouche bée la belle indienne. Elle ne comprenait pas la moitié de ce que celle-ci lui racontait et pourtant, tout ce qu'elle disait lui semblait étrangement familier. C'était comme un lointain souvenir oublié... ou plutôt désespérément refoulé, qui ressurgissait de plus en plus souvent depuis qu'ils travaillaient sur ce projet de fouille en Inde. Lila se sentit un instant défaillir. Comment cette femme pouvait-elle avoir une perception aussi nette de ce qu'elle-même ressentait avec autant d'intensité ?

– Parce que nous sommes semblables belle Lila, nous lisons dans le cœur et l'âme des gens, mais vous n'en avez pas encore une claire conscience, tandis que moi, je le pratique depuis des années... Vous sentez que des événements graves vont se produire, mais vous n'écoutez ni votre âme, ni vos expériences. Cessez de vous débattre et tout deviendra limpide. Vous avez conscience d'être différente, or vous n'avez jamais voulu l'affronter. Vous avez ainsi perdu un temps précieux, cependant, si vous faites à présent l'effort de clairvoyance en vous-même, vous pourrez peut-être éviter le pire… et surtout, vous pourrez préserver l'élue.

À ces mots, Lila se sentit autant oppressée que soulagée. Elle comprenait bien, que l'élue dont parlait cette femme, était son enfant, mais ce qu'elle redoutait par-dessus tout, semblait malheureusement se confirmer, que Louna ait hérité des mêmes perceptions hors du commun qu'elle-même. Pourtant, elle se sentait également apaisée. Tout ce monde intérieur, contre lequel elle luttait pensant qu'il était le fruit de son imagination délirante, toutes ces sensations étranges de déjà vu, ces êtres qui la rencontraient et qu'elle seule semblait pouvoir discerner, tout cela serait réel et normal ? Aucune folie, aucune maladie, juste une appréciation différente de son environnement, comme la jeune indienne, une conscience plus intense d'elle-même et des phénomènes qui l'entouraient.

Lila se rendait bien compte que des énigmes restaient non élucidées dans sa vie, elle avait le sentiment qu'en cet instant, face à cette jeune femme, quelque chose de nouveau et de bien plus grave, que ce qu'elle connaissait déjà, allait lui être révélé.

– Ne vous posez pas toutes ces questions filles des étoiles, d'autant que vous avez en vous toutes les réponses, mais vous n'êtes pas prête à les lire. Laissez-vous du temps et tout s'éclaircira dans votre âme et votre cœur.

La jeune femme redressa la tête, elle était sublime.

– Je suis Asraita, fille de Sulya, de la lignée d'Asrati Saya, Maharani de Jaipur. Je suis magicienne et fille de mage. Je vois l'avenir et le passé. Je vous connais bien douce Lila, nous nous sommes souvent rencontrées, mais tout cela vous reviendra plus tard. Ce que je dois vous dire aujourd'hui est très important, c'est pour cette raison que les perles de *Liy* nous ont mises en présence l'une de l'autre. Voici le message que j'ai pour vous : « *L'élue fille de lune et des étoiles, descendante de la lignée de Shao, pourra délivrer le monde des ténèbres, au jour ou le palais de cristal du roi des rois, rendra les tablettes d'or des 10 000 lois.* » Je ne peux rien vous dire de plus, douce étoile du soir, mais vous trouverez en vous la solution à cette énigme et j'espère que de nombreux écueils seront ainsi ôtés de votre chemin.

– Belle Asraita, vos paroles me plongent dans un abîme d'incompréhension et d'inquiétude, cette énigme me touche personnellement ainsi que ma famille, mais comment nous autres, si humbles et simples, aurions à jouer un tel rôle auprès des hommes, et quelle est donc cette menace si effrayante dont vous me parlez ?
– Lila, vous avez oublié beaucoup de choses de vos passés, il vous faudra les retrouver, pour que la prophétie soit à même de vous aider. Vous devez chercher en vous, et Charles, prince héritier de la dynastie de Shao devra se souvenir, lui aussi. Le sort de l'élue dépend de la clairvoyance de ses parents... Vous devez lui permettre de se révéler dans toute sa gloire et sa splendeur, pour le bien des êtres vivants de ce monde, vous devez lui apprendre à devenir ce qu'elle doit être, pour lutter contre ce qui doit arriver.

Lila blêmissait à chaque parole de la jeune indienne.

– Je dois vous laisser aller à présent, ma fille Asra et moi-même avons été très honorées par votre compagnie.

Lila avait presque oublié l'enfant. La petite fille avait un regard perçant qui lui pénétra le cœur, en un instant elle sut qu'elle connaissait ces yeux, qu'à un moment donné de leurs existences, elles avaient fait route ensemble… comment était-ce possible ?

– Êtes-vous sûre de n'avoir vécu que cette vie-ci, enfant des étoiles ? lui demanda la jeune femme en la poussant doucement dehors.

Lila se retrouva debout, seule sur la chaussée, sans s'en être rendu compte, le carrosse disparaissant déjà dans le lointain.

Jusqu'à aujourd'hui, elle n'avait cessé de retourner cette conversation dans sa tête, mais rien ne venait, elle ne comprenait pas le sens exact de la prophétie et sentait que, derrière les mots se cachait une réalité bien plus effrayante qu'elle ne pouvait l'imaginer. Les dernières phrases de l'indienne lui revinrent en mémoire : « *Êtes-vous sûre de n'avoir vécu que cette vie-ci ?* ». Dans la tradition hindouiste et bouddhiste du Samsara, les êtres ont plusieurs vies, jusqu'au jour où, ils trouvent l'éveil et quittent le cycle des réincarnations pour le nirvana, l'état de vacuité… Lila n'y avait jamais réellement cru, pourtant elle avait entendu de nombreuses histoires de personnes se rappelant de vies antérieures. Ses impressions seraient-elles de cet ordre ? Cette sensation de déjà vu qu'elle avait si souvent, cet horrible sentiment familier qu'elle avait eu quand le *Lya* s'était insinué en elle, aurait-elle déjà vécu tout cela ? La jeune femme ne parvenait pas à y croire, pourtant, elle savait que la clé de ce qui la tourmentait depuis son malaise au temple lui avait été révélée par la magicienne ce jour-là.

Dans ce cas, toute l'inquiétude qu'elle ressentait en ce moment, n'était pas le fruit d'une peur déraisonnée, mais bien sa mémoire qui tentait désespérément de l'alerter sur un danger qu'elle

connaissait… qu'elle avait peut-être même, déjà affronté.
Lila sentit une goutte de sueur lui couler le long du dos. Si le Général disait vrai ! Si dans le *Lya* reposait un être malfaisant, qu'ils s'apprêtaient à délivrer en creusant sur ce site étrange.
« Libérer le monde des ténèbres », serait-ce là, le sens de *la prophétie* ? Son réveil recouvrirait-il la surface de la Terre d'un lourd manteau de souffrance ? Comment cependant, imaginer une puissance assez forte, pour faire sombrer le monde dans le chaos et la désolation ! Néanmoins, Lila était intimement persuadée que cela était possible, pour une seule bonne raison, c'est qu'elle ressentait au plus profond d'elle-même que cela était déjà arrivé.

À la simple pensée que Charles ait pu rester sur le site, elle frémit d'horreur. Il devait revenir à Paris, quitter ce lieu maudit. Elle devait à tout prix le ramener ici, près de leur enfant, il n'y avait pas d'autre solution. Elle devait retourner l'y chercher. Sa décision était prise, elle irait embrasser sa fille, et reprendrait le prochain avion pour l'Inde. Elle devait l'arracher à cet endroit maléfique pour leur propre bien et surtout pour celui de Louna.
Forte de cette résolution, la jeune femme se sentit plus légère. Elle regarda ce qu'elle tenait dans la main, ses doigts serraient toujours le médaillon de cristal. Elle le fit jouer entre ses doigts, son éclat était irréel… il n'y avait qu'une seule explication à cela, il ne pouvait provenir que de la montagne céleste. Lila était troublée de nouveau, son esprit venait naturellement de formuler une phrase qu'elle ne comprenait pas… la montagne céleste, jamais elle n'en avait entendu parler. Soudain elle fut prise d'une grande frayeur, tout la rattrapait, le passé et le présent ne faisaient qu'un désormais… Le bijou lui échappa des mains et tomba sur ses genoux, elle le récupéra d'un geste ; depuis qu'on le lui avait remis, elle ne s'en séparait plus, une force mystérieuse lui intimait de le garder toujours près d'elle.

D'un très bel ovale, le médaillon était percé en son centre d'un trou de la taille d'une piécette. Taillé dans du cristal de roche, il était irrégulièrement incrusté de turquoises de différentes tailles. La turquoise est la pierre des rois, se dit-elle machinalement, et le cristal, celle de la magie, de la divination, un bijou hors du commun pour un être exceptionnel…mais sa demeure d'éternité était-elle bien celle qu'ils sondaient en ce moment ? Lila possédait déjà la réponse, pour son plus grand malheur…

« Mesdames et messieurs, notre avion va atterrir à l'aéroport de Roissy-Charles de Gaulle, veuillez s'il vous plaît attacher vos ceintures, le commandant de bord espère que vous avez fait bon voyage et vous remercie d'avoir voyagé sur Air India. »

Enfin, on arrivait. Lila n'en pouvait plus de ressasser tout cela, par ailleurs, elle était épuisée car d'affreux cauchemars l'avaient hantée la nuit précédente. Elle revoyait sans cesse cette ombre noire, terrifiante, ressentant à nouveau la brûlure s'insinuer dans tout son être, la torturant toujours plus fort.
Camilla devait l'attendre avec Louna, la pensée de revoir son enfant lui remit un peu de baume au cœur, un instant, elle se sentit plus légère. L'avion atterrissait.

Chapitre 4

Le Lilouya

– Lila, enfin te voilà !

Une jeune femme d'une trentaine d'année courait vers la voyageuse, tenant par la main une adorable petite fille blonde aux yeux noirs légèrement bridés.

– Maman !
– Louna, mon amour ! Lila enlaça sa fille et la serra fort dans ses bras, Louna, mon petit comment vas-tu ?

La petite fille se blottit tendrement contre sa mère, cela faisait un mois qu'elles ne s'étaient pas vues, pour l'une comme pour l'autre, la séparation avait paru une éternité. L'enfant levait des yeux émerveillés sur une maman qui réapparaissait soudainement, tandis que la jeune mère se sentait d'autant plus coupable d'avoir pu laisser sa fille si longtemps. Toutes les raisons qui l'avaient poussée à accepter cette mission, disparaissaient devant le regard délicieux de l'enfant.

– Camilla, comme Louna est belle, merci de t'être si bien occupée d'elle… tu es resplendissante également, mais… oh mon Dieu ! Tu attends…
– Oui, Lila, notre premier enfant, Philippe est fou de joie, mais viens vite, nous avons tellement hâte d'être tous ensemble.

La petite troupe se dirigea vers un taxi qui les déposa devant un splendide hôtel particulier Haussmannien. Lila leva les yeux sur la grande demeure avec ravissement, elle revenait toujours avec tellement de plaisir chez son amie.

– Rentrons vite, Philippe est impatient de te voir et d'avoir des nouvelles de Charles.

Les deux femmes et la petite fille gravirent le perron, passèrent une impressionnante porte de bois sculpté, et s'engouffrèrent dans le vestibule. La fillette impatiente tirait sa mère par la main tandis qu'elles laissaient derrière elles d'immenses palmiers majestueusement dressés dans d'anciens pots chinois en céladon. De merveilleuses estampes japonaises ornaient les murs vert clair aux moulures dorées.

La petite fille courait de pièce en pièce tandis qu'un pas rapide se rapprochait des arrivantes.

– Philippe !
– Lila, comment vas-tu ? Comment va Charles ? Je suis si heureux de te voir, entre vite, tu vas tout nous raconter, mais peut-être as-tu faim ? Ayunnnn !

Une vieille femme vietnamienne arriva en courant.

– Pouvez-vous préparer quelque chose à boire et à manger pour madame en attendant le repas ?

La cuisinière hocha la tête et elle s'éclipsa sans bruit.

Lila la regarda un instant s'éloigner. Son visage ne lui était pas inconnu, mais elle ne pouvait se rappeler où elle l'avait aperçu une première fois.

– Charlotte vous a quittés ?
– Comment, nous ne t'avions rien dit ? Sa mère est tombée gravement malade et nous avons dû lui chercher une remplaçante, des amis nous ont recommandé Ayun, elle est parfaite, mais assez parlé de nous, viens vite. Entrons.

Charles s'était saisi du bras de sa femme et la tirait vers un fauteuil :

– Chérie, comment te sens-tu ?
– Bien bien, ne t'inquiète pas.

Elle se tourna vers Lila en riant :

– Je n'en suis qu'au troisième mois et Philippe me demande sans cesse si je vais bien !
– C'est charmant !
– Oui, mais je ne suis pas en sucre, et je n'ai plus le droit d'aller faire du shopping, il semble que cela soit trop fatigant dans mon état, d'après mon mari qui sait tout !
– Chérie, tu pars en métro pendant des heures, tu cours partout, c'est parfaitement inconscient, demande au moins à Victor de te conduire.
– Mais tu sais comme j'aime être libre !
– Tu es libre de dire à Victor où tu veux aller !
– Qui est Victor ?
– Notre nouveau chauffeur, répondit Camilla en soupirant.

Lila éclata de rire.

– Eh bien, je vois que tout va très bien ici… je suis bien contente de vous voir !
– D'ailleurs puisque tu en parles, toi tu as très mauvaise mine, assieds-toi et raconte-nous ce qui se passe.

Lila, sa fille serrée contre elle, se lova sur un immense canapé de velours blanc et commença à leur relater les récents événements. Tout en parlant, elle ne pouvait s'empêcher d'admirer la paix qui régnait dans cette pièce, la chaleur des lumières tamisées et des bougies, les tableaux de maître au mur, les trois esquisses de Rubens surplombant les petites chiffonnières Louis XV, les masques africains qui renvoyaient des ombres fantastiques sur les murs. Toutes ces œuvres auraient fait le bonheur de n'importe quel antiquaire, mais pour elle, ils étaient beaucoup plus que de simples objets de décorations car chacun d'eux lui rappelait de merveilleux souvenirs.
Lila se sentait revivre tout doucement. La chaleur de l'enfant contre son sein, la douceur de ses cheveux soyeux, l'odeur tiède de sa peau l'apaisaient et elle commençait à se demander si tous ses tracas n'étaient pas qu'affabulations de son esprit fatigué. Camilla et Philippe étaient suspendus à ses lèvres, chaque détail les passionnait ; il faut dire que leurs milieux professionnels les sensibilisaient particulièrement à cette aventure, Philippe étant commissaire-priseur et sa femme, conservatrice de l'un des plus grands musées d'art asiatique parisien : le musée Guimet.

– Mais comment s'y est-il pris pour te ranimer ? lui demanda Philippe troublé.
– Honnêtement, je n'en ai pas la moindre idée, personne ne s'accorde sur la même chose là-bas… tout ce que je peux vous dire, c'est que cela n'avait rien de médical.
– C'est incroyable… et cette terre était de la poudre d'or ?
– Oui, elle était sans doute sous la terre, et c'est en creusant que nous avons révélé la couche. Elle hésita un instant… Avez-vous déjà entendu parler *d'or pur baigné de lune* ?

Camilla blêmit.

– De *l'or pur baigné de lune* ?
– Oui… cela te rappelle quelque chose ?

Elle fit une petite grimace.

– C'est-à-dire que… oui, plus ou moins… quelle drôle de coïncidence tout de même. Elle regarda Lila droit dans les yeux, reprit sa respiration et poursuivit, il s'agit d'un texte chinois… nous l'avons déchiffré il y a quelque temps… il est très ancien, du troisième siècle avant Jésus-Christ, un texte mythologique… cela ne peut être pris au sérieux bien entendu.

Lila ouvrit deux yeux agrandis par la surprise.

– Raconte-moi vite, ce que tu as découvert !
– Calme-toi, Lila, c'est un texte mythologique je te le répète, et tu sais mieux que moi quelles réserves nous devons avoir quant à son contenu.
– Est-il expliqué à quoi sert l'or dans ce document ? demanda Philippe.
– Eh bien, si mes souvenirs sont bons, le texte dit que le roi des dieux perdit son fils en combattant contre *« le mal des profondeurs »*, mais un souffle de vie restait dans son corps. Ne pouvant se résoudre à sa mort, il partit en quête de *l'or pur baigné de lune*, l'or de la vie, l'or miraculeux. Ce que ne savait pas le roi, c'est que celui-ci était détenu par les mages occultes de la puissance noire, à la solde de son ancien ennemi. Les mages furent trop heureux de le tromper et lui fournirent quantité d'or. Le grand dieu enferma le corps de son fils dans une tombe de vie emplie du métal magique. Le texte est déchiré, nous perdons donc de nombreux éléments, et nous reprenons au moment où le fils du dieu se réveille, imprégné des maléfices, il est devenu *« le mal des profondeurs »*. Le texte est de nouveau coupé, puis très abîmé, enfin il est mentionné des combats, un roi, et se termine par quelque chose comme : *« Un jour, il se réveillera et derrière lui, la terreur et le malheur tomberont sur le monde pour l'éternité »*. Voilà !

Lila se sentit frissonner… elle se remémora les propos du Général. Le doute s'insinuait en elle, si celui-ci avait raison… si cette légende disait vrai, qui reposait dans le temple ? Quel était ce mystérieux « *mal des profondeurs* » ? En se rappelant de l'ombre, Lila serra sa fille plus fort dans ses bras.

– Le texte doit continuer encore un peu, mais la fin n'a jamais pu être retrouvée lors des fouilles.

Lila savait qu'elle n'avait plus le choix, elle devait retourner là-bas et tout arrêter, tout lui indiquait un danger imminent et elle n'en avait pas tenu compte, était-elle inconsciente à ce point-là ? Ses craintes envers Louna étaient ridicules, elle ne risquait rien avec Camilla et Philippe, sa place à elle pour le moment, était près de Charles, lui était toujours là-bas… en danger de mort peut-être. Lila aurait voulu repartir tout de suite, mais elle ne pouvait se montrer aussi impolie avec ses amis, et puis sa fille lui avait tant manqué. Un instant elle imagina l'emmener, mais la précipiter au cœur du danger lui glaça le corps. Demain elle repartirait, et tout finirait par s'arranger. Bientôt, tout serait terminé.

– Lila, tu rêves ?
– Laisse-la Camilla, tu vois bien qu'elle est épuisée et la petite est profondément endormie. Allez mesdames, cette journée a été dure pour tout le monde alors, au lit.

Lila gravit lentement l'escalier de bois pour monter à l'étage. Accompagnée de Camilla, elles couchèrent la fillette puis s'embrassèrent. Lila n'osait la regarder.

– Tu vas repartir n'est ce pas ? lui demanda son amie en la voyant si mal à l'aise.
– Oui, Camilla, il se passe quelque chose… je dois faire revenir Charles.

Camilla regarda en direction de la chambre de Louna.

– Je l'aimerais de toutes mes forces tant que tu seras absente... pour que tu ne lui manques pas trop...
– Merci Camilla, la voix de la jeune femme se mit à trembler, saisie d'un doute soudain, elle lui prit la main si fort, que son amie la regarda surprise, tu t'occuperas toujours d'elle n'est-ce pas ?
– Lila, que racontes-tu ? Ce n'est l'affaire que de quelques jours, vous allez revenir vite.

Lila esquissa un pauvre sourire, elle s'apprêtait à rentrer dans sa chambre quand quelque chose lui brûla la jambe. Surprise, elle fouilla dans sa poche et en sorti le médaillon, qui lui échappa des mains et tomba sur le parquet. Aussitôt, une petite auréole brune apparue autour. Lila se précipita pour le récupérer et constata qu'il était à présent redevenu normal. Si ce n'était la légère altération du bois, elle aurait pu croire qu'elle avait rêvé. Pénétrée d'une impulsion subite, elle sortit de son portefeuille un papier, glissa le médaillon dans le papier replié et le tendit à Camilla.

– S'il se passait quelque chose...
– Tais-toi...
– C'est très important...

Des larmes ruisselaient à présent sur le visage de la jeune femme.

– Tu le lui donneras n'est-ce pas ?
– Oui, mais ne parlons pas de cela.
– Dors bien !

Lila embrassa son amie et referma la porte de la chambre redoutant de s'effondrer définitivement en sanglots.

Sa valise était posée sur le lit ; la jeune femme ne prit pas la peine de la défaire. Elle s'assit au bureau sous la fenêtre et tout en regardant les étoiles scintiller dans la nuit, commença à écrire. Une heure plus tard, elle avait cacheté l'enveloppe et la mettait en évidence sur la table.

La maison était silencieuse. Tout doucement elle ouvrit la porte, sa valise était légère. Elle la posa un instant devant la chambre de Louna et entra sur la pointe des pieds. L'enfant dormait à point fermé, un rayon de lune lui effleurait le visage. Elle était si belle avec ses grands yeux bordés d'une épaisse frange de cils noirs. Ses cheveux aussi blonds que ceux de sa mère, reposaient en fouillis sur l'oreiller. Louna avait définitivement hérité de ses deux parents, ni l'un ni l'autre, ne pouvaient la renier. Lila embrassa ses petites joues rebondies, roses de sommeil. Elle s'apprêtait à partir quand elle entendit une petite voix dans son dos. Croyant sa fille réveillée, elle se retourna vivement, quand elle se rendit compte que celle-ci s'agitait dans son sommeil. Un sourire attendri se dessina sur son visage jusqu'à ce qu'un mot prononcé distinctement retienne son attention :

– Isin…

« Isin : enfant du divin en langue *aroub* », c'était ainsi que sa mère l'appelait quand elle-même était enfant. Lila cru que son cœur cessait de battre, sa fille connaissait-elle cette langue magique oubliée des hommes depuis des milliers d'années ? Ce ne pouvait être vrai, elle était si petite. Elle parlait à peine. Cependant, ce qu'elle soupçonnait depuis le début semblait se vérifier, sa fille était bien différente des enfants de son âge, initiée dès à présent à ce monde incompréhensible au commun des mortels.
Lila tremblait en songeant aux difficultés qu'elle avait affrontées

à cause de cela, et à tout ce qu'elle n'avait pas encore accepté ni compris de ses différences. Sa fille aurait-elle les mêmes angoisses, les mêmes inquiétudes face aux dons qu'elle voyait éclore en elle ? Pourtant, en la regardant ainsi dormir, Lila se rassura quelque peu, elle avait lutté contre cette magie, mais Louna ne semblait absolument pas contrariée. Elle répéta doucement :

– Isin…

Un instant pourtant, elle se sentit dépassée, elle glissa tout doucement sur le sol en sanglotant. En se remémorant les événements récents, elle se souvint du choc reçu, quand le Général avait mentionné l'*aroub*. Elle aurait voulu le questionner à ce sujet, mais tout s'était précipité. Quelle était donc cette malédiction qui les suivait depuis des générations ? Pourquoi avoir ainsi mêlé sa fille si jeune et si innocente à tout cela ?
Lila se releva, regarda un instant son enfant endormie dans le berceau et repensa à la prophétie. Tout son corps se révolta. Non, elle ne la laisserait pas se réaliser ! Ils allaient arrêter ce chantier et abandonner à jamais cette quête, ainsi sa fille serait à l'abri d'un destin qu'elle n'avait pas choisi. Elle devait retourner en Inde au plus vite en espérant qu'il ne soit pas trop tard.
Elle jeta un dernier regard au visage poupin, saisit sa valise et sans se retourner, dévala l'escalier, puis sortit comme un ouragan de la maison. Une fois sur le trottoir, elle se mit à courir de toutes ses forces. Une seule idée l'obsédait à présent : retrouver Charles et tout lui dire. Lui seul pourrait les sortir de là et l'aider à comprendre.
Au même moment, une ombre se faufila par une des fenêtres ouverte de l'étage, disparut quelques instants, puis ressortit, un rectangle blanc à la main. Avec une agilité surprenante, elle dévala le mur nu pour s'évanouit dans la nuit, aussi silencieusement qu'elle était apparue.

Une lumière s'alluma au premier étage, Louna pleurait. Camilla quitta sa chambre et pris l'enfant dans ses bras.

– Ta maman va vite revenir, je te le promets Louna. Rendors-toi, petite fille…

Louna la regardait de ses yeux grands ouverts, des larmes en jaillissaient, incontrôlables et venaient mourir en un ruisseau désespéré sur sa bouche enfantine.

Chapitre 5

L'ombre du puits.

Lila était hagarde en arrivant. Les deux voyages en avion en si peu de jours l'avaient extrêmement fatiguée et le biplace qui assurait la liaison jusqu'à l'aérodrome près du camp était du plus inconfortable. Elle n'avait prévenu personne de son retour, aucune voiture ne l'attendait. Elle se dirigeait vers les bâtiments pour tenter d'obtenir un chauffeur, quand un autre petit avion atterrit. Lila vit avec stupeur, en descendre le Général. Lui aussi semblait étonné de la voir.

– Lila, vous êtes de retour si vite, Charles m'avait dit que vous partiez quelques jours, qu'est-ce qui vous ramène ?

Lila ne l'écoutait plus, si le Général avait quitté le camp, Charles était donc seul avec les autres, elle était maintenant certaine qu'ils avaient repris les fouilles, pourvu qu'elle n'arrive pas trop tard !

– Lila, que se passe-t-il ? Vous êtes toute pâle !
– Charles est seul, vous l'avez laissé...
– Lila, tout a été arrêté, ne vous tourmentez pas, et je ne suis absent que depuis ce matin.
– Il a repris les fouilles, je le sais, il y est retourné, il faut y aller, vite.

Elle semblait au bord de l'hystérie. Le Général la regarda un instant, il se rembrunit devant l'angoisse qui se lisait sur son visage.

– Très bien, ma voiture est à côté, allons-y !

L'un et l'autre courraient à présent. La voiture démarra dans un nuage de poussière, les pneus crissèrent sur la terre, des gouttes de sueurs coulaient le long des tempes de la jeune femme.
La voiture roulait à tombeau ouvert, Lila avait transmis son inquiétude au Général, qui, faisant fi des règles de prudence les plus élémentaires, dépassait toute limite de vitesse. Les passants s'écartaient vivement, regardant avec intérêt cette voiture rouler si vite sur ces routes si cahoteuses. De temps en temps, un nid-de-poule les faisait tous les deux bondir, presque à les éjecter, mais le conducteur ne ralentissait pas pour autant.
Les villages défilaient, les paysages se succédaient, pourtant, Lila ne prêtait aucune attention au pays qui d'habitude la fascinait, elle fixait la route droit devant elle, le regard absent.

Autour d'eux, de petits singes les observaient du haut des arbres en poussant des cris stridents, les enfants les saluaient d'un signe de la main, certains garçons plus téméraires couraient un instant derrière la voiture. D'autres les regardaient en pataugeant dans des mares sur le bord de la route.

Quand elle était arrivée la première fois, chacun de ses regards lui dévoilait un monde merveilleux, le paysage était luxuriant, les arbres gigantesques aux troncs noueux se serraient les uns contre les autres, les fleurs exotiques se paraient de couleurs chatoyantes. A présent, tout cela lui semblait gris, d'un gris cendre opaque, qui les engluait tous.
Enfin, les tentes se profilèrent à l'horizon. La voiture eut tôt fait de s'arrêter devant le campement. Il n'y avait pas âme qui vive. Lila bondit de son siège et commença à courir en criant :

– Charles… Mia…

– Ils sont tous au temple Lila, vous aviez raison, remontez, nous n'avons pas une seconde à perdre !

Ils repartirent aussitôt en direction du temple. Quelques minutes après, le Général se garait devant l'enceinte. Il s'agissait d'un des temples les plus majestueux d'Inde, sa haute stature se dressait face à l'océan qui sublimait de son bleu profond les lignes pures de l'édifice. Son toit effilé, élégamment étagé était sculpté de dieux et déesses du panthéon hindouiste.

Tous deux descendirent de voiture, passèrent le portail et pénétrèrent dans l'enceinte. Le chemin était long jusqu'à la petite pièce à la toiture dentelée. La descente dans le puits fut difficile. Aucun bruit ne leur parvenait d'en bas, Lila sentait une peur incontrôlable lui broyer le ventre, enfin, ils franchirent la porte de bois sculpté.

La jeune femme nota aussitôt que la lumière dorée avait disparu. Une grande agitation provenait du coin de la pièce où le trou avait été creusé. L'équipe s'activait vivement et l'on entendait par moments, des cris d'exclamation. Lila n'osait plus bouger, ainsi ils étaient revenus comme elle s'en doutait, Charles, pourquoi avoir entraîné tout le monde dans cette effroyable aventure ? Le Général se rapprocha doucement du groupe. Tous étaient accroupis et aucun ne le vit arriver, le trou qu'ils avaient effectué la veille avait doublé de diamètre, mais surtout, sous l'or totalement dégagé apparaissait une petite trappe. Charles se pencha, le Général n'eut pas le temps de prévenir son geste, qu'il la soulevait, révélant un puits circulaire maçonné de pierres blanches, parfaitement taillées et ajustées. Le travail semblait très ancien. Soudain, des entrailles de la terre, des volutes de fumée s'exhalèrent. Elles sortaient par vagues, comme le flux et le reflux de la marée et grignotaient lentement l'air environnant. Chaque volute semblait suivre une route définie au préalable, certaines venaient lécher les murs, d'autres montaient directement se perdre sur la voûte, d'autres enfin restaient là, stagnant autour des fouilleurs, les enveloppant de leurs longs bras noirs.

– Charles ? murmura Lila incertaine.

Personne ne bougea.

– Charles ? reprit-elle plus vivement.

Elle reconnu à peine l'homme qui se retourna vers elle. Son visage s'était émacié, ses yeux noirs étaient enfoncés et son teint était devenu d'une couleur gris sale, d'un gris morbide qui la pétrifia.

– Charles qu'est-ce que…

À ce moment, James, Franck et Mia se retournèrent eux aussi. Personne ne fit un geste ni ne la salua. Leurs visages étaient à l'image de celui de Charles. Lila nota avec effroi leurs regards hallucinés, comme possédés. Aucun ne semblait avoir gardé sa raison.

– Mon Dieu, tout cela est monstrueux ! Général, vous devez pouvoir les aider ?
– Lila, malheureusement j'ai peur d'arriver trop tard. Comment ai-je pu être assez inconscient pour les laisser. Je ne suis qu'un vieux fou stupide. Lila, nous ne pouvons plus rien pour eux. Nous devons partir avant de subir le même sort.

D'autorité, il lui saisit le bras, et la tira vers la sortie. Lila se laissa emporter trop anéantie pour réagir, mais arrivée à la porte, comprenant qu'elle partait en abandonnant définitivement son bien-aimé, elle se dégagea brusquement.

– Je ne peux pas le laisser, ni les autres, Général, ils doivent venir avec nous, vous devez les aider… vous le pouvez n'est-ce pas ?
– Lila, vous ne comprenez donc pas, il habite leur corps, vous ne pouvez plus rien pour eux, ils lui appartiennent totalement, vous ne pouvez que vous sauver pour protéger l'élue. Lila, ne soyez pas inconsciente, venez, chaque minute compte, il nous a déjà repéré et se prépare dans l'ombre…. je vous en supplie, venez.
– Je ne peux pas, je ne peux pas…

Lila venait de s'effondrer à demi-consciente au milieu de la pièce. Au bord du puits, personne ne bougeait.
En quelques enjambées, le Général fut près d'elle, au moment où il la prenait dans ses bras, le trou exhala une épaisse fumée noire et âcre, noyant toute la pièce dans une poussière de suie suffocante. Déséquilibré par son fardeau, il trébucha dans l'obscurité, lâchant la jeune femme qui poussa un faible cri.
Soudain, du trou, jaillit une lueur aveuglante, Lila tentait de distinguer ses quatre compagnons, quand, horrifiée, elle s'aperçut qu'il vomissait des flammes monstrueuses tandis qu'une coulée de lave venait serpenter autour de chacun d'eux. Elle les entourait, formant de petits cercles parfaits, les réunissant ainsi de ses anneaux de feu.
Enfin le serpent se dirigea vers elle. La jeune femme n'avait plus la force de bouger, elle entendait un appel derrière elle, sentait une main qui la cherchait, mais il l'attirait irrésistiblement, elle le reconnaissait, il venait la chercher pour lui brûler de nouveau le corps et vivre dans sa tête, une image déchirante lui traversa l'esprit, une ombre gigantesque l'envahissait, la fumée noyait toute la pièce, elle suffoquait. Son corps la brûlait. La main l'avait lâchée, elle ne sentait plus son corps ni ses membres, elle se sentait aller… Puis une douleur fulgurante la traversa de part en part, elle se cabra tentant de résister dans un dernier sursaut de vie, mais déjà elle se sentait traînée sur le sol poussiéreux.

Épuisée par cette lutte inégale, elle s'abandonna, c'est alors qu'elle le vit… enfin il la possédait, tout était possible à présent. Lila se sentit glisser dans les ténèbres, son corps n'était plus qu'une immense blessure, puis doucement, la flamme qui brûlait en elle s'éteignit.

Livre 2
première partie

Chapitre 1

Shu.

Louna était assise sur son lit, c'était le jour de son dix-septième anniversaire et elle était vraiment impatiente de découvrir ses cadeaux. Malheureusement son réveil n'indiquait encore que six heures du matin et tout le monde dormait du sommeil du juste. Par contre, elle tournait dans tous les sens sous la couette depuis déjà une heure, et trépignait d'impatience.

C'était une jeune fille comme les autres... bon, peut-être un peu plus jolie, au dire de ses copains de classe, mais elle ne les écoutait pas, ils se moquaient toujours de tout, alors elle n'avait pas vraiment de raison de les croire sur ce sujet plus que sur un autre.

Ses parents, Camilla et Philippe étaient adorables, toujours là pour elle, même si les frasques de sa sœur et les bêtises de son petit frère les accaparaient beaucoup. Les charmants bambins avaient respectivement sept et quinze ans, un âge à l'imagination débordante ! Charmants donc, mais très turbulents. Leur mère s'était d'ailleurs fait quelques cheveux blancs, lors de certaines de leurs incartades, quant à leur père, il avait tout simplement décidé de ne pas s'inquiéter, que cela passerait en grandissant.

Louna le soupçonnait surtout de préférer fermer les yeux plutôt que d'en perdre le sommeil ! Il faut dire qu'il y avait de quoi ! Par exemple, la dernière fantaisie de sa sœur Iris, avait été de sortir en cachette, précisons que sa chambre est au troisième étage, et qu'elle n'était pas passée par la porte d'entrée !
Camilla avait cru devenir folle, quand elle s'était rendu compte que sa fille était descendue en s'accrochant au lierre le long du mur. Elle s'était réveillée au milieu de la nuit, avec un drôle de pressentiment, était allée vérifier que tout son petit monde dormait, et là, méchante surprise, dans la chambre d'Iris, plus personne. Toute la maison avait aussitôt été mise sur le pied de guerre, Philippe affolé avait téléphoné directement à la gendarmerie, avis de recherche, maison envahie par les gendarmes, rafales de questions etc. quand, vers six heures du matin, un drôle de bruit s'était fait entendre dans la chambre de mademoiselle. Tout le monde était arrivé en courant, gendarmes à l'appui, pour s'entendre dire : que la soirée de Caroline avait été très ennuyeuse, qu'elle était donc partie au « Queens » avec son amie Lou. Heureusement on les avait laissées entrer gratuitement, parce qu'elles étaient avec Jean-Michel, mais maintenant elle était fatiguée et bonne nuit merci… et avec le sourire s'il vous plaît !

Imaginez la tête de l'assistance ! Bon, la suite avait été moins drôle car Camilla s'était fâchée vraiment très fort, et les représailles parentales avaient été à la hauteur de la soirée au « Queens », au grand désespoir d'Iris, qui ne comprit absolument pas les raisons de cette injustice.
Quant au petit frère qui répond au charmant surnom de Boubou, c'est un enfant très mignon, mais complètement dans la lune. On ne contera pas ici, le nombre de fois où il fut ramené à la maison par le policier du quartier, le voisin, ou la vieille madame d'à côté, car il s'était perdu en allant chercher le pain ! Ni la fois où il

décida de faire sécher son sweet-shirt inondé de jus de fruit sur le radiateur électrique qui surchauffa et explosa. Pour le reste, ses idées de cabane dans les arbres ou d'aéroplane à la Léonard de Vinci se soldèrent par une jambe cassée, un poignet luxé, quelques bleus et des barreaux anti-décollage d'aéroplane à toutes les ouvertures de la maison se situant à plus d'un mètre du sol.

Notre héroïne, quant à elle, est plutôt du genre tranquille, discrète, jamais un mot plus haut que l'autre, mais elle cache sous cette apparente douceur un caractère très volontaire. Une grande qualité dit sa mère, tout en sachant très bien que les décisions de sa fille sont sans appel, ce qui n'était pas toujours évident à accepter.

Voilà donc rapidement présentée, la gentille famille de Louna, dans laquelle tout, bien qu'un brin excentrique, est parfaitement normal.
Tout... enfin presque... car la jeune adolescente a une petite différence avec les filles et les garçons de son âge... c'est un peu difficile à croire, mais voilà... elle parle à des amis invisibles. Sa mère n'y croit pas non plus... enfin jusqu'à « ce jour »...

Au début, elle en gardait jalousement le secret. D'aussi loin qu'elle s'en souvienne, ils lui rendaient régulièrement visite, discutant avec elle, ils avaient toujours quelque chose à lui enseigner. Ainsi celui qu'elle appelait son grand-père, un vieil homme à la longue barbe aussi blanche que la neige, lui avait appris beaucoup d'histoires fantastiques, de rois, de princesses et de mondes disparus. Il s'asseyait près d'elle et pendant un moment, elle oubliait tout ce qui la préoccupait pour rêver en sa compagnie. L'histoire qu'elle préférait était celle de la gardienne de la montagne céleste...

Au-delà des océans et des mers terrestres, tout en haut de la montagne céleste, habitait la gardienne de la vie, la reine des fées. Près de son palais d'ivoire, existait un jardin unique où étaient conservées toutes les splendeurs de la nature, au nombre desquelles figuraient les plantes d'éternité. Les arbres les plus beaux et les plus majestueux de la création y poussaient, des fleurs de toutes sortes et de toutes les couleurs, émaillaient ce paradis des teintes les plus subtiles et des plus ravissantes. Au milieu de cet éden des cimes, coulait la rivière de vie, qui descendait, clapotant doucement et scintillant au soleil, baigner les pieds du palais merveilleux. Au cœur de ses eaux translucides, vivaient des poissons inconnus de notre monde, des poissons d'or et d'argent, de cristal et de diamants. Leurs écailles reflétaient les rayons de lune et nous pouvions alors les apercevoir de la terre... les hommes les appelaient des étoiles filantes, car les poissons ondulants, rapides, captaient au gré de leurs mouvements la lumière de l'astre de la nuit.

Louna ne se lassait jamais de ce conte, et le vieil homme adorait le lui raconter, n'omettant aucun détail sur la route à suivre pour y aller, sur les écueils à éviter et les pièges à contourner.

Certains, cependant, lui rendirent visite qu'une seule fois. De ceux-là, la jeune fille ne se souvenait étrangement que d'un couple. La femme, encore très belle avec ses cheveux blonds et ses yeux verts, avait les traits tirés, elle était comme usée avant l'âge, l'homme avait dû être très séduisant, mais son regard vide d'expression, lui donnait l'air d'un vieil homme hagard. Elle était encore toute petite quand cela s'était passé, mais ce souvenir était toujours très net dans sa mémoire. Ils lui parurent très pressés et très inquiets, se retournant sans cesse, comme guettant quelque chose, ils lui parlèrent peu, seule la femme prononça quelques mots, elle semblait bien la connaître, Louna en fut très surprise.

Elle lui dit de toujours écouter son monde intérieur, de ne jamais douter de ce qu'elle voyait ou entendait, même si elle se rendait compte, qu'elle était un peu différente de ses amis. La petite fille ne comprit pas bien à l'époque, car elle ne se sentait pas autrement faite que tout un chacun. Ce n'est que plus tard, qu'elle se rendit compte qu'elle était seule à voir tous ces gens. La femme lui expliqua aussi que le médaillon était la clé. Puis elle se mit à pleurer, l'homme lui prit la main doucement, soudain, ils parurent affolés et aussitôt disparurent.

Louna gardait un sentiment très étrange de cette visite. Comme une blessure profonde et incompréhensible, mais aussi comme un lointain souvenir qui revenait... elle n'avait jamais su qui ils étaient, et pourquoi ils lui paraissaient si familiers...

Et puis il y avait lui... Celui qui occupait son cœur, ses rêves, celui qui l'accompagnait partout pour la protéger. Celui qui la conseillait, la secondait et l'aidait. Il était toujours près d'elle, avec elle et pour elle.
Quand elle faisait ce cauchemar atroce, toujours le même, il était là à son réveil pour la réconforter. Si elle se faisait mal, il la consolait.
Petite, un jour elle lui demanda son prénom, il lui répondit Shyü May, elle décida que ce serait Shu, plus facile et plus court à prononcer pour une petite fille. Elle avait sept ans à ce moment-là. C'est aussi à cet âge qu'elle avait compris que ses amis n'étaient là que pour elle, qu'elle ne pourrait les présenter à personne d'autre...

Un jour qu'elle discutait avec Shu, sa maman arriva, elle avait le visage pétri d'inquiétude et se penchant doucement vers sa fille, lui demanda à qui elle parlait en marmonnant ces mots incompréhensibles. Louna ne comprit pas sur le moment ce que lui demandait sa mère, elle parlait avec Shu, c'était évident et elle ne marmonnait rien, elle lui parlait c'est tout. Camilla la regarda alors intensément et lui demanda qui était Shu ? L'enfant fit alors les présentations, Shu qui était assis en face d'elle, serait très content qu'elle se joigne à eux. Elle vit les lèvres de sa mère trembler tandis que ses yeux s'emplissaient de larmes.

– Chérie… il n'y a personne avec nous… il n'y a que toi et moi…

La fillette regarda sa mère comme si celle-ci devenait folle, bien sûr que Shu était là. Elle jeta un regard triste vers son ami :

– Shu, je crois que ma mère ne veut pas que nous nous parlions…

C'est ainsi que de peur qu'on ne lui interdise de le revoir, elle décida alors de garder tous ses amis secrets.

Pendant que Louna se faisait ces réflexions, la jeune mère regardait sa fille avec stupéfaction, elle venait de se rendre compte, une fois sa surprise passée, que ce qu'elle avait pris pour un babillage incompréhensible, était en réalité une langue sacerdotale très ancienne. Ce dialecte ressemblant au tibétain et appelé senzar, n'était encore connu que de quelques lamas pratiquant les langues occultes. Elle-même n'avait entendu parler cette langue qu'une seule fois, quand le Dalaï-lama s'était rendu au musée où elle travaillait, pour consulter des manuscrits anciens, et lui avait lu un document qui résistait depuis des années, à tout effort de traduction.
Camilla se sentit frissonner, elle se doutait depuis longtemps que Louna était différente… depuis que Charles et Lila… non, elle préférait ne pas y penser. Elle serra sa fille dans ses bras, lui dit qu'elle avait été très honorée de rencontrer Shu et referma doucement la porte de la chambre.

La fillette était un peu interloquée, mais après réflexion préféra tout de même garder pour elle son ami… de peur cette fois de devoir le partager !

Du plus loin que remontaient ses souvenirs, Louna avait toujours eu Shu près d'elle. Enfant, c'était un grand frère qui la conseillait, puis elle avait grandi… et un jour, elle ne sait pourquoi ni comment, son cœur se serra en le voyant, ses joues devinrent plus rouges. En même temps, il se mit à lui parler différemment, il devint plus réservé bien que toujours aussi gentil. Quelque chose avait changé. La jeune fille mit un peu de temps à comprendre, c'était nouveau… en fait c'était même la première fois qu'elle tombait amoureuse. Depuis ce moment-là, l'adolescente ne se lassait plus de le contempler, son corps avait beau disparaître sous plusieurs épaisseurs d'étoffes et de manteaux de soie, elle le devinait svelte et puissant. Son sourire la faisait frémir, elle laissait glisser son regard sur ses traits fins, ses yeux noirs en amande, pour s'emplir de son image, la garder toujours présente en elle.
Quand elle était petite, elle avait souvent rêvé de lui, chevauchant dans de grandes étendues désertiques, une montagne aux cimes enneigées se détachant au loin sur un ciel d'azur. Il était si majestueux ainsi, ses cheveux noirs, ondulant au rythme du galop de sa monture, ses lourds manteaux de soie volant au vent. Louna ne savait pas exactement qui il était, jamais il ne le lui dit et chaque fois qu'elle tenta d'en savoir plus, il changeait habilement de sujet. Avec le temps, elle s'aperçut qu'elle parlait avec lui une autre langue que sa langue maternelle, cela la surprit un moment, puis, plus grande, elle fit des recherches à ce sujet et ne trouva rien. La seule chose qu'elle sut, c'est qu'il s'agissait d'une langue orientale, proche du tibétain, car un jour elle feuilleta un manuscrit appartenant à sa mère, un texte sacré tibétain du XVIIIème siècle. À son grand étonnement, elle réussit à en

comprendre la majeure partie. C'est à ce moment qu'elle acquit la certitude que Shu appartenait au pays des neiges éternelles, les lointaines montagnes himalayennes. Elle se fit alors offrir beaucoup de livres sur le Tibet, et fit de nombreuses recherches pour tenter d'apprendre plus de choses sur son discret ami. Elle crut reconnaître sur certaines photos, des lieux qu'elle vit en rêve, mais tout cela restait bien flou. Elle n'eut qu'une certitude, c'est qu'il ne parlait pas le tibétain contemporain, et en avait alors déduit, qu'il s'agissait d'un dialecte concernant peut-être un groupe culturel particulier… à moins, et cette pensée la chiffonna beaucoup plus, qu'il ne s'agisse d'une langue si ancienne, qu'il n'en restait aucune trace. Si c'était le cas, Shu appartenait-il à une autre époque, un monde disparu ? La jeune fille avait toujours cru que des gens vivants venaient lui rendre visite, y avait-il aussi des défunts ? À cette pensée, elle frissonnait toujours un peu. Elle brûlait d'en parler à Camilla, mais n'osait pas encore lui dévoiler son secret. Pourtant, celui-ci était de plus en plus pesant, pourquoi pouvait-elle communiquer ainsi avec des gens que personne ne voyait, et pourquoi venaient-ils la voir ? Qu'avait-elle de particulier, de différent ? Les paroles de la femme aux yeux verts lui revenaient alors en mémoire, et elle oubliait un moment tout cela pour n'être plus qu'une adolescente comme les autres.

Une nuit, tandis qu'elle attendait Shu, quelque chose d'extraordinaire se passa. Elle venait de s'endormir épuisée, quand, en rêve, elle s'était sentie transportée auprès de lui. Il l'avait attirée à lui pour la première fois, dans la neige et les montagnes qu'elle connaissait si bien… elle pouvait toucher la glace, sentir le froid, enfin, elle était partie le rejoindre sur sa terre : le Tibet.

– Bienvenue sur le toit du monde rayon de lune. Emplis tes yeux et ton cœur de ces paysages, car tu en auras besoin à l'avenir…

Louna n'avait pas bien compris ce qu'il voulait dire en l'accueillant ainsi, mais trop heureuse de cette expérience nouvelle, elle n'avait pas insisté davantage. Depuis ce jour, elle le voyait souvent dans son lointain pays, sans savoir toujours très bien de quelle manière, elle se retrouvait ainsi à mille lieux de son lit, mais c'était sans importance pour le moment. Quand elle arrivait, il était toujours au même endroit, assis à la lumière d'un feu sous une tente de poils de yack tressés. Parfois, en été, ils en sortaient ensemble, montaient chacun sur un petit poney robuste et partaient faire des courses sur les immenses plateaux au pied des montagnes. Souvent ils croisaient des paysans, des sherpas ou des moines, mais seuls ces derniers les saluaient aussi en retour, les autres ne semblaient pas les voir. Ils chevauchaient ainsi des heures à en perdre haleine, le visage rougit par le froid, Louna riait aux éclats tandis que Shu tentait de la rattraper. Puis ils revenaient vers la tente où il lui servait du thé épicé au lait et au beurre de yack rance, avec des petits pains aux herbes. Elle avait fait une petite moue dégoûtée la première fois qu'elle avait senti le breuvage et il s'était gentiment moqué d'elle. Elle avait alors goûté et depuis, raffolait de cette boisson. Ils restaient longtemps après à parler, blottis dans des tissus précieux. Ils discutaient de beaucoup de choses ensemble, de sa vie à elle, de ses amis, du monde, Shu semblait tout connaître, tout voir de ce qui se passait, jamais il n'était à cours de réponse et la jeune fille trouvait toujours auprès de lui des conseils avisés. Il lui enseignait beaucoup d'autres choses, que lui seul semblait connaître, comme le pouvoir des pierres et leurs vertus, la divination dans les étoiles, le sens et le rôle de chaque plante, de chaque arbre dans la nature et les potions que l'on pouvait préparer avec. Il avait beaucoup de livres très anciens, parfois, il lui en lisait un passage, cela parlait de temps passés, de domination du monde par des êtres maléfiques. Louna écoutait attentivement, ces histoires l'effrayaient et la fascinaient à la fois, jamais elle n'avait su quelle part de vérité il y avait en elles. La seule chose dont elle se doutait, c'est que tout cela n'était pas fait sans dessein, mais elle n'avait jamais réussi à arracher à son ami la vraie raison de ces enseignements. Il lui répondait toujours la même chose :

– Le temps de la vérité vient toujours en son heure, il ne faut jamais brusquer la marche des événements, car ce qui n'est pas, ne sera peut-être jamais, tandis que l'on ne peut plus prétendre maîtriser ce qui découle de ce que l'on a dit.

Enfin, à un moment donné, il demandait à Louna de se préparer pour rentrer. Leur entrevue était toujours plus courte quand elle le retrouvait que quand il venait, comme si, au-delà d'un certain temps il était impératif qu'elle reparte.
Ce n'est que longtemps après avoir commencé ses voyages, qu'il lui apprit que seul son corps astral voyageait, où son esprit si elle préférait, et non son corps terrestre comme elle le croyait, et surtout, qu'il était très dangereux que l'un et l'autre restent dissocié au-delà d'un temps donné.
Son corps terrestre plus faible, tendait à rejoindre son corps astral où que fût celui-ci, et l'un et l'autre étaient dès lors asservis à l'endroit où ils se retrouvaient, sans aucune possibilité de s'échapper. Seuls les esprits expérimentés pouvaient réussir à se libérer, mais il s'agissait là d'une véritable prouesse. Ne pouvant prétendre à une telle maîtrise de son esprit, il était vital qu'elle retrouve son corps à chaque fois que le temps limite était écoulé, Shu y veillait soigneusement.

Louna s'était toujours déplacée en dormant à travers ses rêves, mais, un jour qu'elle songeait à lui, allongée sur son lit, elle se sentit soulevée et portée dans les airs. Tout se mit alors à tournoyer, elle sentit un vent violent siffler à ses oreilles, son corps était devenu léger comme une plume, elle ne voyait plus rien qu'une lumière aveuglante, elle tournait de plus en plus vite, sa tête lui faisait mal, ses yeux étaient fermés de terreur. Quand elle les rouvrit, elle était assise près de son ami qui riait doucement de sa frayeur.

– As-tu fait bon voyage ?

L'adolescente le regardait trop hébétée pour répondre.

– Tu apprends décidément très vite enfant de lune, tu as déjà compris comment voyager sans mon aide.

Louna était stupéfaite, il ne l'avait pas appelée, elle ne dormait pas quand cela s'était produit, elle avait juste fait voyager son esprit, seule, pour le retrouver !

– Comment est-ce possible ?
– Tu as compris que seule, ta force de volonté te permettait de grandes choses, et elle te réserve encore beaucoup de surprises, mais n'oublie jamais qu'elle doit être dans les deux sens, et que si le désir ardent de ton cœur t'a guidée ici, ta raison doit te ramener chez toi avant le délai.

Louna rougit.

– J'ai du mal à comprendre…comment ai-je pu faire cela sans savoir ?
– Cela ne s'apprend pas jeune fille, tu as « le don », tu viens juste d'en utiliser une des manifestations.
– « Le don » ?

Louna était soudain très sérieuse.

– Est-ce que « le don » explique aussi que je vois des êtres invisibles à tous ? Est-ce « le don » aussi Shu ? Et qu'y a-t-il d'autre que je ne connais pas encore ?

Sa voix était devenue plus aiguë, il sentait une grande inquiétude l'envahir. Elle n'avait pas eu de mal à accepter tout ce monde étrange qui l'entourait, mais à l'idée que cela ne puisse être qu'un début, la panique commençait cette fois vraiment à la gagner.

– Tu comprendras plus tard ce que tout cela signifie, mais pour répondre à ta question, oui, « le don » explique tout cela, cependant il n'y a pas que « le don », pour le moment, tu dois juste accepter les choses comme elles sont, vivre ta vie avec ces quelques différences, comme il en existe entre tous les êtres vivants.

Louna détestait que Shu lui fasse la leçon, qu'il prenne ce ton professoral avec elle.

– Quelques différences, tu appelles cela quelques différences ? Je vois des gens que personne d'autre ne voit, je parle avec eux dans des langues que je ne connais même pas, mon âme ou mon esprit peu importe, se déplace toute seule hors de mon corps, je mens à la moitié de ma famille et à présent j'ai un « don » qui me réserve encore plein de gentilles surprises de ce type ? Non alors, ça ne fait pas quelques petites différences !
– Calme-toi, s'il te plaît, ce que je veux te dire, c'est que tout cela est en toi, tu dois l'accepter. Cela fait partie de ce que tu es, au même titre que tes yeux, ta bouche ou tes pensées. Tu es faite ainsi et ce « don » est au plus profond de ton être. Te fâcher ou le rejeter ne te servirait pas plus qu'à un malade de nier sa maladie. Il faut l'accepter et vivre avec, pour retirer l'essence même de ce qui t'a été offert, pour le mettre à profit et au service de ta vie… de la vie…

Louna avait du mal à suivre le sens des paroles de son ami, aussi rassurantes fussent-elles, tout cela sonnait faux et elle en devinait un double sens qu'elle ne parvenait pas à comprendre. Cependant, elle n'eut pas le temps de lui poser une autre question que déjà, il la saluait en souriant. En un instant elle se retrouva dans le même tourbillon qu'à l'aller pour atterrir hébétée sur son lit, secouée vigoureusement par sa mère.

– Louna, que se passe-t-il, tout va bien ?

La jeune fille mit quelques instants avant de reprendre ses esprits :

– Je… je rêvais c'est tout !

Sa mère la regardait avec un air étrange. Cela faisait bien cinq minutes qu'elle la secouait ainsi, elle n'osa cependant pas lui avouer quelle inquiétude elle avait eu, de peur de renfermer davantage sa fille. Elle savait que le jour où celle-ci lui avait présenté son ami Shu, elle avait raté l'occasion de comprendre un des mystères de sa vie. Depuis, Camilla s'en voulait terriblement, car elle sentait qu'en elle résidait le fil d'Ariane qui pourrait peut-être les mener vers Charles et Lila, mais n'avait aucune idée comment apprendre quelque chose, tout en la préservant des souffrances de son enfance.

Chapitre 2

La révélation.

Louna tendit l'oreille, un bruit de pas venait de se fait entendre devant sa porte. Enfin ! Quelqu'un était réveillé. Folle de joie, elle bondit hors de son lit, enfila ses pantoufles, ouvrit la porte de sa chambre et passa la tête dans le couloir. Son père venait de disparaître en direction de l'escalier. En quelques pas, elle le rattrapa juste au moment où il mettait le pied sur la première marche.

– Louna, chérie, dit-il en sursautant, tu m'as fait peur…
– Hello mon papa…
– Hello ! Eh bien, tu es matinale aujourd'hui, que se passe… oh, mais oui ! Je sais pourquoi tu es tombée du lit.
– Ah bon ! lui répondit sa fille d'un air faussement ingénu.
– Ne serais-ce pas ton anniversaire aujourd'hui ?

La jeune fille rougit, puis sautant au cou de son père :

– Papa, j'ai dix-sept ans !

Philippe la serra fort contre lui :

– Bon anniversaire mon lapin.
– Que se passe-t-il, ici, on ne peut plus dormir tranquille ?

Camilla arrivait, encore à demi-ensommeillée, quand sa fille lui tomba dessus.

– J'ai dix-sept ans aujourd'hui, j'ai dix-sept ans, j'ai…

– Bon anniversaire Louna ma puce, lui dit sa maman en la serrant à son tour.

– C'est l'anniversaire « à qui » ? demanda une petite voix derrière eux.
– « De qui » Boubou, on dit « de qui », et c'est le mien mon p'tit !

L'enfant entoura sa grande sœur de ses petits bras en criant :

– Louna a dix-sept ans, Louna a dix-sept ans…

Une voix stridente retentit dans une pièce voisine :

– Silence, je dors !

Iris ne semblait pas pressée de se lever. On était dimanche, et l'aînée des enfants n'avait donné à sa tendre famille qu'un répit d'une petite heure, sept heures n'avaient pas encore sonné.

– Allez, descendez tous avant que votre sœur ne sorte de sa chambre comme une furie, leur dit Camilla en amorçant résolument la descente de l'escalier, escortée par le plus gros de la famille.

La journée passa rapidement, tout le monde fut bien occupé. Il fallut faire les courses pour la fête d'anniversaire du soir, préparer le repas, le gâteau, et pas question de rechigner, même Iris pourtant débordée y participa. Elle fit contre mauvaise fortune bon cœur car en passant une heure à faire des pâtisseries, il ne lui resta qu'une heure trente pour se doucher et s'habiller, et une demi-heure pour se faire les ongles et se maquiller... c'était décidément insensé de lui avoir demandé de faire des gâteaux aujourd'hui !

Louna accompagna Boubou à la boulangerie de peur qu'il ne disparaisse encore. Il ne fallait rien risquer un jour comme celui-ci !

Shu ne s'était pas manifesté de la journée et Louna se demandait bien pourquoi ? Ce n'était pas dans ses habitudes de se faire attendre dans ce genre d'occasion, et c'est un peu inquiète qu'elle commença à se préparer pour la soirée.
Elle décida cependant de ne pas se gâcher un si beau moment, et choisit soigneusement dans sa garde-robe une charmante robe chinoise rouge vif, ainsi que des ballerines lacées de la même couleur. Elle convint d'un rouge à lèvre assorti et coiffa longuement ses cheveux blonds. Enfin, quand son reflet dans la glace reçut son accort définitif, elle quitta sa chambre, pour rejoindre toute la famille, qui l'attendait en bas dans le salon.

Assise sur le canapé, Camilla serrait Boubou dans ses bras, Iris, très en beauté, se tenait auprès d'elle, quant à son père, il disposait les derniers cadeaux sur la table basse. Devant les monticules de papiers multicolores, les yeux de Louna s'écarquillèrent de bonheur.

– C'est un jour particulier aujourd'hui, lui dit sa mère, dix-sept ans ma chérie, tu es à présent une jeune femme.

Louna regardait sa famille sans oser bouger.

– Et alors, ils ne vont pas s'ouvrir tout seul ! dit son père d'une voix émue.

Comme si elle attendait un signal pour commencer, la jeune fille se précipita sur les paquets, Boubou tapait des mains avec impatience, tandis qu'Iris voulait absolument qu'elle ouvre le paquet mauve en premier.
Louna décida de suivre son avis et découvrit, dans une adorable pochette transparente, tout un nécessaire pour se faire les ongles. Sa sœur vint aussitôt la rejoindre pour lui faire un cours de manucure, ce qui ne manqua pas de beaucoup amuser tout le monde.

Il faut dire qu'Iris offrait en général des présents « double emploi » : essentiellement pour elle, et un peu pour la personne à qui elle les donnait, particulièrement si celle-ci résidait sous le même toit. En résumé, neuf fois sur dix, elle les récupérait. Louna ne doutait donc pas que sa cadette trouve rapidement une bonne raison de lui emprunter cette précieuse trousse.
Boubou lui avait confectionné un collier de nouilles, aidé par les bons soins de sa maîtresse d'école. Sa grande sœur le passa fièrement autour du cou et l'embrassa très fort. Il restait dès lors deux paquets, l'un très volumineux, et l'autre minuscule. Elle décida d'ouvrir le plus gros en premier. Il était très lourd et difficile à manier. Son père semblait fébrile et lui répéta au moins trois fois que c'était très fragile. Louna retira avec précaution le papier et se trouva en face d'une boîte de bois tout aussi mystérieuse ainsi déballée. Elle était fermée par deux petites serrures et les clefs étaient contenues dans un petit sac de velours rouge, accroché sur le côté. Impressionnée, elle les saisit délicatement et ouvrit enfin le couvercle. À l'intérieur, se tenaient bien rangés, les uns à côté des autres, des pots de verre emplis de pigments de toutes les couleurs. Il y en avait des blancs, des ocres,

diverses sortes de rouges, de jaunes, des verts comme la nature n'avait pu elle-même en créer, au moins dix bleus différents, de l'or, de l'argent, de la poudre de cuivre, et le long des couleurs, des flacons contenant de l'huile, des siccatifs, des vernis, et une quinzaine de pinceaux de toutes les tailles. Elle était subjuguée par la boîte de peinture. Jamais elle n'avait eu de matériel aussi précieux. Elle pouvait désormais devenir une grande artiste avec cela, car Louna adorait peindre et caressait le secret espoir d'en faire plus tard son métier. Souvent elle allait copier des œuvres dans les musées, sur les livres, elle créait parfois également et tout le monde s'accordait à lui trouver beaucoup de talent.

– C'est... merveilleux...

Aucun autre mot ne pouvait sortir de sa bouche. Camilla et Philippe semblaient ravis de la surprise qu'ils venaient de faire à leur fille.

– Je m'y attendais si peu... c'est incroyable... il y a... tout !

Trop émue pour continuer à parler, Louna se jeta au cou de ses parents.

– Merci... merci mille fois ! Je vous ferai tous les dessins et tableaux que vous voudrez...

Boubou, aussi, très intéressé par cette débauche de couleurs, commençait à piocher allégrement dans la boîte, agitant les précieux pots de verre dans tous les sens. C'est en se retournant pour arrêter les futurs dégâts de son petit frère qu'elle le vit.
Sa tête était appuyée à la fenêtre, ses yeux rouges luisaient dans le noir et son nez enfoncé lui donnait un air d'animal enragé. Son visage était gris, d'un gris sale, ridé, parsemé de poils noirs sur les

joues et le menton, quant à ses cheveux, il s'agissait plutôt d'une fourrure hirsute, posée sur le sommet de son crâne. La jeune fille retint un cri de surprise, ses yeux étaient exorbités, fixés sur l'apparition monstrueuse qui se tenait à quelques mètres d'elle. Puis en un instant, il n'y eut plus que le noir de la nuit. Son père la regardait, interrogateur, mais elle ne parvenait qu'à agiter son bras en direction de la fenêtre sans proférer le moindre son.

– Louna enfin, qu'y a-t-il ?
– Maman dit-elle en tremblant, là… à la fenêtre, il y avait… une chose…

Toute la famille se retourna pour regarder dans la direction indiquée, mais plus rien ne se dessinait derrière la fenêtre désormais totalement noire.

– Tu as dû rêver chérie !
– Non ! Je te le promets papa, il y avait… une bête !

Iris étouffa un petit rire.

– Tais-toi Iris, lui dit Camilla, mais de quelle bête parles-tu ?
– Une bête toute noire, avec des poils, et des yeux rouges.
– Des yeux rouges, répéta Boubou en tremblant.
– Si c'est pour effrayer ton frère et ta sœur ce n'est pas malin !
– Laisse-la parler Philippe, tu vois bien qu'elle est terrorisée.
– Je… j'ai dû rêver. Je suis désolée… c'est sûrement un rêve oui, vraiment…
– Bon, je vais aller fermer les volets, comme ça tu ne verras plus de loups-garous ou autres bêtes méchantes qui terrorisent les jeunes filles.

Louna fit une moue vexée en suivant des yeux son père.

– Ma puce, lui dit doucement sa mère, il te reste un cadeau.

Encore toute perturbée par ce qu'elle venait de voir, elle en avait oublié le petit paquet qui restait sur la table. Tout le monde s'assit religieusement tandis qu'elle l'ouvrait. Elle en sortit un minuscule écrin de velours bleu nuit.
Iris se pâmait littéralement devant la boîte tandis que Boubou qui voulait absolument tout voir, se tortillait comme un beau diable sur les genoux de sa mère.

– Oh ! Un rubis, s'exclama Iris dans un souffle, quand le petit couvercle fut soulevé.

Au cœur de l'écrin, brillait de mille feux une bague sublime. La monture était faite du jade le plus pur, et retenait mystérieusement prisonnier, un superbe rubis de la taille d'un ongle.
Louna ne pouvait détacher ses yeux du bijou, la lumière tamisée des lampes, ainsi que l'éclairage des bougies faisaient vaciller sur le mur les empreintes rouge sang de la pierre.

– Cette bague a une histoire, un jour, je te la raconterai.

La jeune fille lança un regard interrogateur vers sa mère :

– Pourquoi plus tard ?
– Tu comprendras bientôt, puis, ajoutant d'un ton enjoué, eh bien je ne sais pas pour vous, mes ces festivités m'ont mise en appétit. Je crois qu'il est temps de passer à table !

Boubou se leva d'un bon en criant et couru directement dans la salle à manger, tandis que le reste des convives s'acheminait plus dignement.

– Le repas est servi, madame.
– Merci Ayun.

La vieille femme repartit aussi silencieusement qu'elle était arrivée.

Le repas fut délicieux et les gâteaux très réussis. Iris ne tarissait pas d'éloges, sur ses nouveaux talents de cuisinière, au grand amusement de tout le monde, tandis que Boubou en était déjà à sa deuxième part de cake au chocolat, (il faut dire que la première part barbouillait intégralement son petit minois, équitablement répartie entre les joues et les oreilles !) Le dessert terminé, toute la petite famille se retrouva de nouveau dans le salon autour d'un thé.

Louna, se sentait totalement heureuse, elle avait été gâtée, comme jamais elle n'aurait pu l'espérer et toute sa famille était réunie autour d'elle. Dans ces moments-là, elle oubliait tous ses soucis et trouvait que la vie valait vraiment la peine d'être vécue.

Camilla s'apprêtait à se lever du canapé, quand son attention fut attirée par un des albums photo, sur le point de tomber de la bibliothèque. Sa fille aînée avait suivi son regard et lui fit un geste pour qu'elle ne se dérange pas. Elle allait le remettre en place correctement, quand elle se surprit à le retirer de l'étagère et commencer à le feuilleter. Sa mère poussa un soupir :

– Louna, tu ne vas pas de nouveau nous ressortir ces vieilles photos ?

La jeune fille avait toujours été attirée par ces albums, sans savoir réellement pourquoi, ils exerçaient sur elle une certaine fascination.

Par contre, rien n'ennuyait autant Iris, qui en profita pour s'éclipser discrètement dans sa chambre, tandis que Philippe déclarait qu'il était temps pour Boubou d'aller se coucher. L'enfant protesta un moment, mais perdit toute crédibilité en étouffant un énorme bâillement. Son père le saisit aussitôt et c'est coincé sous son bras, qu'il le mena directement dans son lit. Louna continuait rêveusement à regarder les photos. Elle n'avait jamais pu expliquer cette passion, c'était comme de panser une plaie, dont elle ne comprenait pas l'origine.

– C'est dommage que vous n'ayez pas eu d'appareil photo quand j'étais bébé !

Camilla esquissa un sourire, mal à l'aise :

– Nous n'avions pas beaucoup de moyens à cette époque...

Louna reposa l'album et se dirigea vers la réserve de souvenirs de la famille. Alignés dans la bibliothèque, une dizaine de volumes contenaient leur passé : les enfants petits, plus grands, à l'école, en vacances, les anniversaires, les Noëls, le ski...

Camilla se sentait rétrécir, comme à chaque fois que sa fille les regardait. Elle percevait une grande mélancolie dans ce rite qu'elle effectuait plusieurs fois par an, et éprouvait de la culpabilité à ne jamais lui avoir révélé que... elle écrasa une larme et sortit rapidement, laissant sa fille absorbée dans sa contemplation. Alors que celle-ci s'apprêtait à se rasseoir, son regard fut attiré par un petit morceau de cuir rouge, qui dépassait d'une étagère, elle tira dessus et sortit de derrière le placage du fond de la bibliothèque, un petit album très fin, salit par le temps.

– Maman, regarde ce que j'ai trouvé, cria-t-elle en se retournant !

Personne ne répondit, sa mère devait être avec Ayun dans la cuisine à ranger les derniers plats.
Louna s'assit confortablement dans un grand fauteuil pour le regarder tranquillement. Les clichés étaient jaunis par le temps, mais elle pouvait reconnaître son père, avec un nombre certain d'années en moins, tenant la barre d'un petit dériveur et souriant à pleines dents. Comment se faisait-il qu'elle n'ait jamais entendu parler de cet album si précieux. Elle reconnaissait sa mère posant devant un lycée où peut-être était-ce la fac ? Jamais ses parents ne lui avaient montré ces images, d'ailleurs, il n'y en avait aucune d'eux jeunes à la maison. Peut-être que Camilla l'avait perdu ? Elle serait sûrement ravie de savoir qu'elle l'avait retrouvé.

Louna appela encore sa mère, sans succès, tout en continuant à le feuilleter. C'était incroyable, il y avait de nombreuses photos de leur mariage qu'elle n'avait jamais vues auparavant.
Ils étaient merveilleux l'un et l'autre. Elle avec sa longue robe blanche, les épaules nues, ses petits gants de dentelle et des fleurs d'oranger dans les cheveux, lui en costume, très droit, très sérieux.
Elle tournait une nouvelle page quand, d'un seul coup, elle eut l'impression que son cœur allait cesser de battre. Assise à côté de sa mère, à la table des mariés, il y avait cette femme aux longs cheveux d'or et aux yeux verts assombris d'inquiétude, celle du couple… elle se tenait là, souriante, resplendissante auprès de la mariée. Soudain sa tête se mit à résonner de voix inconnues, d'éclats de rires, de chants, et la voix de sa mère qui parlait avec la belle inconnue :

– Lila, tu es si belle avec cette robe, on ne voit presque pas ton ventre…
– J'ai tellement hâte Camilla, dans cinq mois, il ou elle sera là…ce sera elle, j'en suis sûre, et je la prénommerais Loun…

L'adolescente sentit son cœur s'arrêter de battre, perdue, elle redressa la tête et se retrouva face à Camilla, le visage ruisselant de larmes.

– Louna... oh non ! ma chérie...
– Maman... qui est-elle ? Je la connais... elle est venue me voir un jour, elle était... si belle et si tourmentée, s'il te plaît dis-moi...

Elle suppliait sa mère, la voix à demi-brisée par les sanglots.

– Elle est venue te voir ?
– Un homme l'accompagnait... Charles je crois !

Sa mère s'assit près d'elle.

– Je ne pensais pas te parler de tout cela avant quelque temps, mais il semble que ce ne soit pas à moi de décider...

Louna la dévisageait.

– Ce sont... mes parents n'est-ce pas ?
– Oui. La femme qui t'a mise au monde et qui t'a aimée plus que tout avant que...
– Que quoi ?
– Je vais commencer par le début.

Camilla fit une pose pour reprendre son souffle. Elle se sentait suffoquer et avait besoin de reprendre ses esprits.

– J'ai rencontré ta maman à l'université. Nous étions toutes deux à la Sorbonne. J'étudiais l'histoire de l'art et elle l'archéologie. Nous avions quelques matières communes avec un professeur extraordinaire : Charles Johns. Ta mère et moi l'adorions. Il était très érudit et nous le voyions souvent hors des cours, d'ailleurs, elle faisait une thèse d'archéologie indienne avec lui. C'est à ce moment aussi que j'ai connu Philippe, il venait prendre des cours d'épigraphie dans notre université. Il préparait l'examen de commissaire priseur, moi je me lançais dans le concours de conservateur de musée. À cette époque, Charles et Lila ont commencé à faire des fouilles ensemble. Ton père et moi restions à Paris pour nos examens et eux partaient régulièrement en Inde, au Tibet ou dans d'autres pays d'Asie. Ils s'entendaient merveilleusement bien. Il y avait une telle complicité entre eux, que quand ils nous ont appris qu'ils étaient amants, non seulement cela ne nous a pas surpris, mais c'était pour nous une merveilleuse nouvelle. C'était un couple parfait. Ce qu'un homme et une femme cherchent toute leur vie, ils l'avaient trouvé l'un en l'autre. Philippe et moi étions ensemble aussi depuis quelque temps, et nous leur avons annoncé notre mariage. Je me souviens, ta mère en pleurait de joie, tandis que Charles n'arrêtait pas de nous serrer dans ses bras.

Camilla essuya une larme, et continua, très émue.

– Nous préparâmes ce mariage tous les quatre. Aucun de nous deux n'avait encore ses parents vivants. Ils furent donc l'un et l'autre comme un père et une mère. Ils nous aidèrent, nous conseillèrent et nous soutinrent, ce furent des moments inoubliables... Je me rappelle... c'était quelques mois avant notre mariage que Lila m'annonça la nouvelle. Ils allaient avoir un enfant. J'étais follement heureuse pour elle. J'avais l'impression que ce dernier serait aussi un peu le nôtre, nous étions si proches, je ne me doutais pas à quel point cela serait vrai.
Lila commença à se reposer un peu plus, Charles ne voulut plus qu'elle parte sur des chantiers de fouilles, tous deux mirent donc leur vie professionnelle entre parenthèse pendant quelque temps.

Ton père et moi passions à ce moment-là nos concours, comme ils étaient à Paris, ils nous aidèrent à réviser. Charles nous apprit chaque jour plus de choses, il savait tout sur tout, c'était incroyable, quant à Lila, sa douceur et sa gentillesse furent une vraie bénédiction dans ces moments difficiles. Je peux te dire que si nous avons brillamment réussi ce que nous avons fait tous les deux, c'est bien grâce à eux.

Louna repensait au couple qui lui était apparu, les mots qu'ils avaient prononcés et, à la lumière de ce que sa mère venait de lui apprendre, Charles et Lila prenaient une dimension à la fois plus réelle, mais aussi terriblement tragique à ses yeux.

Camilla regarda avec tristesse sa fille pleurer, elle reprit cependant sa respiration et poursuivit :

– C'est également au mariage qu'elle a commencé à me parler de ce projet...
– Quel projet ?
– Cette fouille dans un vieux temple en Inde. Elle ne nous donna pas son nom, ni où il se trouvait. Tout devait rester secret. Je fus vexée sur le moment, ce n'est que plus tard que je compris par des bribes d'informations, que cette mission était particulière, ils avaient peur qu'elle ne se réalise pas, ils osaient à peine mettre un mot sur ce qu'ils cherchaient. Lila ne la mentionna plus qu'une seule fois, lors de son dernier voyage à Paris. Tout était devenu trop dangereux, cette fois je sus qu'elle cherchait à nous protéger et à te protéger aussi.
– Tu as pu trouver où se passait cette mission depuis ?
– Je ne le sais toujours pas. Il était trop tôt au début, puis trop tard après. Tout ce que je sais, c'est qu'il s'agissait de fouiller en Inde la tombe d'un immense souverain disparu – le rêve de tout archéologue – le roi parmi les Rois... mais je compris par la suite

que ce ne fut pas cela qu'ils découvrirent, ce qu'ils exhumèrent les happèrent sans que rien ne nous permette de les retrouver.

Louna fit une petite grimace.

– Maman… je les ai vus… j'étais encore enfant... je crois… ils étaient bien vivants. Ceux qui les ont enlevés ne les ont pas tués, car je suis sûre que ceux qui viennent me voir ne sont pas des morts, j'en ai l'intime conviction, ils sont vivants !

Camilla regarda briller les yeux de sa fille, le regard noir, si profond de Charles, l'espoir qu'elle y vit lui emplit le cœur, depuis la disparition de ses amis, c'était la première fois que quelque chose de positif se passait.

– Maman, avec ton travail, tu as dû faire des recherches sur ce roi des Rois, je suis sûre que tu as trouvé quelque chose.

– Je n'ai trouvé qu'une légende qui pourrait s'en rapprocher, elle était rapportée dans un vieux manuscrit chinois rédigé aux alentours de l'an 1000 par un grand voyageur : Tchan Shu Sen. J'en avais parlé à ta mère à l'époque, depuis j'ai fait d'autres recherches et complété l'histoire. Cet homme était connu pour être un ambassadeur de la cour impériale Tchang et à ce titre, était reçu par les plus grandes cours asiatiques et européennes. De ses nombreux périples il a ramené des histoires, mais aussi des légendes, qu'il a consignées dans de petits recueils de chroniques. Cet homme était aussi un grand poète, tous ses textes sont sous forme de vers. De nos jours, il est parfois difficile d'en faire une interprétation exacte, de plus, les légendes sont mélangées aux récits historiques. Nous avons beaucoup de mal à démêler ce qui est vrai de ce qui est imaginaire. Les spécialistes, s'accordent à considérer le passage que je vais te raconter comme une des légendes rapportées d'un des pays visités. Il s'agit de l'histoire du grand roi du pays de Lyriati…

Louna était suspendue à ses lèvres. Camilla commença ainsi son récit :

– Ce roi était bon et juste. Il vivait avec sa femme, la reine Monia dans un immense palais de cristal et son pays s'étendait très loin par-delà les plaines et les montagnes. Son peuple était prospère, les forêts étaient vertes et touffues, les arbres donnaient à chaque saison des fleurs aux parfums enchanteurs et des fruits gorgés de sucre aux saveurs exquises. Les champs étaient fertiles et chaque graine semée par les laboureurs y poussait. Le pays était si riche qu'aucun être vivant ne manquait de nourriture. Les hommes y étaient traités avec dignité, il faisait véritablement bon vivre dans ce pays. Malheureusement, au-delà de ses frontières, régnaient le chaos et la terreur, des êtres méchants et néfastes dominaient les contrées voisines et regardaient avec envie les richesses, la paix et la douceur de Lyriati. Aucun d'eux n'était capable de créer une telle harmonie en son royaume, si bien que rapidement, les petits roitelets autour crevèrent de jalousie contre le bon roi. Celui-ci avait bien conscience de ce fait, mais il savait aussi, qu'aucun d'eux ne lui prêterait allégeance, et comme il ne pouvait conquérir ces territoires par la guerre, il ne voyait pas comment étendre davantage les bienfaits de son royaume.
– Pour quelle raison ne pouvait-il pas faire la guerre ?
– Nous ne le savons pas, mais il insistait beaucoup sur ce point… attends la suite, personne n'osait l'attaquer, car le Lyriati avait la réputation d'être protégé par un enchantement qui anéantirait tout être passant ses frontières avec de la rage dans le cœur, de la haine ou des envies de conquêtes. Tout le monde se tenait donc tranquille, l'état d'opulence du pays était considéré comme magique, il paraissait donc évident à tous, qu'il y avait quelque

chose d'étrange là-dessous. Les rois voisins attendirent des années pour faire quelque chose, pendant ce temps, la haine grandissait dans leur cœur, leur désir de vengeance les étouffait de plus en plus, à tel point que la colère en avait métamorphosé leur visage. Vaincre le pays du grand roi était devenu leur obsession, d'autant plus que leur peuple délaissé, affamé, maltraité était accueilli par celui-ci et trouvait refuge au pied du palais de cristal. Leurs pays rétrécissaient à vue d'œil, ainsi que le nombre de leurs sujets, alors que le Lyriati, toujours plus puissant grignotait tranquillement les contrées voisines. Bientôt, des arrêtés furent pris par ces vils souverains, chaque personne qui tenterait de passer à l'ennemi, serait tuée sur-le-champ. C'est ainsi qu'ils se sabordèrent, les populations à qui l'on ôtait tout espoir de bonheur, se révoltèrent et renversèrent leurs rois. Ceux-ci furent piétinés par la foule en folie et un chef fut désigné pour aller se présenter au Lyriati et demander au roi de les prendre à ses côtés. Le roi accepta, bien qu'il leur reprochât d'avoir si ignoblement assassiné leurs dirigeants. Voici de quelle façon ce royaume devint le plus grand de son époque et, comment son roi devint le roi des Rois, le grand des grands. Il se fit construire un autre palais de cristal plus au nord de son domaine, car celui-ci s'étant considérablement agrandi, le précédent était à présent trop excentré. C'est à ce moment-là qu'il abandonna son premier palais qui devait devenir plus tard son tombeau. La longue période qui s'ensuivit vit l'apogée de ce royaume.

La nouvelle capitale du pays s'appelait Asratim. La réalisation du palais avait demandé un travail énorme, mais le résultat, si l'on en croit les chroniques de l'époque était époustouflant. Il était conçu à l'image du précédent, mais encore plus grand, et plus majestueux. Les plus fameux artistes du monde vinrent y travailler. Tout y fut réalisé en matériaux précieux, les bois les plus nobles employés pour les meubles, des pierres précieuses, de l'ivoire, et des nacres, incrustés dans chacun d'entre eux, pour former des motifs merveilleux. Le sol fut couvert de mosaïques chatoyantes, des arbres poussèrent çà et là dans les différentes pièces du palais, transperçant de leur cime la voûte cristalline. Enfin, la plus grande merveille du palais fut la réalisation du réseau de rivières et de cascades, coulant sous le sol translucide, donnant l'impression de vivre dans un palais aquatique. Il semble que de nombreux ambassadeurs de grands royaumes voisins aient visité le roi du pays de Lyriati, et là encore, l'envie et la convoitise se déchaînèrent, mais cette fois, les conséquences en furent désastreuses pour le pays.

Le texte s'interrompt car des pages manquent à cet endroit. Elles semblent avoir été arrachées, ce qui est très étonnant car le document provenait d'un fond d'archive retrouvé intact dans une des grottes bouddhistes des montagnes Grises. Cela signifierait que, le document ait été déposé mutilé dans la grotte, ce que je ne crois pas non plus. Bref il y a là quelque chose de surprenant et d'ennuyeux car nous reprenons l'histoire à présent à la mort du roi.

Nous ne savons pas ce qui l'a tué, mais il est dit qu'il fut enterré aux côtés de sa femme dans le premier palais de cristal. Une partie des plus fidèles serviteurs leur rendit les honneurs en leur dernière demeure, puis ils enterrèrent pendant de nombreuses semaines le palais sous la terre jusqu'à ce qu'il disparaisse à jamais de la mémoire des hommes. Le pays ayant été dévasté et la capitale se trouvant au nord, ils étaient seuls pour accomplir leur funèbre mission. Cependant, pour être sûrs que personne ne trouverait jamais le tombeau, ils se suicidèrent tous une fois leur travail accompli. L'emplacement de la sépulture du roi des Rois, disparut à jamais.

Il n'est pas dit ce qu'il advint du pays, ni de ses habitants par la suite.

– Cette histoire est incroyable, es-tu sûre qu'il s'agisse d'une légende ?

– Louna, il est probable qu'il y ait un fond de vérité dans tout cela, mais enrichie par des siècles de tradition orale, d'esprits imaginatifs et affabulateurs.

La jeune fille fit une petite moue, elle ne semblait pas convaincue.

– Tu penses que la disparition de Lila et de Charles pourrait avoir une relation quelconque avec cette histoire ?
– Je ne sais pas vraiment, c'est la seule chose que j'ai trouvée, qui coïncide à peu près avec ce que j'ai pu apprendre de leur mission. La fouille devait durer deux mois dans un premier temps, afin d'identifier le site avec certitude. Si leur hypothèse s'était vérifiée, ils seraient restés, et t'auraient fait venir sur place.
– Crois-tu qu'il puisse s'agir de la tombe de ce roi ? Dans ce cas l'histoire serait réelle, et peut-être que sa tombe nous livrerait le secret de sa mort et de la disparition du Lyriati ?
– C'est ce que pensaient tes parents sans doute, mais cela ne s'est pas déroulé ainsi. Ils n'ont pas trouvé la tombe, j'en suis à peu près certaine.
– Que s'est-il passé une fois la fouille commencée ?
– Tout a été de travers. L'enjeu était tel, qu'ils n'ont pas tenu compte des petits accros du début, jusqu'au jour où Lila est revenue ici en coup de vent. Elle était bouleversée, très inquiète pour toi et Charles, elle me disait avoir un mauvais pressentiment, quelque chose se tramait, elle vous sentait pris au piège. Je crois que venir te voir l'a rassurée sur ton sort, puis elle a commencé à repenser à Charles et s'est persuadée qu'il devait revenir. Elle a alors décidé de repartir pour le ramener. Je ne l'avais jamais vue dans un tel état.
– Elle m'a… abandonnée ?
– Non chérie, elle savait que tu étais en sécurité ici et surtout que si elle ne convainquait pas Charles de rentrer avec elle, il serait trop tard… malheureusement, ni l'un ni l'autre ne sont revenus…

– Mais qu'est-ce qui s'est passé là-bas ? Que vous a-t-elle dit ?
– Rien justement, rien que des choses vagues... mais il s'est passé autre chose dont elle n'a pas souhaité nous faire part... elle était tellement inquiète...
– Maman...

Sa mère avait baissé les yeux. Elle réfléchit un instant puis devant le regard implorant de sa fille, se décida. Elle lui raconta alors l'histoire de *l'or baigné de lune*, du texte qu'elle avait lu au musée, de la sensation de chaleur qui avait envahi Lila et son étrange malaise.

Louna n'en revenait pas. Elle qui avait senti la terre se dérober sous ses pieds à l'annonce de son adoption, se retrouvait à présent avec des parents disparus dans des conditions pour le moins étranges, en recherchant un tombeau mystérieux sur un chantier de fouilles archéologiques non localisé.

Cela commençait à faire beaucoup pour une seule soirée. La jeune fille était perdue. Cependant, elle sentait quelque chose remonter en elle. Quelque chose qui était là, qui attendait, latent depuis des années et qui, d'un seul coup l'envahissait, un sentiment étrange, celui de comprendre enfin la source de tant de questions, de mystères et d'étrangetés dans sa vie, et surtout bizarrement l'impression de comprendre ce qui, jusque-là, n'allait pas tout à fait dans son existence, si paisible. Elle avait été déracinée et en gardait l'empreinte gravée au fond d'elle-même. Elle éprouvait soudain une immense paix, comme un enfant qui retrouve enfin les bras de sa mère, elle retrouvait ses origines, et sans avoir jamais été au courant de cela, elle savait que cela l'avait marquée.

– Mais après leur disparition, la police, l'ambassade, enfin quelqu'un a dû les chercher n'est-ce pas ?

– Justement, c'est là que tout se complique, très peu de journaux ont parlé de leur disparition, on ne nous a jamais rien dit. Nous avons uniquement été contactés par une assistante sociale, qui devait prendre des mesures pour savoir que faire de toi, puis plus rien. Pas de questions, aucune aide.
– Et le soir ou Lila est partie, elle ne t'a rien laissé ? Ni lettre, ni mot ?
– Je n'ai rien retrouvé. Pourtant, elle avait sorti du papier et des enveloppes, puis elle a dû se raviser. Je me suis souvent demandé pourquoi elle ne m'avait rien dit. Peut-être avait-elle une raison… je ne sais pas, de plus, il y a beaucoup de choses que je ne comprends toujours pas…
– C'est-à-dire ?
– Eh bien… peu de temps après la disparition de tes parents, nous avons fait des recherches, engagé un détective, il y avait trop de mystère, les journaux n'en parlaient presque pas, je te l'ai dit, c'était incroyable, comme si la disparition corps et âme de six personnes, n'avait aucune importance. Le gouvernement de l'époque n'a rien fait, ni l'ambassadeur en Inde. Cette indifférence était insupportable. Puis nous avons compris que cette inertie générale ne pouvait s'expliquer que par un secret que tous voulaient cacher… mais lequel ?
– Alors ?
– Un matin, je suis allée au musée comme tous les jours, puis le trou noir… je ne me suis plus rappelée de ma journée. Je me suis retrouvée dans le métro à l'autre bout de Paris sans savoir ce que je faisais là. J'ai appelé aussitôt une collègue et me suis fait passer pour quelqu'un demandant un renseignement. Je voulais savoir combien de temps j'avais été « inconsciente ». J'ai demandé à me parler en imaginant qu'on me répondrait que j'étais partie, mais non… on m'a passée au téléphone. Elle avait la même voix que moi, j'ai cru que je devenais folle, j'ai demandé à cette femme qui elle était, pourquoi elle avait pris ma place, si elle

savait ce que j'avais fait de ma journée. Elle me répondit que tout cela me dépassait et que si je cherchais à en savoir plus, cela se passerait mal pour ma famille et moi, puis elle raccrocha. En arrivant à la maison, j'étais bouleversée. J'attendis que ton père rentre. 19 heures, 20 heures, 22 heures passèrent, je commençais à être très inquiète. J'appelai alors son associé, il me dit qu'il effectuait une vente d'art asiatique à l'Hôtel Drouot et n'avait pas d'idée à quelle heure cela se finirait. Tu étais avec moi, et encore paniquée par ce que cette femme avait dit, je décidai qu'il valait mieux attendre en sécurité à la maison. Il arriva vers 23 heures, totalement abasourdi. Tu ne me croiras jamais, mais il m'a dit : « Je viens de porte Maillot ! » Je lui ai répondu, surprise : « Mais, c'est à des lieux de l'Hôtel Drouot ! » « Je t'assure… il m'est arrivé quelque chose d'incroyable. Je suis parti ce matin, puis… je ne me souviens de rien et je me suis retrouvé, il y a une heure assis sur un banc porte Maillot. »
Je lui racontai alors mon histoire. Il appela son associé sans rien lui dire, prétextant un dossier oublié au travail, et le questionna sur le résultat de la vente. Son associé semblait très heureux du chiffre qu'ils venaient de faire et se dit désolé de n'avoir pas pensé à lui remettre le dossier dont il parlait au moment où il était parti.

Louna ouvrait des yeux grands comme des soucoupes.

– Vous avez perdu la mémoire de toute une journée, pendant que d'autres « vous » étaient au boulot à votre place, mais c'est invraisemblable ! Que s'est-il passé après ?
– Nous avons beaucoup réfléchi ton père et moi, puis nous avons décidé de ne rien dire à la police, de renvoyer notre détective privé et de mener l'enquête nous-mêmes dès que nous aurions été véritablement capables de le faire, c'est-à-dire une fois certains que tu étais hors de danger. Puis il y a eu Iris très vite, et

Boubou… le temps a passé, nous avions peu d'espoir de les retrouver, de plus, nous venions d'avoir un aperçu de ce dont « ils » étaient capables. Cependant, un jour nous saurons, même si ce n'est pas réalisable tout de suite.
– Vous ne vous souvenez vraiment de rien de cette journée ?
– Non !
– Vous n'avez aucune idée de qui est derrière tout cela ?
– Tout se rapporte à tes parents, nous en sommes convaincus, et à cette mission, mais au-delà, nous ne savons rien de plus. J'ai cependant l'impression que pour une raison qui m'échappe, notre gouvernement est impliqué dans cette affaire, ainsi que le gouvernement indien, et peut-être d'autres encore. Ce qui s'est passé là-bas, est un secret absolu, et ils sont prêts à tout pour que rien ne s'ébruite. Pour autant, je ne crois pas qu'ils soient les seuls sur cette affaire, tout cela est très inquiétant. Et surtout… j'ai peur que cela se rapporte également à toi.
– C'est-à-dire ?
– Louna, j'ai voulu ignorer ce que je savais de toi pendant toutes ces années de peur de t'effaroucher, mais je sais que tu as… comment dire… des dons un peu étranges.

Sa mère s'interrompit.

– Depuis quand as-tu compris ?
– Depuis ce jour, tu devais avoir deux ou trois ans, où tu m'as présenté ton ami… cela m'a rappelé Lila. Elle aussi avait des « amis » comme toi, mais elle n'a jamais réussi à l'accepter et a toujours lutté contre de tout son être. Je ne sais si votre monde personnel à toutes deux est lié à cet imbroglio, mais j'ai le sentiment qu'il y a un puzzle qu'il va nous falloir reconstituer, que tout doit se relier pour expliquer enfin, ces questions qui restent sans réponses.
– Alors je peux te demander maman, la langue que je parlais avec Shu ce jour-là, tu t'en souviens ?

Sa mère acquiesça.

– Tu la connais ?
– Je la connais, lui répondit-elle … c'est du senzar, une langue tibétaine qui remonte à la nuit des temps et qui n'est parlée que par quelques grands lamas. Cette langue est entrée dans ta tête par des moyens que j'ignore totalement… comme les autres langues d'ailleurs…

Louna n'en revenait pas. Elle parlait un dialecte extrêmement rare avec Shu, aussi facilement que sa langue maternelle. Puis elle nota la réflexion de sa mère :

– Quelles autres langues ?
– Des langues que je ne connaissais pas, et puis une autre, tu étais plus grande cette fois, tu discutais en tamoul avec quelqu'un. C'est une langue du sud de l'Inde. Tu te fâchais je me rappelle… cela se passait dans ton sommeil. La personne devait te poser des questions, mais tu refusais systématiquement d'y répondre. J'avais peur qu'il ne se passe quelque chose de grave, je ne savais que faire, ni comment te protéger.
– Jamais je n'ai prononcé le nom de mon interlocuteur dans mon sommeil ?
– Je ne l'ai jamais entendu, tu lui disais juste parfois qu'il était trop vieux, que tu ne l'aimais pas, et que tu n'aimais pas non plus son ton de « commandant ».
– Je ne m'en rappelle pas !
– Cela a duré six mois. Je dormais dans ta chambre tellement j'avais peur. Puis un jour tout s'est terminé.
– C'est tout ?
– Oui !

Louna réfléchissait, dans tous ses « amis invisibles », à part son grand-père, il n'y avait aucun vieux monsieur avec qui elle s'était fâchée… non décidément, elle ne voyait pas.

Elle reprit :

– Et depuis ce jour bizarre pour vous, il ne s'est rien passé ?
– Eh bien, en fait ce n'est pas tout à fait fini… deux jours plus tard, il m'est arrivée de ne plus retrouver certains objets dans la maison, d'autres avaient été déplacés, mais c'était à peine visible. Je m'en suis rendu compte par hasard en allant dans le garage. Le verrou n'était fermé que d'un tour, alors que ton père et moi en donnions toujours deux. Je me suis demandée s'il ne s'agissait pas là d'une étourderie de sa part, cependant, en m'approchant, j'ai remarqué des traces de pas boueux sur le sol, elles étaient essuyées, mais je les voyais encore distinctement, or ni lui ni moi n'étions passés à la maison de la journée. J'ai commencé à tout retourner méthodiquement, c'est ainsi que je me suis aperçue qu'elle avait été fouillée de la cave au grenier. Je ne sais pas ce qu'ils cherchaient… enfin, ce n'est qu'après que j'ai pensé que cela pouvait être…
– Quoi ?
– Viens, de toute façon il t'appartient. Je le portais par hasard sur moi le jour où ils ont visité la maison, c'est pour cela qu'ils ne l'ont pas trouvé. Depuis je n'ai plus osé, tu comprends, à cause de l'enlèvement, c'est un concours de circonstances incroyable qu'entre ces trois jours où ils nous ont retourné le cerveau et fouillé la maison, ils n'aient pas pu le récupérer.

Elle se dirigea vers un coin de la pièce, récupéra au passage une paire de petits ciseaux à papier, retira un cadre du mur, puis commença à découper le lourd brocart qui le recouvrait. Louna esquissa un geste pour l'arrêter.

– Laisse, après cette journée je l'ai caché. Nous n'avons tapissé qu'après… nous ne voulions pas que cela se voit…

Elle frappa quelques coups sur le mur. Louna n'entendait rien, mais après quelques instants, sa mère sembla avoir trouvé ce qu'elle cherchait. Elle commença à gratter le plâtre avec les petits ciseaux jusqu'à faire apparaître la brique derrière. Elle glissa la lame dans une petite fente et fit levier de toutes ses forces, au bout d'un moment, une des briques sembla bouger, puis d'un seul coup tomba sur le sol en se brisant dans un petit bruit sec. Dans la cavité ainsi dégagée, elles pouvaient discerner un petit rectangle de pierre tout au fond. Camilla le retira délicatement et découvrit un trou de la taille d'un poing renfermant un sac de soie rouge et un petit carton. Elle saisit les deux et les tendit à sa fille.

Dehors, la température était tombée d'un coup. Le petit être surpris frissonna, mais ne voulant quitter son poste d'observation pour rien au monde, il colla de nouveau ses gros yeux rouges derrière la fente du volet.

– Tiens chérie… elle voulait que je te les donne.

Au même moment, son père arrivait en maugréant :

– Oh là, là ! Une heure et demie d'histoires de Floppi, de Oui-Oui, puis Lucky-Luke, je n'en peux plus.

Il s'effondra sur le sofa.
Il lui fallut quelques instants pour comprendre qu'il se passait quelque chose. Louna vit son père blêmir, quand il reconnut l'album de cuir rouge et le petit sac qu'elle tenait dans ses mains.

– Elle sait chéri ! lui dit sa femme.

– Ah !

Philippe regarda sa fille l'air affreusement inquiet. Elle se précipita dans ses bras.

– Ne t'inquiète pas, mais il faut que tu saches toi aussi, j'ai vu la photo de Lila et Charles, je les ai reconnus, ils sont venus me voir un jour quand j'étais enfant…

Son père sembla tomber des nues.

– Louna, je… n'ai pas tout dit à ton père…

La jeune fille regarda son père avec l'air interrogateur.

– Tu ne lui as jamais parlé de Shu, ni…
– Hum… non.
– Quel Shu, demanda Philippe se ressaisissant, qui est ce Shu, est-ce un de tes amis ? Ton petit ami ? Tu as un petit ami et personne ne m'a rien dit !
– Calme-toi chéri, lui dit Camilla d'une voix tendre. Nous allons tout t'expliquer… mais attends-toi à être aussi surpris que ta fille vient de l'être.

Cela ne lui disait rien qui vaille, mais fièrement il se redressa sur le canapé, prêt à tout entendre. Une demi-heure plus tard, le pauvre se tenait la tête à pleines mains, littéralement anéantit.

– C'est incroyable, incroyable !

Dans la précipitation des événements, tous avaient oublié le petit sac et le carton.

– Qu'est-ce ?
– Oh ! Mais...

Louna venait de se saisir du petit carton :

– Une photo...

Assis sur un banc devant un arbre en fleur, se tenaient Charles, un bras sur l'épaule de Lila, qui serrait blotti contre elle un adorable bébé.

– Elle a été prise à ta naissance...
– C'est moi qui l'ai prise, continua son père.

Louna était très émue par ce dernier message de ses parents. Elle la déposa religieusement sur la table avant de s'intéresser de nouveau au sac. Fébrile elle glissa la main dedans, saisit l'objet qu'il renfermait, quand aussitôt elle se sentit défaillir, des voix inconnues résonnaient dans ses oreilles, des femmes et des enfants hurlaient épouvantés, derrière, elle percevait un mugissement assourdissant, il augmentait, se rapprochait. La jeune fille affolée, se mit à crier, puis tenta de se boucher les oreilles pour faire cesser cette horreur, son corps la faisait atrocement souffrir, il arrivait, elle le voyait presque à présent, rugissant, démoniaque... il venait pour elle... elle devait fuir, tout de suite...

– Louna...

La voix de son père la sortit de sa transe, elle avait lâché l'objet qui venait de rouler sur le sol dans un petit bruit cristallin.

– Que s'est-il passé ? Qu'as-tu vu ? Chérie, es-tu sûre que ça va ?

Sa mère lui tenait la main, le visage inquiet.

– C’est en touchant l’objet… dans le sac... j’ai entendu ce monstre, celui de mes cauchemars.
– Quel monstre de tes cauchemars ? Louna tu ne nous as jamais rien dit…
– Mais Shu était toujours là pour me rassurer après…
– Chérie… tu nous caches encore beaucoup de choses comme celle-ci ?
– Ah ! Non, je vous assure que c’est tout !
– Et ce cauchemar… qu’est-ce que c’est ?

Leur fille leur raconta alors le bruit, les grondements, la fuite éperdue avec Shu, il était dans son rêve, sans savoir pourquoi, il était toujours là, puis, il y eut l’embuscade et cette chose qui arrivait. Shu se battit contre elle, son épée brillait comme un rayon de soleil, c’est le dernier souvenir qu’elle avait, l’éclat de l’épée se reflétant partout autour d’elle. Puis une douleur fulgurante la transperça et tout devint flou. Elle se sentit partir, les bruits se firent plus sourds, le grondement de l’être immonde disparut peu à peu pour ne plus devenir qu’un murmure. Elle se réveillait alors, terrorisée, et le retrouvait, assis en tailleur au pied de son lit. Il la réconfortait longtemps après ce cauchemar car elle était toujours très affectée. Tout était si réel qu’elle avait l’impression de revivre un affreux souvenir, jamais il ne la laissait en paix.

Camilla ne dit rien, mais ne put s’empêcher de penser à l’histoire que Lila leur avait raconté la nuit de sa disparition. Elle n’en avait pas parlé à sa fille tout à l’heure quand elle avait mentionné le *Lya*, quelque chose l’en avait empêchée... elle échangea un regard avec son mari, ils pensaient à la même chose. Était-ce une coïncidence ? Quels grondements, quels hurlements et quel être monstrueux hantait ainsi l'esprit et les rêves de la mère et de la fille ?

Louna venait de repérer l'objet sur le sol :

– Maman, peux-tu le prendre s'il te plaît, j'ai si peur à présent.

Sa mère s'en saisit et le lui présenta. Il s'agissait d'un petit médaillon de cristal, merveilleusement translucide, incrusté par endroits de perles de turquoise. Elles étaient identiques à celle que Shu lui avait offerte pour son précédent anniversaire. Louna n'en revenait pas. Comment aurait-il pu savoir. Elle tendit la main en tremblant et posa le bout des doigts sur le bijou. Rien ne se produisit. Elle le fit glisser dans le creux de sa paume, il était doux, lisse, elle le sentait presque vivant, c'était comme s'il voulait se lover dans sa main. La jeune fille ne savait pas ce qu'il signifiait pour sa mère, mais elle le trouvait magnifique. Il était percé en son centre d'un trou de la taille d'une pièce de monnaie. En le regardant de près, elle remarqua qu'il manquait une turquoise. Tout à l'heure elle irait vérifier, avec la perle qu'elle avait là-haut. Louna leva les yeux vers ses parents. Ils avaient pris dix ans en une soirée et avaient l'air exténué. Tous trois se dévisagèrent un moment avant d'éclater de rire devant les mines des uns et des autres.
Il fut décidé à l'unanimité qu'il était temps d'aller se reposer, la famille avait eu assez d'émotions pour la soirée. Camilla recommanda à sa fille de bien veiller sur le bijou, mais en réalité, elle savait que c'était inutile, elle sentait inconsciemment qu'il venait de trouver son véritable propriétaire.

Ils croisèrent Iris en montant, qui sortait de la salle de bains. Elle s'arrêta stupéfaite devant les têtes de ses parents et de sa sœur. Son cœur se serra, la curieuse venait de comprendre qu'elle avait raté quelque chose d'important. Elle eut beau questionner tout le monde, supplier, minauder, grogner, elle ne pu rien tirer de qui que ce soit. Camilla avait imposé que les deux petits ne sachent rien tant qu'eux trois n'auraient pas essayé, à tête reposée, de démêler cet épouvantable imbroglio. Sur ce, la petite claqua la porte de sa chambre furieuse. Louna serra fort ses parents dans ses bras, et se retira dans sa chambre.

Dehors, la bête hirsute ramassée sur elle-même courait à en perdre haleine. Le maître serait content, c'était certain, il serait vraiment content. Tout à ses rêves de gloire, il disparut dans la nuit.

Chapitre 3

L'adieu.

Louna alluma sa lampe de chevet. Une lumière dorée se diffusa dans toute la pièce, soulignant les lignes abruptes d'un immense tableau cubiste accroché au mur. Dans un coin, une statue africaine semblait s'amuser à projeter son ombre autour d'elle, recouvrant d'un manteau gris souris tout ce qui passait à sa portée. Les rideaux étaient ouverts et, dehors, le ciel scintillait de milliers d'étoiles, à leur côté, la lune trônait entourée d'un halo d'argent vaporeux. Elle se retournait vers sa coiffeuse pour déposer son bijou quand elle l'aperçu.

Il était assis en tailleur sur un coussin. Son long vêtement de satin bleu nuit, rebrodé de dragons, tranchait sur le velours rouge des tentures. Il portait un pantalon bouffant jaune pâle, imprimé de motifs représentant des nuages blancs, ainsi que de grandes bottes de cuir fourrées. Sur l'une d'elles, était accroché un couteau maintenu dans un étui rehaussé de pierreries. Sa taille était ceinte d'une étoffe de velours bleu plus clair, ornée de broderies vert pâle et grises, desquelles pendaient par endroits de précieuses amulettes en or. Il fumait nonchalamment une longue pipe d'argent et la regardait d'un œil malicieux.

– Ta mère t'a donné Lilouya ?

– Pardon ?

– Le médaillon… Lilouya… c'est son nom.

La jeune fille regarda le bijou et se rappela soudain de la petite perle offerte par son ami.

– Tu l'as toujours belle Louna ?

Elle se retourna en fronçant les sourcils, la facilité avec laquelle il lisait ses pensées la déconcertait toujours.

– Oui, bien entendu !

Elle saisit une jolie boîte d'ébène rehaussée de nacre et en sortit une petite perle de turquoise. Elle était exactement de la même taille que la petite cavité présente sur le pendentif.

– Après tout ce temps... viens... je vais enfin la restituer au Lilouya.

Shu posa le médaillon sur la paume de sa main droite et la perle couleur d'horizon dans sa main gauche, puis doucement il éleva l'une et l'autre vers la nuit étoilée :

– ashrati Lilouya, tiroua shramaï irouch hasta Lilouya.

À ces mots, le bijou et la perle s'élevèrent dans les airs. Ils tournoyèrent un instant dans la chambre, puis par la fenêtre ouverte gagnèrent l'air pur du dehors. Leur éclat jetait mille feux sur le ciel couleur lapis-lazuli. Des rais de lumière s'échappaient du cristal qui tournoyait de plus en plus vite sur lui-même. La perle faisait à présent des circonvolutions régulières autour de celui-ci, de loin on avait l'impression de contempler une planète miniature et son satellite. Puis le cristal, comme fatigué, ralentit sa course effrénée et tout doucement redescendit telle une feuille portée par le vent. La perle resta un moment en suspension, puis

soudainement plongea sur la pierre translucide pour se lover dans l'emplacement abandonné depuis si longtemps.
À cet instant même, un cou de tonnerre éclata, tandis que des éclairs sortis de nulle part zébraient le ciel.

– Regarde enfant de lune, Lilouya est enfin reconstitué, la nature fête le retour du cristal de la montagne céleste parmi les forces premières de l'univers. C'est une bonne chose vraiment, une très bonne chose.
– Shu ? demanda doucement Louna alors que le médaillon venait de se poser dans le creux de la main du jeune homme, qu'est-ce que Lilouya ?
– C'est une longue histoire fille de lune, que je ne peux te conter en entier pour l'instant, saches que Lilouya est le pouvoir universel, la clé de tout, et qu'il t'appartient. Tu es sa gardienne, encore plus que cela, tu es d'une certaine manière le Lilouya.

La jeune fille ne comprenait pas bien, néanmoins sentant l'importance des paroles de son ami, elle n'osait demander davantage d'explications.

– Pourquoi manquait-il une perle ?
– Parce que Lilouya est très puissant… regarde ce trou en son centre, il manque une pierre plus grosse, personne ne devait enchâsser la mauvaise… sans la turquoise, Lilouya était neutralisé. Entre de mauvaises mains, il est suprêmement dangereux, c'était le seul moyen de limiter son influence dans des mains souillées par la convoitise, le désir et la haine.
– Je ne comprends pas bien…
– c'est sans importance pour le moment.
– Qui en a retiré la perle, est-ce toi ?
– En un sens, belle Louna, mais approche-toi plutôt, je vais le mettre à ton cou…

La jeune fille s'agenouilla près de son ami… elle était très émue. Il lui retira délicatement les cheveux du cou et passa le médaillon sous son menton. Elle frémit quand sa main la frôla. Une fois le médaillon restitué à sa propriétaire, Shu la retourna vers lui. Il lui dégrafa le haut de la robe et posa le cristal sur son cœur. Une douleur vive lui traversa tout le corps, elle se raidit tandis qu'il lui prenait la main.

– C'est nécessaire, tu dois surmonter l'épreuve… le Lilouya doit reconnaître l'élue.

Louna n'entendait ni ne voyait son ami, elle était seule, le grondement revenait, plus fort, plus effrayant que jamais, il approchait de nouveau, elle sentait ses jambes se dérober, tout était noir autour d'elle, elle avait chaud, son corps la faisait souffrir, elle le sentait presque à présent, il était là, près d'elle, monstrueux, entouré des flammes de l'enfer, elle avait peur… Soudain une force inconnue s'empara d'elle, la chaleur se fit moins forte, le grondement recula un peu, elle se voyait à présent, tout était toujours noir, mais de son corps émanait une lueur argentée. Tout son être resplendissait. Elle avança instinctivement ses mains en avant comme pour chasser cet ennemi invisible, celles-ci brillaient de plus en plus fort, la lumière qui émanait d'elles était telle, qu'elle distinguait des formes à présent autour, des gens, partout, à genoux, terrassés, morts ou agonisant. La lumière coulait sur eux. Certains commençaient à bouger. Ils se redressaient lentement. Comme hébétée, Louna sentait son être devenir de plus en plus léger, ses pieds quittaient la terre ferme. Plus elle montait, plus la lumière se diffusait. Les gens bougeaient à présent, certains riaient, d'autres se jetaient dans les bras les uns des autres et elle montait toujours. Tandis que la Terre devenait de plus en plus petite, elle disparaissait dans l'espace comme une boule de feu.

La jeune fille se réveilla en sursaut, étendue sur le sol, son ami penché au-dessus d'elle. Pour la première fois de sa vie, elle le sentit inquiet.

– Louna, tout va bien ?
– Oui… enfin... je ne sais pas... j'étais dans l'espace… et j'ai disparu, murmura-t-elle encore sous le choc.

Shu éclata de rire.

– C'est parce que tu es l'élue, que tu as le privilège de te fondre dans l'infini.
– J'ai déjà eu cette sensation quand j'ai touché le médaillon avec mes parents, mais cette fois, j'ai vaincu l'ombre et les ténèbres qui m'envahissaient, Shu, qu'est-ce que tout cela signifie ?
– Louna, il y a certaines choses que je dois te dire ce soir, car je ne pourrai plus le faire plus tard… assieds-toi près de moi.

Elle s'installa sur le lit à côté de lui. Elle n'osait poser aucune question. Son instinct lui annonçait qu'il allait lui révéler des choses importantes et elle ne voulait à aucun prix l'interrompre de peur qu'il se ravise. Shu prit sa main dans la sienne.

– Tu devras m'écouter attentivement car je ne pourrai plus te répéter tout cela.

Le jeune homme hésita un instant, comme troublé par le fardeau qu'il s'apprêtait à déposer sur les épaules de sa compagne, il regarda son visage encore si juvénile, mais il n'avait pas le choix et commença :

– Il était dit que le début de la quête commencerait le soir de la dix-septième année de l'élue, tu as eu ce soir une partie des révélations et le Lilouya est désormais tien, je vais à présent compléter ce que tes parents t'ont appris. À l'avenir, tu n'auras plus besoin de moi, tel que je suis actuellement.

Louna le dévisagea avec attention.

– Cela signifie donc enfant de lune que c'est la dernière fois que je te verrai ainsi, je sortirai de ta vie…
– Shu…

La jeune fille venait de blêmir violemment.

– Laisse-moi finir, je sortirai de ta vie tel que tu me connaissais jusqu'à présent, mais cela ne signifie pas que je te quitterai. Ce que tu vas entreprendre est trop laborieux pour que tu le réalises seule. Écoute bien à présent ce que je vais te dire.
Camilla t'a révélé un lourd secret ce soir. Je vais t'en livrer un autre aspect et tu devras toi-même, après, aller à la recherche de la vérité ultime.

Louna avait esquissé un geste.

– Laisse-moi terminer... Comme tu le sais, tes parents ont disparu en Inde quand tu étais bébé. Ils étaient sur les traces d'une très grande découverte archéologique. Une découverte qui pouvait bouleverser le monde, tes parents étaient des personnes hors du commun et leur quête était noble, ils n'auraient jamais sacrifié un moment passé avec toi contre de l'argent ou de la gloire. Ce qu'ils cherchaient était un véritable changement pour tous, ils étaient sur la piste du bonheur universel. Louna, ce qu'ils ne purent découvrir, car malheureusement ils furent manipulés par des êtres vils et mauvais, c'est à toi qu'il incombe de le révéler, c'est là que réside la parade ultime au mal qui s'est réveillé. Tu ne dois plus oublier cela enfant de lune, le mal est de retour, il se prépare dans l'ombre car son heure est venue, il cherche la destruction et le chaos pour régner sur les hommes. Ton entreprise sera longue et ardue, mais tu seras aidée par des êtres d'exceptions. Tu les trouveras sur ta route et tu les reconnaîtras, eux aussi sauront qui tu es. Ensemble vous devrez lutter afin que la prophétie se réalise, mais n'oublie jamais que ce qui n'est pas déjà passé n'existe pas encore, et que rien de ce qui a été écrit ou dit, ne se réalisera sans toute la force de ta volonté et de ton courage. Rien ne sera vain pour toi et pour les tiens, les souffrances seront nombreuses, mais si tu réussis, alors le monde t'en sera reconnaissant pour l'éternité.

Shu semblait avoir terminé, pourtant, cela lui parut encore plus embrouillé qu'avant. Ce qui venait de lui d'être présenté devait être une forme d'explication, alors que pour elle, ce n'était qu'un mystère supplémentaire. Louna lui jeta un regard implorant :

– Shu, sais-tu ce qu'il est advenu de ma famille ?
– Tes parents sont détenus par *le mal noir*...Je ne sais rien de plus, ni où ils sont ni s'ils vont bien, mais ils ne sont pas morts, car ils t'ont rencontrée. Comme tu l'as bien compris, seuls les esprits vivants peuvent ainsi transporter leur âme et apparaître à d'autres vivants... mais surtout, ils sont encore utiles à l'être des profondeurs, c'est pour cette dernière raison que tu peux espérer véritablement.

Elle sentit une larme perler au coin de ses paupières, elle ne savait pas ce qu'était cette quête et ne comprenait pas bien ce que voulait réellement Shu, mais tout cela n'avait aucune importance, car ses parents étaient en vie, où qu'ils soient, elle les retrouverait et les ramènerait.
Louna regarda encore une fois le doux visage de son ami, ses

yeux flamboyaient d'une détermination nouvelle, elle savait que cette soirée était un adieu et mesurait tout juste à quel point, les révélations sur ses parents et la découverte du Lilouya venaient de changer le cours de sa vie. Elle n'osait formuler la question qui lui brûlait les lèvres : « Pourquoi ne plus se revoir ? »

– Parce que je ne peux être partout à la fois Louna.
– Ce n'est pas une réponse ça !
– Tu comprendras bientôt, mais saches que je serai toujours près de toi, jamais je ne te laisserai.

Les lèvres de la jeune fille tremblèrent. Shu avait toujours été à ses côtés et maintenant, au moment où elle avait le plus besoin de lui, il disparaissait, la laissant avec ces histoires de prophétie, le Lilouya, et surtout, seule pour retrouver ses parents. Le jeune homme la regarda tendrement.

– Ne quitte jamais le médaillon fille de lune, il est ta force car vous êtes unis depuis la nuit des temps, quant à tes parents, tu trouveras le point de départ de ta quête sur la photo que Lila t'a laissée.

Shu se leva lentement. Elle n'osait plus bouger. Il prit délicatement sa main, jamais il n'avait été aussi tendre avec elle, il en embrassa doucement la paume puis la porta à son cœur.

– N'oublie jamais que je suis toujours près de toi…ne l'oublie pas…

Tandis que son image devenait de plus en plus brumeuse, presque transparente, Louna serra désespérément ses doigts pour le retenir plus longtemps, mais, inexorablement, ils s'effacèrent de sa paume. Un instant plus tard, elle était seule dans sa chambre, seule avec ses questions, ses doutes et un destin qu'elle ne comprenait pas encore…

La jeune fille se réveilla le lendemain avec un énorme mal de tête. Elle se rappela sans effort, que la soirée de la veille fut fertile en émotions et tenta dans son lit d'en récapituler les informations importantes.

La plus stupéfiante fut que Camilla et Philippe soient ses parents adoptifs, meilleurs amis de ses vrais parents, lesquels lui avaient légué un médaillon aux propriétés plus qu'étranges avant de disparaître quelque part en Inde dans des conditions bien mystérieuses.

Shu lui révéla également qu'elle était l'élue, lui parla d'une prophétie dont elle ne savait rien et lui annonça qu'elle sauverait l'humanité. Enfin il termina en lui disant qu'il ne reviendrait plus, mais serait cependant toujours là, qu'elle comprendrait plus tard pourquoi.

Quoi qu'il en soit, une chose dans tout cela était certaine, pour le moment il était évident qu'elle ne comprenait rien du tout. Sans oublier cette histoire *d'or baigné de lune*, de pseudo-cambriolage chez ses parents, d'enlèvement, par qui et pourquoi, mystère… Elle vit aussi à la fenêtre une drôle de tête poilue au regard terrifiant et finit par se dire, après toutes les étrangetés de cette soirée, qu'elle ne l'avait finalement peut-être pas tant rêvée que ça !

Puis il y avait elle, Louna, dont le dix-septième anniversaire était manifestement le début d'une quête qu'elle devrait mener, mais qui correspondait surtout pour le moment, à l'annonce de pas mal d'ennuis.

Enfin, pour couronner le tout elle avait vraiment, mais vraiment une grosse migraine. Un instant elle tenta de se ressaisir, puis toute l'émotion contenue depuis la veille déborda et elle s'effondra en sanglots sur son oreiller. Que faire, par où commencer ? À ce moment elle entendit gratter à la porte. Puis une petite tête passa dans l'entrebâillement.

– Tu dors touzours Louna ?

Boubou. La jeune fille releva la tête et tenta d'essuyer à la hâte ses yeux rougis.

– Tu pleures ?

La petite voix tout inquiète de son petit frère la fit sourire.

– Viens Boubou, c'est un grand jour aujourd'hui, ta sœur à dix-sept ans à présent et beaucoup, beaucoup de choses à faire.

Elle lui fit un petit sourire malicieux, saisit la main de l'enfant et, regardant par la fenêtre se promit que quel que soit le destin qui serait le sien, elle le suivrait jusqu'au bout, qu'elle ramènerait ses parents et retrouverait Shu, afin que tous puissent revenir ici, vivre heureux. Puis soulagée par cette promesse, elle descendit préparer le petit déjeuner suivie d'un Boubou très allègre, trottinant près d'elle.

Chapitre 4

Le grouf.

Très loin de là, un être étrange avançait à pas rapide dans une sombre forêt.

Les arbres étaient serrés les uns contre les autres, leurs branches s'entremêlaient, s'enlaçaient, se pressaient les unes contre les autres. De temps à autre, un mugissement se faisait entendre, un énorme arbre roux, de l'espèce la plus dangereuse et la plus agressive, furieux d'être ainsi oppressé par ses voisins, tirait de toutes ses forces sur ces noueux parasites, arrachant dans un sinistre craquement, les branches qui s'étaient aventurées trop près de lui. Puis il se secouait vigoureusement, faisant tomber ses malheureuses victimes qui venaient joncher le sol, fertilisant ses racines. D'autres arbres, de la sorte des vert-de-gris, avaient au pied de leur immense tronc en serpentin, des racines semblables à des bras prêts à capturer l'imprudent qui s'aventurerait par-là.

De temps en temps, des yeux luisaient dans les buissons, mais le petit être marmonnait alors quelques mots mystérieux, et les yeux disparaissaient dans un bruissement de feuilles.

Il ne semblait pas du tout inquiet dans ce drôle d'endroit, en fait, il avait même l'air d'être chez lui… il bondissait de racine en racine, sautait sur les souches tortueuses, esquivait de sournoises branches qui, dérangées dans leur repos, tentaient de s'abattre sur lui, glissait le long des collines et, à cette allure-là, arriva rapidement en vue d'une immense falaise. Il la longea un moment, puis s'arrêta juste sous une aspérité de roche en forme

de flèche. Il s'assit à terre et commença à marmonner de nouveau dans un langage connu de lui seul.
Il ne fallut pas une minute, pour qu'il soit rejoint par une dizaine de petits nains à cheveux rouges, leurs immenses yeux bleus grignotaient tout leur visage, tandis que de leur petite bouche tordue, sortaient de petites dents bien aiguisées. Tous tenaient des bâtons dangereusement pointus, et regardaient le nouveau venu avec un air qui pouvait être qualifié de beaucoup de choses, mais sûrement pas de sympathique.

– Conduisez-moi au grand Maître Suprême des Quatre Mondes, leur demanda le petit être avec toute l'emphase qu'il put donner à sa voix nasillarde.

Les petits bonshommes agitaient leur tignasse rouge en brandissant leurs pics.

– Qui es-tu ?
– Que veux-tu ?
– On ne dérange pas le Maître des Maîtres sans un motif de la plus haute importance.
– C'est sans doute un imposteur !
– Il veut tuer le Maître !
– Il faut le mettre à mort.

Leurs vilaines faces grimaçantes se rapprochaient dangereusement, encerclant le nouvel arrivant, le cou tendu vers l'avant, les bras arqués, leurs bâtons aiguisés pointés sur l'intrus.

– J'ai un message de la plus haute importance, leur répondit-il sans se démonter, si vous ne me laissez pas passer, je peux vous assurer que vos sales chevelures rouges orneront bientôt les plus hautes cimes de ces arbres.

Un peu décontenancés, les petits nains se rassemblèrent pour discuter. Il en entendait certains très mécontents de voir cette drôle de bestiole leur tenir tête, tandis que d'autres, plus peureux, préféraient tout de même en référer au Maître. Le conciliabule se termina par un vote en faveur des moins téméraires et il fut finalement décidé de mener le visiteur vers le grand Maître.
Le poussant de leurs pics, la petite troupe se dirigea vers la flèche de pierre. Celui qui semblait être le chef du groupe, posa son pouce sur la pointe de la flèche et appuya jusqu'à ce qu'une petite goutte de sang jaillisse. Celle-ci tomba dans un récipient taillé à même le roc. Durant un instant, rien ne se passa, puis le récipient se mit à bouger, comme savourant le met qu'on venait de lui offrir, et ce qui était en réalité la bouche de la montagne, se mit à gronder d'une voix caverneuse :

– Tu peux passer Bonsuiébi, mais n'oublie pas de prévenir le Maître que tu es accompagné...
– Je n'y manquerai pas votre Grandeur.

C'est alors que la bouche s'ouvrit... s'ouvrit... révélant un passage noir et humide.
Tous s'y engagèrent résolument, pénétrant au cœur de la montagne. Bonsuiébi était en tête, puis venait leur hôte et enfin derrière, cavalait le reste des nains.
De temps en temps, le chef de file se retournait pour dévisager le petit être. Il était plutôt courtaud, très poilu, des poils noirs, hirsutes et touffus, et ses bras, où ses pattes, il était difficile d'être bien certain de l'un ou de l'autre, se terminaient par de petites griffes acérées. Quant à son visage, Bonsuiébi l'avait tout de suite pris en grippe. Cette petite tête poilue aux yeux rouges et au nez noir aplati, lui rappelait trop la guerre qui se déroula il y a quatre siècles, entre les nains et les groufs, dont la petite bête était l'une des dernières représentantes.

Bonsuiébi perdit beaucoup de ses valeureux guerriers et en voulait toujours à ce peuple malgré leur défaite cuisante.
Le petit être, lui, ne semblait pas du tout inquiet, il relevait fièrement son nez écrasé, tandis que sa bouche, dont les longues incisives reposaient sur la lèvre inférieure, se tordait dans un rictus de mépris qui lui donnait l'air au moins aussi avenant que ses compères !
La route était longue, et régulièrement, d'autres nains aux cheveux rouges leur tombaient dessus pour vérifier le motif de la venue d'un grouf dans leur secteur, question à laquelle celui-ci répondait invariablement :

– Je ne parlerai qu'au Maître.

Ils arrivèrent enfin devant une immense porte de bronze. Elle était gravée de scènes de guerre, rappelant la grande victoire des nains sur les groufs. Tout en bas, on voyait leur chef faire allégeance au Maître Suprême, à genou, humilié devant son peuple vaincu. Le petit être n'eut pas un regard pour cet épisode désagréable de l'histoire des siens et attendit patiemment que la porte s'ouvrit. Bonsuiébi s'avança seul, sa petite taille faisait paraître la porte encore plus gigantesque.

– Arsibonaaaaa… aribouchkamammmm… siriyoubilou archirou ! dit-il d'une voix grave.

Les petits personnages gravés sur la porte s'agitèrent aussitôt. Certains partaient vers la droite pour tirer et pousser des loquets dont les emplacements étaient connus d'eux seuls, tandis que d'autres bondissaient sur de grosses clefs pour les faire tourner dans les innombrables serrures qui constellaient le bronze. C'était un spectacle surprenant de voir toutes ces gravures s'animer dans l'espace, pour déverrouiller la porte.

Une fois l'opération terminée, Bonsuiébi sortit une clef miniature rouge vif de sa poche. Il grimpa sur un rocher, puis prit appui sur une des moulures des plaques de bronze, s'étira le plus qu'il put et glissa le minuscule objet dans un trou dissimulé sous un clou. Aussitôt, la porte commença à grincer sur ses gonds et s'ouvrit, manquant de faire chuter le nain qui avait à peine eu le temps de redescendre. Très digne, il se précipita, le regard plus féroce que jamais pour reprendre la direction de sa petite troupe et sèchement, leur intima l'ordre de le suivre.
Ils pénétrèrent alors dans une caverne colossale. Partout, s'affairaient les mêmes petits bonshommes aux cheveux rouges. Il y en avait des gros, des minces, de minuscules, d'autres un peu moins petits, des hommes, des femmes, des enfants tous plus occupés les uns que les autres. C'était un véritable village, une petite ville même qui se tenait là, sous la terre.
La lumière était assez vive. Les parois de la grotte étaient recouvertes d'une matière phosphorescente, faite de sécrétions de vers luisants, qui fonctionnait par cycle de douze heures, ce qui leur permettait, même au cœur du rocher, d'avoir des jours et des nuits. Des torches étaient accrochées un peu partout. Le veilleur de nuit les allumait tous les soirs à huit heures précises et les éteignait tous les matins à cinq heures, il n'avait jamais failli à sa mission en trente-sept ans de carrière. Il était huit heures trente, il en était à l'allumage de sa septième torche, quand il les vit passer devant lui.
La petite bande s'engagea dans une rue. Le grouf put lire qu'elle s'appelait « rue de la taverne Barboui », il devait s'agir du nom du tenancier du lieu en question. Les maisons qui la bordaient étaient minuscules, faites de petites briques aussi rouges que les cheveux de leurs habitants. Des fenêtres qui avaient plus l'apparence de trous devaient juste donner l'éclairage suffisant pour distinguer le jour de la nuit, mais comme la plupart du temps l'état de propreté des carreaux laissait à désirer, cela ne devait pas

faire une grande différence. Chaque maison avait un nom, on pouvait lire : « Chez Baraba tanneur », « Chez Babou et Bouri » « Bienvenu à la pâtisserie Bonbon » etc.
Les petits bonshommes semblaient tous très occupés, des femmes portaient de gros paniers emplis de victuailles, des enfants jouaient à la guerre des nains contre les groufs, des hommes les croisaient rapidement, dévisageant l'intrus.
Au bout de la rue, ils passèrent devant la fameuse taverne Barboui, qui semblait être un lieu très peu recommandable. Dans l'entrée se trouvait un nain énorme tenant une choppe de bière réalisée à base de pin et de racines, il était vêtu d'un pantalon trop court pour lui et d'une veste de fourrure sale. Il salua le passage de la petite troupe et du grouf en rotant tellement fort que les fenêtres en tremblèrent. Bonsuiébi esquissa un geste, prêt à lui apprendre les bonnes manières, mais quand il vit le sourire narquois du grouf, il préféra passer son chemin.
La rue continuait au-delà de la taverne, les constructions devenaient plus spacieuses au fur et à mesure qu'elle s'élargissait, et les vieux pavés étaient à présent remplacés par de belles dalles de marbre.
Les maisons n'étaient plus en brique mais en pierres de taille blanches, et des fleurs sublimes, luxe très rare sous terre, décoraient les fenêtres.
Il n'y avait presque plus de commerces, seule une petite boutique peinte en rose annonçait « Au bonheur des dames, madame Bouroubi couturière ». Ce devait être un des plus beaux magasins du quartier car tout y était très soigné. Là aussi, il y avait des fleurs, et deux petits citronniers au dehors pour accueillir les visiteurs, les vitrines regorgeaient de dentelles et des soies précieuses, à mille lieues des tenues des ménagères de la rue de la taverne Barboui !
Au bout de la rue, se dressait une autre porte. Elle était moins grande, mais réalisée de cristal et d'or.

L'or possédait la particularité de garder intacts les pouvoirs magiques du grand Maître, et cette porte permettait de l'isoler de ses sujets.
Le cristal renforçait les propriétés du métal jaune et diffusait une douce lumière translucide, qui se coulait jusqu'aux maisons blanches. C'est celle-ci qui devait permettre aux fleurs de grandir et d'arriver à maturité, formant ainsi des grappes de couleur, tranchant sur la blancheur immaculée des habitations.
La porte était gardée par deux personnages qui avaient également les cheveux rouges, mais dont la taille atteignait approximativement celle de trois nains.
Bonsuiébi se dirigea directement vers eux.
Leurs mines patibulaires auraient dissuadé n'importe quel promeneur de leur demander son chemin. Leurs visages étaient blancs comme la mort. Leurs bouches minuscules laissaient apparaître quand ils parlaient de longues dents qui venaient reposer délicatement sur leurs lèvres inférieures rouge sang. Néanmoins, ce qui de toute leur personne était le plus effrayant, c'était l'immense serpent à tête de souris qui était enroulé autour de leur jambe droite. Le grouf savait qu'il s'agissait de bêtes redoutables car il avait déjà eu à les affronter. Leurs mâchoires étaient d'une force incroyable malgré leur petite taille et leurs dents pouvaient vous lacérer en un instant.
Le petit être eut un geste de recul instinctif face aux deux bestioles accrochées amoureusement à leur maître. Il gardait sous ses poils, quelques cicatrices de ces adorables monstres et dans sa tête, certains souvenirs encore loin d'être digérés !
Bonsuiébi s'entretint un instant avec les deux gardes et demanda à sa petite troupe de reculer. Les gardes s'approchèrent de la porte d'un même mouvement, posèrent leurs mains sur celle-ci, la regardant intensément de leurs yeux translucides. De l'immense monument d'or et de cristal, commença à émaner une lumière qui devint de plus en plus forte jusqu'à éblouir complètement tous les personnages qui assistaient à la scène.

Le grouf se voila la face de ses pattes poilues pour ne pas se faire brûler les yeux. Quand il put de nouveau regarder ce qui se passait, la porte était ouverte et les gardes avaient disparu. Devant le petit groupe, se profilait un long couloir éclairé à la chandelle, dont les flammes vacillantes dessinaient des ombres fantastiques sur les murs.
Tous se remirent en marche. Le petit être remarqua au bout d'un moment, que toute la partie haute des murs était occupée par des serpents à tête de souris, qui le regardait l'air mauvais. Certains ne pouvaient se retenir d'émettre un petit grognement de joie malsaine, en voyant leur ennemi héréditaire passer si près.
Le passage s'élargit soudain pour déboucher sur une immense caverne coupée en deux parties par un lac aux eaux gluantes et noirâtres. Au loin se dressait un immense escalier de cristal surmonté d'un trône non moins imposant. Assis sur celui-ci, se tenait un homme assez âgé. Sa longue barbe grise reposait sur une tunique bleu clair, aux manches évasées. Autour de son cou frêle, était suspendu un collier de diamants. Chaque pierre, de la taille d'un œuf, possédait un pouvoir magique. Elles ne répondaient qu'à leur Maître et constituaient un des plus puissants pouvoirs du grand Maître Suprême. Le petit groupe s'approcha du lac. Toute la caverne était baignée d'une lueur argentée. Une minuscule planète, semblable à la lune se promenait dans les hauteurs de la grotte, répandant alentour cette lumière si étrange. Soudain, une voix grave s'éleva :

– Viens jusqu'ici grouf, viens jusqu'à moi !

Le Maître avait parlé. Tous les nains s'inclinèrent devant leur chef et restèrent ainsi prostrés jusqu'à ce que leur invité s'avance. Dès qu'il mit le pied sur la berge du lac, de petites pierres sortirent de l'eau, dessinant un passage sinueux sur le miroir glacé.

– Avance-toi, sois sans crainte… mais si ton cœur est impur, méfie-toi de la punition des eaux.

Le petit être s'avança en tremblant et posa le pied sur la première pierre. Il sentit son corps envahi par un fluide glacial, tandis que dans son esprit résonnaient ces mots : « *Si ton cœur est empli de haine, tu ne pourras accéder au Maître Suprême* ».
Chaque rocher sondait son cœur et son âme afin d'être sûr qu'il ne constituait pas une menace pour le Maître des Maîtres. Le premier rocher regarda s'il ne venait pas la haine au cœur, le second testa sa cupidité, le troisième sa bonne foi, le quatrième sa fidélité, le cinquième sa loyauté, le sixième son dévouement, et le septième prédisait l'avenir. Le grouf passa d'un rocher à l'autre toujours tremblant. Autour de lui, résonnaient des cris, des appels. Il mit un moment à comprendre que l'eau était habitée de tous ceux ayant échoué en passant les pierres et qui furent engloutis, condamnés pour l'éternité à cette affreuse agonie. De temps en temps, des visages terrifiés remontaient à la surface, puis disparaissaient aussitôt, de nouveau happés par les eaux noires du lac.
Notre petit visiteur resta un instant pétrifié, vacillant, ses yeux rouges fixés sur cet enfer aquatique. Puis courageusement, il repartit vers le trône. Arrivé à la dernière pierre, il hésita un instant. Il avait passé toutes les épreuves jusque-là, mais il sentait que la dernière était la plus terrible. Une angoisse effroyable monta en lui quand il y posa le pied. Sa tête retentit alors de ces mots : « *Limpide ton avenir sera, pour approcher le Maître Suprême tu devras…* » Quel avenir, comment savoir si son avenir serait apprécié par ces pierres de malheur.
Le pauvre jetait des regards effrayés dans toutes les directions. Aucun moyen de s'échapper car les pierres précédentes étaient rentrées dans l'eau et la distance qui le séparait de la seconde berge était trop grande. Il ne pouvait que se soumettre au

jugement des eaux. Son corps était de plus en plus froid. Il avait la tête qui tournait. La pierre bougea un peu. Il se dit que tout était fini, qu'il aurait mieux fait de ne jamais venir, qu'il aurait dû rester tranquillement avec sa famille, plutôt que de chercher l'aventure chez ces nains, quand soudain, celle-ci se mit à bouger franchement, mais au lieu de s'enfoncer, elle s'éleva, découvrant ainsi un escalier, qui menait vers la berge. Le petit grouf se précipita, de peur que l'esprit des eaux ne se ravise, et atterrit sans encombre sur la seconde berge.
Devant lui, se dressait l'escalier de cristal aux mille marches. Alors, lentement il commença son ascension. Une demi-heure après, il était arrivé à mi-hauteur, devant lui, il n'y avait plus qu'une immense pente parfaitement polie, infranchissable. Le petit être s'agenouilla dans un geste de déférence envers le Maître des Maîtres.
Au sommet, l'homme se redressa :

– Tu as réussi à passer le lac de la vérité, ton cœur et ton âme sont donc aussi loyaux envers le Maître des Maître que ton avidité te rend téméraire. Présente-toi, et dis-moi pourquoi tu es venu jusqu'ici ?
– Je suis You, le grouf de l'est. Je vis avec ma famille dans les monts des nuages. Un jour, un voyageur m'a dit que vous recherchiez Lilouya, le cristal suprême, le joyau du pouvoir. Ce même voyageur m'a dit que vous l'aviez confié à une femme il y a longtemps, et que vous aviez perdu sa trace. Moi, You, le grouf de l'est, je l'ai retrouvé.
– Tiens-donc, et où cela ?
– L'élue en a repris possession, c'est elle qui détient Lilouya à présent.

À ces mots, le Maître bondit de son siège.

– Que dis-tu ? Lilouya a retrouvé l'élue, comment est-ce possible que personne ne m'ait averti ? Nous la surveillons pourtant depuis toutes ces années en attendant ce jour et ces idiots n'ont rien vu, Ah ! Malheur pour le Maître des ténèbres d'être ainsi si mal servi.

Le vieil homme se calma cependant et regardant You droit dans les yeux :

– L'élue a donc retrouvé Lilouya… et où était caché le cristal ?
– Dans le mur de la maison, enfoui dans une pierre creuse.
– Dans de la pierre, bien sûr, c'est pour cela que nous ne l'avons jamais trouvé, elle anéantit les radiations du cristal, cette cachette était parfaite… mais à présent, Lilouya est sorti de l'ombre et tu sais où il se trouve... Ce que tu viens de me dire est très intéressant grouf, et pour te récompenser de ton dévouement, puisque tu me sembles si malin, je vais t'accorder un immense honneur…

L'ignoble face de You s'anima alors d'une joie grotesque.

– Je te désigne pour aller récupérer Lilouya et me ramener l'élue. Si tu réussis, tu seras récompensé au-delà de tes espérances, mais si tu échoues, la mort sera le plus doux des châtiments que je te réserverai…
– Oh ! Vous pouvez compter sur moi Maître Suprême, s'empressa de répondre le petit être poilu de nouveau terrorisé, je vous ramènerai l'un et l'autre avant que trente années groufs ne se soient écoulées.
– C'est dans ton intérêt, et maintenant va, j'ai à faire.

Le vieil homme fit un léger signe de la main et aussitôt, une dizaine de gardes jaillirent de l'ombre.

– Vous l'accompagnerez dans sa mission. Sa mission sera votre mission, son échec sera votre échec… sa punition sera aussi la vôtre. Allez, maintenant. Je vous attends ici même dans quatre lunes avec l'élue et le cristal, sinon, vous connaîtrez la souffrance du diamant.

En entendant prononcer son nom, le collier de pierres translucides sembla s'animer, chacune d'entre elles lança un éclair qui zébra l'air s'écrasant au sol près du grouf effrayé qui recula.

– Je… je vous les ramènerai Maître des Maîtres… dans quatre lunes… je vous le promets.

En lui-même il se le promettait bien aussi, car il n'avait aucune intention de savoir ce que l'on pourrait bien lui faire subir avec de tels cailloux !

D'un revers de main, le Maître balaya You, qui se trouva catapulté dans les airs retraversant le lac en moins de temps qu'il n'en fallait pour venir. Il atterrit les quatre fers en l'air au milieu des nains toujours prostrés. Quand il se releva, se dressaient devant lui dix gardes flanqués de leur serpent souris respectif.
Ils étaient encore plus impressionnants que les gardiens de la porte, plus grands, plus imposants, leurs visages portaient la marque de la mort, leurs dents acérées semblaient prêtes à dévorer tout ce qui passait à leur portée, quant à leurs yeux transparents, leurs pensées vicieuses et haineuses y luisaient comme à la surface d'un miroir.
Ils étaient vêtus d'une épaisse carapace de moa, cette matière à la fois protectrice et vivifiante. Rien ne pouvait la transpercer à part une épée de rayon de lune, mais surtout, elle gardait les combattant toujours vifs et dispos, aucune fatigue ne pouvait les atteindre, ni la faim ni même le froid, rien ne les touchait.
Cette carapace était indispensable aux gardes, car ainsi couverts, ils étaient presque invincibles, sans elle, leurs corps dont la chair

était à vif, n'étaient que trop vulnérables face à des ennemis. Les gardes n'avaient pas comme les petits bonshommes aux cheveux rouges, une peau rugueuse, ou comme le grouf des poils protecteurs, leurs veines battaient à fleur de peau et l'on pouvait voir leur sang noir couler au travers. Cependant, comme rien ou presque ne pouvait entamer le moa, les gardes risquaient bien peu de choses.

En réfléchissant à ce qui venait de se passer, You se dit que ce n'était pas tout à fait comme cela qu'il avait imaginé les choses, surtout quand son regard croisa l'œil affamé d'un des serpents souris.

– Dépêchons-nous, lui dit l'un des gardes en le poussant devant lui.

« Mon Dieu, que la fortune et la tranquillité étaient chèrement payées, » se dit la vilaine petite bête en courant devant les immenses gardes qui avançaient à pas de géants.

Tout ce petit monde sortit enfin de terre et s'enfonça dans le noir de la forêt.

Au même moment, le vieux Maître se leva de son trône de cristal. Il saisit le collier de diamant dans ses mains et le tint suspendu devant lui.

– Allez mes beaux, partez et ramener les sages du pays de Liu, ceux des Monts d'Or et de Moa, ramenez le vieil homme des collines au-delà des collines, dites-leur de venir au plus vite. Lilouya est de retour et l'élue à deux cent dix lunes à présent, le début de la prophétie s'est enfin réalisé... Allez fidèles messagers et revenez avant la fin du mois déjà commencé.

Les diamants se séparèrent aussitôt les uns des autres et partirent dans toutes les directions, traversant dans un sifflement assourdissant, les parois de pierre au-dessus de sa tête.
Le vieil homme se rassit sur son trône, tandis qu'un sourire mauvais s'inscrivait sur ses lèvres.

Chapitre 5.

Le 17 de la rue du Paradis vert.

Ce n'est qu'en fin de journée que Louna se rappela ce que Shu lui avait dit : de s'aider de la photo de ses parents. Elle l'avait posée la veille sur sa table de chevet pour la contempler et s'était endormie devant. La jeune fille se hâta de remonter dans sa chambre pour la regarder de plus près. Sur la photo il n'y avait rien, elle la retourna, et ce n'est qu'après un instant, qu'elle aperçut un petit griffonnage dans un coin. En regardant de plus près, elle put distinguer un mot écrit rapidement au crayon : Sera. Louna n'avait aucune idée de ce que cela signifiait.

Elle descendit voir ses parents et le leur montra, tout en leur demandant s'ils avaient une idée de ce que cela pouvait être.

– Peut-être un nom de ville, lui répondit son père…
– Non… je crois savoir de quoi il s'agit, c'est le nom d'un monastère, Lila et Charles m'en ont souvent parlé, je crois qu'il se situe au Népal… à moins que ce ne soit au Tibet.

Sa mère se dirigea vers un ouvrage dans la bibliothèque.

– Voilà, j'ai trouvé. C'est page 47 d'après la table… Ah ! C'est au Tibet chérie. C'est un grand monastère du Tibet.

Louna était interloquée. Pourquoi sa mère avait-elle inscrit ce nom lors de son dernier passage ici ? Voulait-elle que sa fille se rende là-bas ? Sans doute, sinon quel sens cela pourrait-il avoir ? Soudain, Louna se prit à s'imaginer sur les pentes enneigées de l'Himalaya. Au fond d'elle-même, elle savait qu'elle y découvrirait des réponses aux nombreuses interrogations qu'elle se posait. N'était-ce pas là-bas qu'elle pourrait retrouver Shu ? Sa décision fut vite prise.

– Je dois y aller !
– Quoi ?

Son père venait de pousser un rugissement à faire écrouler la maison, Camilla en avait fait un bond d'un mètre sur le sofa et était presque retombée à côté.

– Tu veux partir au Tibet ! Mais tu es complètement folle, il est hors de question que je te laisse partir, c'est beaucoup trop loin et c'est trop dangereux et…

Son père ne s'arrêtait plus.

Camilla regardait sa fille. C'est bien ce qu'elle craignait, elle avait son petit air décidé qu'elle connaissait par cœur et qui voulait dire qu'elle ne démordrait plus de ce qu'elle venait de dire.

– Écoute chérie, ton père a raison… ce voyage est dangereux. Mais… si tu persistes dans ta décision, je ne m'y opposerai pas, bien que je te trouve beaucoup trop jeune pour faire un tel voyage...
– Camilla, tu es folle, tu réalises ce que tu es en train de dire ? Et l'école ? Si elle part, elle ratera l'école, c'est hors de question !

Philippe était au bord de la crise d'apoplexie. Il était devenu très rouge et des gouttes de sueur commençaient à perler le long de ses tempes. Imaginer sa fille, perdue dans la neige et le froid à l'autre bout du monde était quelque chose qu'il ne pouvait avaler de cette façon-là.

Louna fit taire ses parents d'un geste.

– Papa, maman… je sais que je dois y aller… j'ai vu Shu hier… nous avons beaucoup parlé… Vous savez très bien que beaucoup de choses ont changé désormais, à commencer par la disparition de Charles et Lila, du moins ce que je sais d'eux… tout cela n'est pas innocent, tout cela a une raison d'être et cette raison c'est à moi de la découvrir. Ce n'est qu'en suivant la route qu'ils m'ont indiquée, que je comprendrai pourquoi je suis ainsi… ce qui leur est arrivé… pour enfin reprendre ma vie parmi vous, sans remords ni regrets…et surtout sans la honte d'avoir abandonné ma famille au moment où je sais que je peux faire quelque chose pour elle.

– Mais c'est nous ta famille, lui répondit son père d'une toute petite voix… si tu veux faire quelque chose pour nous… reste.
– J'ai deux familles à présent… Je fais le choix que Lila a fait en me quittant quand j'étais enfant, je vais là où on a besoin de moi et qui sait… peut-être que l'on réussira à se retrouver tous ensemble…

Sa mère écrasa une larme.

– Il n'y a qu'une chose que je souhaite, Louna, c'est que tu ne partes pas tout de suite. Ton père a raison, tu ne peux quitter l'école ainsi sur un coup de tête, je veux que tu prennes le temps de réfléchir, et si tu ne changes pas d'avis, tu partiras pour les prochaines vacances. Je sais que nous ne pourrons te retenir si tel est ton destin. Je sais aussi que tu es un être à part, que beaucoup de choses te concernant nous échappent. Je sais également que, comme ta mère, tu as hérité de pouvoirs surnaturels et qu'il y a des raisons à cela, et qu'aucune considération terrestre ne pourra contrarier, mais s'il te plaît, prends le temps nécessaire à ta décision.

Louna sentit qu'elle ne pouvait refuser ce vœu à sa mère et accepta sans condition.
Philippe eut un soupir de soulagement. D'ici là, il pouvait se passer beaucoup de choses, il aurait tout le temps de la faire changer d'avis.
La soirée se passa sans incident et Louna vit avec agacement arriver le lundi, l'école, les devoirs et les profs, alors qu'elle avait bien d'autres préoccupations en ce moment…

En arrivant le lendemain au lycée, elle se précipita vers François, son meilleur ami.

– Hé ! Hello beauté, tu m'as l'air bien énervé aujourd'hui !

Une idée lui était venue dans la nuit et elle brûlait à présent de la mettre à exécution.

– Ne m'appelles plus jamais beauté, gros balourd, dit-elle en faisant la grimace, mais elle embrassa aussitôt affectueusement son ami.
– Dis-moi… tu te débrouilles plutôt bien en informatique n'est-ce pas ?
– Oui, ça va !
– Voilà, est-ce que… enfin… tu… si ça ne te déranges pas bien sûr…
– Bon, qu'est-ce que tu attends ? Dis-moi ce que tu veux ?
– Tu… tu peux me rendre un service sans poser de question ?

– Sans quoi ? Tu te moques de moi j'espère !

François était le meilleur ami de Louna. Ils se suivaient de classe en classe depuis trois ans, mais se connaissaient déjà en quatrième, et étaient devenus inséparables. Il était drôle, gentil et toujours disponible pour sa chère Louna. Il faut dire qu'il l'aimait vraiment beaucoup... beaucoup, mais comme Louna était un peu, comment dire, distraite dans ce domaine, il attendait désespérément qu'elle lui dédie un regard un peu moins amical et un peu plus affectueux. Bref, tout ça pour dire qu'il lui était entièrement dévoué, et pour cause, son cœur était tout entier à la jeune fille.

– Ne te vexe pas s'il te plaît... il s'est passé des choses... disons, très étranges ce week-end à la maison et... et j'en suis encore toute perturbée... je... je préférerais t'en parler plus tard.
– Et voilà ! T'avais qu'à me dire ça tout de suite au lieu de ces trucs stupides de ne pas poser de question. Si t'as pas envie d'en parler, y a pas de problème. Qu'est-ce que je dois faire ?
– Je voudrais faire des recherches sur internet, mais tu sais que j'ai déjà du mal à allumer mon ordi toute seule, alors pour le reste...
– O.K !

Au loin la sonnerie pour l'entrée en classe retentit. François et Louna se dirigèrent rapidement vers leur salle de classe.

– On se retrouve ce soir après les cours. Mes vieux ne sont pas là, on sera tranquille pour chercher tes « petits secrets... »

Louna fit une petite moue vexée. Son ami lui donna un gros coup de coude :

– Et ton humour beauté !

Mais au même moment, le professeur venait dans leur direction avec un air suffisamment énervé pour les dissuader de tarder davantage, ils étaient les derniers et, il y avait interrogation de philo ce matin.

– On arrive madame ! dirent-ils à l'unisson en courant vers leur salle de classe.

La journée passa avec une lenteur épouvantable, ce n'est qu'après ce qui leur sembla des jours entiers, que les deux amis purent de nouveau se retrouver à la sortie.
Ils arrivèrent en un temps record chez François. Sa chambre se situait au premier étage d'un immense hôtel particulier.
Le père de François était chef d'entreprise, à ce titre il bénéficiait d'un salaire lui permettant de posséder un de ces joyaux d'architecture bordant le parc Monceau.
Louna adorait la chambre de son ami. Spacieuse, elle surplombait le parc, ce qui leur donnait l'impression d'être à la campagne en plein cœur de Paris. Des branches d'arbres venaient balayer les fenêtres, tandis que de temps en temps, résonnait le doux chant de quelques petits oiseaux. François s'installa aussitôt sur son ordinateur. En un instant, il fut connecté sur le web.

– Bien ! Je commence par quoi ?
– Je voudrais que tu recherches dans le Monde, le Figaro, le Times, le Herald Tribune, enfin tous les journaux d'infos d'il y a dix-sept et seize ans, c'est-à-dire en…
– 1991, 1992, oui et alors ?
– Eh bien, il doit y avoir un article sur la disparition de deux archéologues, Lila Parker et Charles Johns.
– D'accord, c'est parti… je vais d'abord entrer les noms et professions et voir. Deux secondes plus tard, l'ordinateur moulinait les informations sur le sujet.

Publication… publication… publication… encore. Le jeune homme faisait défiler les pages d'informations. Il s'agissait essentiellement d'articles et livres que Charles avait écrits sur ses chantiers de fouilles, mais aussi sur des sujets très divers. Rien de récent, la dernière publication datait de 1986. Lila était elle, nettement moins citée.

– Eh bien, ils en ont écrit des trucs ces gens-là… par contre, rien en 1991. Je vais rentrer la date pour voir…

Un instant plus tard, le serveur annonçait qu'il n'y avait aucun résultat.

– Cherche disparition peut-être avec leurs noms…

François lui jeta un regard de travers. Louna était de plus en plus fébrile. Il sentait sa main trembler sur la table près de lui.
Bon… trois résultats. Des journaux de… 1992, on les a ! François double-cliqua sur le premier.

– C'est un article du Monde, mais il ne fait que cinq lignes.

Louna était très déçue. L'article ne mentionnait que la disparition d'une équipe d'archéologues dans des conditions mystérieuses. Une enquête était ouverte, on attendait des nouvelles d'un envoyé spécial sur place.

François sélectionna le second résultat, l'article était cette fois de treize lignes.

– C'est un peu mieux, voyons voir : « *Notre correspondant en Inde nous signale un événement pour le moins étrange. Toute une mission d'archéologues français a disparu dans le sud de l'Inde,*

alors qu'ils travaillaient sur un projet encore tenu secret. Le gouvernement indien s'est refusé à tout commentaire pour le moment. L'ambassadeur de France ne s'est pas encore déplacé pour visiter le lieu où les sept personnes se sont volatilisées. Nous essaierons dans les jours à venir d'avoir de plus amples informations sur cette affaire. »
– Quoi ! C'est tout ?

Louna venait de lâcher un cri d'exaspération.

– Mais c'est incroyable ! Sept personnes disparaissent dans des conditions inexpliquées et tout le monde s'en moque ?
– Attends, il reste un article.

Comme le précédent, celui-ci était du Times, mais postérieur d'un mois. Il consistait en deux lignes brèves. « *Nous sommes toujours sans aucune nouvelle des archéologues disparus en Inde. La communauté scientifique est en grand émoi devant l'inactivité des gouvernements français et indien.* »

– François je t'en prie, il doit y avoir autre chose… c'est impossible que ces journaux n'aient pas fait un suivi des infos… ou que d'autres n'en aient pas parlé !
– Je veux bien, mais je ne vois pas ce que je pourrai faire de plus !
– S'il te plaît, essaie sur le site du ministère des Affaires Étrangères, c'est d'eux que dépendent les fouilles à l'étranger.
– Bien… non… il n'y a rien… Louna, c'est si important pour toi ?

La jeune fille était presque en larme.

– Encore plus que tu ne l'imagines… c'est vital pour moi… ce sont…
– D'accord, on va essayer autre chose. Viens.

Le garçon récupéra son blouson et tendit à Louna son manteau.

– On sort.
– Où allons-nous ?
– Tu verras !

François ne prononça pas un mot durant tout le trajet. Ils avaient pris le métro et se rendaient dans le 18ème arrondissement. Arrivés à la station Anvers, ils descendirent. François savait parfaitement où il allait, mais Louna n'étant jamais venue se sentait un peu perdue dans ce quartier si différent de son 8ème natal. Ils prirent quelques petites rues, toutes plus tortueuses les unes que les autres, pour arriver dans une sorte de zone totalement délabrée. Les maisons étaient toutes de guingois, les immeubles miteux, quelques petits commerces peu engageants gardaient porte close. Une vieille femme en haillon les arrêta pour leur demander de l'argent. Louna s'écarta promptement, tandis que son ami fouillait dans ses poches à la recherche de quelques euros.

– Tu... tu viens souvent ici ?
– Ne t'inquiète pas, je connais bien. Par contre, ce que tu vas voir et ce qui va se passer restera entre toi et moi... tu me le promets ?

Un peu décontenancée, la jeune fille acquiesça.
Ils s'engagèrent dans une rue minuscule dénommée, avec beaucoup d'humour, rue du Paradis vert. En fait de paradis vert, la seule chose que Louna remarquait, c'était la moisissure recouvrant le bas des murs des immeubles. Ils s'arrêtèrent devant le numéro dix-sept.

– On y est.

Louna leva la tête. Devant elle, se dressait une porte de verre couverte d'affiches en tout genre, tellement serrées les unes

contres les autres, qu'elles occultaient à la vue tout ce qui se passait à l'intérieur. Dans un coin, collé au scotch il y avait inscrit au crayon noir délavé par le temps « comunicassion internnaite ».
François poussa la porte qui émit un long cri d'agonie à faire dresser les cheveux sur la tête. Louna était agrippée à son bras. L'intérieur était très sombre. Elle ne vit pas tout de suite le gros homme qui se tenait derrière un comptoir gigantesque. Ses yeux tombèrent en premier sur la série d'ordinateurs au fond de la salle. Des ordinateurs ultra modernes, qui tranchaient avec la saleté et le délabrement de la pièce. Devant l'entrée, se tenait un vieux juke-box centenaire… quasiment comme son propriétaire en fait, qui passait en boucle de vieilles musiques de Frank Sinatra !

– Salut p'tit ! Comment c'est y qu'tu vas aujourd'hui ?
– Bien Dédé ! Bien.
– Ouhhhh ! La belle pépée ! C'est la tienne ? Eh ben mon vieux, tu t'ennuies pas. Et poulette, quand t'en voudras plus d'ton mignon, bah chuis là hein ! Il éclata d'un gros rire gras qui lui découvrit les cinq chicots noirâtres qui lui restaient dans l'énorme gouffre qui faisait office de bouche.
– T'emballe pas, c'est juste une copine… et puis arrête de rire tu lui fais peur.

La pauvre Louna avait en effet des yeux épouvantés à faire pitié même aux plus vilains garnements.

– Ça va, ça va, répondit le vieux en bougonnant. Bon ben comm'dab. J'vais avoir d'l'a visite si je comprends bien ?
– Ça s'peut. Alors ?
– Ouais, bah justement je m'ennuyais aujourd'hui, pi j'manque un peu d'flouse, alors tu tombes bien.

François sortit de son portefeuille plusieurs billets et les glissa dans la grosse pogne crasseuse du bonhomme. Le visage boursouflé de gras s'agita dans tous les sens, en ce qui semblait être une grimace de plaisir intense.

– Bon, ben tu sais comment faut faire hein ? Tu m'appelles pour le chrono ?
– O.K.

François se dirigea vers le fond de la pièce. Il choisit le troisième ordinateur et s'installa. Louna ne comprenait rien depuis le début, mais elle sentait qu'ils allaient faire quelque chose de pas très correct… c'était le moins que l'on puisse dire.

Son ami commença à taper à une vitesse faramineuse sur la machine. Louna ne comprenait rien. Il était en train d'entrer des codes bizarres, des trucs incompréhensibles. Lui toujours si calme et si posé, elle ne l'avait jamais vu aussi fébrile. Au bout d'une demi-heure, elle le sentit s'énerver. Il entrait toujours ses codes, essayait des choses, revenait en arrière, recommençait, puis enfin un sourire éclaira son visage. Louna pu lire sur l'écran « ministère des Affaires Étrangères, département d'État. Entrez votre code identifiant »
François recommença à taper à toute allure. Un mot clignota en rouge sur l'écran « erreur », François recommença alors, pianotant comme un fou. Soudain l'écran changea de couleur, ils étaient entrés.

– Chrono Dédé !

Un gros bras graisseux et mou s'éleva lentement au-dessus du comptoir pour enclencher un petit chronomètre.

– O.K p'tit.
– Lila Parker, c'est ça et Charles ?

– Johns, Charles Johns.
– Ça y est, je les ai. Archéologues, bla-bla-bla…bon je prends tout et on verra.

Il mit l'imprimante en marche. On entendit hurler au fond de la salle.

– Plus qu'cinq minutes !
– Ouais ! Ouais ! Allez, dépêche-toi sale machine…

Les pages s'imprimaient lentement, trop lentement pour l'un et pour l'autre. Louna venait enfin de comprendre ce qui se passait. Ils avaient piraté l'ordinateur central du ministère et étaient entrés dans des documents secrets.
Au moment où ils allaient fermer les pages, le regard de Louna fut attiré par un mot clignotant en haut de l'écran : « Ashram ».

– Qu'est-ce que c'est ?
– Un dossier rattaché. Combien ?
– Trois minutes dix-sept secondes.
– Mince, il faut faire vite.

Le jeune homme entra le code aussi vite que ses doigts le lui permettaient et attendit la réponse du serveur. Un message clignotant leur répondit « Top secret. Fichier accès réservé ».

– C'est ce qu'on va voir !
– Deux minutes quarante-neuf.
– Zuuuuuut !

Il recommença à pianoter comme un fou.

– Une minute, 59, 58, 57…
– La ferme Dédé !

Quelques secondes s'écoulèrent avec une vitesse effrayante, quand soudain :

– Youpi ! Je le tiens.
– Quoi ?
– Le dossier Ashram. J'imprime. Prépare-toi, on se casse en courant dès que c'est prêt !

Au loin, ils pouvaient entendre des sirènes de police qui rugissaient.

– Qu'est-ce qui se passe, c'est quoi ces sirènes ?
– Des copains ma p'tite demoiselle, des copains ! Ah ah ah ah ah, ouh ouh ouh ouh ouh !

Le vieux Dédé riait à présent aux éclats, puis soudain plus sérieux il reprit :

– 32, 31, 30… Viiiiite !
– Ouais !

François se jeta sur les pages fraîchement imprimées et prenant Louna par la main quitta l'ordinateur en quatrième vitesse.

– Amuse-toi bien ! On se revoit bientôt !
– Tu parles que je vais rire, répondit le gros homme avec un sourire complice.

Louna n'eut pas le temps de dire ouf, qu'elle se fit happer par son ami, qui l'entraîna en courant dans les rues de Montmartre. Il attendit d'être éloigné d'une bonne centaine de mètres pour ralentir. Louna était hors d'haleine.

– Attends… je …pouf… je...

– Pas le temps, tu respireras plus tard !

Un taxi passa près d'eux. François se jeta presque littéralement sous ses roues pour être sûr d'être pris.

– À la tour Eiffel, vite ! Je double le prix de la course si on y est en cinq minutes.

Le chauffeur ne se le fit pas dire deux fois, et appuya sur le champignon. Ils croisèrent plusieurs voitures de police qui se dirigeaient à tombeau ouvert vers le haut de Montmartre, c'est-à-dire exactement là où ils étaient quelques secondes auparavant.
Louna ne disait plus un mot. Trop essoufflée et trop émue aussi. Elle en avait appris plus sur son ami aujourd'hui que ces trois dernières années réunies.
Arrivés à la tour, ils quittèrent le taxi, François en héla un nouveau quelques mètres plus loin.

– Parc Monceau… côté Hoche s'il vous plaît.
– François, je…
– Tout à l'heure.

Son ami lui intima l'ordre de se taire, tant qu'ils ne seraient pas seuls.
Louna acquiesça en silence. Elle serrait dans sa main les précieux papiers. Dedans peut-être se trouvait la solution au mystère de la disparition de ses parents.

Chapitre 6

Ashram.

Louna posa son vêtement sur le lit de François et s'effondra. Ses jambes ne la portaient plus.

– François... je ne te remercierai... jamais assez... pour ce que tu... viens de faire, dit-elle en haletant. Je crois... que je te dois... quelques explications.
– Ouais, reprends d'abord tes esprits, on verra après.

François s'absenta un instant, quand il revint, il tenait deux grandes tasses de chocolat fumant.

– Wouah ! Ça c'est une idée !
– N'est-ce pas ?

Louna jeta un regard en biais à son ami. Il avait toujours été un petit étudiant-modèle, jamais un mot plus haut que l'autre, peut être un peu blagueur, mais jamais méchant. Et là, pour elle, parce qu'elle le lui avait demandé, il avait piraté un site d'État top secret, sans aucun état d'âme... et surtout, il semblait coutumier du fait !
François saisit le regard épaté de sa compagne.

– T'inquiète beauté, je te raconterai tout cela plus tard !

Louna fit une petite grimace, vexée d'avoir été si facilement démasquée, puis prenant une grande respiration, elle se lança :

– Voilà, tout a commencé par une photo sur laquelle je suis tombée dimanche, tu vas avoir du mal à me croire, mais la femme qui était représentée était venue me voir d'une manière disons... peut conventionnelle, comme en rêve, enfin, plutôt... une sorte d'esprit.

Louna fit une petite grimace comme pour tenter de faire passer un peu mieux ce qu'elle venait de dire. François prit soudain un air très attentif, la main droite sous le menton, l'autre tripotant nerveusement un stylo. Alors elle lui raconta tout, ses parents, les vrais, Charles et Lila, leur profession, la disparition, le médaillon, les visites de ces personnages invisibles, Shu, les voyages de l'âme... enfin, tout.
François avait des yeux ronds comme des billes et s'il n'y avait pas les papiers posés sur le lit et le mal qu'ils eurent à les obtenir, il aurait eu des doutes sur la santé mentale de son amie.

– Et tout cela serait resté secret, mais pourquoi ?
– J'espère que la réponse se trouve là !

Louna serrait les précieux documents contenant les noms de ses parents.

– Bien, qu'est-ce que tu attends, lisons-les !
– Oui, mais dis-moi juste avant, qu'est-ce qui va lui arriver à Dédé ?

François éclata de rire.

– Oh ! Rien, il va s'amuser quelque temps, c'est tout !

– Comment ça « s'amuser » ?
– Les flics qu'on a croisé, venaient nous récupérer, t'avais compris ? Ils nous localisent en dix minutes dès que j'ai cassé le code. Le temps qu'ils appellent les unités et qu'ils arrivent ça fait juste quinze minutes. C'est ric-rac, mais en partant vite on les grille.
– Et Dédé ?
– Eh bien, il les reçoit poliment, les types arrivent en hurlant : « Les mains sur la tête », Dédé fait les marionnettes ! T'as vu ses bras, il peut même plus se gratter l'œil tellement il est gros, alors tu penses, avant qu'il puisse se les coller sur le crâne, il va passer de l'eau sous les ponts ! Après en général, ils veulent lui passer les menottes pour l'interroger et là encore, même problème, il n'arrive même pas à mettre ses mains dans ses poches, alors dans le dos !

Louna éclata de rire.

– Et ?
– Alors, ils renoncent à le ligoter. Ils lui demandent de le suivre, mais comme Dédé est paralysé des jambes depuis… hum… bref, il a reçu un jour une balle mal placée et crac, fini de cavaler. Il était un peu aventurier Dédé, quand il était jeune… donc il leur dit qu'il ne peut pas bouger de son siège, du reste, il y dort aussi la nuit parfois, quand il n'y a personne pour l'aider à se traîner jusqu'à son lit. Tu comprends, il n'a pas assez de blé pour s'acheter un vrai fauteuil roulant, alors il est coincé derrière son comptoir, du coup il a bidouillé un peu un canapé, et hop, le tour est joué !
Pour en revenir aux flics, les types deviennent fous, s'énervent, lui demandent ce qu'il a fait, quel ordi il a trafiqué, comment il a pu casser les codes si vite, qui est son complice car ils le croient trop bête pour réussir cela tout seul, or Dédé avant c'était une

bête, il se faisait un coffre fort dernier modèle en cinq minutes, giclait les caméras de surveillance en deux minutes. Après, avec les ordis il a vraiment cassé la baraque. C'est lui qui m'a tout appris, avec son pote la souris (on l'appelle comme ça parce qu'il n'y a jamais eu un type qui maniait aussi bien l'ordinateur que lui). Bref, le vieux répond que les machines sont toutes au fond de la pièce, qu'il ne peut pas se lever donc qu'ils peuvent bien penser qu'il n'a pas pu faire grand-chose de mal. Les flics lui répondent de ne pas se moquer d'eux, et le vieux que s'ils continuent à être désagréables, qu'il peut encore leur apprendre le respect dû aux plus âgés. Les types se calment un peu. Le chef, en général, arrive à ce moment-là.

– Dédé, ça faisait longtemps !
– Salut la grimace.
– Bon alors, on a encore fait des bêtises chez toi ?
– Comment ? répond alors le vieux l'air ingénu, tu sais, je dormais tranquillement et tes cow-boys me sont tombés dessus ! Alors j'peux pas t'dire grand-chose.
– Je t'ai déjà dit Dédé que je n'aimais pas que tu me prennes pour une bille. Un jour je vais amener une grue ici et tu vas vraiment bouger ton vieux derrière flasque de handicapé de ce trou pourri pour aller au poste, et là, mon pote, je te jure que ce sera l'interrogatoire, à l'ancienne, comme sous l'inquisition.
– Allons la grimace t'énerve pas, tu d'viens tout jaune !

– Le flic s'énerve toujours un peu. Dédé adore, il n'était pas très clean étant jeune, et il n'y a rien qu'il aime autant que de les faire tourner en bourrique, surtout pour un petit richard des beaux quartiers dans mon genre. Tout se termine en général par une bonne bordée d'insultes. Sa baraque est surveillée pendant six mois par des idiots et on lui fiche de nouveau la paix.
– Eh bien !

Louna ne trouva rien de mieux à dire.
C'est la première fois qu'elle faisait quelque chose d'illégal… et pour une première, François avait bien fait les choses.

– Tu vas souvent là-bas ?
– Parfois, quand j'ai des trucs importants à regarder. En fait, j'écris des articles sous un pseudonyme pour un journal, et quand j'ai besoin d'infos vraiment fiables, je vais voir Dédé, mais ça, c'est une autre histoire, je te raconterai tout un autre jour, alors on les lit ces papiers ?

Louna regarda les documents qu'elle tenait toujours. Il y avait sept pages. Quatre, d'informations sur Charles et Lila et trois du dossier « Ashram ». Louna commença à lire la première :

– Charles Albert Joshua Johns, né à Londres le 27 novembre 1945, de sexe masculin. Cheveux bruns, yeux noirs. Particularité : type sinisant. Teint mat. Taille : 1m 87. Profession : archéologue et chercheur (spécialiste des pays asiatiques : Inde, chine, Népal, Tibet, Pakistan, Asie du Sud Est). Situation de famille : célibataire, une enfant de sexe féminin prénommée Louna Camilla Imman Johns. Adoptée en 1993 par ordre du Tribunal de Grande Instance de Paris par Camilla et Philippe Guenelec de Kerfissien (cf. dossiers correspondants). Quoi ! rugit Louna, ils ont un dossier sur maman, papa et moi ?
– Continue plutôt au lieu de bavasser !
– Oui ! Oui ! J'y vais ! Conditions de la disparition : non élucidée. Lieu de la disparition : Réservé. Flûte, qu'est-ce que cela signifie ?
– Que c'est secret et que c'est probablement contenu dans d'autres dossiers encore mieux protégés.
– Quelle déveine ! déçue, Louna repris néanmoins sa lecture. Bon après ce sont les photos. Au dos il y a d'indiqué : dossier classé rouge, informations supprimées, deux exemplaires

conservés sous le nom de code « Ashram », détenus par le président et le ministre de la défense. Aucun accès possible. Wouah ! François… je crois que la solution se trouve dans « Ashram », cria Louna surexcitée.
– Heureusement que tu as vu qu'il y avait un dossier supplémentaire parce que sinon, nous étions quittes pour une bonne frayeur sans aucun résultat.
– En tout cas, heureusement que le dossier était sur informatique sinon, nous ne l'aurions jamais eu !
– C'est vrai, mais en y repensant, je trouve étrange d'avoir pu accéder aussi facilement à ce dossier... les codes n'étaient pas très difficiles à casser pour un dossier si confidentiel et ça signifie peut-être que nous n'étions pas les seuls à nous intéresser à ces documents…
– Qu'est-ce que tu sous-entends par là ?
– Normalement, il n'y a pas de connexion entre les dossiers, or Ashram clignotait sur l'écran… ce qui signifie qu'il y avait un lien et que comme ce n'est pas nous qui l'avons créé et probablement pas le ministère non plus... c'est que quelqu'un venait de le consulter un peu avant et avait fait tout le travail de décodage, je n'ai eu qu'à me mettre dans ses pantoufles et à le suivre…
– Ce serait tout de même un concours de circonstance incroyable !
– Oui, mais je ne m'explique pas bien ça autrement… mais nous verrons plus tard, lis plutôt.
– Lila Louise Parker, née à Delhi le 31 octobre 1954, de sexe féminin. Cheveux blonds, yeux verts. Particularité : taches de rousseurs, teint clair. Taille : 1m 69. Profession : archéologue et chercheur (spécialiste des pays asiatiques : Inde, Chine, Népal, Pakistan, Tibet, Asie du Sud Est). Situation de famille : célibataire, une enfant de sexe féminin prénommée Louna Camilla Imman Johns. Adoptée en 1993 par ordre du Tribunal de

Grande Instance de Paris par Camilla et Philipe Guenelec de Kerfissien (cf. dossiers correspondants). Conditions de la disparition : non élucidées. Lieu de la disparition : néant (réservé).
– Ça ne nous avance pas beaucoup tout ça, on connaît la taille de tes parents, mais toujours rien sur ce qui leur est arrivé ! Notre dernier espoir réside dans « Ashram ».

Louna saisit fébrilement le dernier document :

– Dossier ultra confidentiel. État des exemplaires en circulation à l'étranger : monsieur le président des États-Unis, monsieur le président de la République démocratique d'Inde, monsieur le président de Russie, monsieur le président de la République Populaire de Chine. État des exemplaires en circulation en France : monsieur le chef de l'État, monsieur le ministre de la défense. Louna s'arrêta net dans sa lecture. François c'est une affaire ultra secrète à dimension internationale. C'est fou, comment mes parents ont-ils pu être mêlés à cela ?
– Continue, nous le saurons peut-être après !
– Rapport sur les activités des archéologues Charles Johns, Lila Parker, Frank Dupont, Mia Mastriori, James Mac Intoch, Sharim Shakh-i Mahadeva, et du général Ford (cf. dossiers correspondants). Rapport des agents Y. N. P, des services secrets français, P.N des services secrets indiens et Z.A.M des services secrets russes en collaboration sur le dossier Ashram.

François ne put s'empêcher de lâcher une exclamation :

– Eh bien ! Si les Russes, les Français et les Indiens bossent ensemble là-dessus, ça doit être une drôle d'histoire à laquelle sont mêlés tes parents.

Louna le regarda épouvantée, mais repris vaillamment sa lecture :

– Rapport sur la journée du 8 septembre 1992 : les archéologues fouillaient sur le site alpha 123, localisé dans un édifice religieux dit temple du rivage, État du Tamil Nadu sud de l'Inde... Wouah, nous avons le nom !
– La suite, vite !
– Lis toi, je suis trop nerveuse, je n'y arrive plus.

François repris le texte à son amie et continua :

– Considéré comme la sépulture du roi des Rois, enfouie depuis plusieurs milliers d'années. Le site a été identifié comme tel par la découverte d'un médaillon réputé avoir appartenu au souverain.
C'est un voyageur et érudit chinois de l'époque des Royaumes Combattants (475-221 avant Jésus-Christ), Liu Shu, qui le premier a redécouvert le bijou ainsi que des textes bilingue chinois-lyrian. Ces documents décrivent la vie au palais ainsi que la mort du souverain. Il nous a laissé plusieurs ouvrages, où il retranscrit les textes originaux, disparus depuis, qu'il s'agisse de l'histoire du royaume aussi bien que des traditions et légendes de cette époque. Ces livres ne nous sont parvenus qu'en partie. À aucun moment, il ne donne d'informations sur les circonstances de sa découverte. Le médaillon disparaît à nouveau à sa mort.
Par la suite, une partie des informations fut reprise, plus ou moins correctement, par de nombreux auteurs. Le plus fiable et le plus connu est Tchan Shu Sen qui vers l'an 1000, a compilé lors de ses périples dans les diverses provinces chinoises et à l'étranger, tout ce qui se rapprochait de près ou de loin au Lyriati.
– Maman m'a parlé de ce voyageur, je suis sûre que l'on peut retrouver ses livres !
– Le parchemin de Mills, est le seul document connu de nos jours qui donne une représentation fidèle du médaillon. S'agissant du site, il est réputé non seulement comme renfermant des trésors inestimables, mais aussi comme étant l'unique témoin d'une

culture extraordinairement avancée pour l'époque. Ce roi est aussi célèbre pour avoir été l'initiateur et unique détenteur des « *tables d'or des 10 000 lois* ».
Ces textes ont la réputation d'être des écrits magiques. Nous ne possédons aucune information supplémentaire à ce sujet.
Les écrits de Tchan Shu Sen nous relatent, entre autres, les fastes de l'inhumation de ce souverain. (cf. dossier Akira comprenant le texte original). Il décrit le palais de cristal enfoui sous terre dans un jardin merveilleux au cœur d'un lac d'eau douce. Les meubles précieux, les tissus, les bijoux, tout est décrit et est resté intact dans le palais avec lui pour l'éternité. Ses épées, dagues, poignards, cuirasses, toute son armée, tous ses serviteurs, ses esclaves ont été reproduits en ivoire peint et cristal pour le servir dans l'au-delà. Mais surtout, ce roi avait pour particularité d'avoir répandu autour de lui, bonheur et joie, d'avoir allégé les souffrances des êtres, d'avoir créé un monde parfait. Cette tradition s'est perpétuée jusqu'à nos jours, et s'est muée tardivement en un mythe plus connu sous le nom d'Atlantide, qui n'est autre en réalité que la légende du pays de Lyriati, réinterprétée par les siècles de l'histoire. Il semble que cela soit grâce aux tables des 10 000 lois, qu'une telle réalisation ait été rendue possible, d'où l'intérêt de ces tables et les raisons de l'union des différents gouvernements dans cette quête.
– L'Atlantide, je suis abasourdie. Maman ne m'en avait jamais parlée, peut-être ne le sait-elle pas ? Continue !
– Utilisées à des fins politiques, elles pourraient prévenir les guerres, empêcher la naissance de conflits et préserver l'humanité de nombreux maux et malheurs. Cette quête est d'une importance capitale pour notre monde, l'échec de la mission est une tragédie.
Raisons de l'échec de la mission : le site a été tardivement reconnu comme n'étant pas le véritable lieu de l'inhumation du roi, qui demeure inconnu à l'heure actuelle. Plusieurs équipes enquêtent sur des pistes possibles.

Aucune information sur les fouilleurs n'a pu être retrouvée. Seules données connues : un des archéologues de la mission, Sharim Shakh-i Mahadeva a été retrouvé mort deux semaines après la disparition de l'équipe. Le rapport d'autopsie indique qu'il ne présente aucune blessure ou lésion extérieure, mais les médecins légistes affirment avoir trouvé l'intérieur du corps intégralement carbonisé. « Le corps a été totalement brûlé, sans que l'enveloppe charnelle n'en ait été affectée d'aucune sorte. Nous n'avons aucune explication de ce phénomène. »
La section des sciences paranormales s'est saisie de l'affaire. Pas d'autre élément à ce sujet.
Quinze jours après le drame, le contact au ministère de la défense indienne qui avait permis la découverte du médaillon de cristal a disparu. Le médaillon n'a pu être retrouvé. Cette personne n'a donc pu être interrogée sur les circonstances de la découverte du bijou. Provient-il bien de l'endroit indiqué ? Nous n'avons pas de réponse. Le médaillon est crucial selon de nombreux spécialistes, un rapport est en cours à ce sujet.
Autre élément peut-être sans rapport avec l'affaire : nos différents agents ont noté des mouvements particulièrement importants dans diverses sectes dites « ténébristes » en de nombreux endroits de la planète depuis cette date. Le département de recherches sur les sectes et les groupuscules extrémistes analyse actuellement la nature exacte de ces agissements, et recherche si une corrélation peut réellement être établie.
Les diverses fouilles effectuées dans la maison du couple de Guénélec n'ont rien donné, aucune trace du bijou.
Les questions posées sous milpram 5 000 au couple Guénélec, dans la journée du 5 novembre 1992 n'ont pas permis d'apporter d'information supplémentaire. Les archéologues n'ont divulgué aucune indication à leurs amis sur la mission ou quoi que ce soit s'y rapportant.
Information importante : certains membres haut placés de

différents gouvernements ont tenté d'entraver cette enquête, des attentats ont été perpétrés contre certains de nos enquêteurs qui en ont réchappé de justesse. Les recherches sur cette affaire dérangent au sein même des gouvernements. Le département de recherche sur les sectes a été victime de nombreux vols et la disparition de trois de leurs membres les plus importants a été signalée. Nous émettons des réserves quant aux personnes qui les remplacent.
– C'est le gouvernement qui a enlevé mes parents et qui a démonté leur maison pour retrouver le cristal ! Je n'en reviens pas, quel culot !
– Tu parles, cette affaire est incroyablement compliquée et je t'avoue avoir du mal à suivre !

François fit une petite pose et repris sa lecture :

– Conclusion : la thèse première d'un enlèvement par une bande organisée de pillards est écartée comme étant trop improbable. La thèse d'un complot est toujours en étude. Derniers éléments : aucun des rapports de fouille écrits par les archéologues sur la nature de leurs découvertes n'a pu être retrouvé. Or, des lettres de Charles Johns à ses correspondants scientifiques tant français qu'étrangers attestent bien, que lui-même et son équipe rédigeaient scrupuleusement les rapports détaillant l'avancée quotidienne de leurs travaux et découvertes.
– Eh bien, je suis un peu soufflée ! En tout cas ce qui est sûr à présent c'est que mes vrais parents ce sont mis dans une drôle d'histoire qui implique des gens pas du tout recommandables, que le médaillon que je possède est d'une importance capitale pour tout le monde, sans que je sache pourquoi, que l'on sait à présent où mes vrais parents ont disparus et où commencer les recherches ; mais surtout, si l'affaire a bien été étouffée, elle n'a pas été pour autant abandonnée. Il me semble même que

beaucoup de personnes hautement placées, travaillent activement dessus. L'enjeu majeur, outre les trésors archéologiques de la tombe, semble bien être les tables d'or des 10 000 lois, dont nous ne savons rien…
– Si ce n'est qu'elles sont magiques…
– Et probablement convoitées par d'autres personnes que les différents gouvernements impliqués. Il ne reste aucune trace vivante, écrite ou autre de ma famille et de leurs collaborateurs, pourtant, je suis sûre qu'ils sont vivants, je ne peux pas entrer en contact avec l'esprit d'un défunt. Par ailleurs, Lila m'a laissé un document mentionnant le nom du monastère de Sera au Tibet. Je pense qu'elle souhaitait que j'y aille. Je commencerai donc mes recherches par-là, avant de me diriger vers ce mystérieux temple du Rivage. Oh ! Mais regarde, une page est restée collée derrière celle que tu tiens.

Louna détacha le dernier papier…

– On a oublié de la lire !

Machinalement elle commença :

– Élément récemment apporté au dossier : lettre de Lila Parker à sa fille Louna le soir de son retour à Paris, veille de sa disparition. Document saisi lors d'une perquisition au domicile d'un suspect supposé appartenir à la secte ténébriste : « les Terreurs de l'ombre. »

La jeune fille s'interrompit, sa voix venait de se briser, François la regardait sans oser proférer un mot.

« Mon bébé, je veux tout d'abord te dire que je t'aime fort et que quoi qu'il nous arrive à ton père et à moi, nous serons toujours

près de toi. Il se passe en ce moment des choses étranges autour de nous, j'entends de nous trois ma chérie. Je crois qu'un piège nous a été tendu et que nous ne l'avons malheureusement pas vu. Ton père et moi nous débattons pour nous libérer de ce mauvais pas, je crois que nous avons réussi à t'épargner, Dieu m'entende. Mon cœur me dit de rester près de toi, mais je sais que mon devoir est auprès de Charles. Je dois l'aider car je redoute le pire si je le laisse seul... or tu as besoin de tes deux parents n'est-ce pas ? Je sais que tu es en sécurité avec Camilla et Philippe. J'ai donc pris la décision ce soir de te confier à eux encore un moment pour que ton père oublie ce projet fou et revienne à Paris avec moi. Ils prendront soin de toi et nous reviendrons vite. Je ne t'abandonne pas ma petite fille, tu es toute mon âme, toute ma vie, mais je sais que si nous ne nous sortons pas de cette affreuse situation, nous t'entraînerons avec nous, et cela, je ne le supporterai pas. Je ne sais ni comment ni pourquoi, mais je sens que ton destin est scellé, un destin hors du commun, cela m'effraie d'y penser. Je souhaite tant que cette femme se trompe et que cette prophétie ne soit qu'élucubration et mensonge, pourtant, c'est comme si tout ce qui se passait en ce moment n'était que le début d'un processus inexorable, que ni moi ni ton père ne pouvons maîtriser... j'espère tant me tromper... l'avenir nous le dira.

Enfant chérie, je sais que tu es différente, comme je l'étais. Je t'ai transmis quelque chose que je n'ai jamais pu comprendre et que j'ai surtout eu tort de contrer. Je crois que la situation actuelle que nous vivons vient en partie de cette erreur, pourquoi refuser ce que l'on est vraiment, ne l'oublie jamais Louna, ton originalité fait ta force, dans ta différence réside ta puissance, je ne m'en aperçois que trop tard, hélas, et tout cela ne me sert plus à rien, arriverais-je à sauver Charles ? J'ai perdu confiance. Louna, ne nous oublie jamais. Tu as le don, il est sûrement ce que je t'ai transmis de mieux, c'est toi qui en trouveras l'usage, c'est toi qui réaliseras ce qu'il signifie véritablement car c'est toi qui

accompliras ce qui doit être fait. Je sais que quand tu liras ces lignes (pourvu que tu n'aies jamais à le faire car alors le pire serait arrivé) tu comprendras exactement ce que je veux dire. Ce qui se déroule en ce moment est lié à toi, mais aussi à nous, et à des choses qui se sont passées, il y a de cela très longtemps, auxquelles nous sommes reliés d'une façon que j'ignore encore. J'ai peur chérie, je ne sais ce qui sera advenu de nous quand tu liras cette lettre, mais si un funeste événement nous était arrivé, je te laisse en souvenir une photo de notre famille et le médaillon. L'un et l'autre te guideront sur la longue route qui sera désormais ta vie. Ne te sépare jamais du bijou, il est la clef. Mon enfant, sache que je serais toujours près de toi. À bientôt.
Ta maman qui t'aime. »

Louna leva son regard d'ébène noyé de larmes vers son ami :

– François… je n'ai jamais eu cette lettre, qui a osé dérober le testament d'une mère à son enfant, dis-moi, qui se permet une telle chose ?

François s'approcha doucement d'elle et la saisit tendrement dans ses bras.
Les larmes coulaient le long de ses joues, sans bruit, venant mourir sur le col de son chemisier.

– Louna, lui dit-il doucement.

La jeune fille ne répondit pas, perdue dans un monde d'où elle allait devoir à présent s'extirper seule, un monde où elle devra faire face à un destin bien lourd et bien périlleux.

Chapitre 7

Le cauchemar.

De retour chez elle Louna monta sans un mot s'enfermer dans sa chambre. Pourquoi Shu n'était-il pas là, pourquoi l'avait-il abandonnée dans un moment si difficile, comment avait-il pu ? Elle essaya de penser fort à lui, espérant désespérément le retrouver dans ses montagnes enneigées, mais rien ne se produisit. Depuis quelque temps, elle rêvait chaque nuit de Charles et Lila, elle les voyait prisonniers, se débattant dans une geôle sinistre, luttant contre le froid, la faim et l'appelant au secours. Elle se réveillait alors en sueur, le visage strié de larmes, mais plus personne n'était à ses côtés pour la réconforter. De plus, elle n'avait plus aucune visite, ses amis imaginaires, tout son univers parallèle restait désespérément vide, comme si le mot d'ordre avait été donné de l'abandonner seule à son triste sort.
Louna ne descendit pas dîner ce soir-là, elle prétexta une grosse fatigue et ses parents, se doutant qu'elle avait du mal à se remettre de tout ce qui s'était passé, n'insistèrent pas, comprenant son désir d'être seule. À peine allongée, elle s'endormit comme une masse.

Il faisait froid, très froid. Son lourd manteau de fourrure semblait laisser passer sciemment sur son corps grelottant le vent glacial des montagnes, la neige lui léchait le corps, brûlant sa peau. Elle était à la fois feu et glace. Soudain, devant elle, se dressèrent émergeant des cimes enneigées, une dizaine d'êtres gigantesques

aux cheveux rouges comme le sang. À leurs côtés se tenait un petit personnage, noir et velu, elle le connaissait, c'était lui ! Lui qui lui était apparu à la maison, le jour de son anniversaire... Mais qui était cet être étrange ? Que lui voulait-il, et quels étaient ces autres personnages aux dents longues et acérées, à la figure grimaçante de haine et au visage aussi blanc que le paysage glacé qui les entourait. Louna sentit un long frisson d'angoisse lui parcourir l'échine, ils s'approchaient, il fallait fuir au plus vite, elle le sentait.
Soudain, elle aperçut devant le petit groupe se glissant en faisant coulisser leurs anneaux... d'énormes serpents aux mâchoires acérées, leur corps disgracieux se mouvant dans la neige avec une agilité et une vitesse effrayante...
Elle tenta de courir, d'arracher ses pieds à leur emprise glacée, mais son corps ne lui répondait plus, il était figé dans la neige qui le bloquait aussi sûrement qu'un étau. Que se passait-il, quel était ce sortilège.
Elle regarda de nouveau ceux qu'elle savait, avec une certitude instinctive, être des ennemis. Leur visage était hideux, ils étaient vêtus de cuirasses brillantes comme la lune. Des inscriptions étranges étaient gravées dessus. En les regardant, Louna sentit sa tête tourner, « Non, ne pas les lire », lui dit une petite voix dans sa tête, « Ne les regarde pas, surtout, ignore-les ». Elle n'y arrivait pas. Ils étaient maintenant tout près. La petite bête noire lui tournait à présent autour avec des petits cris de triomphe.
Les serpents s'approchaient de ses pieds, les touchaient, leur tête remontait le long de sa jambe, leur corps s'enroulait autour de ses mollets, les enserrant si fort qu'elle avait envie de hurler de douleur. Un instant elle ferma les yeux, tentant de se réveiller, mais le rêve continuait, impossible de partir. Elle n'était plus dans son lit, tout se mélangeait. Soudain un éclair nacré jaillit dans le ciel. Les serpents la serrèrent plus fort marquant sa chair jusqu'au sang. Devant eux se dressait un enfant. Il était venu de

nulle part ou plutôt si, des airs ! Dans sa main droite, resplendissait un gigantesque sabre de jade, quant à sa main gauche, elle tenait serrée un petit poignard courbe d'une matière incroyable, plus éblouissante que le soleil. Il était vêtu d'un bonnet de fourrure, d'une culotte de cuir bouffante, d'une parka et de bottes de la même matière. Sa veste était rebrodée d'étranges motifs. L'enfant se tenait ainsi paré, droit devant ses adversaires. Sans un mot, il prit son élan, et bondissant dans les airs, le sabre en avant, se jeta sur les gardes du Maître. Le grouf avait disparu du théâtre des événements pour se dissimuler prudemment derrière un rocher. Il faut dire qu'il redoutait autant l'inconnu que les serpents aux dents aiguisées, qui, leurs maîtres occupés, pourraient prendre des initiatives préjudiciables à son encontre.

On pouvait imaginer que le combat de ces géants contre un enfant serait inégal, mais il n'en était rien. L'enfant volait littéralement, rebondissant sur un rocher, prenant appui sur une branche d'arbre pour se jeter de nouveau dans la mêlée. Les gardes étaient physiquement plus forts, mais l'enfant nettement plus agile les attaquait sur tous les fronts. Il n'avait pas plutôt donné un coup de sabre à l'un, qu'il croisait déjà le fer avec un autre. Les gardes étaient débordés.

Outre la rapidité et la maîtrise évidente des techniques de combat par le jeune garçon, son épée avait la merveilleuse propriété de resplendir à chaque fois que son ennemi la regardait, l'éblouissant et l'empêchant ainsi de frapper juste. En quelques minutes, les gardes avaient pris tellement de coups, qu'ils commençaient à reculer, les yeux brûlés, haranguant leurs serpents au combat.

L'enfant saisit l'instant propice et s'accroupit dans la neige. Il savait qu'il avait peu de temps et que l'effet de surprise et sa rapidité ne seraient rien une fois les gardes réorganisés. Il se pencha en avant, la touchant presque de son visage et au son de quelques mots mystérieux, l'épais manteau blanc se souleva par poignées, toujours plus nombreuses et plus denses, se mettant à tournoyer follement dans les airs, les précipitant dans une tempête dantesque.

Les gardes n'étaient plus visibles, perdus dans la tourmente, les éléments furieux emportant tout ce qui n'était pas solidaire du sol.

Louna sentit les serpents glisser lentement le long de ses jambes, le vent glacial semblait vouloir les arracher à leur proie. Petit à petit, ne pouvant résister, ils commencèrent à lâcher prise les uns après les autres, tombant aux pieds de la jeune femme avant d'être emportés par des rafales de vent rugissantes.

Louna, étrangement, assistait impassible au spectacle, sans y prendre part d'aucune sorte. Rien ne semblait pouvoir la toucher de ce qui se passait alentour, le froid s'était fait moins mordant, et sa peau la faisait moins souffrir. Elle sentait à peine sur son visage un petit souffle d'air, alors que ses yeux assistaient au déchaînement total des forces de la nature. Au moment où le dernier serpent tombait devant elle, la tempête se rassembla en un ultime mouvement et s'abattit de toutes ses forces sur le sol, noyant sous des mètres de neige glaciale, tout ce qui y vivait encore. Enfin tout s'arrêta. Les gardes avaient disparu, seule la queue d'un serpent apparaissait à quelques mètres de là. Soudain, elle se sentit défaillir, son corps ne lui répondait plus, elle sentait quelque chose qu'elle n'avait jamais ressenti jusqu'alors, un sentiment étrange de n'être qu'imparfaite, qu'une partie d'elle-même appelait désespérément son autre moitié. Il ne lui fallut qu'un instant pour comprendre l'urgence de la situation. Retenue par les gardes, elle avait été arrachée à son corps trop longtemps et celui-ci à présent tendait à retrouver son âme. Elle devait à tout prix quitter cet endroit avant d'en être définitivement prisonnière. Elle se concentra de toutes ses forces sur le lieu qu'elle souhaitait réintégrer, au loin elle vit son sauveur s'incliner vers elle avec un sourire. Elle put juste lui faire un petit salut de la main avant d'être happée par les abîmes.

Quelques instants plus tard, elle se retrouvait assise sur son lit, encore tremblante et désorientée.

En allumant la lumière, elle constata que son corps était couvert de plaques rouges provoquées par les morsures du froid. Sur ses jambes, les empreintes laissées par les anneaux des serpents zébraient sa peau de traits violacés. Il ne s'agissait donc pas d'un simple cauchemar, elle avait été attirée dans un piège durant son sommeil et sans l'aide de l'enfant au sabre de jade, son corps après avoir rejoint son esprit serait resté aux prises de ces êtres monstrueux. Elle avait dû demeurer longtemps, vraiment trop longtemps dans cet autre espace-temps, pour que son corps porte ainsi les marques de l'aventure.

Soudain, une peur atroce lui monta au creux du ventre, jamais elle n'aurait pu imaginer que son esprit pourrait être ainsi retenu, profané, par des étrangers, mais si Shu pouvait la faire venir là où lui souhaitait la rencontrer, il était évident que d'autres pouvaient le faire, et ces autres étaient malheureusement fort peu recommandables.
Louna sentit son cœur battre la chamade, comment pourrait-elle se prémunir de cela, puisque utilisant son sommeil pour l'attirer, ils faisaient exactement ce qu'avait fait son ami pendant des années.

La jeune fille n'avait pas besoin de savoir pourquoi ces êtres avaient tenté de l'enlever, pour se douter que tout cela était lié à l'affaire qu'elle venait de découvrir ces jours derniers. C'était comme si son dix-septième anniversaire avait déclenché une succession d'événements extraordinaires, comme si de nombreuses forces bonnes et mauvaises s'étaient d'un seul coup éveillées pour passer enfin à l'action.

Quoi qu'il en soit, ce qui venait de se produire la confortait au moins dans une chose, elle n'avait plus une minute à perdre. Elle était en danger, et n'aurait peut-être pas toujours un bienheureux sauveur pour l'aider. Chaque jour passé à attendre, était un jour de perdu et la mettait à la merci d'ennemis qu'elle commençait tout juste à deviner, se rapprochant sournoisement dans l'ombre. Elle avait assez retardé son voyage. Dès que les préparatifs seraient terminés, elle partirait. Rassurée par cette dernière résolution, elle s'assoupit jusqu'au petit matin, mais sans réellement s'endormir, encore trop effrayée par ce qu'elle venait de vivre.

Livre 2
Deuxième partie

Chapitre 1

Le départ.

– Louna, es-tu sûre d'avoir bien pris ton passeport ?
– Et tes moufles ?
– De l'aspirine ?
– Des bandes « dezinées » ?
– Mais non Boubou, pas de BD.
– Et tes plans…
– Et le guide de voyage...
– Oui, oui, oui ! j'ai tout, cria Louna excédée à sa famille qui la pressait de ses dernières recommandations.

Ce dernier mois s'était passé sans événement notoire. Le grouf n'avait pas reparu et les gardes s'étaient volatilisés. Elle n'avait plus de visions ni de cauchemars, et plus aucune visite de ses « amis » non plus, ce qui intriguait la jeune fille au plus haut point.
Son père ne put la faire changer d'avis concernant son voyage, et tous avaient bien été obligés de l'aider à se préparer pour son expédition himalayenne.
La petite famille « cavala » dans tous les sens pendant un mois, afin de rencontrer monsieur Lehman qui avait déjà fait trois fois le voyage au Tibet, il savait donc comment agir s'il faisait trop froid, si elle était seule perdue dans la neige, où se réfugier en cas d'urgence et… plein de choses encore, ouf ! S'en débarrasser fut difficile !

Sa mère, très pratique lui fournit une trousse à pharmacie qui devait faire la moitié de son sac de voyage, à tel point qu'elle se renseigna sur les suppléments de bagages pour être sûre que sa fille les aurait bien avec elle jusqu'à Lhassa.
C'est en effet là-bas que Louna décida de commencer son périple. La capitale religieuse et historique du Tibet serait le point de départ de ses recherches. Elle était située à quelques heures de marche du monastère de Sera, indiqué par Lila sur la photo. En atterrissant en fin de matinée à l'aéroport, elle calcula qu'elle mettrait un peu plus de trois heures pour rejoindre le monastère. En attendant, tout le monde s'activait intelligemment autour de Louna, déjà emmitouflée dans une énorme parka de fourrure grise. Il avait fallu tout essayer avant de partir, dixit cette fois toute la famille.
Louna avait cependant du mal à se rendre compte de l'efficacité ultime du vêtement car les 23° de la maison n'étaient pas les conditions idéales requises, mais le vendeur de la boutique « Le Toit du Monde » avait l'air de s'y connaître et tous lui avaient fait confiance. Un équipement complet fut donc acheté. Boubou en profita pour se faire offrir une écharpe rayée rouge et bleue, comme celle du chat magique d'Alice au pays des merveilles, et Iris pleura, supplia et… finalement, elle aussi, obtint une mignonne petite chapka de fourrure.

C'est ainsi que très chargée, mais la carte bleue beaucoup plus légère, toute l'équipe rentra réessayer l'ensemble à la maison. Finalement, les achats reçurent l'approbation de chaque membre de la famille, et tous purent commencer à préparer les bagages.

Après de longues négociations sur l'organisation interne du sac, celui-ci fut enfin bouclé, dans la plus grande sérénité générale !

En fin de journée Louna était fin prête. Elle avait en plus de son gros sac à dos, une besace avec ses billets d'avion, sa carte de crédit, des traveller's chèques, l'autorisation de sortie du territoire (indispensable), son passeport, des dollars et un guide du Tibet et de l'Inde (au cas où, avait dit Louna, ce qui avait encore plus paniqué ses parents).

– Quoi ! avait hurlé son père, l'Inde, et pourquoi pas la Chine, et le Japon, et tant que tu y es va donc en Australie... tu nous rapporteras des kangourous et...
– Louna, tu ne nous avais pas dit que tu pensais aller également en Inde !
– Maman, le monastère indiqué est au Tibet, mais mes parents ont disparu en Inde, je devrai de toute manière me rendre là-bas pour tenter de comprendre ce qui a pu se passer, il doit bien y avoir des indices, quelque chose qui me donnera une piste pour mes recherches.
– Mais c'est de la folie ! repris de plus belle Philippe de plus en plus rouge, je m'oppose formellement à ce que tu ailles dans ce pays toute seule, c'est trop dangereux, par ailleurs, tu ne sais pas où ils ont disparu !

Louna jugea préférable de ne pas mentionner son escapade dans le 18ème arrondissement de la capitale avec François.

– Je chercherai et je trouverai, ne vous faites pas de souci, et puis le Tibet est sans doute plus dangereux que l'Inde en raison de ses problèmes politiques avec la Chine. Tu sais aussi bien que moi, que depuis qu'ils ont envahi le pays, l'insécurité règne partout, la meilleure preuve en est la fuite de la plupart des moines, et l'exil du Dalaï-lama en Inde à Dharamsala.
– Si tu dis ça pour me rassurer, sois en sûre, tu as atteint ton but... Louna, chérie, quelle idée...et comment puis-je être un père aussi indigne et te laisser partir là-bas... laisse-moi t'accompagner au moins ?

Cela faisait quinze jours que son père insistait désespérément pour venir avec elle. Quand il se rendit compte enfin que sa fille ne changerait pas d'avis, il décida de l'accompagner, mais la réponse de celle-ci fut ferme et sans concession :

– Non, papa, ta place est ici, avec maman, Boubou et Iris. Tu ne dois pas les laisser, et puis, c'est une affaire de famille qui ne vous concerne pas. Tout ce qui se passe et s'est passé nous relie tous les trois, Charles Lila et moi. Ils ne vous y ont pas mêlés, ils avaient leurs raisons, je ne le ferai pas non plus. Ne croyez pas que je ne m'en sortirais pas seule, ou que ce serait mieux avec l'un de vous deux. Ma santé est meilleure que la vôtre, mes jambes plus solides, mes épaules et mon dos porteront plus facilement les sacs, vous détestez la montagne, alors que moi, je pars skier tous les ans. Ce voyage n'est pas pour vous. J'irai seule, et tout se passera bien. Votre ami m'a donné les emails de ses contacts en Inde et au Tibet en cas de souci. Par ailleurs, j'emporte un ordinateur portable avec lequel je vous enverrai des nouvelles dès que je pourrai trouver du réseau. Ne craignez rien… je vous assure…

Son père la regarda à ce moment avec autant d'admiration que d'inquiétude. Il comprit que s'ils avaient élevé Louna avec tout l'amour possible pour combler le manque de Charles et Lila, si elle s'était nourrie et construite sur cela et toutes les valeurs éducatives qu'ils lui avaient inculquées, elle avait le caractère de ses parents, ce goût pour l'aventure, les changements, et surtout, la notion du devoir si caractéristique à Lila. Rien ne la ferait changer d'avis, sa décision était prise et ils ne pourraient que l'aider dans sa quête car elle ne reviendrait pas en arrière.

Philippe dut se rendre à l'évidence, Louna avait beaucoup grandi, et malgré ses dix-sept ans tout juste, était à présent une jeune

femme, qui, au moment où cela devenait nécessaire, prenait sa vie en main, seule, avec beaucoup de courage.
Il ne devait pas être triste de cette situation, mais fier, fier d'avoir élevé une personne si noble de cœur et d'âme, si volontaire, fidèle aux liens du sang, mais aussi du cœur, par l'amour qu'elle leur portait et leur porterait toujours.
Après ces quelques réflexions, il écrasa une petite larme de circonstance et se dit qu'un bon ange avait toujours protégé sa fille, qu'il n'y avait aucune raison que cela change. Son ami Shu, par exemple, serait sûrement là. S'il avait si bien veillé sur elle jusqu'alors, il s'en remettait à lui pour ne pas s'arrêter en si bon chemin, et leur donner aussi des nouvelles de temps à autre. Au moment même où il pensait ces derniers mots, une voix résonna dans sa tête :
« La destinée de Louna est hors du commun, elle ne peut être contrariée par de simples mortels. Tout au long de son périple elle trouvera les appuis nécessaires, l'aide dont elle aura besoin et le soutien qui lui permettront de continuer sa route jusqu'au but ultime. Des êtres exceptionnels l'aideront dans sa quête, d'autres êtres nobles veillent sur elle à chaque instant. »

Philippe crut qu'il hallucinait. La voix s'était arrêtée comme elle était venue. Il regarda autour de lui et vit sa femme et sa fille en grande discussion, tandis que ses deux autres enfants se chamaillaient dans un coin. Il était donc le seul à avoir entendu ce curieux message. Troublé, il retourna vers son petit monde.

– Ça ne va pas papa ? lui demanda Iris.
– Tu es tout blanc... z'est à cause de Louna ? demanda Boubou de sa petite voix.

Philippe se pencha vers sa femme et lui chuchota à l'oreille :

– J'ai entendu des voix !
– Des quoi ?
– Chuuuuuut ! Des voix… dans ma tête.
– Ah ! Et que disaient-elles, ces voix ?
– De laisser Louna vivre son destin.
– Mais chéri, c'est ce que nous faisons. Ni l'un ni l'autre, n'avons envie de nous séparer d'elle, mais nous la laissons suivre la voie qui est la sienne…
– Hum… bon… oui… tu dois avoir raison.
– Ne t'inquiète pas. On y va à présent ?
– Quoi déjà ! s'étonna Iris.
– Eh bien oui ! Il est l'heure, mon avion pour Delhi part à 21 heures 30 et il est 19 heures. Le temps d'arriver à l'aéroport, de faire enregistrer mes bagages, de passer les contrôles etc. et tu sais comme j'ai horreur d'être speed !
– On dit pressée et pas « speed », gronda Philippe. Bon, tout le monde est prêt ? Les bagages sont bouclés ?

Il se dirigea vers la porte :

– Alors je charge la voiture et nous sommes partis ?

Boubou se dirigea en sautillant vers la Mercedes tandis qu'Iris commençait à faire une mine de chien battu.

– Ça ne va pas petite sœur ?
– Tu… tu vas partir loin… et peut-être longtemps… et…et tu vas nous manquer ! lui dit sa sœur en s'effondrant.
Louna était stupéfaite, sa sœur toujours si réservée, si fière et même un peu hautaine, était complètement anéantie à l'idée de son départ. Iris ressemblait à une fontaine trop pleine qui se déversait et menaçait de noyer tout le monde ! Louna la serra très fort contre elle :

– Ne t'inquiète pas, je vous enverrai des nouvelles tout le temps et des mails. Tu sais bien que j'ai pris un petit ordinateur… et dès que je saurai bien comment le faire fonctionner, je te promets de t'écrire très souvent.
– Et à moi auzi ?
– Oui Boubou, plein de mails pour vous deux, je vous le jure. Et puis, Iris, si de temps en temps, tu as envie d'emprunter quelques affaires de ma chambre, je pense que je ne serais pas trop fâchée.
– Vrai ? Alors là c'est rudement chic !

Sa sœur semblait du coup beaucoup moins triste et parviendrait sûrement à se faire une raison en essayant ses robes et en lui empruntant ses bijoux. Mon Dieu le médaillon. Louna mit sa main sur sa poitrine. Ouf ! Il était toujours là. Shu lui avait bien dit de le garder et Lila aussi avait précisé qu'il était très important. La clef, avait-elle dit ! Ce que cela signifiait, mystère, mais une chose était sûre, il n'aurait pas fallu l'oublier.

– On arrive les enfants !

Philippe se gara devant l'entrée de l'aéroport, Camilla se retourna vers les trois enfants serrés à l'arrière :

– Tout le monde descend !

C'était une véritable expédition. Boubou et Iris se battaient pour porter le sac de Louna, trop lourd pour l'un comme pour l'autre. Finalement, après que le sac eut bien nettoyé le sol de l'aéroport, leur père considéra qu'une hauteur moyenne de plusieurs centimètres au-dessus du sol était préférable, si l'on voulait qu'il arrive jusqu'à la fin du voyage. Il le confisqua donc d'autorité aux deux petits qui s'en trouvèrent très vexés.
Camilla parlait peu, très émue, tandis que son mari, à l'inverse,

cachait son malaise sous un flot de paroles ininterrompues, à tel point qu'au bout d'une demi-heure, Iris lui demanda gentiment de se taire parce qu'il lui donnait mal à la tête. Il faut dire que l'avion n'était pas encore annoncé et que la conversation de son père, qui n'avait rien de très apaisant, ne permettait en aucun cas de tromper l'attente.

– Ça y est, il est là ! cria Iris.

En effet, l'avion venait d'être annoncé.
Les bagages furent vite enregistrés. Louna sentit un instant son cœur se tordre dans sa poitrine. C'était la première fois qu'elle partait aussi longtemps et surtout à ce point à l'aventure. Rien de comparable avec le voyage d'étude à New York, ni avec le voyage de classe à Madrid. Là, elle partait seule, si elle savait parfaitement ce qu'elle allait chercher, elle ne savait pas du tout par contre ce qu'elle allait découvrir. Tout cela l'oppressait à présent, terriblement. Elle avait fait le bon choix, elle en était sûre, mais au moment de partir, elle évaluait véritablement ce que cela lui coûtait !

– Vite, dépêche-toi, dépêche-toi, sinon tu zeras en retard !

Boubou commençait à s'agiter, il ne savait pas très bien comment dire au revoir à sa grande sœur, c'était un garçon et il se devait de se comporter comme tel, donc pas de sentimentalisme, mais c'était aussi un « petit » garçon, et une énorme envie de pleurer lui remontait dans la gorge. Finalement, à son plus grand désarroi, c'est la seconde option qui fut la plus forte, il se jeta dans les bras de son aînée les joues striées de larmes, en hoquetant.
Puis ce fut au tour d'Iris, qui en tant que fille pouvait avoir amplement recours à tout ce qui était cris, lamentations et pleurs en tout genre, dont elle ne priva pas d'ailleurs.

Philippe et Camilla se maîtrisaient difficilement, tout comme Louna qui, déchirée par les adieux de sa famille ne voulait pas en rajouter en craquant dans une situation qu'elle avait elle-même créée.

Après toutes ces effusions, elle se dirigea enfin vers la salle d'embarquement. Elle ne se retourna pas, car elle ne voulait pas que tous voient les énormes larmes roulant sur ses joues, s'écrasant sur son col de fourrure. L'aventure commençait, l'inconnu… elle partait à la recherche de ses vrais parents et comptait bien les ramener à Paris avec elle. Elle savait qu'ils étaient en vie, Shu le lui avait confirmé, elle s'engageait dans une quête merveilleuse, la quête de ses origines et de son identité, la quête de sa destinée.

Chapitre 2

Le grand lama.

Le vieux moine se tenait seul depuis des heures dans la petite salle de prière, quand il décida enfin de se lever. Il se dirigea directement vers le fond de la pièce, souleva un rideau de soie blanche qui masquait une petite porte et sortit.
Il suivit le long couloir qui courait tout autour du monastère puis déboucha sur une pièce tendue de draps safran. Celle-ci donnait directement sur l'immense salle de prière où se réunissaient tous les moines. D'où il se trouvait, le vieil homme pouvait apercevoir toute la congrégation assise, attendant son arrivée.

Le rassemblement était d'importance, il se devait de les prévenir tous. Il pénétra enfin dans la salle et se dirigea vers un petit piédestal d'or couvert d'un tissu brodé d'une image du Bodhisattva Avalokistesvara. À sa droite se tenait une statue de Bouddha, faite d'or et de pierres précieuses, tandis qu'à sa gauche, un extraordinaire Bouddha ascète de bois sculpté, rappelait à tous que s'il avait pratiqué le jeûne pendant un temps, il avait préféré renoncer à cet extrême pour choisir la voie du milieu, celle de la juste mesure en toute chose. Devant chacune des statues, étaient posés de petits bols précieux contenant des offrandes de riz et de sucreries, tandis que plantés dans des vases remplis de sable, brûlaient des encens dont les senteurs enivrantes se répandaient dans la salle.

Aux murs, derrière le vieux moine et sur les côtés de la salle étaient accrochés de nombreux tangkas représentant la vie du Bouddha, le paradis d'Amitabha et d'autres scènes mystiques du bouddhisme tibétain. La grande richesse de couleur des tangkas contrastait avec l'unité des vêtements des moines où le jaune, l'orangé et le pourpre se déclinaient en de multiples tons. Le plafond était orné de nombreuses sculptures de bois peintes représentant divers dieux, tandis que des piliers de bois ouvragés, qui le soutenaient, flottaient de longues banderoles sur lesquelles étaient inscrites des paroles bénéfiques.

Le vieil homme s'agenouilla cérémonieusement, prenant bien garde à ne pas fouler l'image sacrée à ses pieds. Devant lui, se tenait le plus grand rassemblement de moines depuis des années. Tous s'étaient déplacés de monastères parfois très éloignés dans la montagne. Certains avaient fait plusieurs jours de marche pour venir jusqu'ici, aucun d'entre eux ne connaissait encore le motif de cette réunion extraordinaire, mais chacun savait qu'il se tramait quelque chose de grave pour que le grand Rinpoché les convoquent ainsi.

Tous attendaient patiemment depuis plusieurs heures déjà qu'il les retrouve, pour leur indiquer les raisons de leur présence ici. À son arrivée, dans une remarquable unité, ils s'inclinèrent devant leur maître spirituel. Le monastère de Sera comptait parmi les plus grands du Tibet et le grand Rinpoché en était l'autorité suprême. Il était extrêmement respecté par la communauté, et sa grande sagesse avait largement dépassé les frontières de son pays. Une fois que tous se furent relevés d'un même mouvement le vieux moine pris la parole :

– Je vous ai tous convoqués aujourd'hui car ce que nous attendions depuis des années, autant que nous le redoutions, est arrivé. La prophétie se réalise, les forces maléfiques qui sommeillaient dans l'ombre se sont réveillées, l'élue est en marche.

Un long murmure parcourut l'assistance.

– Il y a de cela seize ans, la quête que menait l'héritier de la dynastie de Shao et la fille des étoiles s'est soldée par un échec. Les tablettes n'ont pu être retrouvées et, au lieu de cela, l'esprit malin les fit tomber dans un piège dont ils ne purent se préserver. Nous sommes sans nouvelles d'eux depuis toutes ces années et ce n'est pas faute de les avoir cherchés comme vous le savez tous. Ce qui va se passer à présent dépasse de loin notre petite communauté, et pourrait ne pas nous concerner, cependant, deux raisons nous impliquent dans la destinée de l'élue. La première est que tout être est désormais menacé d'une mort terrible si le mal noir venait à dominer notre planète, et il est de notre devoir de tout faire pour l'en empêcher. La seconde… est que depuis des générations déjà, un être dont l'histoire remonte à des temps troublés, et dont le destin rejoint celui de l'élue se réincarne au sein même de notre communauté...

Le grand Rinpoché s'arrêta un instant, tous les moines étaient suspendus à ses lèvres, mais il n'ajouta pas un mot à ce sujet.

– Notre devoir est d'assister cet être choisi. Pour ces deux raisons, nous devons tout mettre en œuvre pour que l'élue parvienne au but ultime : retrouver les tablettes disparues et combattre le mal noir comme il est inscrit dans sa destinée. C'est pourquoi je vous demande à tous la plus grande vigilance. J'ai eu la vision de l'élue qui partait pour sa quête et je sais que ses pas la porteront près de nous. Nous devons à tout prix la guider jusqu'ici avant que les êtres des ombres ne la retrouvent. Puis, nous lui livrerons ce que

nous savons pour la soutenir dans son difficile périple, mais nous ne devrons à aucun moment sous estimer l'ennemi. Nous ne savons pas réellement qui il est ou plutôt qui ils sont. Nous pouvons cependant imaginer qu'ils sont nombreux. Peut-être ont-ils déjà retrouvé l'ombre suprême qui rôde de nouveau à la recherche de son pouvoir disparu.
Je dois vous dire autre chose de très important. Lilouya est retourné en possession de l'élue… à aucun prix… aucun, il ne doit retomber entre les mains des forces obscures… chacun d'entre nous devra donner sa vie si cela s'avère nécessaire pour éviter que ce malheur ne se produise, car alors la fin serait proche... Lilouya est la clé du pouvoir, nous ne savons pas encore dans quelle mesure ni quelle est sa force, mais les textes des temps immémoriaux le citent comme la puissance absolue avec les deux pierres précieuses : le Gi et le Yi. Nous n'avons jamais retrouvé ces deux dernières et personne, pas même l'ennemi n'en a gardé la trace, c'est pourquoi le Lilouya est si précieux. Cependant, je vous demande à tous de relire ces textes pour connaître par cœur le peu de données que nous conservons à ce sujet, afin de soutenir de notre mieux l'élue. Elle aura besoin de nos conseils, de notre clairvoyance et de notre sagesse. Chaque élément que nous aurons compris pourra être d'un grand secours pour elle, aussi penchez-vous y très sérieusement, tout en conservant le plus grand secret. Si des informations en notre possession parvenaient à l'ennemi, nous pourrions sans le savoir accélérer le retour du maître de l'ombre.
Je vous demanderais aussi de me relater toutes vos recherches et découvertes, car il est certains savoirs secrets qui se transmettent oralement depuis des millénaires que je suis seul à détenir. Je pourrais donc mieux que quiconque ici, à part un seul d'entre vous, exploiter ce que vous aurez découvert dans le sens qui sert notre cause et qui permettra à l'élue de survivre là où elle ira.

Le vieil homme s'était tu. Personne n'osait un mouvement dans la salle. Le grand Rinpoché venait de leur annoncer qu'il était temps pour eux de se préparer à la guerre la plus redoutable et la plus éprouvante de toutes. Une guerre qu'ils n'osaient imaginer dans leur pire cauchemar et que chaque moine souhaitait repousser de toutes ses forces aux ères les plus lointaines. Celle qui les obligerait à lutter jusqu'à leur dernier souffle pour défendre la vie sur Terre, pour permettre au soleil de se lever chaque jour, celle qui permettrait au monde de rester tel qu'il est, celle qui enfin devrait empêcher les ténèbres et la désolation de se répandre, semant la peur et le désespoir, la terreur et la mort. Ils allaient devoir lutter contre le mal noir.

Chapitre 3

La réunion de la salle des destinées.

Pendant ce temps, le Maître des Maîtres n'avait pas perdu de temps. Chacun des diamants du collier était revenu de sa mission avec les plus grands mages des sectes dévolues au mal noir. Cela avait été un événement pour la communauté des nains, cela faisait des milliers d'années qu'il n'y avait pas eu autant de personnes aussi tristement célèbres dans leur montagne. L'heure était venue, et le grand Maître appelait à lui tous les magiciens qui avaient soutenu le mal noir à venir l'assister dans le grand retour de leur chef suprême au pouvoir.

Il avait quitté le trône de cristal de la salle du lac et se préparait à se rendre dans une pièce beaucoup plus secrète, une pièce que personne à part lui et ses hôtes fameux ne connaissait, la salle des destinées. Elle se situait au plus profond de la montagne, dans les entrailles pierreuses du pays des ténèbres. Au centre, se situait une table, la table des destinées aux multiples pouvoirs. Autour de cette table, se tenaient d'énormes serpents lovés. Les anneaux des monstres recevaient chacun des convives, tandis que l'extrémité de leur énorme queue servait de dossier.

Le Maître des Maîtres passa en revue toute la pièce, rien ne devait troubler la réunion qui allait se tenir ici. Le long des murs se dressaient des centaines d'étagères sur lesquelles se tenaient des fioles minutieusement étiquetées, de vieux livres de magie ainsi que des bocaux dans lesquels reposaient depuis des millénaires

des bêtes monstrueuses disparues de la surface de la Terre depuis des temps immémoriaux.
De nombreux instruments étranges s'amoncelaient entre les livres et les bocaux. Personne à part le Maître des Maîtres n'en connaissait la fonction. Enfin le sol était constitué d'un nuage d'orage qui émettait régulièrement un grondement menaçant. Seuls les magiciens conviés à la réunion, et uniquement à cette occasion, pouvaient se tenir dessus. Si un intrus se présentait, un sort terrible lui était destiné, le nuage le possédait alors entièrement, le noyant dans des trombes d'eaux noires, tandis qu'il était à l'instant même foudroyé par des éclairs. Son corps se consumait alors dans le feu et l'eau jusqu'à devenir une bouillie noirâtre qui était alors restituée par le nuage. Un seul être était entré sans autorisation ici, le nain Balbabu, le plus curieux de tous les nains de la montagne. Personne n'avait reconnu son corps quand le nuage l'avait rejeté, et la colère du Maître avait été terrible. De peur que celui-ci n'ait fait part de son projet à quelqu'un et surtout du chemin menant à la salle secrète, il avait fait exterminer toutes les personnes qui avaient connu, ou même croisé le malheureux une fois dans leur vie. Des centaines de nains perdirent la vie par la faute de celui-ci, et personne, vraiment personne de la communauté n'eut plus jamais l'idée de rechercher cette salle.
Quant au plafond de cette dernière, il n'existait pas, ce n'était qu'un immense trou noir où résidait l'être de vérité, le dévoreur de traître. Si un des sages admis à venir dans la salle fomentait un quelconque plan pour trahir le Maître des Maîtres, alors le monstre le happait et le questionnait horriblement jusqu'à ce qu'il avoue sa traîtrise. Cela n'était jamais encore arrivé, et personne n'avait jamais vu le monstre, mais tous connaissaient sa réputation, car l'être n'avait pas toujours vécu dans la salle des destinées. Les échos des terribles sévices qu'il avait infligés aux traîtres dans d'autres circonstances, l'avaient précédé. Il aurait

fallu être bien fou pour pénétrer la salle en ayant une idée de ce type en tête. C'était cependant dans cet endroit bien redoutable qu'allait se tenir la plus grande réunion de magiciens noirs depuis très très très longtemps...
En attendant le jour de celle-ci, qui avait été calculé d'après la position des constellations de la grotte du lac, les mages avaient été logés avec toutes les commodités dans le palais du Maître, au nord de la ville des nains, près de la salle du trône de cristal. Chacun était installé, avec de nombreux serviteurs, dans un quartier séparé sans communication avec les autres, ce qui permettait au Maître d'être sûr qu'aucun mage n'en rencontrerait un autre avant le moment prévu par lui. L'ensemble de l'édifice était un labyrinthe connu de lui seul, et l'invité qui s'y aventurait seul y disparaissait à jamais.

Le premier des grands sages à arriver à la montagne du pays des ténèbres fut le mage Olia du pays de Liu. Il lui fut attribué le quartier des monts gris.
Son frère Oria, qui régnait sur la seconde partie du pays de Liu, fut lui, logé à l'autre extrémité du palais, près de la rivière aux crocs ruisselants, dans un secteur appelé la colline translucide.
Venant de plus loin, les mages des Monts d'Or et de la Moa, ainsi que le vieil homme des collines au-delà des collines arrivèrent deux jours plus tard, la veille de la réunion. Les deux mages des Monts d'Or furent exceptionnellement hébergés dans le même secteur pour la simple et bonne raison qu'ils étaient inséparables, il s'agissait de frères siamois. Ils possédaient étrangement un seul corps mais avec deux têtes, quatre bras et quatre jambes.

Les trois mages du pays de la Moa furent séparés, le grand royal fut placé dans le quartier du lac du destin, près de la grotte au trône de cristal, le prince suprême s'installa près du Maître des Maîtres, dans le quartier de la mort rampante, et le mage au sang du pouvoir se retrouva dans le quartier du massacre céleste. Restait le vieil homme, que l'on installa dans un quartier du palais ouvert exceptionnellement pour cette occasion, le quartier maudit.

En attendant le grand jour, le palais était en pleine effervescence et l'ensemble des serviteurs y travaillant était très occupé. Il fallait préparer le festin qui se tiendrait après la réunion, satisfaire les moindres caprices des mages, les aider à se vêtir, et enfin les diriger jusqu'à la salle des 1000 pas pour que le Maître les mène, seul, à la salle des destinées. Tout cela bien entendu sans compter les réprimandes, les mauvais traitements et les sorts de supplices, – ces terribles sorts qui vous cassaient un bras ou une jambe, vous brûlaient ou vous arrachaient les cheveux sur un simple mot de celui qui les connaissait – qui pleuvaient dès qu'un ordre n'était pas exécuté comme il fallait.

Tous les serviteurs ne risquaient cependant pas ces terribles traitements. Il y en avait trois sortes rattachées au palais.
Les mauraux noirs, d'immenses cyclopes couleur ébène qui se chargeaient de tous les travaux difficiles, mais surtout qui géraient toute l'intendance du quartier et dirigeaient les esclaves de catégorie inférieure. Leur apparence physique était effrayante, ils avaient une peau qui ressemblait à celle de l'éléphant, épaisse, grossière, craquelée comme du vieux cuir desséché. Un crâne plus clair et dans leur large cou naissait une fourrure abondante et drue qui continuait sur le dos et les reins. Des jambes lourdes et épaisses s'y raccrochaient, et chaque pas faisait saillir leurs muscles puissants. Ils avaient des bras paradoxalement plutôt maigres aux os cependant très larges, qui leur donnaient une force hors du commun, ils pouvaient soulever des charges énormes sans le moindre effort. Enfin des pieds aussi larges et plats que des poêles, leur donnait l'assise nécessaire pour soutenir ce corps monstrueux. Il n'est pas possible de décrire leur visage car

personne ne survivait à sa vue, sa laideur vous tuait sur le coup. Quand ils vivaient en liberté, ce pouvoir était très important pour les mauraux car il permettait de vaincre n'importe quel ennemi sans combattre, mais à présent qu'ils avaient fait allégeance au mal noir, cet attribut était bien encombrant au quotidien, et contrariait encore régulièrement le bon fonctionnement du service.

Le Maître des Maîtres les obligeait donc à porter un masque, aussi noir que leur peau, mais il suffisait que l'un des mauraux oublie celui-ci pour tuer dix esclaves d'un coup ou pire, les hôtes du Maître. Cela n'était heureusement arrivé qu'une fois, mais le Maître en avait été si affecté que depuis, aucun d'entre eux ne sortait de ses quartiers sans avoir franchi trois salles servant de sas de sécurité, dans lesquelles on vérifiait que leur visage fût bien couvert, et le masque solidement accroché.
Il se racontait en ville que le grand Maître avait de tels pouvoirs qu'il pouvait regarder le visage d'un mauraux sans ciller, mais on était bien en peine de trouver quelqu'un pour confirmer la scène, car aucun être vivant n'y aurait survécu.

Les serviteurs de seconde catégorie étaient les nains affectés au palais, ils avaient en charge toutes les tâches ingrates, et exécutaient en outre les menus travaux, les courses des hôtes et de leur Maître, rendaient des services, ce qu'un mauraux n'aurait jamais fait. Celui-ci était au service des hôtes, mais ne prenait ses ordres qu'auprès du Maître des Maîtres.

Enfin la dernière catégorie était celle des fées esclaves, les servantes de la troisième catégorie, la plus basse, car tout le monde, y compris les serviteurs de seconde et première catégories avaient droit de vie ou de mort sur elles. Ces êtres délicieux vivaient autrefois dans la montagne céleste, auprès de leur souveraine, la fée des brumes. Lors d'une mission de la plus haute importance, il y a de cela des milliers d'années, les petits êtres furent capturés par des serviteurs du mal noir, et réduits à l'esclavage. La fée des brumes ne put jamais retrouver ceux de son peuple qui avaient disparu, les cachettes de l'être maudit étaient trop profondes et impénétrables pour que ses pouvoirs puissent les percer.

À la chute du mal noir, le Maître des Maîtres emmena avec lui une poignée de fidèles et les serviteurs du Maître Suprême, c'est ainsi qu'au lieu de recouvrer leur liberté, les fées changèrent de tortionnaire. Ce fut une tragédie que de voir ces êtres délicats, aux membres sveltes et translucides, aux cheveux d'argent et aux yeux gris perle, dépérir dans les souterrains ténébreux de la montagne. Même les mauvais traitements, l'absence de lumière, de nourriture, de repos ne parvenaient pas à altérer leur beauté. Ces êtres étaient mi-homme mi-femme. Cette faculté extraordinaire leur permettait d'enfanter seul pour agrandir leur peuple.
Toutes les vingt lunes -ce qui en temps de fées, doit faire cinq cents années terrestres - les petits êtres se ramassaient sur eux-mêmes, les ailes enroulées autour de leur corps svelte, créant ainsi un cocon. Ils restaient ainsi une demi-lune, puis déchiraient ce dernier dans un jaillissement d'étoiles pour libérer plusieurs nouvelles fées aux ailes translucides comme du cristal et dont chaque battement faisait voleter de la poussière d'or. Leur cycle de vie était donc ainsi fait, de leur corps, elles créaient en disparaissant plusieurs autres fées aussi belles et gracieuses qu'elles-mêmes, pour leur plus grand malheur dans ces effroyables circonstances.

Ces êtres fragiles étaient très prisés car ils étaient chargés du divertissement des hôtes, mais celui-ci pouvait s'avérer terrible… En effet, elles dansaient pour eux, les délassait, leur apportaient des friandises, mais surtout, ce qui amusait le plus les mages et les hôtes du Maître en général, était de jouer avec elles au jeu de la mort aux ailes de feu, il s'agissait d'une sorte de jeu de dissimulation. L'hôte leur demandait mille et une choses qu'elles devaient accomplir sans qu'il ne les voit, s'il apercevait ne serait-ce que le bout d'un doigt ou l'ombre d'une silhouette, il jetait un sort effroyable qui leur brûlait les ailes, et chacun sait que privée de celles-ci, une fée meurt lentement sans aucun espoir de survie. Ce spectacle régalait cependant beaucoup les hôtes du Maître qui n'avaient pas ces graciles esclaves chez eux, seul le vieil homme ne se livrait pas à cette odieuse distraction, il trouvait cela trop puéril.

Cependant, pour le moment, personne ne songeait à s'amuser, la réunion était dans moins d'une heure et chacun avait revêtu ses plus beaux atours pour impressionner les autres invités et apparaître dans toute sa splendeur.
Les plus remarquables de tous, à l'exception du Maître des Maîtres étaient sans aucun doute les frères siamois. Chacune de leur tête était couverte d'un chapeau de velours bleu nuit, formé à partir d'un crâne déformé par le chapelier des Monts d'Or. Leur cape était faite de fils d'argent tissés par l'araignée mauditatis, la plus redoutable et venimeuse de toutes. La dentelle en était si fine, qu'à première vue on les croyait enveloppés dans une immense soie argentée, mais les propriétés de cette cape étaient celles de l'horrible animal aux multiples pattes, et quiconque la touchait s'en trouvait immédiatement empoisonné.
Ils étaient chaussés de grandes bottes d'or. Les différentes plaques qui composaient celles-ci avaient été soudées dans les forges des Monts d'Or, loin sous terre. Elles avaient de nombreux pouvoirs magiques que les siamois gardaient précieusement secrets.
À chacune de leur main droite, brillait un rubis énorme, si l'on se penchait de plus près, on pouvait constater qu'ils renfermaient

l'un et l'autre une goutte de sang, le sang du mal noir au moment où il avait été abattu…

Lors de ce terrible jour, après une bataille acharnée, l'être des ténèbres fut en partie vaincu, projeté à terre par son ennemi, son sang s'écoulait de ses nombreuses blessures. Alors, en un lent défilé macabre, chacun de ses fidèles serviteurs s'était agenouillé au chevet du blessé et avait recueilli au creux de la main, une goutte du sang sacré. Quand ils l'avaient ouverte, des heures plus tard pour préserver religieusement le précieux liquide dans un reliquaire, se trouvait à la place un rubis énorme qui recouvrait le sang de leur bien-aimé souverain. Chacun des serviteurs du mal noir avait ce rubis. Certains le portaient en bague d'autres en pendentif, le Maître des Maîtres l'avait lui, déposé dans une coupe d'or conservée dans la salle des destinées.
Ce sang contenait un résumé de tout ce qu'était l'être des ténèbres et de tous ses pouvoirs. Certains mages à force de travail et de recherches avaient réussi à les amplifier de façon effrayante, s'approchant presque de la puissance du mal noir en personne… le Maître des Maîtres en faisait partie, c'est ainsi qu'il avait obtenu le collier de diamants et beaucoup d'autres sorts…

Quand les mages arrivèrent dans la salle des mille pas, précédés des mauraux, le Maître les y attendait déjà. Il était resplendissant. Sur sa tête, réalisé d'or, de diamants et de nuages, brillait le symbole du mal noir, l'insigne de leur souverain, celui qui devait revenir prendre le pouvoir et les guider sur les chemins de la terreur et de la gloire. La flèche des ténèbres, et la montagne d'où le pouvoir de l'être Suprême devait de nouveau s'étendre, était entourée de nuages et surmonté du cœur de diamant. La pierre précieuse symbolisait la diffusion de son pouvoir sur toute la Terre comme le sang pompé par le cœur se diffuse dans tout le corps. En son centre, reposait l'œil d'or synonyme de l'omniscience du Maître.

À son cou était accroché le collier de diamants magiques, tandis que le reste de sa tenue se composait d'un unique vêtement, effroyablement célèbre, la tunique aux victimes... D'un rouge carmin, elle était en réalité composée d'une seule matière, le sang de toutes les victimes de l'être des ténèbres. Celui-ci une fois solidifié fut filé et transformé en tissus par un procédé magique connu de lui seul.
Autrefois, seul le mal noir pouvait porter un tel habit car il augmentait les pouvoirs de son possesseur de manière dantesque en s'appropriant à travers ce sang tissé, ceux de ses ennemis.
Ce fut son plus fidèle serviteur, le Maître des Maîtres qui le sauva de la destruction en attendant le retour du tout puissant, et c'était la première fois depuis la fin du mal noir que celui-ci le portait.
Chacun des mages s'inclina respectueusement devant la relique sacrée de leur ancien souverain, puis, le Maître donna le signal du départ, et laissant les mauraux derrière eux, ils commencèrent leur descente au plus profond de la montagne, au cœur de l'orage et de la vérité, vers la réunion occulte de la salle des destinées.

Chapitre 4

La prophétie.

Louna regarda par le hublot. L'hôtesse avait annoncé l'arrivée imminente à l'aéroport de Lhassa. La vue était fascinante. C'était comme si à chaque moment les ailes de l'avion voulaient arracher le pic enneigé d'une montagne, mais le pilote, habitué à cet atterrissage périlleux maîtrisait parfaitement son engin.
Le sol n'était pas visible car encore recouvert d'une épaisse couche de nuages laiteux, seules les cimes bleutées des montagnes perçaient à travers cette immensité vaporeuse. Soudain, l'appareil amorça un virage et crevant les nuages commença la descente vers la Terre. Un instant, toute l'atmosphère extérieure devint cotonneuse, puis elle s'évapora petit à petit dévoilant la cité merveilleuse du Dalaï-lama si longtemps interdite aux étrangers. Sur une hauteur, au cœur de la vallée, on apercevait le palais du Potala, tandis qu'en contrebas, on distinguait encore difficilement la ville bordée par le fleuve Kyi.

La jeune fille se sentait très excitée à l'idée d'arriver. Le voyage fut long et éprouvant. L'attente à Delhi fut interminable et son avion pour Lhassa prit du retard en raison d'une alerte à la bombe sur un autre vol. L'ensemble du personnel mit en alerte maximum, modifia tous les horaires de décollage. Finalement, ils purent partir et elle était bien heureuse de toucher enfin au but.

Elle se sentit un peu perdue en débarquant dans le hall de l'aéroport. Les formalités d'usage furent vite expédiées et elle se trouva rapidement libérée.

Tout était très différent ici, à commencer par la température. Louna ne savait pas exactement combien il faisait, mais à cet instant, elle bénit le vendeur du « Toit du monde » de lui avoir fait prendre cette monstrueuse parka de fourrure grise. Elle ne sentait pas la morsure du froid, si ce n'était sur les joues et c'était un aperçu amplement suffisant.

Il y avait beaucoup de monde dans la rue. Plusieurs personnes vinrent lui proposer de la conduire où elle voulait, mais elle les remercia poliment et commença sa route. Ce n'est qu'après un petit moment qu'elle se rendit compte avec stupéfaction qu'elle avait parfaitement compris ce qu'on lui avait demandé, et qu'elle avait répondu sans problème. Soufflée, la jeune fille se demanda comment cette langue qui lui était parfaitement étrangère il y a encore quelques jours, lui était à présent si familière. La preuve en était la stupeur qui se lisait sur le visage de ses interlocuteurs, qui étaient restés cloués sur place. L'un d'entre eux regarda la jeune étrangère s'éloigner, les yeux plissés, l'air songeur.

Elle réfléchit quelques minutes à cette drôle de constatation, puis observant que cela ne l'avançait pas beaucoup elle décida d'y repenser plus tard.

Harnachée de son énorme sac à dos, son plus petit sac en bandoulière, elle sortit son guide du Tibet pour rechercher la direction du monastère de Sera à partir de Lhassa. Quelques minutes plus tard, elle tournait le dos au Potala avec un petit pincement de cœur en pensant aux merveilles dont le palais regorgeait. Elle aurait adoré pouvoir les contempler, mais elle n'était pas venue faire du tourisme, elle se dirigea donc résolument à l'opposé vers une immense montagne couverte de neige qui pointait à l'horizon. Elle l'apercevait à peine derrière les toits des maisons. D'après son guide, avant d'en atteindre le pied, il lui fallait traverser toute la ville, puis elle emprunterait alors un chemin rocailleux avant d'arriver aux sentiers de montagne qui la mèneraient jusqu'au monastère indiqué au dos de sa photo. Louna referma le plan et s'engagea résolument dans une petite rue.

D'anciennes maisons en torchis jouxtaient des constructions de pierres plus récentes. Toutes étaient très joliment décorées de fleurs de toutes sortes. Les plus riches présentaient un auvent de bois sculpté et peint de couleurs vives. De temps en temps, des gens venaient sur le pas de la porte ou à la fenêtre, observer ce qui se passait dehors. L'adolescente semblait attiser la curiosité des habitants. Ses longs cheveux blonds comme les blés dépassant de sa chapka et ses yeux noirs effilés aux pommettes hautes paraissaient être l'objet de nombreuses conversations. Elle continuait malgré tout sa route d'un bon pas, pressée d'arriver au monastère. Une fois sortie de la ville, elle savait qu'elle aurait, au moins deux heures de marche sinon plus et comme la nuit tombait très vite, elle devait se presser.
Quelques minutes plus tard, elle débouchait sur une place immense. On aurait dit que toute la ville s'y était donné rendez-vous. Les gens se pressaient autour de petits marchands ambulants assis à même le sol, leurs marchandises étalées sur des tissus. Des échoppes de vendeurs de fourrures bondées de touristes en mal d'affaires, côtoyaient des femmes tibétaines barattant le thé au beurre pendant qu'un groupe de pèlerins tentait de se frayer un chemin dans la foule. Il s'agissait de la place du marché de Lhassa. On y trouvait de tout, des fruits, des légumes, des tissus, des bijoux. La plupart des exposants étaient protégés par de vieux parapluies raccordés à un bâton pour éviter aux marchandises les agressions de la neige, de la pluie ou du soleil quand celui-ci voulait bien apparaître ! Louna se prit à flâner un moment, quand elle se sentit observée. De l'autre côté d'une allée, un vieux moine édenté la regardait l'air halluciné. Il

semblait marmonner des phrases à un interlocuteur invisible. Louna se sentit très gênée et réfréna le sentiment d'inquiétude qui montait en elle. Après tout, c'était un moine, et vieux, qui plus est, il ne devait sûrement pas lui vouloir du mal… et puis quand bien même, il était si âgé qu'elle aurait vite fait de le semer. N'y prêtant plus attention, elle continua sa route, quand soudain, le vieil homme surgit juste devant elle. Il s'inclina profondément et lui dit :

– Vous ne pouvez pas rester ici rayon de lune. C'est trop dangereux pour vous. Permettez-moi de vous conduire à Sera… vous y serez en sécurité.

La jeune fille était stupéfaite. Seul Shu l'avait jamais appelée ainsi. Qui était cet homme qui manifestement connaissait son ami pour lui donner ce surnom, et qui venait l'aborder si directement pour lui dire qu'elle était en danger ?

– Vous êtes l'élue, rayon de lune, je ne vous veux aucun mal et vous pouvez me faire confiance, vous êtes en danger et pour cette raison vous devez me laisser vous guider.

Louna se dit que cet homme devait être un de ceux dont lui avait parlé Shu, un de ceux qui l'aiderait et la protégerait. Il avait lu ses pensées avec autant de facilitées que le faisait autrefois son ami, et lui aussi savait qu'elle était l'élue, mais cela ne l'éclairait toujours pas sur ce sujet.

– Vous saurez bientôt ce que cela signifie. Acceptez-vous ma protection ?

Sa décision fut vite prise.

– Je vous suis.

L'adolescente emboîta alors le pas au vieux moine. Il était très étrange à peine arrivée sur le sol Tibétain de se retrouver ainsi escortée par cet homme venu de nulle part, et qui lui parlait comme s'il l'avait toujours connue
En très peu de temps, le tandem sortit de la ville. Le vieil homme avait absolument tenu à se charger des bagages de Louna et celle-ci très gênée ne réussit pas à le faire changer d'avis. Elle était cependant assez surprise de voir avec quelle facilité il chargea le sac sur son dos et l'agilité avec laquelle il grimpait à présent le petit sentier caillouteux à flan de montagne, tandis qu'elle peinait terriblement.

Perdue dans ses pensées, elle prenait à peine le temps d'admirer le paysage. La vue sur la vallée en contrebas était pourtant splendide avec la ville de Lhassa au cœur, le palais et les temples en surplomb. Au loin, les montagnes enneigées se perdaient dans des brumes bleutées qui annonçaient la nuit tombante. La lune était déjà haute et pleine, formant un rond irisé sur le ciel.

Aucun des deux voyageurs ne parlait. De temps en temps, le moine s'arrêtait pour attendre sa compagne, mais à aucun moment il ne la perdait de vue. On aurait dit qu'il guidait ainsi le bien le plus précieux que la Terre ait possédé.
Au fur et à mesure, le chemin devenait de plus en plus raide, il serpentait à pic rendant l'ascension de plus en plus périlleuse. Au détour d'un lacet, Louna aperçut un petit groupe de moines. Ils eurent tôt fait de les repérer et la petite troupe se mit aussitôt à trotter à leur rencontre. En arrivant près d'eux, ils se prosternèrent devant la jeune fille, puis devant son guide. Celle-ci était stupéfaite, était-ce d'être l'élue qui lui valait cet honneur ?
L'un d'entre eux s'avança pour décharger le vieil homme de son fardeau, puis tous reprirent leur route. Ils rencontrèrent ainsi trois

autres groupes de moines qui se joignirent à eux après les avoir salués de la même façon que les premiers. Louna commençait à se demander si ces diverses rencontres étaient réellement le fruit du hasard... quand soudain, sous ses yeux éblouis, se profilèrent enfin les murs de l'immense monastère. C'était un des seuls encore debout au Tibet, un des seuls qui aient vaillamment résisté aux assauts destructeurs des armées chinoises. Les constructions s'étendaient à perte de vue. L'ensemble consistait en une véritable ville dédiée à la prière, à la méditation et au recueillement.

Majestueuse, se détachant dans la nuit, une immense porte d'entrée en bronze scellait l'entrée de la ville sainte. À côté, était installé un gong suspendu par deux solides cordes à une armature métallique. Dès qu'il les vit approcher, un jeune novice dont seul le bonnet jaune dépassait derrière l'instrument leva une gigantesque masse et l'abattit de toutes ses forces en son centre. Un son sourd et grave résonna dans toute la montagne.

Quelques instants après, les lourds battants s'ouvraient sur une cour occupée par l'ensemble des moines. Louna eut l'étrange impression que tous ces hommes ainsi réunis l'attendaient. Sur le côté, plusieurs d'entre eux supportaient trois immenses trompes dans lesquelles de petits moinillons soufflaient alternativement, diffusant une plainte grave que l'écho répétait à l'infini.

Le moment était extrêmement solennel et Louna était impressionnée. Elle savait qu'elle avait un rôle à jouer ici, indépendant même de sa quête personnelle et cela lui faisait très peur.

Son guide s'avança vers un homme qui se tenait devant tous les autres. Il était vêtu d'une robe orange couverte d'une seconde robe rouge sang. Un bonnet, de même teinte lui couvrait le sommet du crâne duquel partait une sorte de crête, qui redescendait en pointe sur l'avant. De petites lunettes rondes posées sur le bout de son nez tranchaient avec sa tenue typiquement tibétaine.

Le vieux moine s'arrêta à quelques mètres de celui-ci, se prosternant alors jusqu'à terre. Il fallut un moment à Louna fascinée par la scène, pour se rendre compte que toute l'assemblée s'était également inclinée à l'unisson. Elle s'apprêtait à les imiter quand une main sur son épaule l'arrêta net. Un de ses compagnons de route l'avait retenue dans son élan.

– L'élue n'est pas obligée de saluer ainsi le grand Rinpoché.

Décontenancée, la jeune fille ne savait que faire, quand le grand lama intima à tout le monde l'ordre de se relever.

– Je te souhaite la bienvenue au monastère de Sera rayon de lune, ainsi qu'à vous tous qui avez guidé et accompagné l'élue jusqu'ici en sécurité.

Les moines qui étaient arrivés avec Louna s'inclinèrent de nouveau jusqu'à terre. À entendre le grand lama, il était manifeste que tous étaient venus sciemment à sa rencontre et l'avaient escortée pour une raison que la jeune fille imaginait facilement liée au nom d'élue qui la suivait partout depuis son arrivée.

Le grand Rinpoché s'approcha d'elle et lui prit la main. Il ferma un instant les yeux puis repris :

– L'élue est parmi nous. Elle est enfin arrivée. Diffusez la nouvelle partout où elle sera sûrement accueillie, mais gardez-vous de le dire à qui vous savez, car tous nous connaissons la lourde menace qui pèse sur elle. Que ceux qui ont été désignés partent. Allez !

À ces mots, la moitié de l'assistance s'inclina et disparut en courant vers le petit sentier par lequel ils étaient arrivés.

– Suis-moi enfant de lune, lui dit le grand lama en se dirigeant vers un immense bâtiment au fond de la cour.

Louna lui emboîta le pas. Sa stature, son visage si beau si rayonnant l'impressionnait beaucoup. Il devait avoir l'âge de Philippe, mais les années semblaient avoir coulé sur lui sans laisser la moindre trace. Aucune ride, aucun signe de fatigue, d'inquiétude, tout était lisse, parfait, lumineux.
Ils longèrent plusieurs édifices faits de terre, badigeonnés à la chaux tandis que le moine la guidait résolument vers un immense bâtiment de briques rouges et de bois peint. Surmonté d'un toit recouvert de feuilles d'or, celui-ci resplendissait sous les rayons argentés de la lune. Dans le lointain, la jeune fille pouvait apercevoir des sculptures se détachant sur la roche de la montagne et surmontant divers temples : une roue, symbole du Bouddha, ou des gazelles, rappelant son premier sermon dans le parc de Sarnath. Louna était contente que sa mère l'ait un peu initiée au bouddhisme à travers les textes et les objets d'art de son musée, elle comprenait ainsi mieux les diverses représentations symboliques qu'elle voyait autour d'elle.

Arrivés au bout de la cour, ils gravirent les quelques marches menant au temple rouge et pénétrèrent dans l'édifice. Tout était très sombre, il n'y avait aucune lumière directe. De petites bougies vacillèrent à leur entrée. La pièce dans laquelle ils se tenaient à présent, était peinte de couleurs vives. Du plafond, pendaient de grandes tentures sur lesquelles étaient brodés des dragons, des gazelles ou des fleurs de lotus, chacune se terminant par une multitude de petits pompons rouges.

L'adolescente reconnut aussitôt les tangkas suspendus au mur, ces peintures typiquement tibétaines représentaient l'ensemble du panthéon bouddhique, mais également les Dalaï-lama ou des moines célèbres.

Quelques meubles richement ornés étaient disposés dans les coins de la pièce. Le grand lama s'engagea résolument sur la droite, ils passèrent devant une petite salle embrumée de fumées d'encens, dans laquelle se tenait adossée au mur, une gigantesque statue en bronze d'Avalokitesvara, le bodhisattva de la compassion. Elle était éblouissante, à son cou pendaient des colliers de fleurs et de pierres précieuses, tandis que devant elle, s'étalaient de multiples offrandes de nourriture, de boissons, d'encens, mais aussi d'autres petites statuettes de divinités. Son vêtement était peint sur le métal et la jeune fille remarqua dans sa coiffure une petite représentation du Bouddha caractéristique de cette divinité. Elle aimait beaucoup Avalokitesvara, grand sage qui avait renoncé au nirvana, c'est-à-dire à la libération des cycles de vie et accepté de se réincarner afin de guider les hommes dans la voie de l'éveil.

Louna croyait volontiers à toutes ces histoires de réincarnation et était fascinée par cet être qui avait renoncé à la libération suprême pour rester sur la Terre aider ses semblables.
Son esprit fut cependant vite distrait, un long couloir s'étendait devant eux, flanqué de part et d'autre d'immenses statues de divinités farouches. À la lumière tamisée des bougies, leurs mines grimaçantes n'en étaient que plus impressionnantes.
Ils continuèrent encore un long moment. Au fur et à mesure, à l'exception de deux d'entre eux, les quelques moines qui les avaient suivis s'évanouirent dans les dédales du monastère.
Enfin, le grand lama franchit une énorme porte de bois rehaussée de dorures et ils pénétrèrent dans une vaste salle à piliers. Les murs de pierre étaient surmontés de structures sculptées soutenues

par des colonnes qui s'avançaient en dégradé jusqu'au cœur de la pièce.
Cette fois encore, l'ensemble était décoré de peintures aux couleurs vives. Des fleurs de lotus, symbole de pureté étaient associées à des mantras ou formules liturgiques. Il s'agissait des six syllabes du bodhisattva céleste Avalokitesvara : om mani padme hûm. Ces formules inscrites en lettres d'or tibétaines sur une immense frise, couraient tout autour de la pièce. Louna les connaissait par cœur. Elle ne savait ni comment ni pourquoi, mais ces quelques mots étaient ancrés en elle profondément. Il lui venait même d'autres phrases, comme si un livre lui résonnait soudain dans la tête, aussi évidentes que si elle les avait toujours lues.
D'où lui venait tout ce savoir, que signifiaient ces textes qu'elle n'avait jamais appris ? Elle n'avait pour le moment aucune réponse à ses interrogations...

Le petit groupe se dirigea vers le trône vide au fond de la salle, mais au lieu de prendre place dessus comme elle s'y attendait, le grand lama le contourna, écarta une tenture dévoilant une petite porte dérobée. Il les fit entrer dans une pièce minuscule, dont l'absence de décoration contrastait profondément avec la richesse ornementale et picturale du reste du temple. Une peau de yack était étendue sur le sol. Il s'assit et invita la jeune fille à prendre place face à lui tandis que leurs deux compagnons s'agenouillaient, légèrement en retrait, de part et d'autre de leur maître spirituel.

Le grand Rinpoché la regarda longuement avant de prendre la parole :

– Rayon de lune, fille de Lila, enfant du soleil et des étoiles, et de Charles prince héritier de l'illustre dynastie de shao. Tu es née le jour de la quarantième lune elfique, XXIème jour du mois de mars de notre calendrier solaire, tu as reçu de ta mère le don et le pouvoir, et de ton père la force et le devoir. Tu devras suivre les étoiles de ton destin et accomplir la prophétie, alors seulement tu pourras espérer revoir ceux que tu aimes.

Louna était décontenancée par les paroles du vieux sage.

– Quelle est cette prophétie grand lama, c'est la seconde fois que j'en entends parler, mais je ne la connais pas...
– Je vais te le dire, mais avant toute chose, as-tu le médaillon ?
– Oui.

Joignant le geste à la parole, elle sortit de son col le délicat bijou. Le grand lama poussa un discret soupir de soulagement.

– Ne le quitte jamais… sous aucun prétexte… car il est la clef…
– Oh ! Lila m'a dit cela aussi, mais qu'est-ce que cela signifie ?
– Personne ne le sait encore, fille de lune, les textes ne le disent pas, il est juste révélé que c'est la clef, ce sera à toi d'en découvrir les secrets et surtout pourquoi tes ennemis le convoitent.

La jeune fille blêmit au mot « ennemis ». Ces puissances de l'ombre qui se dressaient petit à petit autour d'elle commençaient à l'effrayer au plus haut point.

– Puis je vous poser une question grand lama ?
– Celui-ci acquiesça.
– J'ai trouvé le nom du monastère de Sera au dos d'une photo que m'a laissée ma mère… avez-vous déjà rencontré mes parents ?
– Je n'ai pas eu ce plaisir, et j'en suis profondément désolé… j'ai écrit ce nom au dos de la photo pour quand tu la trouverais, que tes pas te mènent ici… au point de départ de ta quête...
– Mais comment ?

– De la même façon que tu retrouvais ton ami Shu…

Louna se sentait déçue, elle espérait tant que le vieil homme lui parle de ses parents, des raisons qui les avaient menée à ce monastère…

Le grand Rinpoché reprit :

– Je vais te révéler la prophétie enfant de lune et ce que je peux te donner comme explication à ce propos. Malheureusement, le chemin qui te restera à parcourir au-delà de ce que je t'aurais livré est immense et il te faudra le faire seule… ou presque…
Il y a de cela des milliers d'années fut faite une prophétie, elle fut rapportée oralement pendant très longtemps, puis, au fil des siècles, elle disparut petit à petit de la mémoire des hommes. Si l'on sait qu'elle est désormais incomplète, voici cependant ce qu'il en subsiste : « *L'élue fille de lune et des étoiles, descendante de la lignée de Shao, pourra délivrer le monde des ténèbres, le jour où le palais de cristal du roi des Rois, rendra les tablettes d'or des 10 000 lois* ».

L'adolescente regarda intensément le vieil homme, voilà donc d'où venait cette appellation d'élue qui la suivait depuis tout ce temps, mais elle ne comprenait toujours pas ce que cela signifiait. Lisant dans ses pensées aussi clairement que dans un livre ouvert, le grand lama lui répondit :

– Le peu de choses que nous comprenons de cette prophétie enfant de lune, est que pour des raisons qui se perdent dans la nuit des temps, tu as été choisie pour remplir une mission. Cette mission est d'une gravité extrême et de son succès dépend l'avenir des êtres vivants de cette planète. Mais laisse-moi t'expliquer tout cela un peu plus clairement : « Il y a très longtemps, quand la planète n'était pas encore peuplée d'hommes, y vivaient des dieux. Tous ne s'entendaient pas malheureusement et l'un d'entre eux, plus irascible, plus

ambitieux, mais également plus mauvais se sépara de ses compagnons. Il s'installa dans les entrailles de la Terre et vécut là, reclus pendant des milliers d'années. Son existence même s'était effacée de la mémoire de ses semblables, quand un jour, il en sortit avec la féroce volonté de conquérir le monde et de soumettre les autres dieux. Il prit alors le nom de mal des profondeurs, ou *mal noir*. Il acquit mystérieusement une force incroyable et tous les dieux durent s'unir pour en venir à bout.
Dans le combat acharné qui les opposa, le roi des dieux perdit son fils unique. Fou de douleur, il chercha partout un remède pour le sauver, n'importe quoi qui lui ramènerait son fils aimé. Un seul souffle de vie restait dans le corps de ce dieu, et c'est ce qui fit sa perte et la nôtre, car un remède existait… *la terre d'or pure baignée de lune* détenue par les mages suprêmes de la puissance noire. L'or pur avait la propriété de régénérer totalement un être, même à l'article de la mort ; or ces mages étaient à la solde du défunt mal des profondeurs, et l'or était maudit.
Le grand dieu aveuglé par la peine et la douleur ne se rendit pas compte de ce qu'il faisait. Le prix à payer fut terrible, inconscient du danger, manipulé par les mages, il enferma le corps de son enfant bien aimé dans une tombe de vie emplie de la substance aurifère. C'est de là que tout est venu, car si le mal noir était vaincu, le dieu suprême venait ainsi de lui assurer une descendance et quelle descendance… son seul enfant, le fils unique du roi des dieux allait à son tour ressortir des entrailles de la Terre, à l'égal du plus grand de tous, dévoré par le mal et la haine. Sa puissance serait comme jamais auparavant, et son royaume de désolation et d'horreur se répandrait comme de la lave sur le monde entier.
Ce qui se passa dans les tréfonds du sous-sol, personne ne le sut. Quelle transformation s'opéra qui métamorphosa un dieu bon et juste en un être malfaisant, la planette en garde encore le secret…
Pendant ce temps-là, les dieux avaient créé : l'eau, le soleil et la

pluie, l'air, les nuages, les montagnes, la neige, le feu et le bois, ils avaient créé les rivières, les lacs, les mers et les fleuves, les collines et les prairies. Ils avaient ensuite recouvert la planète ainsi parée, d'espèces vivantes de toutes sortes, arbres, plantes, fleurs, animaux et enfin ils conçurent l'être doué de raison pour préserver la splendeur de leur création… l'homme. Nul n'est besoin de te dire que la dernière espèce ne répondit pas tout à fait à leurs espérances… mais tout espoir n'étant pas perdu, ils ne sont jamais plus intervenus, attendant toujours avec foi que celui-ci trouve sa voie et prenne conscience des merveilles qui l'entouraient.

Une fois leur œuvre achevée, les dieux quittèrent notre univers, remettant le fruit de leur travail entre nos mains. Cependant, un seul resta secrètement enfoui sous le sol que nous foulons, dans l'or pur. Le fils du grand dieu ressuscitait peu à peu, un dieu de lignée royale, dévoré, métamorphosé chaque jour davantage par le mal noir, le mal des profondeurs.

Pendant ce temps les hommes grandissaient, évoluaient, l'histoire de l'humanité, notre histoire était en marche. Ils découvraient dans la joie et la souffrance le monde qui était désormais le leur, ce qu'ils pouvaient en faire de bon et de moins bon, mais aussi les merveilles que les dieux y avaient cachées, car les dieux ont fait ce monde à leur image… divine… Il te suffit de contempler les montagnes qui nous entourent pour t'en rendre compte, la beauté de la neige resplendissant de mille feux sous les reflets du soleil, les fleuves qui coulent serpentant dans les vallées encaissées, les forêts aux essences rares et précieuses… la nature parle d'elle-même, oui véritablement, le monde est à leur image. Pourtant les hommes n'en finissaient pas de le gâcher, de le martyriser, de le bafouer… Les dieux, qui voyaient les hommes être les premières victimes de leur propre irresponsabilité, prirent pitié d'eux et décidèrent de les aider. Ils envoyèrent des êtres d'exception pour les guider, c'est ainsi que naquit le roi des Rois… je crois que

Camilla t'a déjà raconté cette histoire… cependant il ne s'agit pas d'un conte. Le pays de Lyriati a bien existé, et son roi aussi, mais un événement grave est intervenu lors de la vie de ce roi… un fait qu'aucun dieu n'avait imaginé… le fils du grand dieu était revenu à la vie…

Nous ne connaissons pas exactement ce qui s'est passé à ce moment-là, mais la tradition rapporte qu'un combat acharné opposa le roi et le dieu devenu démon. Celui-ci fut partiellement vaincu, mais ne fut pas tué car sa puissance était devenue trop grande. Il se réfugia de nouveau dans son monde sous-terrain où il disparut… Ses fidèles se dispersèrent, le monde redevint paisible jusqu'à aujourd'hui.

Le roi des Rois perdit la vie dans ce terrible combat, ainsi que sa femme la reine Monia. Ils furent enterrés dans l'ancien palais de cristal avec les tablettes d'or, celles-là mêmes qui leur permirent de lutter contre ce dieu.

À ce sujet, les écrits du chinois Tchan Shu Sen nous sont d'un grand secours, car ils nous décrivent son enterrement. Certaines de ces pages ne sont connues que de nous, elles ont été prélevées par des moines dès l'époque de l'auteur étant donnée la gravité de ce qu'elles contenaient. Tchan Shu Sen faisait état des diverses mouvances qui étaient sorties de l'ombre pour soutenir le mal des profondeurs, certaines avait même été créés par le dieu lui-même pour l'assister. Il y avait les nains de la montagne des ténèbres, l'ancienne montagne des quatre mondes. Leur chef suprême, le Maître des Maîtres, le plus fidèle serviteur du *mal noir*, ainsi que deux autres, les mages du pays de Moa et le vieil homme des collines au-delà des collines existent probablement toujours, cachés dans quelque trou sombre. Beaucoup d'autres que nous ne connaissons pas, ont pu les rejoindre depuis. Ils s'assemblent en ce moment, ils se préparent car le dieu des profondeurs remonte une fois encore... pour la dernière fois, plus puissant et plus destructeur que jamais. Le combat qu'il faudra livrer n'en sera que plus violent car ses pouvoirs ont encore décuplé au contact du *Lya*. Surtout, il s'agit là de sa dernière chance, il le sait, car *l'or pur baigné de lune* perd ses pouvoirs passé 1000 ans, et plus personne ne sait comment en recréer ».

Louna sursauta devant l'air horrifié du vieil homme :

– Si le dieu est vaincu cette fois-ci, il en sera définitivement fini de lui ?
– Oui, mais je n'ose imaginer quel être la Terre vomira cette fois-ci… Tous attendent le signal, et toi fille de lune, tu es l'élue, leur ennemie mortelle, l'héritière des combattants illustres, celle qui peut contrarier leurs projets, détruire leurs ambitions, anéantir leur Maître… tu es celle qui a été choisie pour la lutte ultime… tu es notre seul espoir…

La jeune fille sentait son cœur battre à la folie dans sa poitrine, jamais elle n'avait imaginé en partant à la recherche de ses parents qu'elle se retrouverait dans une telle situation, jamais elle n'avait envisagé qu'elle aurait un tel défi à relever, et encore moins qu'elle n'aurait pas le choix !

– Je sais que toutes les révélations que je viens de te faire sont à présent un poids lourd sur tes épaules, mais chaque instant qui passe à présent est un instant de gagné pour notre ennemi et perdu pour nous.
– Par quoi dois-je commencer ?
– Tu dois comprendre ce qui s'est passé quand tes parents ont disparu car je sais que tout provient de là. Le *mal noir* les détient prisonniers, et c'est à ce moment que tout s'est réveillé, mais pour quelle raison ? C'est à toi de le découvrir… tu trouveras peut-être sur le lieu de leur disparition des indices qui te permettront de comprendre où est l'ennemi, quels sont ses projets, mais il te

faut faire vite, car ton dix-septième anniversaire a changé beaucoup de choses…
– Quoi ?
– Une ère nouvelle a commencé, malheureusement je n'en sais pas plus… nous ne possédons seulement qu'une partie de la prophétie... Il te faudra aussi retrouver les tablettes d'or, les tables des dieux, elles contiennent beaucoup sur le passé et le futur, elles seront aussi une arme qui t'aidera dans ta lutte, tu ne pourras rien contre le mal noir sans elles, tu dois les retrouver.
Enfin il te faudra combattre… l'être immonde, le nouveau mal des profondeurs, le maître du mal et… l'anéantir.

Louna frissonna. Elle se sentait d'un seul coup si faible et si vulnérable. Où était sa vie passée près de sa famille, quel était ce terrible destin qu'elle n'avait pas choisi et qui à présent lui collait à la peau comme une sangsue ? Elle aurait voulu fuir, loin très loin et oublier, mais au moment même où ces pensées l'assaillaient, elle sentit monter en elle une grande force, une puissance qu'elle n'avait jamais soupçonnée, un courage, qui lui étaient inconnus jusque-là. Elle sentit d'un seul coup couler dans ses veines le sang de l'illustre dynastie de Shao, elle sentit la protection céleste de la lune et des étoiles, sa famille vivait en elle, brûlait dans son corps, tous avaient combattu le mal noir, et tous avaient perdu la vie. Si tel devait être sa destinée, elle l'acceptait, elle ne faillirait pas, elle serait leur digne héritière et pourrait les rejoindre fièrement quand son heure sera venue.

Alors elle releva la tête, ses yeux brillaient d'un nouvel éclat, sur son cœur, Lilouya tintait doucement, elle partait au combat, le combat de toute une vie, le combat pour toutes les vies.

Chapitre 5

Ayouda.

L'homme avançait d'un pas rapide. Il avait dû attendre la nuit car il lui avait bien été recommandé de ne jamais venir là-bas, mais c'était trop important, elle était là. Il devait y aller, tant pis pour les consignes, le grand royal serait content.

Il se glissait le long des maisons, rasait les murs, se drapait plus étroitement dans sa grande cape de fourrure dès que quelqu'un passait, se fondait dans le décor. Au bout d'une heure de marche dans la ville, il arriva devant une petite maison abandonnée. Il pénétra dans la pièce principale non sans avoir jeté des regards suspicieux tout autour de lui. Un seul mur restait entier, en son centre, se dressait une immense cheminée, beaucoup trop grande pour une si petite maison.

Après un dernier regard derrière lui, il se décida. Il se positionna très exactement au centre de celle-ci, sa tête et son buste étaient entièrement recouverts par le conduit. Il sortit alors des petites pierres noires de ses poches. Il en plaça une devant son pied droit, une autre à mi-hauteur sur une brique du mur, une troisième en équilibre sur le bout de sa chaussure et garda la quatrième dans sa main. Au bout de quelques instants, il entendit un lourd grincement et sentit bouger la dalle sur laquelle il se tenait. Doucement, celle-ci s'enfonça dans le sol, tandis que les pierres noires disparaissaient dans de petits éclairs les unes après les autres.

En arrivant en bas, il fut saisi par deux bras vigoureux. Un homme gigantesque le tenait par les épaules et le secouait comme un bambou.

– Que fais-tu ici ? Ce passage est interdit aux non initiés, comment as-tu eu les pierres, à qui les as-tu volées ?

Tremblant comme une feuille, l'intrus répliqua :

– Je dois voir le grand royal du pays de la Moa, j'ai déjà prévenu Ayouda c'est elle qui m'a donné les pierres, j'ai des nouvelles très importantes.

Le géant le regarda de son œil mauvais.

– Je l'espère pour toi… allez dégage !

Une fois les pieds reposés à terre, notre homme se frotta vigoureusement les épaules. Il était sûr d'avoir entendu un crac de mauvais augure dans son bras droit, mais celui-ci semblait toujours remuer normalement. Ouf ! Il suivit un long couloir sombre et déboucha dans une petite pièce creusée à même la montagne, elle ne présentait rien d'autre qu'une banquette adossée au mur. Il s'assit pour attendre. Au bout d'une heure, personne n'était venu. Inquiet, il décida de retourner voir le géant, mais quelques mètres plus loin dans le couloir, une porte de pierre lui bloquait le passage. Il était pourtant sûr de n'avoir rien vu en arrivant. Un sentiment d'inquiétude commença à l'envahir quand il entendit du bruit dans la pièce. Il revint sur ses pas en courant et se trouva nez à nez avec une femme, toute de rouge vêtue, de longs cheveux noirs retombant en cascade sur les épaules. Son regard perçant le dévisageait tandis que sa bouche délicatement ourlée perdait tout son aspect sensuel, déformé par un rictus de haine et de malice.

– Ayouda !
– Alors, lui demanda celle-ci d'une voix glaciale, tu as les informations que je t'ai demandées ?
– Oui, je les ai, répondit l'homme en tremblant.
– Suis-moi !

La jeune femme se retourna d'un mouvement vif, faisant voler gracieusement sa cape. Elle posa sa main sur le mur et une lumière éblouissante jaillit de celui-ci. L'homme n'eut pas le temps de fermer les yeux, il poussa un cri de douleur, la brûlure qu'il ressentit lui donna l'impression que sa tête éclatait.

– Ayouda… je… je ne vois plus, j'ai mal, oh mon Dieu…
– Idiot, personne ne doit voir le grand royal, que croyais-tu gagner en venant ici, tu n'es qu'un esclave pour lui, tu n'es rien… allez dépêche-toi !

Elle le poussa rudement devant elle.
Tout en gémissant lamentablement, celui-ci écartait les bras instinctivement pour tenter de toucher les parois du couloir et se diriger. La douleur diminuait, mais il ne voyait toujours rien. Soudain, une main lui saisit l'épaule.

– Arrête !

Il entendit quelques pas, puis la voix d'Ayouda :

– Voici l'homme, grand royal du royaume de Moa, il affirme avoir vu l'élue. J'ai considéré que l'information était suffisamment importante pour lui permettre de venir par le passage de la maison, c'est pourquoi je lui ai remis les pierres.
– Tu as été bien imprudente Ayouda. J'espère que les informations qu'il va me communiquer justifient ton geste.

La voix d'Ayouda retentit près de ses oreilles.

– Parle !
– Je… je l'ai vue ô Maître. Ce matin, à l'aéroport. Elle portait une parka de fourrure grise et une chapka rouge. Elle a les cheveux blonds d'or, et de grands yeux noirs, les mêmes que ceux de la reine du passé, elle m'a parlé, j'ai tout de suite su... ce ne pouvait être qu'elle. Je l'ai suivie de loin, jusqu'au marché, je voulais qu'elle vienne avec moi et alors je l'aurais amenée à l'endroit, mais le vieux moine est arrivé.
– Quel vieux moine ?
– Celui du monastère de Sera, le disciple du grand lama.
– Quoi ! Tu les as laissés l'emmener sans rien faire pour les en empêcher, quelle bêtise ! À présent il est bien des choses qu'elle doit savoir et que j'aurais préféré qu'elle ignore… le diable seul sait ce qu'ils lui auront révélé… Elle est désormais beaucoup plus dangereuse, nous devrons nous méfier davantage… Ayouda, si tu veux garder ma confiance il va falloir dorénavant mieux choisir tes serviteurs. Débarrasse-moi de cet imbécile, il ne nous sert à rien.

Ayouda se retourna vers l'homme tremblant.

– Pitié, s'il vous plaît, j'ai rempli ma mission, je vous ai dit que l'élue était ici, j'ai fait tout ce que vous m'avez dit, Ayouda, j'ai…
– Tais-toi ! Goam ! cria la jeune femme. Le géant arriva aussitôt.
– Allez !
– Non, non non, pitié ! Pitié, hurla le malheureux se débattant entre les mains monstrueuses du terrible gardien, mais ses cris d'agonie se perdaient au fond du souterrain où le géant l'emmenait.
– Ayouda, tu dois me la ramener ici au plus vite. Elle possède le Lilouya et elle sait à présent… pas tout, mais c'est déjà trop. Il

faut la capturer avant qu'elle ne comprenne… avant que tout cela ne devienne irréversible... Quelle erreur d'avoir tenté d'appâter ces deux mortels avec le Lilouya, le médaillon sacré n'aurait jamais dû quitter la salle des destinées, même avec la pierre manquante… Le Maître des Maîtres n'est plus aussi bon stratège qu'il ne l'a été Ayouda, nous ne devrons pas oublier cet avertissement. Fais-toi aider dans ton travail si c'est nécessaire par ses gardes et cette espèce de chose, le grouf comme ils le nomment. Ils ont échoué lamentablement, ils tenaient la fille… Elle n'est pas seule, ne l'oublie pas, selon ce que nous savons de la prophétie, il y aura bientôt les quatre autres… mais ces gardes sont trop stupides pour s'en être rappelé, ce ne sont que des tas de muscles assoiffés de sang, les imbéciles ! Si nous avons la fille, nous n'aurons plus besoin du Maître des Maîtres, alors nous pourrons réveiller *le mal noir* seuls, nous serons à ses côtés le grand jour, nous serons ses nouveaux disciples les plus fidèles et nous serons récompensés au-delà de toute espérance… mais pour cela… ne l'oublie pas Ayouda, si tu peux l'avoir sans leur aide… Maintenant va... et ne me déçoit plus !

Ayouda s'inclina sans un mot et d'une envolée de cape se désintégra dans l'atmosphère opaque de la grotte.

***

Louna était prête, elle avait dormi comme un loir dans la petite chambre du monastère qui lui avait été attribuée. Décidée à repartir au plus vite, elle avait rapidement bouclé son sac à dos et couverte de ses plus chauds vêtements, elle attendait l'arrivée du grand lama.

Elle partait à présent à la recherche du lieu de disparition de ses parents, grâce aux informations trouvées avec François, elle

savait exactement où aller, et le grand lama l'avait aidée à localiser plus précisément le temple.
Un long voyage l'attendait, elle devait à présent traverser toute l'Inde pour aller au Tamil Nadu, au sud est du pays, dans un sanctuaire appelé temple du Rivage. Renseignement pris, celui-ci était gardé jour et nuit par la moitié de l'armée indienne, ce qui allait simplifier les choses évidemment !
Le grand lama n'avait pas voulu lui donner une escorte trop grande jusqu'à l'aéroport de peur que la troupe ne se fasse remarquer. Il avait choisi pour l'accompagner deux moines guerriers, les plus accomplis dans leur art, elle devrait après se débrouiller seule.

Avant de partir, le grand Rinpoché l'avait menée dans une pièce secrète du monastère, là, d'un reliquaire il avait sorti un couteau à la lame effilée, entièrement réalisé d'or et le manche incrusté d'émeraudes :

– Cette arme a appartenu à la reine Monia, il est juste qu'elle te revienne aujourd'hui... elle te reconnaîtra fille de lune et te guidera pour préserver ta vie. Elle te sera aussi fidèle qu'elle le fut à la reine...

Il se dirigea ensuite vers une petite boîte de bois toute simple et en sorti un bol de bronze gravé de signes étranges.

– Ce bol exhaussera tous tes vœux terrestres, il te procurera nourriture en abondance, argent, et te permettra également de te vêtir, toi et les compagnons que tu souhaiteras en faire bénéficier. Utilise-le avec parcimonie et respect, car il est capricieux... Loa, je te présente Louna... et voici Loa le bol des désirs...

La jeune fille s'inclina devant le bol, qui émit un petit sifflement et sauta dans sa poche.

– Je crois qu'il t'a adoptée. Il est très flatté de voyager avec l'élue, il te servira du mieux qu'il peut. Enfin, sache que tu seras toujours la bienvenue ici. Tu y trouveras aide et assistance, chacun d'entre nous répondra de son mieux à tes interrogations. Il est encore de nombreux éléments que je ne t'ai pas livrés, mais ils ne te serviraient à rien pour l'instant. Tu sauras quand il sera temps de revenir me les demander.

Quelques instants plus tard, ils se retrouvaient devant l'entrée du monastère. Seul le grand lama était là, ainsi que les deux moines qui devaient l'accompagner. Les adieux furent brefs, l'un et l'autre étaient émus et inquiets. L'adolescente remercia longuement le vieil homme qui lui serra fort la main :

– N'oublie pas de ne faire confiance à personne, quant à ceux qui te rejoindront dans ta quête, tu les reconnaîtras immédiatemment, ne te fait pas de souci pour cela… elles seront les seules personnes dignes de confiance que tu croiseras désormais. Adieu enfant de lune, tous mes vœux et mes prières t'accompagnent…
– Allons-y à présent, il est temps ! lui dit un des moines.

Au moment même où il prononçait ces mots, le corps du grand lama devint translucide et disparut dans l'atmosphère. Louna se retrouvait de nouveau seule, elle se détourna à contre cœur du monastère si sécurisant pour regarder vers la montagne.

– Oui, allons-y, et donnant le signal du départ, elle s'engagea résolument sur le chemin caillouteux qui serpentait jusqu'à la vallée.

La petite troupe se mit en route. Le ciel était dégagé et le paysage couvert de neige offrait une vision féerique. Les nuances blanches, gris et bleues se mêlaient en une symphonie vaporeuse qui ravissait les yeux. La jeune fille avait du mal à suivre ses guides qui marchaient rapidement. Elle les sentait inquiets. Le grand lama leur avait dit qu'elle était en danger, est-ce cela qui les effrayait. Il n'y avait pourtant aucune raison, ils étaient encore si près du monastère. S'il se passait quoi que ce soit, il serait facile de les prévenir. Décidant de ne pas trop s'en faire, elle se concentra sur la route.

Le chemin était encore plus difficile qu'à l'aller car en descente, les pierres roulaient sous les pieds, le moindre faux pas pouvait être fatal et pour rajouter à la difficulté, le sentier longeait sur une grande partie de son parcours un ravin dont elle n'osait imaginer la profondeur.
Un des moines lui expliqua qu'ils avaient choisi un chemin plus court et plus sécurisé, car peu de pistes en partaient ce qui évitait des attaques imprévues. Quelques instants plus tard, ils arrivaient à un croisement. Louna, essoufflée, dû s'arrêter un instant. Un des deux hommes resta près d'elle tandis que l'autre partait en avant sur l'un des embranchements, le plus rapide mais aussi le plus dangereux, car régulièrement en hiver, des avalanches le rendaient impraticable. Ils attendirent silencieux quelques minutes, puis la jeune fille déclara à son compagnon qu'elle était prête à repartir.

– Nous devons attendre qu'il nous rende compte de la route. Le point à risque est tout près, il va bientôt revenir.

Heureuse de ce répit supplémentaire, elle déneigea un rocher puis s'assit. Après s'être étirée longuement, elle s'étendit dans la neige en fermant les yeux. Au fond, elle se sentait très heureuse, sa vie avait pris un tournant incroyable, mais qui, finalement, n'était pas si déplaisant. Elle avait troqué son uniforme de petite fille-modèle pour une tenue d'aventurière, et si ce n'était tous ces dangers dont on la menaçait sans cesse, tout serait vraiment pour le mieux.

En attendant, il faisait très beau, presque chaud, les cimes enneigées resplendissaient sous les feux du soleil et vraiment, il n'y avait aucune raison de s'inquiéter. Louna s'abandonna quelques secondes à cette sensation de bonheur qui l'emplissait tout entière. Quand elle rouvrit les yeux, l'inquiétude qu'elle lu sur le visage du jeune moine la fit frémir. Ses sourcils étaient contractés, sa bouche serrée et les ailes de son nez frémissaient. Elle nota instantanément qu'il avait la main posée sur la garde de son sabre, ce qui la dégrisa tout à fait.

– Que se passe-t-il ?
– Cela fait dix minutes qu'il est parti. C'est beaucoup trop long, il a dû se passer quelque chose !
– Vous croyez qu'il a été pris dans une avalanche ?
– Non, nous l'aurions entendue et serions dessous également. C'est autre chose. Nous ne pouvons plus attendre, venez prenons l'autre chemin.
– Mais... vous n'allez pas voir ce qui se passe ?
– Je dois vous amener à l'aéroport en priorité, je repasserai au retour.
– Nous ne pouvons pas l'abandonner, il est peut-être blessé et...
– Votre vie en vaut mille comme la sienne, alors ne discutez pas et suivez-moi !

Il se saisit de son sac à dos et la poussant devant lui se mit à courir vers l'autre route.

– Vous êtes en danger, et nous sommes à présent trop loin du monastère pour revenir. Notre seule chance est de gagner la ville et l'aéroport au plus vite.

Soudain, juste derrière eux, la jeune fille entendit plusieurs sifflements stridents. Cinq hommes cagoulés de noir bondissaient

de la montagne. Ils étaient armés d'immenses sabres dans une main, de petits couteaux recourbés dans l'autre et se dirigeaient vers eux à la vitesse de l'éclair.
Le jeune moine chargea en un instant le sac sur le dos de Louna.

– Quoi qu'il arrive, restez derrière moi, ne partez que quand je vous le dirai. Le chemin descend droit jusqu'à la vallée, vous y serez rapidement.
– Mais qui sont-ils ?
– Nous n'avons pas encore été présentés, dit-il d'un ton sarcastique, et je ne suis pas sûr que nous en ayons le loisir ! Ce qui est maintenant certain, c'est que votre venue ici n'est pas restée aussi secrète que nous l'imaginions.

Le jeune homme n'avait pas fini sa phrase que trois guerriers fondaient sur lui.
L'adolescente était terrifiée, les coups pleuvaient, mais son art était parfait, il bondissait de toutes parts, parant les attaques sur tous les fronts. Les guerriers commençaient à reculer, quand les deux autres qui attendaient éloignés, chargèrent à leur tour. Le jeune combattant se démenait comme un beau diable, mais le nombre n'était pas à son avantage.

– Partez maintenant ! cria-t-il à Louna.

Celle-ci, hésita un instant, quand un des hommes en noir poussa un cri, il venait de prendre un coup de sabre en travers du torse et tomba lourdement sur le sol. Autour de lui, la neige se couvrait d'étoiles brunâtres. Elle n'eut pas besoin de réfléchir longtemps pour comprendre que c'était son sang qui s'écoulait, profanant la blancheur immaculée du sol. Ce fut comme une décharge électrique, cet homme se battait pour elle, pour la défendre, ils étaient trop nombreux et elle se rendit compte qu'il ne tiendrait plus longtemps, la seule chose qu'il lui restait à faire était de fuir, le plus vite et le plus loin possible, tant que son compagnon pourrait les retenir. Préserver sa vie pour laquelle le jeune homme était en train de donner la sienne.

Elle croisa son regard résolu et prit ses jambes à son cou, dévalant aussi vite qu'elle le put le petit chemin escarpé. Soudain, sur son cœur, elle sentit une vive chaleur, le Lilouya lui brûlait presque la peau. Fébrilement elle le chercha sous ses vêtements pour l'écarter de sa chair et le sortit à l'air libre, le bijou brillait d'un éclat irréel, et tandis que Louna le tenait dans sa main tendue devant elle, elle sentit ses pas devenir plus grands et plus léger, elle se sentait comme portée dans les airs. Elle allait à présent beaucoup plus vite sans fournir aucun effort. Bientôt, elle se rendit compte qu'elle ne touchait presque plus le sol, à chaque mouvement de ses jambes, elle franchissait des centaines de mètres. Elle se retourna un instant, au loin, le combat faisait toujours rage, le jeune moine se battait encore vaillamment et deux ennemis gisaient au sol, mais ce qui inquiéta la jeune fille était que l'un d'entre eux s'était lancé à sa poursuite et la talonnait. L'homme en noir courait très vite lui aussi, il semblait posséder un pouvoir similaire au sien. Elle se retourna de nouveau pour juger de la distance qui les séparait quand il se dressa soudain devant elle. Louna était perdue. Il était armé jusqu'aux dents. Elle sentit des gouttes de sueurs perler sur son front. Son sac pesait des tonnes, elle était éreintée, et son adversaire semblait n'avoir gardé aucune fatigue de la course. Elle n'avait aucune chance, il ne lui restait qu'à espérer que le jeune guerrier pourrait la rejoindre à temps, ce qui semblait dans l'état actuel des choses fort improbable. Subitement, l'homme saisit sa cagoule et la retira, dévoilant un visage féminin d'une très grande beauté. Ses cheveux longs flottaient au vent. Son visage ovale était d'une blancheur d'albâtre et ses grands yeux étirés, d'un noir de jais.

Seule la bouche pincée en un rictus mauvais laissait deviner ses intentions belliqueuses.

– Suivez-moi, lui intima-t-elle en esquissant un geste menaçant de la pointe de son sabre.
– Que me voulez-vous ?
– Vous le saurez bien assez tôt. Dépêchez-vous, par ici ! Elle désignait un petit chemin qui disparaissait totalement sous une épaisse couche de neige. Allez !
– Nous ne pourrons jamais passer, ce chemin n'est pas praticable, vous le voyez bien, descendons plutôt par la route qui mène à la ville.

La jeune fille espérait ainsi gagner du temps en attendant que son camarade la retrouve peut-être… à moins que cela ne soit un autre homme en noir…

– Taisez-vous et obéissez.

La femme en noir était manifestement furieuse d'être ainsi contrariée et se rapprochant de sa prisonnière leva le bras pour la frapper. Au même instant, le Lilouya cracha un éclair aveuglant, la projetant avec une violence inouïe sur le sol. Louna n'attendit pas qu'elle reprenne ses esprits et se remit à courir vers la vallée en tenant bien en évidence le médaillon devant elle.
Soudain, la route se divisa de nouveau, vers où devait-elle aller ? Elle n'avait pas le temps de réfléchir, elle savait qu'elle devait prendre celui de gauche en direction de la vallée, mais une petite voix en elle lui soufflait de prendre le droit. Le second chemin s'enfonçait dans la montagne et semblait s'éloigner de toute civilisation. Elle s'avança vers le premier, mais une force inconnue lui cloua les pieds au sol, l'obligeant à se diriger vers le chemin du haut. Tant pis, elle verrait bien. Elle s'engagea résolument dans cette voie en

courant le plus vite qu'elle pouvait. Les pouvoirs du médaillon la soulageaient d'une grande part de fatigue, mais elle était néanmoins épuisée.
Cela faisait bien une heure qu'elle courait ainsi dans les airs, et la jeune femme en noir n'avait pas reparu. Peut-être avait-elle cru qu'elle avait pris le chemin de la vallée... mais celui-ci, où menait-il ?

La neige commençait à tomber, et le vent qui se levait rendait le froid plus mordant encore. Ses joues lui faisaient mal et ses pieds étaient engourdis par la longue course. Ses jambes faiblissaient et si ce n'était le pouvoir du médaillon, elle se serait écroulée, brisée de fatigue depuis longtemps.
Le vent devenait de plus en plus violent, la neige tourbillonnait, rendant sa progression de plus en plus difficile.
Elle se trouvait à présent au cœur d'une véritable tempête et le médaillon ne pouvait rien contre cela. Elle devait trouver un abri pour se reposer, mais la montagne enneigée s'étendait à perte de vue. Pas une maison, pas une cache, rien qui lui permette d'attendre la fin de la tourmente. Elle titubait et n'allait pas pouvoir continuer longtemps ainsi.
La route tournait de nouveau, elle eut l'impression de longer le flanc de la montagne, quand, au loin, elle aperçut des formes grisâtres. Y avait-il quelqu'un ? Impossible, qui oserait s'enfoncer dans une pareille tourmente. La jeune fille tenta de se rapprocher des silhouettes, de faire des signes, mais ses membres ne répondirent pas, le médaillon parvenait tout juste à la maintenir au-dessus de la neige, mais sans force, elle n'arrivait plus à avancer. Une forme vague s'approcha d'elle, la femme en noir... elle revenait, non... laissez-moi, au secours ! La voix de Louna se perdit dans les hurlements de la tempête, personne ne pouvait l'entendre, personne ne pouvait l'aider ni la retrouver... elle était perdue.

Soudain, sortant des brumes qui l'entouraient, une petite voix enfantine retentit à son oreille :

– Je t'attendais fille de lune... mais tu as été bien longue à venir.

Ce visage, elle le connaissait. Á demi consciente, elle distinguait penché au-dessus d'elle, deux petits yeux noirs et un sourire mutin, c'était l'enfant du rêve... elle ne devait pas dormir, elle ne devait pas rêver de nouveau, les gardes et le grouf allaient la capturer et…

– Ne t'inquiète pas, nous allons rentrer chez moi, tu y seras en sécurité et tu pourras te réchauffer.

L'enfant lui pris le bras et le passa sur ses épaules. Il la redressa et tous deux partirent en titubant en direction d'une petite maison qui disparaissait presque totalement sous la neige.

Chapitre 6

La fuite.

La porte de la maison s'ouvrit dès qu'ils furent sur le palier. Une vieille femme se tenait dans l'embrasure, elle jeta un regard affolé sur les deux arrivants.

– Mon Dieu, entrez vite vous réchauffer, elle saisit Louna par le bras et l'emmena aussitôt près de la cheminée.

La jeune fille s'agenouilla près du feu. Ses vêtements étaient trempés et elle était transie jusqu'aux os. Elle n'arrivait plus à prononcer le moindre mot tant ses dents claquaient fort les unes contre les autres. La vieille femme l'aida à se débarrasser de sa parka et de ses bottes et l'emmitoufla dans une épaisse fourrure. Au même moment, la porte d'entrée s'ouvrait laissant pénétrer une bourrasque glaciale.

– Tu l'as retrouvée ? Un homme d'âge mûr venait d'entrer, suivi d'une femme plus jeune.
– Oui, elle est ici.
– Heureusement, elle est vivante et en bonne santé ! La jeune femme se dirigea vers Louna.
– Je suis Na Jamong, la mère de Tashi. Il nous avait prévenus de ton arrivée, nous étions très inquiets, la tempête s'est levée et nous te croyions perdue dans la neige. Comment te sens-tu ?

– Bien merci, répondit-elle d'une voix à peine audible.

L'homme et la femme retirèrent leurs lourds vêtements de fourrure. Na portait une chemise de couleur vive et une robe brune. Elle portait aux pieds de grosses bottes fourrées qu'elle troqua contre une paire de chaussons de laine.

– Enlève tes vêtements belle Louna, lui dit la mère de Tashi, je vais les faire sécher.

La jeune femme tendit une étoffe devant elle pour la soustraire au regard des autres, le temps qu'elle se change, car la pièce unique servait de salle, de cuisine et de chambre tout à la fois. L'adolescente ne discuta pas. Son esprit était ralenti par le froid et la fatigue, et la perspective de vêtements chauds et secs était tout ce dont elle rêvait pour le moment. Quelques instants plus tard, elle était à son tour vêtue d'une chemise de couleur et d'une robe de laine. L'enfant l'attendait près du feu. Louna se rapprocha. Elle ne rêvait pas, c'était bien lui qui était venu à son secours lorsqu'elle s'était fait attaquer par ces abominables géants au regard de glace. Spontanément elle se saisit de ses mains et le regardant droit dans les yeux, lui dit :

– Tu es l'un de ceux qui doit faire route avec moi n'est ce pas ? Je le sens au fond de mon cœur…
– Je suis Tashi Wangpo, l'enfant du soleil. Je suis un de ceux qui doivent protéger l'élue.
– Tu es celui qui m'a sauvée de ces monstres lors de cette épouvantable nuit… je n'ai pas eu le temps de te remercier…
– Ton sourire à cet instant… ta présence ici saine et sauve sont le plus beau des remerciements.
– Comment as-tu su que j'étais en danger ?
– J'ai vu la scène, elle est entrée dans mon esprit… tu étais

menacée et cela s'est imposé à moi... il m'a alors suffi de te rejoindre là où tu te trouvais.
– Mais tu es si jeune, comment as-tu pu combattre ainsi ces gens et les vaincre ? Qui t'a appris à faire voyager ton esprit ?
– Il s'agit là d'enseignements que l'on me répète depuis toujours. Un grand sage venait souvent me voir en songe, il m'apprenait beaucoup de choses précieuses, il m'a enseigné les grands préceptes du Bouddha et les enseignements oraux secrets les « Sangwai Damnag ». Il m'a enseigné aussi le pouvoir de l'esprit sur la matière et sur les autres esprits, faibles ou puissants, il m'a enseigné la science des moines shaolin : la science du combat. Je me suis entraîné tous les jours sur ses conseils, il m'a dit que tout ce que je savais à présent devrait être mis au service de l'élue, et qu'à mon tour je devrais lui enseigner.
– Mais pourquoi tous ces enseignements bouddhiques ?
– Nous les Tibétains sommes bouddhistes. Notre croyance, l'expérience des moines depuis des siècles nous a donné une grande force et c'est cette force que le grand sage veut te transmettre à travers moi, c'est une puissance formidable qu'il veut que l'élue possède. C'est un don qu'il veut te faire pour t'aider dans ta quête, le don de notre communauté. Peut-être les autres êtres auront-ils d'autres forces différentes, je ne le sais pas, mais cette force tirée de la méditation des plus grands sages de mon pays, il me l'a transmise, et je te la transmettrai à mon tour.
– Je viens du monastère de Sera ou j'ai rencontré le grand Rinpoché... il m'a fait de nombreuses révélations... les sages qui t'ont formé et qui ont été les maîtres de tes enseignements sont bouddhistes... sais-tu pourquoi votre communauté se retrouve autant impliquée dans cette quête ?
– Nos croyances, notre philosophie est celle de la paix, tout ce qui menace cette paix doit être combattu avec toutes les armes que nous possédons...
– Y a-t-il autre chose Tashi ?

– Oui… un des moines les plus éminent de notre communauté est mêlé à ta quête fille de lune… c'est un des cinq. Je ne sais rien de plus… mais cela explique aussi pourquoi tu as été reçue au monastère de Sera par le grand Rinpoché et que j'ai reçu ces enseignements.
– L'un de nos compagnons de route serait donc un moine bouddhiste ?
– Pas un simple moine, c'est un Rinpoché, une autorité des plus respectée par les bouddhistes, il est la réincarnation d'un très grand sage, c'est un guide.
– Comment sais-tu tout cela Tashi ? Je n'ai pu obtenir aucune information du grand lama sur les personnes qui doivent nous rejoindre !
– C'est tout ce que je sais, et cela m'a pris du temps pour le deviner, mais il est de nombreuses choses que j'ignore encore, comme le but de notre mission par exemple…
– Alors c'est à mon tour je crois de répondre à tes interrogations sur ce sujet.

Louna lui raconta tout depuis la disparition de ses parents. Ce que le grand sage lui apprit à Sera sur la prophétie, *le mal noir*, les tables d'or. À chacune de ses paroles le petit garçon ouvrit des yeux plus grands. Lui aussi commençait à percevoir la nature de la quête et celle-ci dépassait tout ce qu'il avait imaginé de plus fou. Son visage poupin prit un air si sérieux qu'on en oubliait presque son très jeune âge.

– À aucun moment, toutes ces années je n'imaginais quelque chose de tel ! Je croyais mon rôle lié à l'histoire de mon pays, lié à sa reconquête… par moments, je me disais que moi aussi je devais être la réincarnation d'un grand sage, et qu'en tant que tel j'avais été choisi pour une grande mission… mais je ne pensais pas à une lutte comme celle-ci, à un combat aussi difficile et périlleux…

– Tashi, tu es encore un enfant, et j'ignore pour quelles raisons tu te trouves mêlé à cette histoire, mais je ne t'entraînerai pas contre ton gré…
– Fille de lune, les plus grands sages de ma communauté me transmettent leurs enseignements secrets depuis ma plus tendre enfance… et comme tu viens de le dire, je ne suis pas vieux. S'ils m'ont choisi, c'est qu'ils m'estimaient à la hauteur de la tâche que j'aurais à réaliser et digne de leur confiance, à ce titre je ne les décevrai pas et je ne t'abandonnerai pas. À partir du moment où mon destin me lie au tien, je suis aussi un élu et j'accepte ce rôle avec joie et fierté. Fille de lune, je serai à tes côtés partout où tu iras, je te protégerai et je ferai en sorte que nous n'échouions pas dans ce que nous avons à accomplir.

Louna sentit un grand respect l'envahir pour cet enfant yeux noirs, à la peau aussi velouté qu'une pêche, aux lèvres soyeuses comme une rose, qui n'avait pas hésité à prendre les armes pour venir la secourir. Il acceptait sans broncher le destin terrible qu'elle venait de lui annoncer. Ne sachant comment le remercier, la jeune fille serra fort ses mains dans les siennes. Tashi lui fit un grand sourire, mais ses yeux brillants étaient entachés d'une sombre inquiétude provoquée par ces révélations inattendues.

– Louna ?

La mère de Tashi venait de se pencher sur le couple assis près du feu :

– Viens, je t'ai installé un lit et des fourrures… tu me sembles épuisée, et si je ne m'abuse, demain, tous les deux, vous serez repartis… tu devrais aller dormir.

La jeune fille regarda Na avec reconnaissance.

– Merci… vous avez raison, nous ne pourrons pas rester longtemps… et puis Tashi mérite que je le laisse se reposer également.

Elle quitta sa place devant l'âtre encore rougeoyant pour se diriger vers un épais matelas de fourrures, disposé dans un coin de la pièce. La grand-mère de Tashi dormait depuis longtemps, elle aussi emmitouflée dans d'épaisses peaux lainées. Tashi ne bougea pas, et la dernière vision qu'eut Louna avant de sombrer dans le sommeil, fut le regard volontaire et inquiet de son jeune compagnon qui sondait les flammes de la cheminée à la recherche d'improbables réponses aux interrogations qu'avait suscité en lui le discours de la jeune fille.

Tout était noir autour d'elle, seul un point lumineux brillait au loin, il dansait devant elle, se balançait. Louna tenta de se rapprocher pour le voir, mais il s'éloignait toujours plus. Il était tellement lumineux que si elle le fixait, elle sentait ses yeux la brûler. Elle mit instinctivement la main devant pour les protéger de cette lumière aveuglante.

Tashi se retourna. Louna venait de bouger dans son sommeil. Il la regarda se frotter les yeux, puis, elle remit ses mains sous sa tête et resta immobile. Il était très impressionné. La fille de lune était bien venue comme le lui avait dit le grand sage. Cette mission dont il lui parlait commençait donc maintenant. Il sentait qu'un long chemin l'attendait, qu'il rencontrerait des difficultés et qu'il devrait à tout prix protéger sa propre vie afin de défendre l'élue. Cela l'effrayait beaucoup. Sa culture, sa religion lui avaient toujours appris à ne pas redouter la mort, et il n'en avait pas peur. Il était allé au combat la première fois qu'elle l'avait appelé sans aucune inquiétude, mais d'un seul coup, tout changeait, il devait protéger l'élue, c'était une partie de sa mission, dès lors, sa vie devenait alors aussi précieuse que la sienne, il ne devait pas mourir, il n'en avait pas le droit... Cette question tournait dans sa tête depuis un moment déjà, et il ne savait comment apaiser son esprit. Il se leva et se dirigea vers la fenêtre, dehors la neige avait cessé de tomber, ils pourraient prendre la route dès l'aube.

Son père l'avait rejoint près du feu et était à présent profondément endormi. Tashi détourna la tête et son regard se posa sur un grand coffre au fond de la pièce. Il s'en approcha, souleva le couvercle et sortit les quelques vêtements et le peu de vaisselle qui s'y trouvait. Tout au fond, reposait un grand tissu minutieusement plié. Le petit garçon le retira et le posa près de lui, il le déplia consciencieusement jusqu'à ce qu'un immense sabre glisse d'un des plis, il le prit dans ses mains. L'arme était au moins aussi grande que lui, entièrement réalisée en jade. Sa couleur d'un vert translucide captait la lumière diffuse de la pièce et restituait à présent un halo émeraude qui venait lécher le bas des murs.

Lors de son dernier voyage, le grand sage le lui donna avec un petit sac et le tissu. « Tu ne devras jamais les perdre », lui dit-il en fronçant les sourcils, - il faudra y veiller plus qu'à la prunelle de tes yeux ». Ce sabre était un sabre très ancien, un sabre magique qui était la propriété du monastère depuis des siècles, le grand sage n'avait pas voulu lui dévoiler pourquoi il s'en dessaisissait à son profit, il lui dit juste que le sabre le reconnaîtrait, et qu'alors il saurait. Tashi ne comprit pas bien ce qu'il voulait dire. Le vieux sage marmonna également qu'une seule personne avait jamais pu le maîtriser... Tashi l'entendit quand il avait dit cela, et se demanda alors comment, lui, pourrait s'en servir... et pourtant, quand il entendit l'appel, qu'il vit l'élue perdue dans la neige avec ces monstres qui s'approchaient, il sut ce qu'il fallait faire, ce qu'il fallait dire pour que le sabre lui obéisse. Il n'avait jamais appris ça, il savait, c'était tout.

Par contre ce que Tashi ne savait pas, c'est ce que cela signifiait… un jour peut-être aurait-il la réponse ? Il prit le petit sac et le sabre, se drapa du grand tissu et se rassit près du feu. Il se sentait bien, comme s'il réintégrait un vêtement qu'il connaissait, comme si ces objets qu'il tenait serrés contre lui étaient les siens depuis des siècles.

Non loin de lui, Louna bougea de nouveau dans son sommeil, elle tendit une main dans le vide et murmura :

– Shu ? Shu ? Est-ce toi ?

Intrigué, Tashi se rapprocha.

La lumière était très près à présent, et Louna voyait distinctement le visage de Shu. Il essayait de lui parler, la jeune fille souriait, elle était si heureuse, il lui manquait tant...

– Louna, tu dois m'écouter.
– Oui ?

Le visage de Shu changeait imperceptiblement.

– Louna, entend bien ce que je vais te dire, je vais venir te chercher. Un grand danger te menace, tu dois quitter cet endroit avec Tashi, tu m'entends n'est-ce pas ?

Ses yeux devenaient plus effilés, son menton plus dur, son nez plus large, chaque instant qui passait le transformait en un parfait inconnu.

– Oui... mais qui êtes-vous ?

Une autre personne se tenait devant elle et lui parlait, de la même voix :

– Je suis un ami, ne t'inquiète pas, un ami très proche. Tu m'as bien compris. Tu dois partir, je vais bientôt venir et tu dois être prête, un grand danger te menace.

Louna se réveilla en sursaut, Tashi lui tenait la main.

– Nous devons partir Tashi… je… j'ai… j'ai vu un ami, c'est important, nous devons partir.

Tashi se dirigea vers son sabre, le glissa à sa ceinture, chaussa ses bottes, enfila sa parka, enfouit le petit sac dans sa poche. Il était prêt. Louna, se réveillant à peine prit plus de temps pour s'apprêter. Le petit garçon l'attendait en scrutant les alentours par la fenêtre. Soudain, il se posta devant la porte et sortit son sabre. Son père qui s'était réveillé en entendant les deux enfants parler, sortit à son tour un fusil. Lui aussi s'était rapproché de la porte.

– Reculez, dit-il à Louna et sa femme.

Elles se blottirent l'une contre l'autre, près de la grand-mère qui dormait paisiblement. Un instant plus tard, on entendit frapper.

– Qui est-ce ? demanda le père d'une voix dure.
– Ouvrez, je suis le grand Rinpoché Jamyang Khyentsé, je dois voir Louna et Tashi.

Louna en entendant la voix avait bondi.

– Shu !

Elle ouvrit la porte en grand, et se trouva nez à nez avec l'inconnu de son rêve.

– Mais… je croyais que c'était… qui êtes-vous ?

– Je me nomme Jamyang Kyentsé, et voici mon compagnon lama Shéshen Gyeltsap.

Elle sursauta. La voix de l'être le plus cher à son cœur sortait de la bouche de cet homme. C'était la même, la même intonation suave, la même fermeté et la même douceur à la fois. Elle se sentit défaillir.

– Louna, nous n'avons que peu de temps, vous devez me faire confiance… vous me faites confiance ?

L'adolescente avait fermé les yeux, c'était Shu qui lui parlait à travers cet homme, elle écrasa une larme sur sa joue et approuva d'un signe de tête.

– Alors vous devez me suivre… tout de suite, un grave danger vous menace. Nous devons partir à l'instant.

Tashi se précipita à l'intérieur, saisit la parka de la jeune fille, la lui mit sur le dos tandis qu'elle enfilait précipitamment ses bottes et son pantalon sous la robe de Na. Pendant ce temps, le jeune lama avait chargé son bagage sur ses épaules. Au loin on entendait des cliquetis métalliques qui ne présageaient rien de bon, toute une armée semblait en marche.

– Que se passe-t-il ? demanda Na.
– Madame, vous devez fuir aussi. Des soldats chinois arrivent, ils viennent chercher Tashi, nous devons tous fuir, car s'ils ne le trouvent pas, ils seront furieux et…
– Réveille ta mère, prends tes affaires, nous partons, lui dit son mari.

Na compris rapidement l'urgence de la situation, elle secoua doucement sa mère, les deux femmes furent prêtes en un clin d'œil tandis qu'il chargeait le fusil.

– Séparons-nous en deux groupes pour brouiller les pistes, dit Jamyang Khyentsé. Louna et Tashi, venez avec moi, quant à vous, vous partirez avec lama Shéshen Gyeltsap. Nous nous retrouverons demain midi au col du yack des neiges.

Personne ne discuta, en moins de temps qu'il n'en fallait, la petite maison fut bouclée et tous furent happés par la nuit glaciale. Des bruits d'armes et des voix se rapprochaient de plus en plus. Louna serrait le plus possible ses deux compagnons de peur de les perdre. Il faisait si froid. Ses joues étaient gelées. Il fallait marcher vite.

– Pourquoi les Chinois nous poursuivent ?
– Tu le sauras plus tard enfant de lune.
– Mais… c'est Tashi... ou moi qu'ils cherchent ?
– Ils cherchent Tashi... pour le moment… mais vite, dépêchons-nous !

Soudain, Louna se souvint de son médaillon. Peut-être que s'ils se tenaient les uns les autres et qu'elle le brandissait devant elle comme la dernière fois, ils avanceraient plus vite, en tout cas, cela valait la peine d'essayer. Elle sortit fébrilement le Lilouya de son col. Il brillait doucement dans la nuit et éclaira le visage de ses amis.

– Qu'est-ce que c'est ? lui demanda Tashi.
– C'est le Lilouya, lui répondit Jamyang, le médaillon magique de la reine Monia.
– Le quoi ?

– C'est un médaillon connu que par quelques rares documents dont la plupart restent secrets. Un manuscrit conservé dans mon monastère le représente. Il appartenait selon la légende à la première reine du Tibet. Avant cela, sa trace se perd dans la nuit des temps. La légende dit qu'il fut créé pour la reine des Reines. Puis désignant le bijou : mais il est incomplet, il manque une pierre près des petites turquoises. Regarde cette cavité plus grande, il pointait du doigt un trou de la taille d'une piécette, situé au centre même du médaillon.
– Shu m'a déjà dit quelque chose à ce sujet, mais je n'ai pas bien compris. Je crois qu'une pierre doit s'y enchâsser, puis il a dit qu'il ne fallait pas que cela soit la mauvaise, ce n'était pas clair !
– Comment est-il entré en ta possession ?
– C'est ma mère qui me l'a laissé… je ne sais pas où elle l'a eu. La seule chose que je sais, c'est qu'il m'a permis tout à l'heure d'échapper à mes ravisseurs.
– Quels ravisseurs ? demanda Jamyang d'une voix inquiète.
– Nous avons été attaqués, en quittant Sera.

Louna lui raconta en deux mots l'histoire et comment Tashi la récupéra à moitié gelée dans la neige.

– Et le Lilouya t'a permis de… voler ?
– En quelque sorte.

Derrière eux, le bruit des armes se faisait plus pressant.

– Eh bien ! dit Jamyang, voyons si le Lilouya a assez de puissance et de pouvoir pour nous aider tous…
Tashi se mit entre Jamyang et Louna. Cette dernière tendit le médaillon devant elle qui se mit à briller dans la nuit et soudain, tous trois se sentirent élevés dans les airs, la jeune fille donna le signal du départ et tous se mirent à courir de toutes leurs forces.

Il leur fallut quelques instants pour se mettre au diapason dans cette course effrénée, mais dès que cela fut fait, il leur fallut pour les semer, juste le temps que met une feuille à tomber d'un arbre. Il est difficile de savoir combien de kilomètres ils parcoururent cette nuit-là, mais le petit matin n'était pas encore là, qu'ils étaient déjà rendus au col du yack des neiges.

Tashi calcula que sa famille devrait arriver dans douze ou quinze heures en marchant vite. Quant à eux, ils devaient trouver un endroit pour se protéger en les attendant. La température était largement au-dessous de zéro et toute station prolongée dans la neige risquait de leur être fatale. En s'aidant de nouveau du médaillon, ils s'éloignèrent un peu du lieu de rendez-vous et au bout d'un petit moment découvrirent enfin une grotte à flanc de montagne. Quelques branches gisaient sur le sol, amenées par un quelconque animal. En un rien de temps, Tashi avait fait un feu. Louna passa ses mains doucement au-dessus des flammes pour les réchauffer. Elle sentait sa tête devenir lourde, s'incliner... tout doucement, elle s'endormait. À ses côtés, roulé en boule Tashi dormait déjà. Jamyang lui sourit :

– Tu peux te reposer, je vous réveillerai quand il sera temps.

Louna sombra définitivement dans le sommeil, bercée par la voix de Shu.

Chapitre 7

La tempête.

– Que se passe-t-il ?

Louna venait d'être réveillée en sursaut par une main posée sur son épaule.

– Il faut vous réveiller, il est temps d'aller au rendez-vous.

La jeune fille se rappela alors l'expédition dans la neige, la grotte. Tashi était déjà prêt, et guettait les environs. Dès qu'elle eut récupéré ses affaires, tous trois repartirent en direction du col. Il avait beaucoup neigé durant la fin de la nuit et leurs bottes s'enfonçaient dans le sol meuble. Ils arrivèrent lentement à l'endroit prévu. Le petit garçon regardait toujours alentour. Personne à l'horizon, ils étaient les premiers. Tendu, il se rembrunit. La vue était dégagée, et l'on voyait très bien les pentes neigeuses, à plusieurs kilomètres de distance.

– Il y a trois chemins pour venir ici. Nous en avons pris un et ils ne sont pas sur les deux autres…
– Ils vont arriver, lui dit Jamyang en lui passant un bras autour du cou.

Pour la première fois, Louna se posa la question de l'âge de ses amis. Tashi ne devait pas avoir plus de sept ou huit ans et le jeune moine peut-être vingt, vingt et un ans. Il semblait tellement adulte à cet instant près du garçonnet, désespéré dans l'attente de revoir sa famille. Un instant une angoisse la saisit, et si eux s'étaient fait rattraper, s'ils n'avaient pas eu leur chance. Ils n'avaient pas de médaillon pour les aider, pourquoi n'y avait-elle pas pensé plus tôt, ils auraient pu tous partir ensemble. Elle se sentait rongée par la culpabilité. Ses deux compagnons avaient entendu ses pensées et se retournèrent vers elle à l'unisson.

– Ne t'inquiète pas… Tu ne pouvais pas penser au médaillon, nous étions trop inquiets… tout s'est fait trop vite, et puis, peut-être ne fonctionne-t-il qu'avec nous trois, car nous seuls sommes engagés dans cette quête.

La jeune fille émit un vague sourire de remerciement, mais ne quitta pas l'enfant des yeux. Il était si mignon avec ses cheveux noirs hirsutes. Il arrivait à peine à la taille de Jamyang, pourtant elle l'avait vu se battre comme un lion. Elle savait qu'il était redoutable.

Cela faisait un bon moment qu'ils étaient là, à attendre, et le visage de Tashi s'était beaucoup durci. On avait le sentiment qu'il s'attendait au pire. Le jeune lama regarda Louna.

– Crois-tu que si je prenais le médaillon, il fonctionnerait avec moi seul ?

Elle le regarda avec défiance :

– Je… je ne sais pas…

Elle ne pouvait s'empêcher de repenser à ce que sa mère, Shu, et le grand lama de Sera lui avaient dit, de ne jamais s'en séparer, mais en voyant le regard d'espoir du garçon elle ne se sentit pas

de refuser. Puis dans son rêve, Shu n'avait-il pas pris les traits de Jamyang ? Elle savait qu'elle pouvait lui faire confiance, il était de ceux qui devaient la rejoindre, elle le savait comme elle l'avait su pour Tashi.
Elle lui tendit le bijou. Dès qu'il s'en saisit, il émit la même lueur, et le jeune homme sentit ses jambes l'entraîner.

– Je connais bien la montagne, je les retrouverai. Retournez à la grotte, je vous y rejoindrai dès que j'aurai appris où ils sont, et il disparut en courant.

Les heures qui suivirent furent parmi les plus longues de leur vie. Aucun des deux n'osait bouger ni parler. Ils regardaient le feu que venait de rallumer Tashi et attendaient.
Après un temps qui leur parut interminable, ce dernier se leva et commença à scruter l'horizon. Personne. La jeune fille se demandait si quelque chose était arrivé à ses parents ou au moine qui les accompagnait. En même temps, connaissant la facilité avec laquelle son ami lisait sa pensée, elle n'osait imaginer le pire de peur de l'inquiéter encore plus.
Elle en était là de ses réflexions quand soudain :

– Louna, je vois quelqu'un… oh… il est seul.

En effet, un petit point noir sur la neige grossissait à grande vitesse. Jamyang revenait seul.
Le garçonnet se retourna promptement, mais elle avait pu apercevoir des larmes qui perlaient à ses yeux. Elle aurait voulu le consoler, mais que dire. C'est à ce moment-là que le jeune moine arriva. Son visage était grave. Il regarda ses deux compagnons et nota le visage défait du petit garçon.

– Oh… petit Tashi… ne… ne t'inquiète pas… ta famille est

sauve… « Il » les a défendus… jusqu'au bout. Sa voix se brisa tandis que l'enfant semblait revenir à la vie.
– Tu as bien dit que mes parents étaient vivants ?
– Je les ai retrouvés au monastère de la pointe. « Il » était resté en arrière pour les protéger des attaquants, pendant qu'eux couraient se réfugier à l'intérieur. Ils ont pu s'y cacher toute la nuit et le sont encore.

Jamyang ne semblait pas réussir à prononcer le nom de son ami.

– Les Chinois… l'ont tué, ils ont mis à sac le monastère pour nous retrouver. Puis, il semble qu'ils se soient rendu compte qu'ils avaient été trompés et sont repartis aussi vite qu'ils étaient arrivés.

Louna se détourna vivement, une larme venait de couler le long de sa joue et elle ne souhaitait pas que ses compagnons voient cette marque de faiblesse. Elle ne connaissait pas le moine qui accompagnait la famille de Tashi, mais l'idée qu'il ait pu perdre la vie si jeune pour les protéger les uns et les autres, la bouleversait. Elle se sentait maudite, déjà trois personnes avaient donné leur vie pour qu'eux puissent continuer leur route, quand tout cela allait-il s'arrêter ? Y aurait-il encore d'autres morts ? L'adolescente se sentait flancher, non pas que son courage l'abandonnât, mais elle sentait le poids moral de ce qui l'attendait, plus fort et plus pesant que jamais. Jamyang lui saisit la main :

– Fille de lune, nous savons que cette voie est difficile et qu'elle demandera de nombreux sacrifices, mais n'oublie jamais que cette quête est noble et que nous œuvrons pour le bien des hommes. Nous avons tous été choisis pour des raisons que nous ignorons encore, mais c'est nous et personne d'autre qui pourrons accomplir ce qui doit être fait. Chaque vie sacrifiée pour nous permettre de continuer est une vie offerte pour le bien de l'humanité. Je sais que tout cela est difficile à accepter, mais *le mal noir* est pire que la mort, c'est la terreur, l'angoisse au quotidien, c'est la joie du malheur, le plaisir de faire souffrir, même dans tes pires cauchemars tu ne pourrais imaginer ce qu'est un monde soumis au *mal noir*. Nos vies sont plus précieuses que toutes les richesses de cette planète, que toutes les vies de cette planète... car le destin des hommes maintenant, et à venir, est entre nos mains.

Louna regarda le jeune homme, elle savait qu'il avait raison, mais comment avait-on pu en arriver là, et pourquoi ?

– Ces questions n'ont pas lieu d'être pour le moment. Nous devons continuer notre route et je suis certain que les réponses viendront en temps et en heure... Je n'ai croisé personne, mais nous devons repartir. Ils reviendront plus nombreux et alors, nous ne pourrons rien faire contre eux. Ils fouilleront tout. La seule chance d'épargner les vies de ceux qui restent ici est de fuir, de quitter le Tibet, il faut qu'ils sachent que nous sommes partis. Nous laisserons donc quelques traces derrière nous pendant un temps, puis nous disparaîtrons. Allez...

Jamyang se posta à l'entrée de la grotte pour attendre ses amis. Louna se rendit compte qu'il avait dû énormément prendre sur lui pour la réconforter et se convaincre du bien-fondé de tout cela, car il semblait très marqué par la disparition de son ami.

Ils laissèrent volontairement les traces de feu dans la grotte et s'enfoncèrent de nouveau dans les montagnes enneigées.
La route était difficile, mais le médaillon leur permettait de surmonter les obstacles avec plus de facilité. Ils purent grâce à lui passer deux crevasses, qui les auraient sans cela, obligés à

rebrousser chemin, risquant de les jeter encore dans les bras de leurs poursuivants. Leur but à présent était l'Inde du sud, l'état du Tamil Nadu où ses parents avaient disparu. Ils avaient unanimement décidé de suivre les conseils du grand Rinpoché et d'aller voir là-bas s'ils ne pouvaient pas glaner quelques indices sur ce qui s'était passé il y a seize ans. Tous étaient convaincus que ces disparitions avaient à voir avec la restauration du pouvoir du *mal noir*, et il était possible qu'il reste quelques indices sur place.

Louna se sentait fatiguée. Il y avait longtemps, très longtemps qu'elle n'avait pas mangé, le froid et la neige commençaient à avoir raison de ses dernières forces. La voyant défaillir, ses compagnons se précipitèrent pour la retenir, décrétant une pose pour tout le monde.

– Nous ne sommes plus très loin de la frontière indienne, leur annonça le jeune lama, vous voyez le col devant nous ? Eh bien juste après, nous trouverons des villages où nous pourrons nous arrêter pour dormir et manger. Il faut tenir jusque-là.

La jeune fille scruta l'horizon. Il n'y avait devant elle qu'un mur blanc, opaque, elle ne distinguait rien. Le ciel et l'horizon se confondaient, la montagne se détachait à peine dans la grisaille environnante.

Tashi aussi regardait le ciel, soucieux, il se retourna vers ses amis :

– Le temps ne me paraît pas très engageant. Il va falloir trouver un abri, je suis certain qu'une tempête arrive sur nous.

Jamyang scruta à son tour l'horizon plus en détail. Les montagnes avaient petit à petit été englouties dans une poussière blanchâtre. Le vent se levait et commençait à faire tourbillonner la neige autour du petit groupe.

– Il faut impérativement nous abriter, repris l'enfant inquiet, je suis sûr que ce qui arrive sur nous est une très forte tempête, nous sommes faibles et affamés, nous n'y survivront pas sans protection.

Autour d'eux, les pentes enneigées s'étendaient à l'infini.

– Sortez tout ce que vous avez comme vêtements et couvertures de vos sacs et couvrez-vous, leur intima Jamyang.

Louna ouvrit rapidement le sien, le ciel s'obscurcissait à présent à vue d'œil. Elle commença à sortir pêle-mêle couvertures, pantalons, chaussettes en tout genre et à les enfiler les uns sur les autres quand un petit objet tomba dans la neige. Dans la précipitation elle ne le regarda pas, mais celui-ci lui sauta au visage. Elle poussa un cri de surprise et tomba en arrière. Sur ses genoux, se tenait le bol du grand Rinpoché.

– Oh ! Comment ai-je pu l'oublier ! Regardez, nous sommes sauvés, nous allons pouvoir demander ce que nous voulons, et… à manger aussi !

Ses deux amis se rapprochèrent. La jeune fille regarda très sérieusement le petit bol :

– Voilà, joli bol magique, Loa je te présente Jamyang et Tashi, ce sont mes amis. Nous avons beaucoup marché, et nous sommes très fatigués. À présent nous avons faim et froid, peux-tu nous offrir quelque chose pour nous protéger et nous restaurer qui nous permette de résister ?

À peine Louna avait-elle prononcé ces paroles que le petit bol s'agita dans tous les sens, ils entendirent un petit pop et sous leurs regards ébahis apparurent comme par enchantement des parkas, des couvertures épaisses ainsi qu'une tente. À côté étaient alignés des plats chauds en tout genre, du pain tibétain aux herbes, de la soupe et d'autres mets tous plus appétissants les uns que les autres, mais il fallait faire vite, le ciel grondait à présent au-dessus d'eux.

Tous se jetèrent sur la nourriture en lançant des regards reconnaissants au petit bol qui continuait de se tortiller de joie en émettant des petits grincements. Soudain, un éclair zébra le ciel, aussitôt suivit par un grondement de tonnerre qui fit trembler toute la montagne. Le bol regagna aussitôt sa place dans une poche du sac à dos.

Jamyang saisit la tente et en quelques instants, les trois furent au chaud, isolés de la tempête commençant à faire rage autour d'eux. Pourtant, personne n'était tranquille. À chaque bourrasque, la fragile protection de toile menaçait de s'envoler, les emportant avec elle. Alors qu'ils se pressaient les uns contre les autres, un coup de vent plus fort les déséquilibra. Louna partit en avant. Elle se raccrocha à la fermeture éclair de la tente qui descendit légèrement. C'était tout ce que le vent attendait, il ne lui fallut qu'un instant pour s'engouffrer à l'intérieur et déchirer la toile, emportant dans la tourmente leur seul abri contre les éléments déchaînés. Plus rien ne les protégeait désormais, la jeune fille regarda horrifiée ses compagnons, mais Jamyang ne perdit pas son sang froid.

– Asseyez-vous en cercle et donnez-vous la main.

Tous les trois s'assirent sur le sol glacé, la neige leur fouettait le visage et s'accumulait sur leurs genoux à une vitesse vertigineuse. Leurs mains s'étaient réunies. Louna et Tashi dévisageaient leur ami sans comprendre.

Le jeune moine commença alors des incantations dans une langue que la jeune fille identifia comme étant celle qu'elle parlait avec Shu. Elle regarda son compagnon de route avec une attention décuplée. Soudain, elle sentit à travers son corps une chaleur nouvelle. Très vite, son être se mit à brûler d'un feu salvateur. Elle sentait à peine la neige fondre sur son visage et n'avait plus froid. Le vent leur balayait les cheveux, des cristaux de glace se formaient à leurs extrémités, leurs vêtements étaient trempés, mais Jamyang continuait imperturbable. Puis, elle ne sentit plus non plus la neige, il lui fallut quelques instants pour s'apercevoir que celle-ci glissait à présent sur une paroi invisible. Ils étaient à l'intérieur d'une sphère translucide qui les protégeait totalement de la tempête. À l'intérieur, il faisait chaud, et ses vêtements fumaient en séchant. La jeune fille ne quittait plus des yeux le jeune lama. L'entendre parler cette langue avec la voix de Shu lui broyait le cœur, elle se sentit infiniment proche de son ami à cet instant.

Elle dut faire un effort pour se sortir de la torpeur qui la submergeait et surtout pour oublier la présence de Shu qui commençait à envahir tout son être. Tashi dormait, le menton enfoui dans son col de fourrure.

Ils restèrent ainsi pendant plusieurs heures, protégés par la bulle. Par moments, Jamyang donnait des signes de faiblesse, Louna commençait à s'inquiéter, elle se doutait qu'il ne pourrait tenir ainsi indéfiniment. Maintenir la bulle et la chaleur à l'intérieur lui demandait une énergie énorme, et à présent, il s'épuisait très vite. C'est alors qu'elle entendit la voix de Shu résonner dans sa tête.

– *Tu dois l'aider enfant de lune, tu dois lui transmettre ton énergie. Il faut te concentrer et chercher en toi toute la force que tu possèdes. Dès que tu l'auras canalisée, centre-là sur un point de ton corps, il saura alors venir la chercher.*
– Je veux bien, mais… je ne sais comment faire ?
– *Concentre-toi, tu vas y arriver.*

Elle serra plus fort la main de son compagnon et concentra son esprit sur son énergie. Elle sentit alors une grande vigueur, une grande force la traverser. Ses veines étaient en feu. Elle était presque euphorique.

– *C'est bien, à présent essaie de la guider vers ta main.*

Louna réfléchit un instant, mais décida qu'il était plus facile pour elle de la faire affluer vers son cœur. Elle le sentait battre dans sa poitrine, imaginait le flux et le reflux de son sang. Elle savait qu'elle pourrait faire passer son énergie par cette voie.
Au moment même où elle se concentrait de nouveau, la pression des doigts de Jamyang commençait à se relâcher. Le moine exténué ne parvenait plus à tenir la main de ses compagnons et son corps commençait à s'effondrer sur lui-même. Elle sentit alors sur son visage le souffle rageur du vent, la bulle se déchirait... Il n'y avait plus une minute à perdre. Elle reprit sa main plus fortement dans la sienne et se concentra de toutes ses forces. La voix de Shu résonna à son oreille :

– *Dépêche-toi, sinon il n'aura plus la force de venir chercher ce que tu veux lui transmettre.*

Alors elle décida de changer de tactique. Elle attrapa le poignet de son ami et se concentra sur son pouls très faible. Un instant son corps fut secoué de soubresauts, puis tout sembla se calmer et la chaleur commença à la traverser lentement. Elle partait de tous ses membres, passait dans son cœur, remontait dans son épaule droite et redescendait dans sa main. En quelques minutes, son bras et sa main étaient écarlates.

– C'est normal Louna, c'est la première fois, l'énergie afflux trop vite dans ton bras et le brûle. Tu dois être courageuse, la douleur va s'intensifier, mais dans quelques heures il n'y paraîtra plus.

La jeune fille fit une légère grimace. Son bras devenait très douloureux, elle avait du mal à tenir la main de Jamyang tant la sienne était gonflée. Elle allait le lâcher, c'était trop difficile. Soudain, elle le sentit bouger, il se redressait lentement, l'énergie se transmettait. Il ne fallut que quelques minutes pour que la bulle soit de nouveau étanche. Elle avait réussi, mais à présent, tout son corps la faisait souffrir, elle se sentit vaciller. Dehors, la tempête se calmait un peu. D'ici une petite heure, ils pourraient peut-être repartir. Le jeune moine la regarda droit dans les yeux, soudain, elle le vit flou, elle ne parvint plus à se concentrer sur quoi que ce soit, sa tête était lourde. Elle entendit juste comme un murmure :

– Merci fille de Lune, tu nous as tous sauvés…

La suite disparue dans un trou noir, elle se sentait partir, ses yeux la brûlaient, elle tenta de se redresser dans un dernier sursaut d'énergie, puis s'évanouit.

– Louna ! Louna !
– Hé ! Ne criez pas, j'arrive, je…

La jeune fille ouvrit les yeux et rencontra le regard inquiet de Jamyang. Près de lui, Tashi ne tenait plus en place. Cela faisait plus d'un quart d'heure qu'elle était inconsciente, il était fou d'inquiétude. Il se reprochait terriblement de l'avoir laissée ainsi se mettre en danger. Son compagnon avait eu beau lui expliquer qu'elle était plus forte que lui, qu'elle seule pouvait les tirer de ce mauvais pas et que son intervention aurait pu être au contraire très dangereuse pour eux tous, il ne faisait que répéter :

– Je ne comprends pas, c'était… plus fort que moi, mes yeux se sont fermés, je n'aurais jamais dû… je devais être là, mais c'était irrésistible, si fort, si puissant…

Il se retourna en larmes vers la jeune fille :

– Belle Louna, comment vas-tu ?
– Bien, je vais bien. Je me sens reposée et parfaitement dispose. Nous pouvons y aller.
– C'est impossible, tu n'as pu récupérer aussi vite. Nous ne devons pas présumer de tes forces.
– Mais je t'assure Jamyang, je vais très bien.

Pour prouver ses dires, elle se releva d'un bon. C'est alors qu'elle s'aperçut qu'ils étaient toujours dans la neige. Autour d'eux, la tempête avait cessé, laissant place à un paysage nouveau, bouleversé par l'infinie masse blanche accumulée et pétrie par le vent depuis des heures.
Le jeune moine se rapprocha :

– Dis-moi, comment as-tu compris que j'avais besoin d'aide ?
– C'est… Shu !
– Shu ? répéta-t-il interloqué, comme si la mention de ce nom avait remué un souvenir profondément enfoui en lui.
– Oui, c'est lui qui m'a dit ce qu'il fallait faire et comment le faire, il savait j'en suis certaine que j'en étais capable sans risquer ma vie.

– Je ne sais qui est ce Shu, mais il nous a tous sauvés, et surtout il a su te préserver malgré ce qu'il t'a fait entreprendre… la transmission d'énergie est réservée aux grands initiés, non seulement elle est très difficile, mais surtout la personne qui la transmet peut en mourir, si elle se démunit au-delà de la limite, elle peut ne plus avoir suffisamment de force pour faire fonctionner ses propres organes vitaux…
Enfant de lune, tu es bien l'élue. Tu étais la seule qui pouvait accomplir ce miracle.

Louna regarda le jeune moine droit dans les yeux, elle vit briller dans ses prunelles le même feu qui animait le regard de son ami d'enfance, il vivait en lui, c'est lui qui l'avait guidée pour se sauver lui-même et la sauver d'une mort certaine, il était là tout près, elle en avait la certitude à présent : il était Jamyang.

Elle se remémora soudain ce qu'il lui avait dit le jour de son anniversaire : « Je serai toujours près de toi ». C'était donc ainsi qu'il la protégerait et l'aiderait à présent. Elle ne savait pas par quel miracle il était devenu celui qu'il était à présent, mais cela l'intéressait peu pour le moment, Shu était avec elle comme il l'avait toujours fait, et même avec un autre visage, une autre identité elle l'aimait, c'était là tout ce qui lui importait. Elle était sûre que si elle se sentait si bien malgré cette épreuve, c'était encore grâce à lui, il avait dû lui insuffler sa force vitale retrouvée pour la ressourcer. Elle reprit alors toute son assurance.

– Nous devons partir, vous avez raison. L'armée chinoise a dû se remettre en route également, et plus vite nous aurons quitté le Tibet, mieux cela vaudra.

Louna ramassa le manteau du jeune homme sur lequel elle était assise et le lui rendit. Puis se chargeant de son sac elle sortit son médaillon et tendit la main à ses amis.

Quelques minutes plus tard, ils repartirent mi-courant mi-volant à travers l'étendue immaculée qui se dressait à perte de vue. C'était une vision merveilleuse que ce jeune moine, cette belle jeune fille et l'enfant, glissant sur les pentes enneigées, tantôt s'envolant véritablement dans les airs, tantôt rasant de si près la neige que d'immenses gerbes de poudre blanche jaillissaient de leurs talons.

En fin de journée, ils atteignirent le col de Chomo lhari, sur la route de Phari. Après cette ville, se trouvait la frontière indienne. Ils y étaient presque. Ensuite, il leur suffirait de se rendre dans la ville la plus proche possédant une gare ferroviaire, pour relier Delhi, et de là, ils prendraient l'avion pour la capitale du Tamil Nadu. En moins d'une dizaine de jours, cela devait pouvoir se faire. Les Chinois ne devraient pas les poursuivre en Inde à moins de violer les accords de paix entre leurs deux pays. Les trois voyaient donc la frontière arriver comme une délivrance.

Les jours suivant se passèrent sans événements notoires. Enfin ils arrivèrent au petit village de Phari où ils furent royalement accueillis par tous, les enfants sautaient autour d'eux, n'ayant pas vu « d'étrangers » dans leur village depuis des années.
Les villageois leur offrirent de la nourriture, des boissons, en échange Jamyang bénit tout le monde. Cela prit un peu de temps, mais la joie véritable de ces gens ne leur fit pas regretter le long moment qu'ils passèrent auprès d'eux.
Tashi retrouva pour quelques heures des enfants de son âge avec qui il s'amusa comme un fou, Louna se vit offrir des tissus de laine tissés au village par les femmes, tandis que tous défilaient un à un devant le moine.
Un instant, l'adolescente pensa à Philippe et Camilla, regrettant qu'ils ne puissent partager ces moments avec elle.
Tout était merveilleux, la chaleur de l'accueil, les sourires et les éclats de rire des enfants, le regard sérieux du jeune moine

officiant, la douceur des femmes avec elle. Le chef du village leur avait aussitôt offert, le gîte, et le couvert. La jeune fille se sentait bercée par tout cela. Elle ferma les yeux tout doucement et s'endormit.

Chapitre 8

L'enlèvement.

Une lumière ocre dansait devant ses yeux, Louna la suivit, attirée par son ondulation lancinante, elle devenait plus grande, plus intense, sa couleur changeait imperceptiblement. Au fur et à mesure qu'elle s'en rapprochait sa densité se renforçait, elle devenait presque palpable, d'un rouge absolu. Au moment où elle tendit la main pour la toucher, la couleur pivota sur elle-même, dévoilant sous la masse écarlate un visage blafard, grimaçant aux dents longues et acérées.
C'était la seconde fois qu'elle rencontrait un des gardes du Maître des Maîtres et se rappelait très bien de ces êtres ignobles.

Elle hurla dans son sommeil, se sentit secouée de toutes parts, il la tenait, il l'attirait, elle avait si peur… soudain elle entendit une voix douce à son oreille :

– Fille de lune, calme-toi ! Tu dois anéantir ce garde, c'est la seule solution pour toi, il t'a attirée à lui, nous ne savons pas où tu es, nous ne voyons rien autour de toi, tu dois nous permettre de voir pour pouvoir te retrouver, Louna écoute-moi bien, tu dois y arriver…

– Shu, où es-tu ?
– Écoute-moi, tu as Lilouya avec toi ?

– Oui !

– Sors-le et mets-le sur ton sein, comme le soir dans ta chambre où il t'a reconnue.

Elle avait du mal à attraper son médaillon, le garde la tenait serrée contre lui, elle ne voyait rien autour, seule sa grosse tête affreuse emplissait son champ de vision.

– Je n'y arrive pas, il m'écrase contre lui, je ne peux pas bouger !
– Tu dois y arriver avant qu'il ne t'attire dans la nébuleuse... tu disparaîtrais avec lui, sois forte...

La voix de Shu était devenue fébrile. La jeune fille réfléchit rapidement, elle devait feinter le garde. Renonçant à se débattre, elle décida de le suivre docilement. Elle ne voyait toujours rien autour d'elle et ne pouvait communiquer aucune information à ses amis. Soudain, derrière la tête du garde, se dressa un immense tourbillon noir parsemé de fils luisants, comme d'immenses tentacules phosphorescents, l'ensemble faisait un bruit monstrueux... la nébuleuse.
Elle réussit à entrevoir d'autres têtes de gardes dont les faces grotesques étaient déformées par la convoitise, elle se sentit frissonner de tous ses membres. Celui qui la tenait s'arrêta enfin devant l'immense machine. Au moment où il s'apprêtait à sauter à l'intérieur et l'emmener vers une sinistre destination, profitant d'une seconde de distraction sans doute due à la certitude de la victoire, la jeune fille s'arracha à l'étreinte de son gardien et saisit le médaillon, le garde n'eut pas le temps de l'arrêter qu'elle l'avait posé sur sa poitrine. Un immense coup de tonnerre retentit, le médaillon venait de cracher tous les feux de l'enfer sur la nébuleuse. Celle-ci ralentit son tourbillon, les tentacules luisants jaillissaient de tous les côtés, venant s'écraser au sol

dans des explosions effroyables. Louna ne bougeait plus, pétrifiée par le spectacle qui s'offrait à elle. De nombreux gardes étaient à terre, touchés par les tentacules de l'immonde engin, l'un d'entre eux s'était enroulé *autour de son ravisseur et l'enserrait de plus en plus fort, le brûlant de sa matière incandescente. Le trou noir continuait à se désagréger, il ne restait à présent qu'un tourbillon de poussière qui s'emballait de plus en plus.*
Soudain, de la situation horizontale il se mit à la verticale, provoquant un formidable cyclone qui s'approchait de la jeune fille à une vitesse fulgurante. Terrorisée, elle tenait toujours le Lilouya à bout de bras, de celui-ci partaient des rayons de lumière qui semblaient contrarier le monstre, comme hésitant sur la route à suive face à cet obstacle imprévu, le cyclone se balança un moment puis s'éloigna à la vitesse de l'éclair vers d'autres horizons, ravageant tout sur son passage.
La jeune fille voyait à présent où elle était, tout était incendié, déraciné, écrasé. Lilouya avait anéanti la nébuleuse mais celle-ci en mourant avait totalement dévasté ce qui l'entourait. Les gardes gisaient morts sur le sol, brûlés et étouffés.
Louna était seule perdue. Une immense terreur commençait à l'envahir quand elle entendit une voix rassurante près d'elle :

– Fille de lune...

Elle se retourna en tremblant. Près d'elle se trouvait Shu. Elle se jeta dans ses bras.

– J'ai eu si peur... dit-elle en éclatant en sanglots.

Le jeune homme la serra fort contre lui, comme il ne l'avait jamais fait auparavant. Il ne le lui dirait jamais, mais lui aussi avait eu très peur. Il avait bien failli la perdre car il avait sous-estimé l'ennemi. Le garde avait bloqué l'esprit de son amie afin qu'elle ne puisse comme la première fois, leur envoyer d'images leur permettant de la localiser, mais ce qui l'inquiétait plus que tout, était qu'ils avaient remis en fonctionnement la nébuleuse, même si celle-ci avait été aujourd'hui sérieusement endommagée, elle serait recréée, ce qui signifiait que les serviteurs du mal noir s'étaient de nouveau réunis et avaient commencé leur sombre travail. S'ils restauraient petit à petit les portes des ténèbres, la venue de leur Maître à tous ne devait plus être très lointaine. Ils devaient se dépêcher !

– Shu... Louna tourna vers son ami un visage sillonné de larmes... comment m'as-tu retrouvée ?
– Dès que tu as pu voir autour de toi, j'ai su où tu étais.

Elle ne comprenait pas du tout comment il avait pu la retrouver juste en voyant ce paysage désolé, mais elle n'avait pas envie de davantage d'explications. Shu était là, près d'elle, c'était si bon de le revoir.

– Viens, il est temps de rentrer.

Il lui prit la main, effleura le cristal accroché au cou de sa compagne et en un éclair, elle se retrouva allongée exactement où elle était avant de s'endormir.

Près d'elle se tenait Jamyang, assis, lui tenant la main. Il se réveillait en même temps qu'elle et lui sourit. Ils ne se dirent pas un mot, mais l'un et l'autre savaient à présent. Ils partageaient un secret qu'ils ne comprenaient pas bien, mais ils se doutaient devoir un jour l'affronter.

Ils se regardèrent longuement, finalement, le jeune lama baissa les yeux le premier. Il venait de découvrir en lui un être qu'il ne connaissait pas et qu'il ne maîtrisait pas. Il savait cette personne liée très fortement à la jeune fille, mais n'osait encore chercher à savoir comment et pourquoi. Sa position de moine lui rendait cette nouvelle face de son être encore plus difficile à percevoir. C'était trop compliqué, il y repenserait plus tard. Il sentait qu'il avait beaucoup de choses à apprendre de cet autre qui vivait en lui, mais il ne se sentait pas le courage de le faire si vite.

Louna mit quelques instants à comprendre que le village entier était massé autour d'eux. Le spectacle aurait été amusant pour tout autre que les protagonistes de notre histoire. Les femmes et les enfants étaient blottis dans un coin, le regard affolé, tandis que derrière Tashi qui avait sorti son épée, se tenaient les hommes, armés jusqu'aux dents de tout ce qui leur était tombé sous la main. La jeune fille jeta un regard timide autour d'elle. Ils la regardaient avec des yeux éblouis, aussi inquiets qu'admiratifs. Soudain, le chef se détacha du groupe, s'avança vers elle, s'inclina et un à un les villageois l'imitèrent.

– Tu ne dois pas être gênée, lui dit le petit garçon sentant le malaise de son amie. Tu es l'élue, ils le savent à présent par ce qui vient de se passer. Les anciens du village leur avaient prédit que tu viendrais ainsi que ce qui vient de se passer. Ils n'y croyaient pas vraiment. Cela fait des générations que tu fais partie de leurs légendes, de leurs contes, de leur vie. Aucun d'eux ne pensait te rencontrer un jour, je crois qu'ils n'imaginaient pas que tu existais vraiment... qui l'aurait cru d'ailleurs, tout cela est tellement fou... quoi qu'il en soit, c'est un honneur immense pour eux, et tu dois l'accepter.

Pendant ce temps, Jamyang s'était relevé.

– Il est temps de partir à présent, les gardes sont des êtres redoutables. Tashi m'a dit les avoir combattus une fois déjà. Ils sont à notre recherche et si ceux-là ne peuvent plus grand-chose contre nous, d'autres viendront, mieux préparés, mieux armés, peut-être même savent-ils où nous sommes et où nous allons puisqu'ils ont pénétré l'esprit de Louna.

Le chef du village se leva et s'approcha de la jeune fille.

– Merci enfant de lune d'être passée dans notre village, sache que tu seras toujours la bienvenue ici, comme une reine en son royaume.

L'élue s'inclina à son tour et remercia chaleureusement le vieil homme. Celui-ci délégua six hommes parmi les plus forts et les meilleurs guerriers pour les accompagner jusqu'à la ville la plus proche. De là, ils pourraient prendre un train pour rejoindre Delhi.

Une fois les adieux terminés, toute la troupe, beaucoup plus nombreuse cette fois reprit le chemin vers la frontière. Ils poussèrent tous un soupir de soulagement en passant en Inde, ils étaient sauvés !

Il leur fallut plus de temps pour parvenir jusqu'à Darjeeling car ils ne préférèrent pas se servir du médaillon.
Enfin, ils arrivèrent en vue des premières maisons. Il était encore très tôt quand les hommes du village les laissèrent sur les hauteurs surplombant la ville.

Située au nord du Bengale occidental, perchée à plus de 2000 mètres d'altitude, Darjeeling était entourée de théiers. Le paysage était féerique. Après des jours et des jours de neige, la couleur vert anis des plantations de thé se détachant sur les pics enneigés du Kanchenjunga les réconforta et leur mis du baume au cœur. Un instant ils en oublièrent toutes les péripéties de leur voyage pour s'abandonner à la contemplation des splendeurs naturelles. La pose fut de courte durée, il fallait continuer, rejoindre au plus vite la gare ferroviaire qui les emmènerait à New Jalpaiguri où de là, ils pourraient prendre un train pour Delhi. Louna regrettait déjà de ne pouvoir rester dans la ville plus longtemps.

Celle-ci se situait sur le versant d'une colline et présentait un dénivelé de 500 mètres. La circulation se faisait par un réseau compliqué de petites rues et d'escaliers dont tous les trois se seraient bien passés après tous ces jours de cavalcade. Le petit trio ne suscitait pas autant d'attention qu'à Phari et ils purent arriver discrètement jusqu'à la gare. Jamyang se chargea des billets, l'unique train de la journée partait à 9 h 10, quelle chance d'être arrivés si tôt !

Pendant ce temps, Louna et Tashi s'arrêtèrent un moment dans une petite gargote pour siroter un soda.
Il régnait ici une effervescence dont ils avaient perdu l'habitude. La température ambiante était plutôt douce, ils avaient donc retiré leurs gros vêtements pour ne garder qu'un fin lainage.

La jeune fille jeta un coup d'œil autour d'elle, le café était presque vide, tout le monde s'activait dehors, ils étaient pratiquement les seuls clients. Soudain son regard tomba sur un ordinateur. Si elle pouvait consulter ses mails et en envoyer ce serait formidable, sa famille devait être morte d'inquiétude ! Elle se dirigea vers le serveur et lui demanda si elle pouvait se servir d'Internet. L'homme la regarda, surpris de voir une femme étrangère et si jeune de surcroît, parler si bien sa langue. L'adolescente, quant à elle, ne se posait plus de questions à ce sujet, elle avait admis cela comme un don supplémentaire, et en était plutôt contente.

– Oui, lui répondit-il, c'est cinq dollars la demi-heure.

Elle accepta sans discuter ce prix exorbitant.

– Je commence tout de suite.

Il lui connecta la machine et la jeune fille se rendit directement sur sa messagerie.

– Que fais-tu ? lui demanda Tashi qui venait de la rejoindre.
– Je consulte mes mails.
– Qu'est-ce que c'est ?
– Des lettres de mes amis que la machine me donne.

Le petit garçon avait l'air fasciné, c'était la première fois qu'il voyait un ordinateur, s'il avait été instruit de beaucoup de choses, celle-ci n'en faisait manifestement pas partie.
Elle avait sept mails, cinq de ses parents, un de sa sœur et un de son ami François. Elle commença par ses parents. Elle ne s'en était pas rendu compte, mais cela faisait plus de deux semaines qu'elle était partie et qu'ils étaient sans nouvelle. Elle s'empressa de leur répondre.

Son père était fou d'inquiétude et préparait son voyage pour la retrouver. Louna le rassura du mieux qu'elle pu, ne racontant aucune de ses aventures, mais l'informant que son enquête avançait. Elle lui dit être à Darjeeling et partir pour le sud de l'inde, ce n'était pas la peine qu'il vienne, elle s'était fait des amis très chers qui veillaient sur elle et qui l'accompagneraient un moment, de plus elle ne pouvait l'attendre. Elle lui dit qu'elle les aimait très fort, que ce n'était pas toujours évident de trouver soit des ordinateurs, soit un endroit pour se connecter avec le sien (qu'elle avait d'ailleurs complètement oublié jusque-là), et que dès qu'elle le pourrait elle leur renverrait des nouvelles. Elle posta le tout.

Sa sœur lui racontait les anecdotes de la maison, ses bêtises, La jeune fille fit des bons en apprenant qu'elle avait un petit ami de dix-sept ans. Décidément, elle avait vraiment décidé de grandir vite.

Tashi lui demanda ce qui était écrit, puis ce que c'était qu'un petit ami. Ils en étaient à de longues explications sur le sujet quand Jamyang revint avec les billets.
Elle se repencha aussitôt sur l'ordinateur pour rapidement lire le dernier message.

– Nous partons dans 35 minutes, il ne faut plus trop traîner à présent.
– J'arrive !

Voyons rapidement ce que François lui disait.

« Salut poupée, j'espère que tu t'éclates bien en Asie... hum... pas de folies j'espère ! (Ça c'était lui tout craché). *Bon, j'ai fait quelques recherches, sur ce que tu sais, je te les passe en pièce jointe. J'ai tout sécurisé. Il faut un mot de passe, rappelle-toi notre première rencontre. Une fois que c'est ouvert, tu as cinq minutes pour imprimer et tout disparaîtra. À toi de jouer poupée. Je t'embrasse. François »*

Leur première rencontre ? Quel mot de passe avait-il bien pu inventer. Elle se retourna vers ses compagnons.

– J'ai reçu des documents qui concernent ce que nous recherchons. Il faut que je les imprime, c'est très important.
– Je vais demander au serveur si c'est possible, dit Jamyang.

Il réapparut un instant après, portant une vieille machine.

– C'est ça leur imprimante ?
– Tu sembles oublier que nous ne sommes plus vraiment à Paris !
– C'est le moins que l'on puisse dire ! En attendant, il faut qu'elle fonctionne, car je ne pourrai plus rouvrir le document après.
– Nous allons d'abord la tester.
– J'imprime son message, ça y est, c'est branché ?
– Oui, je crois, le type m'a dit de me débrouiller, il ne savait pas comment faire mais ce n'est pas très compliqué… ça y est !
– Je lance…

Il y eut quelques minutes de silence, puis la machine émit un bruit énorme. Enfin, au bout de quelques instants, la lettre de François apparut en vieille encre délavée sur le papier.

– C'est bon, je vais essayer d'ouvrir. Alors voyons voir, notre première rencontre... c'était au collège, en 4ème… mais il ne s'est rien passé de spécial… je ne vois pas…oh, elle devint un instant toute rouge… ça ne m'étonnerait pas que ce soit ça !

Louna se remémorait la fameuse sortie scolaire au bord de la mer, évidemment elle avait eu besoin d'aller… hum enfin, voilà, et au moment de tirer la chasse d'eau – précisons qu'il s'agissait de toilettes à la turc – eh bien celle-ci l'avait aspergée jusqu'aux genoux. Elle s'était retrouvée trempée, et à l'instant même où elle poussait un rugissement furieux, elle entendit un juron terrible dans les toilettes voisines. François et elle s'étaient retrouvés ensemble dehors, tous les deux dans le même état et verts de rage. On peut dire que c'est ainsi qu'a commencé leur amitié : en faisant face à l'adversité, – entendez les rires de l'ensemble de la classe ! –

Elle était sûre que c'était à ce moment-là que pensait son ami, mais maintenant il fallait retrouver le mot de passe… Ses deux

amis la regardaient rire toute seule, intrigués, mais pour rien au monde elle aurait pu leur raconter cela.
Elle tenta la ville de cette mémorable sortie : Deauville, mais rien ne se produisit. À moins que ce ne soit le nom du club de voile... les... les... nom d'un p'tit bonhomme, j'ai un trou, je ne m'en rappelle plus.

– C'était quoi, un nom propre, un nom commun ?
– Un nom d'animal...
– Marin ?
– Je crois, mais je n'en suis plus sûre !

Tashi la regarda en souriant :

– Moi j'en connais plein : les éléphants, les zèbres, les lions, les girafes, les mammouths, les ours, les phoques, les dauphins... Les ornithorynques ?
– Je sais... je me souviens à présent, ça s'appelait les cachalots, il avait fait une blague d'ailleurs sur une dame à la plage, qui aurait pu faire de la réclame pour le club.
– Ce n'est pas très gentil !
– Non, mais on a bien ri... Puis grimaçant devant l'air désapprobateur de Jamyang, bon ! Bon ! C'est vrai ! Ce n'était pas très chic, mais il est comme ça François, il a un humour un peu grinçant...

Louna tapa fébrilement le mot « cachalot » et le document s'ouvrit aussitôt. Elle n'eut que le temps de lire quelques lignes, « dossier de Louna Johns, top-secret... » et commença l'impression du texte. La machine était très lente et la jeune fille commençait à se demander s'ils avaient bien fait de faire ça ici. Si dans cinq minutes tout n'était pas terminé, ils perdraient définitivement les documents. Elle avait sa montre collée à son

œil et commençait à sentir des gouttes de sueur lui couler entre les seins. Il fallait absolument qu'elle ait tout !
Trois minutes 27 – 28 – 29, viiite ! Dépêche-toi fichue machine !
Enfin elle passa au document suivant, beaucoup plus court... impression, voilà, ça devrait être bon. La machine s'arrêta enfin à quatre minutes 49, ouf ! Tout était tiré.
Elle se jeta fébrilement sur les pages. Elles étaient difficilement lisibles, mais ça passait. Au moment où elle regarda de nouveau son ordinateur, tous les documents avaient disparu, il était moins une. Elle les empocha et se dirigea vers la caisse pour régler le serveur.

Quinze minutes plus tard, ils étaient installés dans un train miniature absolument charmant. Il était prévu qu'ils arrivent à New Jalpaiguri vers 17 h 20, mais on les avait prévenus que le train pouvait prendre du retard. Des pierres tombaient régulièrement sur la voie, ou bien, dans une version moins drôle il arrivait que des glissements de terrain coupent la liaison pour un temps indéterminé.

Tous les trois firent une petite prière intérieure pour arriver à bon port en temps voulu. Enfin, la vieille locomotive bleue commença à crachoter de la fumée, le départ se précisait. Quelques minutes plus tard, le petit convoi s'ébranla sur les hauteurs de la montagne. Le paysage était merveilleux. Le vert des plantations de thé tranchait sur le bleu et le blanc des montagnes, tandis qu'un ciel azur translucide enfermait le tout dans un écrin vaporeux.

Le voyage se passa sans incident et près de huit heures plus tard, ils embarquaient dans le North East express à destination de Delhi. Louna n'avait pas encore sorti les documents qu'ils venaient d'imprimer. Elle en mourrait d'envie, mais préférait les consulter seule. Ses compagnons semblaient avoir compris son désir, car aucun lui demanda de les lire.

Le trajet jusqu'à Delhi durait 33 heures et la jeune fille se disait qu'elle aurait bien un moment pour savoir ce que les services secrets avaient comme information sur elle, car elle se doutait que son ami avait été récupérer les documents qu'ils n'avaient pu obtenir la première fois.

Elle s'absorba alors dans la contemplation des passagers qui montaient à bord du train. La plupart avaient un nombre de paquets incalculable. Tous croulaient sous les charges qu'ils transportaient dans des contenants très divers. C'est alors qu'elle remarqua les trois hommes. Ils n'avaient comme bagage, en tout et pour tout qu'un minuscule sac, que portait le plus petit d'entre eux. Ils semblaient bizarres, guettaient à droite, à gauche, ne semblaient pas décidés, soudain, le plus petit regarda dans sa direction, elle se dissimula derrière un petit rideau, mais il l'avait vue. Il échangea quelques mots avec ses compagnons et ils se séparèrent. Elle eut juste le temps d'en voir un ralentir près d'un groupe de quatre autres hommes un peu plus loin, puis tous s'éloignèrent vers la gare.
Louna n'était pas très physionomiste, mais elle était sûre que ces hommes n'étaient ni indiens, ni tibétains, ni népalais, et surtout qu'ils avaient vraiment, mais alors vraiment, le type chinois. Elle secoua ses compagnons qui commençaient à s'assoupir.

Les Chinois... je crois qu'ils nous ont retrouvés. Tashi se redressa aussitôt en entendant cela, tandis que le jeune moine se penchait à la fenêtre. Il n'avait pas plutôt passé la tête qu'il tomba sur un des Chinois qui revenait. Il se rejeta précipitamment dans le compartiment et regarda ses compagnons :

– Ils ne feront sûrement rien dans le train, mais leur attitude indique clairement que c'est nous qu'ils pistent. Il faudra les semer à Delhi.

– Jamyang, demanda l'enfant, tu ne nous as jamais réellement dit ce qu'ils nous voulaient. Pourquoi nous recherchent-ils ? Est-ce moi ? Ou bien nous ? Tu… tu avais parlé d'une prophétie ?
– Tu as raison, il est temps que je vous dise ce que moi je sais.

Au même moment, le train s'ébranla. Le jeune homme vérifia que le compartiment était bien fermé et commença son récit :

– Je viens d'un monastère situé dans les plus hautes montagnes du Népal, le monastère de Shéschen. L'enseignement que j'y ai reçu était différent des autres moines, et très vite, j'ai su que j'aurais un rôle à jouer, une mission si vous préférez, c'est à cela que les supérieurs du monastère me préparaient, comme vous deux. Ils m'apprenaient tous les préceptes bouddhiques mais surtout, les préceptes ésotériques du bouddhisme, les sciences occultes, j'étais initié dès mon plus jeune âge à des secrets que même les plus grands sages ne connaissaient pas. Tout cela me parut tout de suite très familier. J'apprenais sans peine, et je retenais tout, c'était comme si je rafraîchissais ma mémoire un peu engourdie. On m'a également enseigné les arts martiaux, et l'on m'a donné des armes qui reposaient dans le monastère depuis très longtemps.

Le petit garçon cligna des yeux, cette histoire lui rappelait en beaucoup de points la sienne, mais il n'interrompit pas son ami.

– Ce n'est qu'à dix-sept ans, ton âge enfant de lune, que l'on m'a éclairé. Je suis la 1000ème réincarnation de l'un des plus grands sages et rois que la Terre ait connu, le roi des Rois du pays disparu de Lyriati. Je sais à peu près ce que vous savez l'un et l'autre à ce sujet, mais rien de plus, aussi je ne vous répéterai pas cette histoire… ce que j'ai découvert depuis peu… il regarda Louna intensément, c'est que son esprit, son âme vit en moi et qu'elle me guide… qu'elle nous guide tous.

La jeune fille ouvrit des yeux immenses, s'il disait vrai, il était alors la réincarnation de Shu, dès lors elle sut enfin qui était son ami de toujours : le roi de la légende, le Maître du pays de Lyriati... celui qui avait combattu et vaincu une première fois le *mal noir*... tout s'enchaînait parfaitement. Elle sentit ses mains trembler.

– Mais cette histoire vous la connaissez et vous devinez le reste... Ce que vous ne savez pas, c'est qu'il existe une seconde prophétie, rattachée à Tashi. Cette dernière a été révélée le jour de la naissance de l'élue, lors du commencement de tout, elle fut révélée dans quatre parties du monde, aux quatre points cardinaux. Il fut dit : « *Qu'un enfant pur comme le cristal né de la glace et de la lumière renaîtrait sur le toit du monde, pour être le joyau qui sauverait le pays en péril et anéantirait les envahisseurs.* » Nous connaissons deux des quatre lieux où cette prophétie a été entendue, et c'est moi qui ai reçu l'une d'elles alors que j'étais enfant. Je méditais seul dans une des cellules monacales du monastère, quand un oiseau merveilleux est arrivé vers moi. Il venait de nulle part, car il n'y avait aucune fenêtre par laquelle il aurait pu entrer et la porte était fermée. Il s'est posé devant moi et m'a regardé avec de grands yeux bleus translucides. Je n'avais jamais rien vu d'aussi beau, d'aussi gracieux auparavant. Il m'a salué et m'a dit qu'il était porteur d'un message. C'est alors qu'il m'a révélé cette prophétie, puis il a ajouté que nous retrouverions facilement cet enfant car en sa présence, la lune et les étoiles souriaient.
Puis l'oiseau s'est approché de moi, il m'a effleuré la main de son aile avec un regard mélancolique et a disparu dans un arc-en-ciel. J'ai aussitôt rapporté ce qui s'était passé au grand Rinpoché, qui m'a dit que quelqu'un d'exceptionnel allait naître, qu'il faudrait alors partir à sa recherche. Le lama s'est enfermé seul pendant plusieurs heures, puis, à la nuit tombée, il nous a tous

réunis. Il nous a dit qu'un enfant à la destinée exceptionnelle naîtrait dans sept ans, car le cristal décompose la lumière en sept couleurs, une pour chaque année de sa gestation. Que l'événement se produirait au printemps quand la lumière du soleil rencontre la glace de l'hiver, et qu'il faudrait le trouver sur la plus haute montagne de l'Himalaya. Il nous a dit également, qu'un grand danger menaçait la Terre, car dans les textes anciens, le pays n'a pas la même signification que pour nous, il est synonyme du monde terrestre. Il avait l'air préoccupé et a beaucoup insisté sur l'importance de retrouver l'enfant, puis il s'est dirigé vers la bibliothèque du monastère et n'en est pas sorti pendant dix-sept jours.

Durant tout ce temps, il n'a ni bu ni mangé, il est resté à étudier les livres. Quand il est revenu parmi nous, il m'a convoqué, et m'a dit qu'un événement exceptionnel et terrible se préparait. Que j'allais jouer un rôle dans tout cela et qu'à partir de maintenant, je devrais me tenir prêt, travailler chaque jour encore plus dur, car tout ce qui serait perdu pour moi le jour du commencement serait perdu pour tous. Sept ans après, une expédition de lamas partait à la recherche de l'enfant, guidée par la lune et les étoiles. On ne me permit pas d'y aller, mais je me souviens parfaitement du récit que m'en fit le grand lama.
Le temps était gris et nuageux pour la saison, le ciel bas et il faisait très froid, le printemps venait juste de débuter. Les moines montèrent très haut dans les montagnes, le voyage dura des jours et des jours, il y eut de nombreux lieux où le chercher et il fallut tous les visiter. Ils virent de nombreux nouveau-nés, mais à chaque fois, ils surent que ce n'était pas encore lui. Quand, un jour, en arrivant en vue d'une maison, perdue, isolée à flanc de montagne, un rayon de soleil perça le ciel venant illuminer la neige, puis un second et un troisième. En quelques instants, le ciel s'était totalement dégagé, ils pouvaient voir briller côte à côte le soleil, la lune et des milliers d'étoiles qui dansaient tout autour.

L'atmosphère devint surréaliste, les moines eurent presque du mal à avancer tant la lumière était forte, les aveuglant de toutes parts. Soudain, semblant émaner de la maison, comme un pont pour venir les guider, un immense arc-en-ciel s'éleva sous leurs yeux éblouis, se posant juste à leurs pieds. Les moines suivirent la route ainsi indiquée et frappèrent à la porte de la maison. Une jeune femme apparut, un nouveau-né dans les bras. Personne ne prononça un mot, elle leur ouvrit grand la porte, une table emplie de victuailles était adossée au mur du fond de la pièce. Enfin, la mère de l'enfant leur dit : " Nous vous attendions, soyez les bienvenus pour fêter la naissance de notre fils. Mon mari est parti chercher du bois pour faire du feu, il ne saurait tarder." Quand le père de Tashi fut revenu, ils appelèrent la grand-mère qui vivait dans une maison à côté, puis tous mangèrent de bon cœur en se réchauffant près du feu. À la fin du repas, les moines voulurent tous bénir l'enfant. Ils le dénudèrent pour les cérémonies, quand sous leurs yeux ébahis, apparut sur sa jambe minuscule, un dessin arrondi renfermant une multitude de petits grains de beauté. Chacun des moines, pour l'avoir longtemps contemplé dans des manuscrits reconnut le Lilouya. Il n'y avait plus aucun doute, ils avaient bien trouvé l'enfant qu'ils cherchaient. Le lendemain, tous repartirent porter la nouvelle au monastère, vous connaissez la suite.

Louna regarda le petit garçon :

– Tu as Lilouya représenté sur le corps, c'est incroyable ?
– Je n'avais jamais réellement fait attention à cette marque, de plus, je n'avais jamais vu le Lilouya avant ton arrivée...

Elle sortit aussitôt le bijou et le petit garçon remonta une jambe de son pantalon jusqu'au genou. La pierre et la tache étaient exactement de la même forme, les grains de beauté indiquaient parfaitement l'emplacement des perles de turquoise, et un plus gros indiquait l'emplacement de la cavité.

– Le trou dans le bijou, cela signifie-t-il qu'il manque une pierre ? demanda soudain Tashi.
– En réalité, il en manque une des deux, lui répondit Jamyang. Une pierre pour répandre le mal et dominer par la terreur, la pierre noire : le « Ni », une autre pour la paix et le bonheur : l'émeraude : le « Yi ». La première sortit du ventre même du *mal noir*, était imprégnée de tout son être maléfique, la seconde fut créée par les fées de la montagne céleste pour combattre le « Ni ». Réalisée dans les profondeurs de la Terre elle a pour pouvoir de renvoyer les sorts néfastes, chasser les démons, calmer les tempêtes et apporter le calme et la quiétude. Selon que l'une ou l'autre des pierres sera replacée sur le Lilouya, le destin des hommes et du monde sera différent...
– Et où sont ces pierres ? demanda Louna.
– Nul ne le sait, malheureusement.
– Et l'ennemi, sait-il lui où est la pierre noire ?
– Je n'ai pas non plus de réponse à cette question fille de lune... tout ce que je sais, est que nous possédons le Lilouya et qu'à aucun prix, si ce n'est celui de notre vie à tous nous ne devons le laisser aller.

Elle le dévisagea longuement, inquiète, puis reprit :

– Tu ne nous as pas dit où avait été faite la seconde prophétie, et pourquoi nous étions poursuivis par l'armée chinoise ?
– Ni comment tu as pu nous prévenir à temps ? ajouta l'enfant.
– La seconde prophétie fut reçue par un mage très proche des plus hautes autorités gouvernementales chinoises, connu sous le nom de Sinchoo Wong Chen. Nous pensons qu'elle est en tout point identique à celle que je reçus, mais pour une raison que je m'explique mal, ils trouvèrent Tashi il n'y a que peu de temps. Ce que nous soupçonnons, est qu'ils ne connaissaient pas le véritable sens de cette prophétie et qu'ils l'interprétèrent à la lumière des

problèmes politiques entre leur pays et le Tibet. Il est probable qu'ils voient en lui un libérateur pour son pays oppressé, un guide qui risquerait de leur poser des problèmes dans l'avenir. C'est pour cette raison qu'ils le cherchent, et lui seul, je doute qu'ils aient les moindres connaissances sur le *mal noir* et sur notre quête. Cependant, cela nous oblige à tenir compte d'ennemis supplémentaires, et nous n'avions pas besoins de cela.
– Il n'y a donc aucune coïncidence quant à leur arrivée le soir où mes parents et moi avons retrouvé l'élue ?
– Je me suis également posé cette question, je serais tenté de penser que non, mais nous ne savons rien sur ce mage chinois, sur ses pratiques, ses relations... il peut appartenir à une secte dévolue au mal, comme il peut être un mage isolé travaillant à l'occasion pour le gouvernement. La seule chose que nous puissions faire pour le moment, est de ne les sous-estimer sur aucun point et de nous en débarrasser le plus rapidement possible.
– Pour ça, je suis d'accord, je n'aime ni leur tête, ni leurs airs de conspirateurs !

Louna imita un des hommes qu'elle avait aperçu par la fenêtre ce qui fit rire leur jeune compagnon. Puis Tashi reprit la parole :

– Comment nous as-tu retrouvés ?
– J'ai reçu un appel dans mon sommeil.
– Comme moi la première fois que j'ai rencontré l'élue.
– Vous étiez en danger, je voyais l'armée avancer vers vous très nettement, je devais y aller. Mes pas me guidèrent instinctivement dans la bonne direction... comment ? Je n'en ai aucune idée, quant à ce rêve, je crois que je commence à savoir d'où il vient... où plutôt de qui il vient...

Il regarda la jeune fille qui baissa la tête.

Jamyang continua :

– Nous sommes en sécurité jusqu'à Delhi. Le train est bondé, et ils n'oseront rien faire jusque-là. Par contre il est fort possible qu'un comité d'accueil soit en place à l'arrivée, il faudra nous débrouiller pour leur glisser entre les doigts.

Le voyage se passa sans incident comme prévu. Louna tournait et retournait fébrilement les documents imprimés dans sa poche sans oser les regarder. Elle savait que l'un d'entre eux au moins la concernait et était très inquiète de ce qu'elle allait y trouver. Profitant d'un moment d'assoupissement de ses compagnons, enfin elle les posa sur ses genoux. Il y avait quatre pages. Trois la concernaient, la quatrième était couverte de signes incompréhensibles. Elle commença avidement sa lecture :

« Louna Camilla Imman Johns née à Paris le 21 mars 1991, de sexe féminin. Cheveux blonds, yeux noirs. Particularité : type sinisant. Teint mat. Taille : 1 m 66. Poids : inconnu. Profession : étudiante. Situation de famille : célibataire. Fille naturelle de Charles Albert Joshua Johns (né à Londres le 27 novembre 1945, de sexe masculin. Cheveux bruns, yeux noirs. Particularité : type sinisant. Teint mat. Taille : 1 m 87. Poids : inconnu. Profession : archéologue et chercheur – spécialiste des pays asiatiques : Inde, chine, Népal, Tibet, Pakistan, Asie du sud-est – . Situation de famille : célibataire) et de Lila Louise Parker, (née à Delhi le 31 octobre 1954, de sexe féminin. Cheveux blonds, yeux verts. Particularité : taches de rousseurs. Teint clair. Taille : 1 m 69. Poids : 49 kg. Profession : archéologue et chercheur – spécialiste des pays asiatiques : Inde, chine, Népal, Pakistan, Asie du sud-est – . Situation de famille : célibataire). Adoptée en 1993 par ordre du tribunal de grande instance de Paris par Camilla et Philipe Guenelec de Kerfissien (cf. dossier correspondant). »

Suivait une photo d'elle. Ces documents, elle les avait déjà vus à l'identique pour Charles et Camilla, les deux premières pages étaient donc sans intérêt. Voyons la troisième.
Commençait une longue description de ses études depuis la maternelle, les collèges et lycées qu'elle avait fréquentés, tous ses amis et même ses relations étaient mentionnés, les noms de ses professeurs et chacun était suivi de la mention « se référer au dossier correspondant ».

Le gouvernement possédait un compte rendu détaillé de sa vie depuis sa plus tendre enfance jusqu'à son départ au Tibet. La jeune fille n'en revenait pas. Toute sa vie avait été étudiée, analysées, rédigée et classée pendant dix-sept ans.

Elle eut un haut le cœur, comment ne s'était-elle rendu compte de rien ? Pas un instant elle n'avait été seule et jamais elle ne s'en était aperçue. Pourtant, personne ne l'avait importunée, ne lui avait posé de questions, ne l'avait enlevée comme ses parents adoptifs, elle avait vécu normalement avec un boulet énorme accroché au pied. Tout cela était incroyable !
Il n'y avait rien d'intéressant dans ce document non plus, si ce n'était le mal que s'étaient donnés tous ces gens pour la suivre pas à pas. Cela signifiait sûrement qu'ils étaient furieux de l'avoir perdue et la cherchait partout... à moins qu'elle ne leur ait pas du tout échappé et qu'ils soient toujours derrière elle ?

Louna releva doucement la tête, ses compagnons dormaient toujours et les autres passagers du wagon n'avaient rien d'agents des services secrets. Peut-être étaient-ils plus loin dans le train, où peut-être l'avaient-ils vraiment perdue. Et si leur mission était de la protéger plus que de la surveiller, cela expliquerait l'embarras de détails sur ses relations et que chacune de ces personnes soit fichée. Elle ne parvenait pas à savoir exactement ce que savait le gouvernement. Rien dans les dossiers qu'elle avait lus ne laissait penser qu'ils se doutaient de la moindre chose à propos du *mal noir*. Mais alors, pourquoi se donner toute cette peine ? Uniquement pour les tablettes ? Comment se douter qu'elle partirait à la recherche de ces tablettes ? Quelque chose lui échappait, elle le sentait bien. Il y avait quelqu'un qui en savait beaucoup plus long que tous ces rapports réunis et qui coordonnait ces opérations, mais qui ? Et que savait-il exactement ?

Quoi qu'il en soit, ils devraient également compter avec cette présence supplémentaire dans leur dos, protectrice ou non.
Louna prit le dernier document. Il était couvert d'étranges signes, de petites barres horizontales et verticales, formant des motifs. Toute la page était ainsi calligraphiée. Aucune autre écriture, aucune explication, rien qui ne lui permette de savoir de quoi il s'agissait. Peut-être que ses deux amis auraient une interprétation à cet étrange texte, mais pour cela elle devrait attendre un peu car l'un et l'autre dormaient d'un sommeil bien mérité. Demain elle leur en parlerait. Elle-même sentait bien ses yeux se fermer, elle ne pourrait résister plus longtemps. Elle ferma enfin les yeux et sombra à son tour dans un profond sommeil.

Chapitre 9

L'Hôtel New City Palace.

Un coup de frein brutal sortit louna de sa torpeur, suivi d'un long grincement assourdissant. Le train arrivait à Delhi, et l'approche de la ville se faisait au ralenti.

Ses deux compagnons étaient réveillés depuis longtemps. Elle rassembla ses affaires et tomba sur les documents de François, comme ils avaient un petit moment devant eux, elle décida de leur montrer dès maintenant. Tous deux saisirent avidement les papiers, ils avaient hâte de les consulter. Louna vit Jamyang froncer les sourcils, tandis que Tashi plissait les yeux. Ni l'un ni l'autre ne semblaient connaître ces signes.

– Alors, vous savez ce que c'est ?
– Non ! répondit le petit garçon.
– Pas vraiment non plus, dis le jeune lama à son tour, mais ça me rappelle les anciens traités divinatoires chinois, l'organisation en est similaire et ces signes s'apparentent de toute façon plus à l'écriture chinoise ou japonaise qu'indienne.
– Donc ?
– Donc rien, ajouta-t-il, je ne peux rien te dire de plus.

Le conducteur donna un coup de frein plus violent qui projeta la jeune fille contre la vitre.

– Zut ! Aïe !
– Ça va ?
– Oui, oui dit-elle en se frottant la tête, je crois que nous arrivons vraiment cette fois.
– Oui, et tu ferais bien de tout ranger tant que l'on ne sait pas ce que cela signifie.

Suivant ses conseils, Louna ramassa dans son sac le petit document.

Le train amorçait l'arrivée en gare de New Delhi. Aussitôt arrêté, Tashi scruta anxieusement le quai à la recherche d'un comité d'accueil, mais celui-ci était bien trop bondé pour pouvoir repérer qui que ce soit.

– Nous ne pouvons pas sortir ainsi ensemble, dit Jamyang. Ils recherchent trois personnes, un moine, une femme et un enfant, eh bien nous allons leur servir bien autre chose. Il regarda l'enfant :
– Tu vas te fondre au milieu d'une de ces familles qui sortent, quant à nous deux, nous trouverons une solution.

Le garçonnet se dirigea aussitôt vers un petit groupe. Plusieurs familles étaient mélangées, et de nombreux enfants chahutaient. Il n'eut aucun mal à faire connaissance avec l'un d'entre eux et en quelques minutes il le convainquit de lui échanger sa parka tibétaine contre sa veste indienne. Il avait à présent un style parfaitement local.

Le jeune moine s'approcha discrètement de lui et lui souffla quelques mots à l'oreille. L'enfant acquiesça et suivit docilement sa nouvelle famille qui quittait à présent le train. Les choses s'avéraient plus difficiles pour Louna et son compagnon.

Elle commença à inspecter tout son compartiment à la recherche de quelques vêtements oubliés qui auraient pu les dissimuler. Rien. Ils décidèrent alors de se séparer quelques minutes pour inspecter les compartiments voisins.
La jeune fille partit vers les premières classes, tandis qu'il se dirigeait vers les secondes et les troisièmes.

C'était un bien grand mot de parler de première classe pour ce train, car la seule différence se situait en réalité par la présence d'un petit cabinet de toilette attenant aux couchettes.
Le compartiment voisin du sien ne donna rien, ni le suivant. Elle eut plus de succès avec le troisième, un homme sifflotait tandis qu'une voix féminine s'égosillait sur le répertoire d'Édith Piaf. Manifestement, un couple terminait tranquillement de boucler leurs bagages. Elle tendit l'oreille. La passagère était française, mais son compagnon parlait avec un fort accent étranger :

– Dépêche-toi chewi, nous allons êtwe en wetard à l'ambassade.
– Mais Bichounet, je ne peux absoooolument pas me présenter ainsi, décoiffée, non maquillée et dans cette tenue. Patiente un instant mon cœur.
– Tu es dans la salle de toilette depuis une heuwe déjà, je dois me waser aussi, laisse-moi entwer.
– Oui ! Oui ça va, mais ne prend pas toute la place.

Louna entrouvrit la porte au moment où la jeune femme laissait entrer son compagnon dans la minuscule salle de bains. Elle était en tenue légère, elle avait dû profiter du voyage pour se reposer, la porte claqua derrière eux. Elle jeta un coup d'œil dans le compartiment. Au-dessus des sièges, deux valises étaient posées. Sans réfléchir, elle se précipita, les saisit et sortit en courant le plus discrètement possible, munie de son précieux butin. Dans le couloir, elle se heurta à Jamyang qui la cherchait.

– J'ai trouvé des vêtements, viens vite.

En quelques minutes, ils étaient de retour dans leur compartiment et s'enfermaient pour faire le compte de leur larcin. Pendant que son amie vidait les deux valises, le jeune moine guettait fébrilement à la fenêtre.

– Un smoking ! Non impossible ! Des shorts, des caleçons, ha ! Un costume, il a l'air parfait, et un panama. Voyons les chemises, celle-ci fera l'affaire, et pour les chaussures, Louna jeta un coup d'œil sur les sandales du moine. Elle n'y avait pas pensé. Tant pis on ferait avec. Elle lui jeta les vêtements :
– Mets cela, avec le panama sur les yeux, tu auras l'air d'un parfait gentleman anglais, voyons pour moi ! Des robes de soirée, encore, des nuisettes, ouhhhh !

Elle venait de tomber sur un déshabillé noir en dentelle, particulièrement suggestif. La tête de son compagnon l'aurait fait rire aux éclats dans une tout autre circonstance !

– C'est pour séduire les hommes, lui dit-elle avec une moue si adorable qu'il en rougit jusqu'à la racine des cheveux. Quant à moi, voilà ce qu'il me faut : une petite robe à fleur rose pâle, en soie sauvage, ceinturée à la taille, des petites ballerines noires, un foulard noir et un chapeau à voilette dans les mêmes teintes que la robe. Bon, où nous changer à présent ?

Elle s'apprêtait à changer de compartiment pour s'isoler, quand un long hurlement retentit à l'autre bout des wagons.

– Au voleuur ! Au voleuuuuuuuur !

Des gens accouraient d'un peu partout, elle entendit une cavalcade devant leur porte, sans nul doute les contrôleurs qui venaient aux nouvelles. Les deux jeunes gens se regardèrent un instant, il n'était plus temps de faire des chichis, à l'unisson, ils se mirent dos à dos et le plus rapidement possible passèrent les vêtements dérobés. En un temps-record ils furent prêts. Ils saisirent leurs bagages, Jamyang ouvrit la porte prudemment. Trois compartiments plus loin, un attroupement s'était formé, c'était le moment ! Subrepticement, ils se glissèrent jusqu'à la sortie du train. Sauvés. Ils partaient d'un pas rapide quand ils entendirent un cri déchirant derrière eux :

– Ma roooobe coutuuuuure ! Edward, rattrape-les !

L'homme poussa un juron en anglais qui ne leur dit rien de bon, sans attendre la suite, ils se précipitèrent dans la gare, se fondant dans la foule compacte des voyageurs.

***

La jeune fille brune sentit son cœur battre à tout rompre, ils étaient là comme prévu, les perles de Lyi n'avaient pas menti. Elle avait eu si peur de se tromper, elle attendait ce moment depuis si longtemps qu'il lui avait semblé inconcevable qu'il arrive. Pourtant c'étaient bien eux. Malgré leurs chapeaux rabattus sur le visage, elle les avait reconnus. Quelque chose cependant l'ennuyait, les perles lui avaient dit qu'elle serait l'avant-dernière, ils auraient déjà dû être trois, où donc était l'enfant ? Ce pouvait-il qu'il ne les ait pas rejoints ? À moins qu'ils ne se soient séparés. Elle devait les suivre et attendre.

Les perles avaient dit dans la nuit, à 3 heures 37 précises, pas avant. Elle les perdit vite de vue dans la foule, mais son cœur battait à l'unisson du leur, elle les retrouverait sans peine.
En effet, quelques instants plus tard, elle parvint à les repérer s'éloignant précipitamment sur Qutb Road. De loin, le plus discrètement qu'elle put, elle leur emboîta le pas.

Avec tout ce remue ménage, non seulement ils n'étaient pas du tout passés inaperçus, mais surtout, ils n'avaient pu repérer aucun des chinois sur le quai ni dans la gare, quant à savoir si eux les avaient remarqués ? Maintenant ils se fondaient dans la foule bras dessus, bras dessous, et s'enfonçaient vers le cœur de la ville.

– Nous devons retrouver Tashi devant le Fort Rouge. Il y a beaucoup de touristes, cela m'a paru être un bon lieu de rendez-vous. Nous verrons ensuite ce que nous ferons.

Louna ne répondit pas, elle était troublée par ce qui venait de se passer.

Ils marchèrent assez longtemps puis obliquèrent sur Ring Road. La route était très fréquentée, à chaque voiture qui passait, un nuage de poussière suffoquant les enveloppait. Tout en cheminant, la jeune fille se faisait la réflexion que le choix vestimentaire de la passagère du train était très judicieux et ce serait mentir de dire qu'elle était désolée de cet emprunt. Elle n'avait pas de vêtements légers dans ses bagages et cette opportunité était tombée à point nommé. Par contre, si son ami avait lui aussi un costume léger, il n'en portait pas moins leurs bagages, et sous le soleil indien dévorant, ce n'était pas une mince affaire.

Elle fit un geste pour l'aider, mais un regard sans appel la cloua sur place, manifestement, cette tâche n'était pas de son ressort. Une bonne heure et demie plus tard, et de nombreux demi-tours dans les rues tortueuses du vieux Delhi, ils arrivèrent enfin en vue du majestueux Fort Rouge : le Lal Qila. Louna se souvenait vaguement de l'avoir étudié en cours d'art, imposant édifice long de deux kilomètres, il avait été élaboré en grande partie par Shâh Jahân, un empereur moghol, puis achevé par son troisième fils Aurangzeb qui seul y résida.

La jeune fille se rappelait surtout des sombres histoires de famille qui l'avaient fait frémir, mais tout cela n'enlevait rien à la beauté du lieu qui la laissa un instant muette d'admiration.
Elle eut peu de temps cependant pour en profiter car Jamyang désigna une petite forme passablement agitée qui faisait impatiemment les cent pas devant la majestueuse Porte de Lahore : l'entrée du Fort. Le couple se dirigea directement dans cette direction. Dès qu'il les reconnut, le petit garçon couru vers eux et se jeta dans leurs bras.

– J'ai eu si peur pour vous, vous en avez mis du temps, cela fait bien une heure que je suis ici !

Tashi leur raconta alors comment le petit indien l'avait présenté à sa famille et comment ceux-ci l'avaient gentiment déposé devant le Fort, l'invitant une bonne dizaine de fois au passage à venir résider un temps chez eux.

– Ils habitent tout près d'ici, dans la rue juste à côté, mais j'ai dû refuser, je leur ai dit que j'avais un rendez-vous à respecter.

On sentait un léger regret percer dans sa voix, de plus, cela faisait un bon moment qu'il attendait.

Ils lui racontèrent à leur tour leur aventure, leurs déboires avec le couple du train, mais passèrent volontairement, et non sans rougir, le passage du transfert vestimentaire dans le compartiment, puis terminèrent sur la longue marche depuis la gare.
Le petit garçon les regarda tous les deux, se dandinant encore d'un pied sur l'autre, mais ne dit rien, il se doutait bien qu'ils ne lui avaient pas tout dit, mais après tout, cela ne le regardait pas.

– Bon, et à présent, où allons-nous, demanda Louna car si nous devons rejoindre Madras au Tamil Nadu, pardonnez-moi de vous le rappeler, mais nous n'y sommes pas du tout !

– Tout d'abord, nous allons nous trouver un hôtel dans lequel nous pourrons faire le point, lui répondit le jeune moine, ensuite, j'irai à l'aéroport chercher les billets, nous partirons avec le premier vol disponible.
– D'accord, et pour l'hôtel, où allons-nous ?
– Pourquoi pas dans ma nouvelle famille indienne ?
– C'est une bonne idée…
– Non objecta Jamyang, n'oubliez pas que nous sommes recherchés, nous ne pouvons pas mettre en danger la vie de ces gens. Le mieux est encore de nous loger dans un hôtel très touristique, au vu et au su de tous, et de nous faire passer pour une famille en vacances. Je ne pense pas qu'ils nous cherchent dans ce type d'endroit, ils penseront sans doute que l'on tentera de se cacher… c'est à mon sens la meilleure parade, qu'en pensez-vous ?
– D'accord, acquiesça Tashi.
– Moi aussi… mais nous ne connaissons aucun hôtel ? Et si nous demandions à un taxi de nous en trouver un, je suis sûre que le quartier en regorge.

Joignant le geste à la parole, Louna en héla un, et avec la même facilité qu'elle avait toujours pour les langues, elle lui demanda s'il connaissait un bon hôtel pas trop loin.

– Oui, oui madame, il y a le New City Palace, c'est un très bon hôtel, mon frère y travaille, je vous y emmène tout de suite.

Elle échangea un sourire complice avec ses compagnons, y avait-il un chauffeur de taxi dans cette ville qui n'ait un frère ou un cousin travaillant dans un hôtel ? En tout cas, pour une fois, ils étaient bien contents qu'on leur dégotte un endroit où se poser.

Discrètement, elle sortit le bol de la valise et lui demanda de quoi les aider pour payer le taxi et l'hôtel. Le bol s'agita dans tous les

sens en grinçant, pendant que Tashi faisait semblant d'être pris de furieuses démangeaisons pour distraire l'attention du conducteur qui commençait à s'inquiéter d'un tel vacarme. Enfin, apparut au fond du bol une énorme liasse de billets de banques, de quoi se payer un cinq étoiles pendant au moins un mois.
L'adolescente embrassa furtivement le petit bol qui émit un grincement si fort que la voiture fit une embardée, tandis que le petit garçon la regardait désespéré, les bras rouges de s'être autant frotté la peau. Le chauffeur le dévisagea avec un œil mauvais, se demandant quelle maladie pouvait bien avoir cet affreux gamin pour se gratter ainsi. Surtout que c'était sûrement contagieux ! Tout cela eut pour effet de le faire appuyer sur le champignon encore davantage, rendant Jamyang définitivement vert et de faire pousser une énorme bosse sur le front de Louna, qui dans un virage, avait atterri la tête la première écrasée contre la vitre. Heureusement, le voyage en fut d'autant écourté et tous furent heureux de descendre devant le New City palace.

Il n'avait de palace que le nom, mais semblait suffisamment propret pour l'usage relativement bref qu'ils comptaient en faire. La question se posa dans le couloir de savoir s'il fallait une chambre, deux ou trois. Il semblait difficile de passer pour une famille avec trois chambres, l'adolescente devint toute rouge à l'idée d'en prendre deux, tandis que le jeune lama en demandait d'autorité une seule à la réception.

– Un lit double et un lit simple ?

Nouveau coup d'œil gêné.

– Hum ! Hum, trois lits simples s'il vous plaît.

Regard navré cette fois du personnel à Louna devant le ton péremptoire de son compagnon, tandis que celle-ci faisait semblant de s'absorber dans la contemplation de ses pieds. Tout

se régla rapidement avec en sus un bon pourboire au chauffeur de taxi qui attendait, curieux, dans l'entrée.
Bref, après un signe de main à tout le monde, les trois amis débarquèrent enfin dans une petite chambre très honorable qui leur parut être le summum du confort après ce qu'ils venaient d'endurer. La jeune fille fit cependant une grimace devant la salle de bains un rien spartiate et les toilettes à la turc, mais le moelleux du lit lui fit bien vite oublier son ressentiment contre le New City Palace Hôtel.

Le jeune homme s'isola aussitôt dans la salle de bains pour revêtir son habit monacal, quittant ces vêtements qu'il n'avait pas l'habitude de porter et de surcroît fort inconfortables. Il se sentit tout de suite beaucoup plus à l'aise en reprenant son identité et surtout, en quittant le rôle ambigu, mais néanmoins fort plaisant, qu'il venait de jouer auprès de Louna.

Cette dernière avait juste retiré son chapeau et s'étant allongée sur le lit, venait de sombrer dans un profond sommeil. Jamyang se sentit troublé par sa vulnérabilité. Elle était si belle, son visage si parfait, avec ses longs cils noirs qui venaient reposer délicatement sur ses pommettes. Ses cheveux d'or étaient répandus autour d'elle, à cet instant, il sut qu'il l'avait déjà vue ainsi, reposée, abandonnée… mais son visage était plus pâle, ses lèvres avaient perdu leur couleur rosée pour devenir d'un blanc ivoire, derrière ses paupières closes, ses yeux s'étaient fermés pour l'éternité.

Une sensation terrible s'immisça en lui, son cœur se glaça, une blessure venait de se rouvrir en lui, une souffrance insupportable, tout son être criait et se révoltait, il était pétrifié… une vision d'horreur se tenait devant lui, elle ne bougeait plus, elle était morte !

Tourmenté, il se précipita sur le lit, la secouant comme une baudruche.

Tashi qui s'était allongé se releva en sursaut, regardant la scène, éberlué.

– Jamyang, que se passe-t-il ?
– Louna, reviens, réveille-toi, reviens, je t'en supplie !

Il n'entendait pas les cris de la jeune fille qui, réveillée en sursaut, le regardait avec effarement.
Le jeune homme n'arrêtait plus, il était comme fou criant des mots incompréhensibles.
Elle seule sut ce qu'il lui disait, il lui parlait en senzar, la langue de son enfance, la langue de Shu, il lui disait qu'il l'aimait, qu'elle n'avait pas le droit de le laisser, qu'il ne pouvait vivre sans elle, qu'il mourrait si elle le quittait. Des larmes coulaient sur ses joues, elle saisit le visage de son ami entre ses mains et lui parla très doucement. Il se calma aussitôt, comme émergeant d'un mauvais rêve. Il se passa la main sur le front, des gouttes de sueur coulaient le long de ses tempes. Il enferma doucement les mains de la jeune fille dans les siennes, les arrachant à son visage, puis se leva sans un mot et sortit de la chambre.

Louna resta prostrée plusieurs heures après cette scène.
Tashi n'osait pas lui poser de questions. Il lui serrait les mains de toutes ses forces et les garda ainsi jusqu'à ce qu'elle revienne à elle.
Elle finit par se lever, prit des vêtements propres de son sac de voyage, puis regardant son jeune ami :

– Pardonne-nous pour ce qui vient de se passer… oublie tout cela s'il te plaît.

– Ne t'inquiète pas fille de lune… viens, allons dîner à présent, il devrait bientôt rentrer.

***

La jeune fille brune se tenait dans le hall. Le moine était parti depuis plusieurs heures déjà, et elle n'avait vu personne venir dîner. Inquiète, elle s'apprêtait à monter pour tenter de savoir ce qu'il advenait de la fille et de l'enfant, quand elle les vit descendre l'escalier. Elle se cacha rapidement derrière un pilier et put les observer se diriger vers la salle à manger. Ils s'assirent à une table près de la fenêtre. Tant mieux, elle pourrait ressortir et les surveiller de dehors plus facilement. Discrètement, elle reprit son poste d'observation dans le jardin. Elle avait été soulagée de voir que l'enfant était avec eux. Il avait dû se passer quelque chose dans le train pour qu'ils décident ainsi de se séparer, et cela ne lui plaisait pas du tout. Avec de surcroît, les perles qui lui intimaient l'ordre d'attendre la nuit pour les rejoindre, elle sentait des ennuis se profiler à l'horizon. Au moment même où elle se faisait ces réflexions, un bruit l'interpella tout près, quelqu'un venait de monter les marches de l'hôtel et de pénétrer dans le hall. Elle reconnut le vêtement safran du moine. Celui-ci se doutant que ses amis auraient faim à cette heure tardive se dirigea aussitôt vers la salle à manger. Elle le vit s'asseoir près d'eux. Elle ne saurait dire pourquoi, mais elle eut la sensation d'un léger malaise entre les trois. Il commença à leur raconter quelque chose et tira de sa poche des documents. Leurs visages s'éclairèrent et cela sembla dissiper la froideur du début.
Elle ne parvenait pas à savoir d'ici de quoi il s'agissait, mais cela semblait être de bonnes nouvelles. Il était 22 h 30, et elle avait encore plusieurs heures à attendre.

La jeune fille et l'enfant avaient seulement grignoté en attendant leur compagnon, tous commandèrent un repas au serveur.

Son estomac la tiraillait de plus en plus, elle se dit qu'elle les aurait bien rejoints dès maintenant, il n'y avait rien réellement qui l'en empêchait, pourtant quelque chose au fond d'elle-même la retenait. Soudain, elle sentit un froid immense lui pénétrer le corps tandis que derrière elle une ombre furtive venait de passer. Saisissant une petite pierre dans sa poche, elle la serra de toutes ses forces, tout en se récitant mentalement : « Syagou lia aroui tanaga.» Il y eut à peine un petit pop, et son corps prit la transparence de l'eau, elle était devenue invisible. Elle se retourna le plus doucement qu'elle put, mais fit craquer une branche sous ses pieds, zut, j'ai oublié ça aussi « Zagoura ami amitaya ». Aussitôt, son corps devint aussi souple et léger qu'une plume. Ses pieds ne reposaient plus sur le sol, chacun de ses mouvements avait à présent la volupté et l'onctuosité d'un tissu de soie soulevé par une brise. Désormais, elle pouvait aller partout où elle voulait, personne ne la verrait.

Elle recula donc vers l'endroit où elle avait vu passer l'ombre. Là, son sang se glaça. Tapis dans les fourrés, aussi invisibles qu'un chat noir une nuit sans lune, se tenaient une vingtaine de formes sombres, attendant un signe pour passer à l'attaque, or qu'y avait-il à attaquer dans cet hôtel pour déplacer autant de guerriers, si ce n'était la présence des trois !

La jeune fille frémit devant l'inégalité des deux camps, un moine, une femme et un enfant... et elle, contre une vingtaine d'hommes, sans aucun doute armés jusqu'aux dents. D'autant que s'il s'agissait bien des guerriers qu'elle craignait, leurs armes étaient beaucoup plus redoutables que l'on ne pouvait l'imaginer ! Quant à savoir quels pouvoirs ils possédaient... elle préféra ignorer cette question tant l'angoisse qui la dévorait à présent, commençait à l'empêcher de réfléchir.

Elle devait se calmer et trouver une solution. Les perles avaient fixé leur rencontre à 3 heures 37 exactement, il y avait à cela une raison, elle en connaissait une partie à présent : une attaque se préparait, mais elle devait impérativement comprendre pourquoi cette heure-là, afin de contrer la menace. Ensuite, elle devrait savoir qui était le chef de ce groupe, d'où venaient les ordres, car si elle parvenait à le neutraliser, l'armée serait désorganisée et ils pourraient plus facilement s'en sortir. Enfin, elle devait faire une diversion, mais comment ? Toutes ces questions tournaient dans sa tête pendant que d'un côté elle voyait les trois jeunes gens dîner et discuter gaiement, et de l'autre, les guerriers, aussi immobiles que des statues, se confondant avec les ombres des arbres et de la ville endormie.

Une demi-heure passa sans que rien ne lui vienne à l'esprit, il était à présent 23 h 20 et l'heure fatidique approchait à grands pas. Elle n'avait pas le temps de consulter le livre de magie pour trouver une parade, il lui fallait une idée, là, tout de suite, maintenant.
Ça y était, comment n'y avait-elle pas songé plus tôt ! C'était de la magie de débutant, et ça ferait très bien l'affaire, quant à l'heure de 3 heures 37, fallait-il donc qu'elle soit sotte pour n'avoir pas compris ? Elle devait mettre son plan à exécution au plus vite. Il lui restait à repérer le chef et tout serait parfait.

***

– Notre avion est à 10 heures demain et je vois qu'il commence à être très tard, Louna venait de jeter un coup d'œil à sa montre : 1 heure 10 du matin. Si nous voulons nous réveiller à temps, nous devrions aller nous coucher !
– Très bonne idée, lui répondit Tashi en étouffant un énorme bâillement.

Ses yeux en amande n'étaient plus que deux fentes et l'on se demandait s'il ne parlait pas en dormant !
Jamyang donna le signal du départ. Il s'arrêta un instant dans le hall pour régler tous les frais de leur séjour, il n'aurait probablement plus le temps de le faire le lendemain. Par ailleurs, étant donné les circonstances, il était préférable de pouvoir partir à tout moment sans avoir en plus la police sur le dos pour une nuit d'hôtel impayée.

Quand il arriva dans la chambre, ses deux compagnons dormaient déjà profondément. Il n'osa pas la regarder cette fois, de peur que l'étrange impression qu'il avait ressentie l'après-midi ne revienne. Il n'avait pas encore compris ce qui s'était passé, il était sûr de l'avoir vu morte, sur le lit près d'eux. Ce n'est que plus tard qu'il avait senti que sa mémoire avait dû superposer à la réalité une image enfouie dans son subconscient. D'où cela venait-il, y avait-il un rapport avec le personnage de Shu qu'il sentait de plus en plus présent en lui depuis qu'il avait retrouvé l'élue ? Qui était véritablement ce Shu pour l'élue ? Il avait retourné toutes ces questions en tout sens, mais aucune réponse n'était venue. Il s'apprêtait à se coucher à son tour, quand il entendit distinctement une voix résonner dans sa tête : « *Veillez ce soir... l'élue est en danger. Ne quittez pas la chambre, vous êtes entourés de toutes parts, ayez confiance et protégez l'élue.* »

Au même moment, Tashi se réveilla en sursaut. Les yeux grand ouverts, il ne restait plus une trace de fatigue sur son visage et il avait d'instinct saisi son épée. Ils échangèrent un regard, mais tout était dit. Ils avaient été alertés ensemble, il allait se passer quelque chose, quelqu'un avait retrouvé leur trace.
L'enfant se dirigea silencieusement vers la jeune fille toujours endormie et s'assit en tailleur devant elle, le regard droit, il écoutait. Jamyang se dirigea vers la fenêtre. Tout était noir dehors,

pourtant, quand il regarda vers les buissons du jardin, son sang se glaça instinctivement. Il ajusta son vêtement de manière à ne pas être gêné en combattant et sortit de son sac de voyage un petit bouclier d'or ainsi qu'un bâton. Le bois en était entaillé tout du long de signes étranges. À l'une des extrémités, était ajustée une pointe d'argent ciselée à laquelle était attaché un tissu de soie jaune. Le jeune moine se positionna face à la fenêtre et s'immobilisa comme une ombre. Le temps s'écoulait lentement. Il était à présent 2 heures 49 du matin.

Louna dormait toujours profondément. Les minutes passaient ainsi, interminables. Aucun des deux ne bougeait, chacun était prêt.

3 heures 10. 3 heures 20. Soudain, Tashi jeta un regard vers le jeune moine qui s'était retourné. Sans dire un mot, il se releva, ils venaient d'entendre la même voix, il fallait réveiller l'élue, la bataille allait commencer.

Dès que l'enfant lui toucha l'épaule, elle se réveilla. À son air grave, et l'ombre de Jamyang armée devant la fenêtre, elle comprit qu'il se passait quelque chose. Elle se dirigea vers son sac et empoigna le petit poignard que lui avait confié le grand Rinpoché. Les deux jeunes gens faisaient barrage de leur corps devant la jeune fille qui légèrement en retrait, attendait le cœur battant le moment où tout allait se déchaîner. Elle n'attendit pas longtemps. À 3 heures 30 exactement, un sifflement retentit et tout le jardin au pied de l'hôtel sembla s'animer, des ombres sortaient de partout, s'élançant sur le mur, l'escaladant avec agilité.
Ses compagnons se tenaient prêts, les armes aux poings. Louna de son côté, n'avait aucune idée de la manière dont elle allait pouvoir se défendre avec ce poignard bijou. Soudain, tout se déchaîna, la porte de la chambre et la fenêtre volèrent en éclat, des

ombres noires jaillirent les unes derrière les autres dans la pièce, en un instant, la lutte fit rage. Déjà, la jeune fille ne distinguait plus ses défenseurs dans la mêlée, elle entendait de temps en temps des cris d'effroi et voyait des ombres noires basculer par la fenêtre. À chaque chute, son cœur se serrait à l'idée qu'il s'agisse d'un de ses amis mais aussitôt après, elle les apercevait, se démenant comme de beaux diables et, soulagée se disait qu'elle n'aurait voulu pour rien au monde avoir à lutter contre ses deux protecteurs.

Jamyang faisait tournoyer son bâton avec la rapidité de l'éclair, repoussant petit à petit ses assaillants tandis que devant elle, tel un ouragan, Tashi bondissait, frappant les ennemis de son sabre translucide. De celui-ci, jaillissaient des jets de lumière aveuglant ses assaillants qui repartaient en hurlant, les yeux brûlés par l'éclat du jade enchanté.

Elle ne s'était pas encore servie de son poignard, quand, sortant de la mêlée, elle vit deux hommes s'approcher. Saisie d'effroi, elle recula pas à pas, mais se retrouva vite acculée au mur. Constatant que ses compagnons ne pouvaient la secourir occupés à lutter de leur côté, elle n'avait plus le choix, se battre ou mourir... C'est alors que, répondant à une pulsion instinctive, elle se mit en position de défense, l'arme pointée vers eux et avant même d'avoir réalisé ce qu'elle faisait, les attaquait sur tous les fronts. Surpris par l'agilité et la prestance de la jeune fille, les deux hommes reculèrent, Louna sentit là sa chance, profitant de l'avantage, d'un coup leste, elle blessa l'un des hommes au bras, tandis que de l'autre main, impulsivement, elle arrachait la cagoule du second. Un instant, elle s'arrêta devant le visage qu'elle voyait. Cet homme, c'était celui quelle avait aperçu le matin même sur le quai. Ainsi les Chinois les avaient retrouvés. Elle n'eut pas le temps d'y réfléchir davantage qu'une voix criait :

– Saisissez-vous de la fille et tuez l'enfant !

Déjà, plusieurs hommes en noir se détournaient de Jamyang pour se diriger vers elle. Ils n'eurent pas le temps de faire un pas que le jeune moine s'interposait. Ainsi, elle avait sa réponse, c'était après elle qu'ils en avaient. Tout cela dépassait largement les problèmes politiques entre le Tibet et la Chine, ils étaient concernés directement tous les trois. Brusquement, elle entendit un hurlement monter du sol. Un homme gisait à terre, celui qu'elle avait blessé quelques instants auparavant. Le sang rouge qui coulait de son bras commençait à prendre une teinte aussi noire que son vêtement, ses yeux affolés regardèrent avec horreur ce qui lui arrivait, avant de se révulser. La tête de l'homme retomba inerte, en arrière.

À la fenêtre, déjà, d'autres hommes arrivaient au moment même où, juste en bas, un énorme feu d'artifice éclatait. Des fusées jaillissaient de toutes parts, éclairant la scène comme en plein jour. À 3 heures 35 exactement, le croissant de lune qui jetait un éclat téméraire sur la scène, se mit à grandir jusqu'à devenir plein, illuminant le ciel d'un jour nouveau, trônant, sublime parmi les étoiles.

Les gens du quartier commençaient à apparaître aux fenêtres, la scène qui s'offrait à leurs yeux incrédules était surréaliste : des ombres donnaient l'assaut au petit hôtel, saluées par des gerbes de feux explosant en mille couleurs dans le ciel, et éclairées par une lune incroyable, aussi brillante que le soleil.

Pendant ce temps, les hommes en noir commençaient à se poser des questions. Beaucoup d'entre eux étaient morts, aucun signe de ralliement ne leur venait, plus personne ne les guidait. Fallait-il partir ? Ils ne pouvaient rentrer bredouille, c'était la mort assurée, mais leur plan avait été déjoué et surtout, aucun ne savait où était passé leur chef. Sans lui, quelle décision prendre ?

Ils n'eurent pas à se poser la question bien longtemps, car une lumière argentée venait de traverser la chambre, se posant doucement sur le visage de l'élue formant comme un halo irréel. Plus personne ne bougeait fasciné par la beauté du spectacle. Le rayon de lune sembla pénétrer le corps de la jeune fille, puis repartit vers la lune en un éclair éblouissant. Alors, comme un torrent sortant de son lit, une vague lumineuse déferla du ciel, s'immisçant partout, dans les rues, envahissant l'hôtel, les couloirs, se coulant le long des murs, sur le toit, poursuivant chaque agresseur encore debout pour l'inonder de ses flots argentés. Aucun n'en réchappa. La lumière les envahissait, pénétrant par tous les pores de leur peau, les dévorant, les consumant, ne laissant subsister de ces hommes qu'une petite fumée grisâtre qui s'envolait aussitôt, balayée par le vent.
La fille de lune avait pris possession de ses pouvoirs.
Quand il n'y eut plus aucune ombre menaçante alentour, l'énorme vague de lumière se leva jusqu'à rejoindre le rayon de lune et comme une étoile filante, regagna sa génitrice qui reprit instantanément sa forme de croissant comme si tout cela n'avait été qu'un mauvais rêve.

Il ne restait rien du drame qui venait de se passer, seule, une belle jeune fille aux cheveux noirs se tenait sur le seuil de la chambre tandis que Jamyang serrait Louna évanouie dans ses bras.

Nulle part il n'y avait de trace de Tashi. Il était 3 heures 37 exactement.

Chapitre 10

Tashi.

– L'enfant n'est pas avec vous ? demanda la nouvelle venue.
– Non, je ne l'ai vu nulle part, mon Dieu Tashi, pourvu qu'il ne lui soit rien arrivé ! répondit Jamyang encore bouleversé.
– Je vais le chercher !

La jeune fille s'élança aussitôt dans le couloir de l'hôtel où la bataille avait fait rage, il n'y avait aucune trace du petit garçon. Inquiète, elle descendit les escaliers et recommença à chercher dans le hall, toujours rien. Peut-être était-il sorti ? Mais alors, il avait dû se retrouver confronté à tous ceux qui étaient restés en renfort, cela n'annonçait rien de bon !

Méthodique, elle commença à fouiller chaque arbre, chaque arbuste, chaque plantation du jardin. Aucun brin d'herbe n'y échappa. Elle commençait à désespérer quand une forme noire étendue au loin sur la route attira son attention. Fébrile elle s'approcha, quelqu'un gisait là, face contre sol, les bras étendus de chaque côté, elle n'eut plus de doute quand, à la faveur d'un rayon de lune elle vit briller dans une de ses mains crispées un gigantesque sabre de jade.
Elle s'approcha doucement de lui et avec une infinie tendresse, le pris dans ses bras.

Le petit garçon ne pesait pas plus lourd qu'un moineau et elle n'eut aucun mal à le ramener à l'hôtel. Ce n'est que dans le hall, à la lumière des lustres qu'elle constata l'ampleur de ses blessures. Une immense coupure lui barrait le visage de part en part, un de ses bras était manifestement cassé car il formait un angle particulièrement inquiétant. Ses jambes étaient en sang, mais surtout, sur son ventre, le tissu donné par le moine était lacéré et un sang noir et épais se répandait laissant derrière lui un horrible sillage.

La jeune fille sentit son cœur se serrer, il semblait avoir été frappé mortellement. Elle posa son précieux fardeau avec une immense précaution sur un des sofas du hall. Il n'y avait plus personne dans l'hôtel, tout le monde avait fui, la police ne tarderait plus, ils n'avaient pas le temps de s'expliquer, il fallait de nouveau partir, mais que faire pour le blessé ? Il ne pourrait supporter d'être transporté ni trop loin ni trop longtemps, il fallait trouver une solution et vite.
Elle s'apprêtait à courir à l'étage vers la chambre quand elle les vit s'avancer en haut de l'escalier. La fille de lune était livide mais saine et sauve, le jeune moine qui n'avait que de légères blessures la soutenait. Quelques minutes plus tard ils se penchaient tous les deux sur le corps de l'enfant.

– Il a été blessé par une lame empoisonnée, regardez ce sang noir c'est la marque d'un sortilège très puissant, si nous ne trouvons pas rapidement un antidote, il mourra. La personne qui l'a marqué devait être un grand magicien, c'est uniquement parce que l'enfant est un être d'exception qu'il n'est pas mort. À présent, tout son être lutte contre le poison, il ne pourra tenir seul très longtemps.

Louna frissonna en repensant à l'homme qu'elle avait tué d'un coup de poignard.

L'inconnue reprit :

– Je pense pouvoir dire qu'il a quelques jours devant lui… pas davantage.
– Savez-vous comment le soigner ? lui demanda Jamyang inquiet.
– Je sais où aller chercher ce dont il a besoin, mais le voyage est long et difficile. Nous ne pourrons pas le faire avec lui, quant à savoir s'il sera encore en vie quand nous reviendrons ? nul ne peut le dire ! Pourtant c'est la seule issue...

Le jeune homme spontanément se proposa, sans même prendre le temps de réfléchir :

– Je ferai ce voyage. À présent, nous devons quitter cet endroit, la police va arriver sous peu et nous ne pourrons leur expliquer ce qui s'est passé. Quant à Tashi, ses chances de survies seraient perdues à jamais !

Il enveloppa délicatement le petit garçon dans l'immense tissu offert par le vieux moine, les deux jeunes filles se prirent instinctivement le bras, et tous les quatre quittèrent l'hôtel en titubant. Mais où aller ?

– Nous n'avons pas vraiment le choix, dit Louna, qui connaissons-nous par ici ?
– Personne si ce n'est la famille indienne que Tashi a rencontrée et qui lui a offert l'hospitalité. Il nous a dit que c'était près du Fort Rouge, donc près d'ici… mais je ne me rappelle plus le nom de la rue… La mère s'appelle Amya je crois, et le garçon… Putli… c'est ça, il s'appelle Putli.
– Je connais toutes les rues du vieux Delhi, leur affirma la nouvelle venue, je vais vous les nommer, et si l'une d'elles vous rappelle quelque chose, nous irons là.

La jeune fille aux cheveux de geai commença alors l'énumération des noms de rue du quartier : Chandni Chowk, Chel Puri, l'esplanade Oad, Netaji Subhash Marg…

Aucun de ses deux interlocuteurs ne bronchait. C'était la première fois qu'ils entendaient ces noms.
Ils avançaient toujours à l'aveuglette dans les rues, rasant les murs quand, au loin retentirent les hurlements des sirènes. Les policiers arrivaient sur les lieux de la bataille. Il ne fallait pas traîner, le quartier serait bientôt bouclé. Ils devaient sortir de ce piège. Tout le monde accéléra le pas, quand Louna sortit de son vêtement le Lilouya.

– Sommes-nous tourmentés au point de l'avoir oublié ?

Fébrilement elle attrapa la main de sa compagne, et de son autre main, le poignet de Jamyang. Ce dernier tenait l'enfant contre lui. Quelques instants plus tard, tous les quatre mi-volant, mi-courant, s'éloignaient définitivement du théâtre des événements. Cependant, la brunette n'avait pas pour autant cessé son énumération et en entendant l'un des noms, ses deux compagnons tournèrent la tête à l'unisson.

– Chitli Qabar Road ? C'est là ! dit l'adolescente la première.
– J'espère ! renchérit Jamyang.
– Dans ce cas, la bonne nouvelle est que nous sommes à deux pas, mais la mauvaise est que cette rue est immense et que si nous ne connaissons pas la maison, ce sera très difficile.
– Il n'y a qu'une solution, vous allez rester toutes les deux à veiller Tashi, moi, je vais aller dans les maisons de cette rue demander où je peux trouver cette famille. Je suis moine, je n'attirerai donc pas l'attention, je vous récupérerai dès que je les aurai trouvés.

Il les installa dans un recoin d'une petite impasse. L'endroit était sordide. Des poubelles traînaient sur le sol, plus au moins renversées et l'odeur était nauséabonde. Ici, personne ne pouvait les distinguer, ni de la rue, ni même en s'engageant dans la ruelle. Les deux jeunes filles s'assirent à même le sol et posèrent délicatement l'enfant sur leurs genoux pour lui éviter la saleté environnante et la rudesse des pavés.
Au moment où le jeune homme se relevait, deux yeux jaunes brillèrent dans le noir, il fit un pas, une ombre noire se faufila entre les poubelles en poussant un petit cri. Un rat. Louna se sentait transpirer à grosses gouttes. La nuit avait été fertile en émotions mais si en plus à présent, il fallait lutter contre les rats, c'en était trop !

– Ne t'inquiète pas fille de lune, je sais comment les repousser. Va sereinement Jamyang, et surtout reviens vite.

Il regarda tristement les belles jeunes filles et l'enfant blessé qu'il était contraint de laisser derrière lui, et se convainquant qu'il n'y avait pas d'autre solution, disparut dans la nuit.
Commença alors une attente interminable, elles étaient à bout de force, Tashi gémissait horriblement et toujours de son ventre s'échappait cette masse noire et opaque. L'une et l'autre avaient tant à se dire, mais aucune ne parvenait à parler, le moment n'était pas venu. De temps en temps, elles joignaient leurs mains dans l'ombre pour s'encourager, et se jetaient un regard où se mêlait le désespoir de la situation, mais aussi la joie de se rencontrer et l'espoir de temps meilleurs.
Louna commençait presque à s'assoupir quand un petit bruit se fit entendre, une ombre immense se profilait sur le mur devant eux, une seconde interminable passa, elle agrippa plus fort la main de sa compagne, toutes deux se recroquevillèrent, puis une voix connue se fit entendre :

– C’est moi !

Un instant après, leur ami débouchait suivi d’un monsieur ayant grande allure. Il se tenait devant eux, l’air complètement ébahi, mais en homme de décision, il ne lui fallut pas longtemps pour se reprendre. Il se pencha alors sur les jeunes filles pour les aider à se relever, le jeune moine avait déjà récupéré l’enfant.

– Venez vite, nous ne pouvons traîner dans la rue, nous risquerions d’attirer l’attention.

Tous partirent le plus vite et le plus discrètement possible.
Enfin, ils arrivèrent devant une superbe demeure. Quelqu’un devait guetter, car dès qu’ils eurent mis un pied devant la porte, celle-ci s’ouvrit aussitôt et ils s’engouffrèrent à l’intérieur. Aucune lumière n’avait été allumée. Jamyang se précipita à la fenêtre, la nuit était calme, personne dehors, ni devant les maisons, leur arrivée était passée inaperçue.

– Venez, je vais vous loger dans l’aile des invités, nous recevons peu de monde, elle n’a donc pas servi depuis longtemps, votre présence en sera d’autant plus discrète que personne de chez nous n’ira voir de ce côté. Les enfants de la famille et les femmes surtout, dit-il avec un sourire en coin, sont bavards, aussi pour notre sécurité est-il préférable que votre présence reste ignorée de tous, excepté de mon fils et de moi-même.

Le jeune moine acquiesça, il était tout à fait de cet avis, d’autant qu’il allait devoir s’absenter ce qui ne lui plaisait pas du tout.

Pour parvenir à l’aile des invités, située sur un côté de la demeure principale, il fallait emprunter de nombreux couloirs, passer une petite cour puis longer des arcades, enfin, on débouchait sur un

petit patio, agrémenté d'une fontaine et d'un bassin. Des plantes et des fleurs exotiques étaient disposées tout autour, formant un havre de paix merveilleusement attrayant pour nos amis. De grandes nattes étaient étendues sur le sol, tandis que des coussins de soie colorée étaient disposés de-ci de-là. De ce lieu partaient les chambres et la salle d'eau. Il n'y avait pas de cuisine, aussi Putli devrait-il discrètement leur apporter à manger chaque jour. Pour le reste, ils n'auraient pas besoin de sortir. Le petit groupe se dirigea directement vers la salle d'eau, il était impératif avant tout, de faire un constat exact des blessures de Tashi.
Les personnes présentes autour de l'enfant frémirent d'horreur devant son corps dénudé. L'entaille au ventre était encore plus grave qu'ils ne l'avaient imaginée. Les lèvres de la plaie étaient béantes et aussi noires que le sang qui en coulait, mais surtout, tout autour, la chaire rose de l'enfant commençait à prendre une teinte brunâtre, indiquant que le poison se répandait sûrement et rapidement dans son corps. Les autres blessures semblaient superficielles, si ce n'était son bras luxé.

– Je peux m'occuper de toutes les lésions dès maintenant annonça la jeune indienne, mais pour le poison, je ne peux que retarder un peu sa diffusion dans le corps, après il faudra aller chercher le remède.
– Je vais partir tout de suite ! annonça Jamyang.
– Non, reprit-elle vous devrez m'attendre, je suis seule à connaître la plante et le lieu où la trouver, vous n'y arriverez pas seul, et j'ai aussi besoin de vous car la route est difficile, plus nous serons nombreux… plus les chances qu'au moins l'un de nous revienne seront élevées. Louna, tu devras rester pour veiller sur lui.

La jeune fille acquiesça.

– Pour le moment, je dois m'assurer que les autres blessures ne risquent pas de s'infecter, mais pour cela, il me faut un minimum de temps. Suis-moi fille de lune, je vais te montrer comment préparer les remèdes, une fois partis, c'est toi qui devras le faire.

À peine avait-elle le dos tourné que le jeune moine l'interpellait de nouveau :

– J'ai oublié dans la précipitation… je suis Jamyang, voici l'élue, Louna et Tashi l'enfant de cristal.
– Je suis Asra la magicienne.
– Je suis heureux que tu nous aies trouvés Asra, je te remercie pour ton aide si précieuse ce soir.

Il s'inclina respectueusement devant la jeune fille, qui lui rendit son salut en souriant puis il s'éclipsa.
Repoussant une natte, elle s'assit à même le sol au milieu du patio et sortit de sous ses vêtements divers petits sacs de peau.

– Tout d'abord, je dois panser ses plaies et remettre son bras démis, puis je t'expliquerai ce que tu devras faire en notre absence.

Avec des gestes précis, Asra nettoya le corps de l'enfant du sang qui le tachait, appliqua sur ses blessures des pommades puis d'un coup sec sur le bras, le remis en place et le serra dans une attelle de sa confection.

– Voilà tout ce que je peux faire pour le moment, maintenant Louna, je vais t'expliquer ce que tu devras préparer… Dans ce sac gris sont les plantes de vie, celles qui soignent, dans le bleu les plantes contre la souffrance, et dans le noir ce sont les plantes de mort. Tu ne devrais pas avoir besoin d'autres plantes, aussi je ne te laisserai que ces trois sacs.

– Des plantes de mort ?
– L'enfant ne doit pas mourir… cependant, si nous ne sommes pas rentrés à temps, tu ne devras pas le laisser souffrir… il faudra l'aider à partir en paix... Ces plantes sont les plus terribles qui soient, garde-les toujours sur toi et ne t'en sert que s'il est vraiment trop mal. Avec tous ces remèdes, il devrait survivre j'espère jusqu'à notre retour. Quand les taches brunes que tu vois déjà sur son corps se seront rejointes, il sera définitivement trop tard, alors tu devras être courageuse et l'aider.

Asra ouvrit délicatement le sac noir. Dedans se trouvaient diverses petites feuilles de couleur grisâtre.

– Tu devras prendre une feuille de chaque sorte et les lui donner en infusion dans cet ordre précis : la jeune indienne sortit avec précaution une petite feuille dentelée, il s'agit de la bryone, cette plante fait perdre la mémoire, l'enfant perdra alors le sens du réel, il ne se souviendra plus qui il est, ni de sa vie passée, et la souffrance liée à la mort lui sera alors inconnue. Ensuite, tu lui donneras à manger ce fruit, elle venait de saisir une petite baie noire dont la base était cernée de quatre petites feuilles vert clair. Il s'agit du fruit de la belladone. Quand il aura bu l'infusion de cette baie, il sera alors dans un état second, son corps et son âme seront engourdis, il ne ressentira plus rien, ni douleur, ni peine, plus rien… enfin, quand ces deux plantes auront produit tout leur effet, alors seulement tu pourras lui donner l'aconit. En prononçant ce nom, sa voix trembla légèrement. Cette plante n'a pas d'antidote, tu devras donc être sûre de tout ce que je t'ai dit sur son état de santé avant de la lui donner, car alors tout sera fini.

Au fur et à mesure du discours d'Asra, Louna devenait de plus en plus livide.

– Quand il aura pris le poison, il mourra en quelques minutes.

Les souffrances en sont effroyables c'est pourquoi il est important que les deux autres remèdes aient agi auparavant.

L'adolescente hocha la tête. La magicienne lui prit doucement la main.

– Rassure-toi, enfant de lune, nous reviendrons à temps. À présent, voyons les soins que tu devras lui prodiguer au quotidien.

Elle ouvrit le sac gris :

– Ici, se trouvent les plantes qui pourront le maintenir en vie et lui permettre de nous attendre. Ce sera éprouvant pour toi car il faudra répéter les soins très souvent. Toutes les deux heures, tu devras lui faire un cataplasme de cette préparation, de jour comme de nuit, si tu oublies, le mal peut se propager de nouveau très vite dans son corps. Il est résistant, mais ce n'est qu'un enfant…
– Je n'oublierai pas ! même si je dois pour cela, le veiller de jour comme de nuit !
– Bien, à présent voyons les plantes et les quantités.

À l'intérieur, des herbes de toutes les couleurs reposaient les unes sur les autres. Elle s'empara d'une petite feuille verte qui n'était pas inconnue de Louna.

– Oui, il s'agit tout simplement de menthe verte séchée, mais elle provient du jardin des simples de magie et a été coupée avec un ciseau de cristal au soleil de midi… elle n'a donc pas tout à fait les mêmes propriétés que celles que tu connais. Tu devras la broyer et la mêler avec du lait, alors elle prendra toute sa puissance. À cela tu devras ajouter de la bétoine. Elle se munit de deux petites feuilles d'un vert plus tendre. Tu les réduiras également en poudre et tu les mêleras à la menthe.

Asra sonda une nouvelle fois les poches de sa jupe et en retira un minuscule mortier de cristal.

– Regarde.

Elle disposa la menthe à l'intérieur, et une minute plus tard, elle avait réduit celle-ci en une poudre plus fine que de la farine.

– Seul le cristal a la propriété de faire une poudre aussi fine.

Elle entreprit ensuite de mêler le contenu du récipient à quelques gouttes de lait. Elle recommença l'opération pour la bétoine et l'ajouta au mélange. La mixture, qui était d'un vert translucide, changea de couleur en un instant et devint bleu turquoise.

– Si tu n'obtiens pas cette couleur, c'est que ton mélange n'est pas efficace.

Elle se releva et se dirigea alors vers Tashi que l'on avait allongé sur le lit d'une des chambres. Ce n'est qu'à ce moment que Louna remarqua que Jamyang, Putli et son père les observaient dans l'ombre. Elle se pencha sur l'enfant et sur la chair tuméfiée, commença à appliquer avec toute la douceur possible la préparation. Il eut un long gémissement et se rendormit. Sous l'effet des plantes, la peau autour reprit une couleur plus claire et une ou deux taches brunes s'atténuèrent.

– Vois comme ce médicament est efficace… mais ne t'y trompes pas, dans une heure, les taches auront reparu et dans deux heures il y en aura plus encore. Quand tu auras fini, tu le couvriras de ces feuilles : ce sont des feuilles de chêne, elles ont la propriété de transférer le mal de l'enfant sur l'arbre dont elles proviennent et de le soulager. Voilà ce que tu devras effectuer jusqu'à notre retour.

– Et le sac bleu ?
– Tu y trouveras toutes les plantes susceptibles d'alléger sa souffrance. Voici la racine de mandragore, il te suffit d'en râper quelques morceaux et de les lui faire avaler ou de les faire bouillir et de lui faire boire la décoction. Cette plante a des vertus hypnotiques et narcotiques. Je suis sûre que tu connais le chanvre et le pavot, je n'ai donc pas besoin de te rappeler leurs effets hallucinogènes. En toute petite quantité, elles le soulageront. Sorti d'on ne sait où, elle lui tendit un dé à coudre en fer. Il est gradué à l'intérieur. Pour ces deux plantes tu ne devras jamais dépasser la graduation **µ**, au delà, elles pourraient provoquer des troubles terriblement néfastes…Tu utiliseras ces plantes en fonction de ses besoins, je te laisse les apprécier…

Elle se retourna vers le jeune moine. À présent je suis prête, nous pouvons partir.

– Attendez, Louna dégrafa de son cou la chaînette d'argent qui retenait Lilouya et tendit le bijou à Jamyang. Je ne sais où vous allez, mais le Lilouya vous épargnera des peines et des fatigues inutiles… il vous permettra peut-être aussi de sauver Tashi en revenant à temps.
– Le médaillon ne doit pas te quitter protesta le jeune homme, or nous partons pour plusieurs jours…
– Nous devons être cinq d'après le vieux lama de Sera pour cette mission, il nous manque encore quelqu'un, mais nous devons sauver l'enfant pour être à même de contrer les forces obscures. Si le Lilouya peut vous aider, alors il faut le prendre… il est entre vos mains comme entre les miennes. Maintenant partez vite.
– Louna, il faut que tu aies confiance, nous reviendrons vite…

Asra lui tendit un petit pot orné d'or et de pierreries. Dès que tu sentiras la fatigue te gagner, mets un peu de cette crème entre tes yeux, alors tu seras éveillée comme au petit matin.

La jeune fille prit le pot en remerciant sa nouvelle amie. Elle sentit son cœur se pincer en regardant disparaître dans l'ombre du patio, celle qu'elle venait à peine de rencontrer et son protecteur…

S'ils ne revenaient pas à temps, elle ne pourrait jamais tuer Tashi, c'était impossible... et pourtant si ses souffrances étaient effroyables, elle ne pourrait non plus le laisser ainsi… et s'ils ne revenaient pas du tout ? Si elle se retrouvait seule… car elle ne savait même pas où ils allaient, vers quels dangers ils se dirigeaient. Elle eut le sentiment d'être soudain complètement perdue et isolée, un flot de larmes lui monta aux yeux, sa gorge se noua, et, n'y tenant plus elle se mit à pleurer comme un enfant, comme elle ne l'avait pas fait depuis très longtemps. Elle avait complètement oublié Putli qui se tenait près d'elle, désolé, ne sachant que faire pour la consoler. Enfin, le petit garçon s'empara de sa main, il devait avoir approximativement l'âge de Tashi… comment tout cela avait-il pu arriver. Honteuse d'avoir ainsi cédé à un moment de détresse, elle sécha ses larmes, l'étreignit, puis tous deux se rendirent silencieusement au chevet du blessé pour commencer leur longue veille.

Chapitre 11

La montagne céleste.

Le Maître se tenait assis dans la salle des destinées, les deux mains croisées sur la table devant lui, il réfléchissait. Les événements ne s'étaient pas tout à fait déroulés tels qu'il les avait prévus depuis quelque temps. Ses gardes avaient été anéantis par le médaillon de cristal et la première porte des ténèbres, la grande nébuleuse, terriblement endommagée. Le grouf bien entendu avait disparu dans la nature, et s'il s'en moquait, il se promettait bien cependant de lui faire payer le prix de ses échecs successifs. Il ne pouvait laisser bafouer ainsi son autorité, il était grand temps de régler cette affaire définitivement.

Les autres mages essayaient aussi de leur côté de récupérer cette fille, et deux d'entre eux avaient également échoué, mais ce qui l'inquiétait plus que tout, c'était la réapparition de quelqu'un qu'il n'avait pas convoqué et qu'il croyait disparu, le mage chinois.
Il avait été très surpris d'entendre par ses propres espions que ses serviteurs pistaient également l'élue et avaient lancé une attaque redoutable contre elle et ses compagnons. Il s'en était fallu de peu qu'ils réussissent, et cela, il n'osait l'imaginer. Il devrait compter avec un concurrent à présent, mais il avait l'avantage, il avait retrouvé le grand dieu des ténèbres dans le temple, et ce qui s'était passé autrefois ne comptait plus, un nouveau temps arrivait, tout était à faire, c'est pourquoi il devait être le premier… le premier à assister à son renouveau, le premier à lui apporter l'élue et

surtout à redevenir son conseiller comme à l'époque… avant que le chinois ou qui que ce soit… le Maître serra les poings, son visage s'était crispé à ce souvenir, il attendait sa vengeance depuis si longtemps.

Pour en revenir à la fille de lune, elle était bien protégée et tous l'avaient totalement sous estimée. Ces enfantillages devaient cesser. De plus, il sentait s'émousser la confiance des mages autour de lui, il se demandait toujours comment se serait déroulée la suite si leurs tentatives d'enlèvement avortées avaient réussi. La lui auraient-ils remise ? Il n'en était plus certain et cela l'inquiétait terriblement.

Il ne pouvait plus attendre à présent, il devait prendre le risque et régler les choses lui-même.

Le Maître se leva doucement et se dirigea vers les flacons qui se tenaient parfaitement alignés le long du mur. Il s'empara de trois d'entre eux et les posa sur la table. Il fit un mouvement circulaire au-dessus de celle-ci, et à l'instant même, la surface devint mouvante, tourbillonnante, les flacons se mirent à onduler au gré d'une fumée qui s'en échappait par vagues régulières.

Le Maître prit une pincée des poudres contenues dans chaque flacon, qu'il jeta au-dessus des émanations brumeuses, la fumée augmenta imperceptiblement et devint rouge vif, des flammes s'élevaient à présent largement au-dessus de celle-ci. Puis la surface se calma se transformant en un magma d'un roux sombre. Le Maître saisit alors une coupe d'argent, l'emplit du liquide étrange ainsi obtenu et but à longs traits.

À présent il était prêt, et là, il n'y aurait plus d'échec.

***

– La montagne céleste ?

– Oui, répondit Asra, c'est le seul endroit où réside la fleur de magie, la Miloua qui pourra contrer le poison.

– Mais je croyais qu'il s'agissait d'une légende !
– C'en est devenue une, car la grande dame de la montagne l'a voulu ainsi. Elle-même et son peuple, les fées ont perdu tout contact avec les hommes depuis des milliers d'années. Cela ne l'empêche pas d'être toujours présente et de tout surveiller. Elle seule peut nous fournir cette fleur car elle ne pousse que dans le jardin des étoiles sur la plus haute cime de la montagne.
– Et comment se rend-on là-bas ?
– Il faut quitter ce monde-ci et pénétrer sur les terres des fées, pour cela il n'y a qu'un moyen… qu'elle nous autorise à venir.
– Et…
– Nous devons lui envoyer un message et attendre sa réponse.
– Qui arrivera vite ?
– Je l'espère… je sais que les fées sont partout, qu'elles guettent tout… elles devraient nous entendre rapidement.
– Bien et comment fait-on ?
– Nous devons d'abord trouver un endroit calme, dégagé et en hauteur… c'est-à-dire quitter Delhi.
– Très bien.

Jamyang saisit Lilouya et prenant la main d'Asra dans la sienne, s'élança dans les airs, laissant Louna seule veiller sur l'enfant. Ils eurent tôt fait de sortir de la ville. Autour d'eux, se dressaient des collines, il en choisit une au hasard, surplombant l'immense cité, vierge de toute habitation.

– Bien, et à présent ?
– Je dois me concentrer… je ne l'ai jamais fait… seule ma mère communiquait avec la grande dame… c'est une magie difficile et dangereuse, la reine des fées est bien protégée…

Jamyang s'assit en tailleur sur le sol et sans regarder la jeune fille lui dit :

– Je te fais confiance Asra. Je vais rester là pour ne pas te distraire et t'envoyer autant d'énergie que je le peux afin de soutenir ton effort, je ne te rejoindrai que quand tu me feras signe que tu as réussi. Puis il ferma les yeux et tout son être devint parfaitement immobile.

Asra s'écarta de quelques pas et sortit de son sein un médaillon de la taille d'une piécette. Il était composé d'une unique émeraude, taillée en petites facettes sur une moitié, tandis que la seconde était un cabochon parfaitement poli.
Elle se redressa de toute sa taille et détachant la chaîne de la pierre, lança celle-ci en l'air en prononçant distinctement la formule qu'elle avait entendue si souvent dans la bouche de sa mère :

– Aroui aya ayalita, grande dame écoute-moi, liloui, aroui ya, les portes de ton univers ouvre-moi, Lilouya riou jiyoua, que ces paroles montent à toi.

L'émeraude du bijou resplendit alors de mille feux zébrant le ciel de rayons colorés, il monta, monta, monta… puis ralentit jusqu'à s'arrêter, se mit à tournoyer sur lui-même à une vitesse fulgurante, éblouissant la jeune fille qui clignait des yeux. Asra dépensait toutes ses forces à dispenser le message hors de la pierre quand enfin, elle sentit monter en elle une énergie nouvelle. Elle n'eut pas besoin de se retourner pour savoir que Jamyang lui transmettait enfin sa force. Comme ressentant la vigueur nouvelle de la jeune fille, la pierre se mit alors à diffuser davantage de lumière, enveloppant, noyant les étoiles. Quand soudain, répondant à ses appels désespérés, le rayon d'une étoile filante s'écrasa aux pieds même d'Asra, puis un second, un troisième, enfin ce fut une pluie d'étoiles filantes qui atterrissait autour des jeunes gens.

Elle tremblait de n'avoir pas prononcé correctement la formule car chaque flèche de feu qui s'abattait brûlait férocement ce qu'elle touchait. Enfin, comme semblant défier ces jets de flammes, le bijou riposta à son tour par de violents éclairs d'un vert cristallin, les feux émeraude s'opposaient alors en gerbes immenses aux rayons argentés des étoiles. Asra regardait la scène pétrifiée quand tout d'un coup, toutes les lumières semblèrent se fondre les unes dans les autres, bientôt, il n'y eut plus qu'un chemin resplendissant qui montait vers le ciel. La magicienne avait réussi, la grande dame acceptait de les recevoir et leur ouvrait la voie.

– Jamyang, vite, nous pouvons y aller !

Quand il ouvrit les yeux, devant lui, se perdant dans l'infini de la nuit et partant d'une pierre merveilleuse suspendue dans les airs, se dressait un chemin de poussière d'étoiles de la couleur d'un lac endormi au cœur d'une vallée verdoyante. Elle lui prit la main et tous deux se précipitèrent sur la route de lumière.
Jamyang jeta un rapide coup d'œil derrière lui pour se rendre compte qu'en quelques pas, la Terre avait disparu, seule l'émeraude fermait la marche, comme repliant derrière eux le tapis étincelant. Autour d'eux, il n'y avait que la nuit et les étoiles, une nuit d'un bleu profond, enivrant, et ils étaient là, marchant dans le ciel, vers un pays légendaire, vers un pays oublié de tous les hommes et qui allait se révéler à eux pour la première fois depuis des milliers d'années, le pays de la montagne céleste.

Ils avançaient et avaient perdu la notion du temps quand soudain, devant eux, apparut un immense tourbillon de lumière, au cœur de ce tourbillon, comme ballotté par le vent se dressait une terre surmontée d'une immense montagne translucide semblable à un gigantesque glacier. Au pied de la montagne, se détachait un extraordinaire palais ivoire. À peine eurent-ils le temps d'apercevoir cette vision merveilleuse que des milliers de petites fées les entourèrent. Toutes plus belles les unes que les autres, leurs petites ailes argentées saupoudrant alentour des étincelles d'or et d'argent. Leur corps svelte était d'un bleu céleste, et autour de leur visage translucide aux immenses yeux azur, ondulaient doucement des cheveux d'un blanc immaculé. Jamyang et Asra étaient fascinés. C'est dans un nuage lapis-lazuli d'êtres bruissant en ronde auprès d'eux, qu'ils parvinrent sur la terre de la grande dame. Totalement entourés par les petits êtres, ils n'avaient pu apercevoir le chemin qu'ils venaient d'emprunter. Quand ceux-ci se retirèrent, c'est éblouis qu'ils virent se dresser devant eux l'immense palais de la reine des fées. Celui-ci était beaucoup plus imposant qu'ils ne l'avaient imaginé de prime abord. Il était agencé d'une manière surprenante. Sur le bâtiment principal se greffait un immense escalier qui venait se perdre au milieu d'une longue façade de colonnes en forme de tiges ondulées se terminant par de majestueuses corolles de fleurs épanouies. Du cœur des pistils, et du toit du palais, partaient des centaines de tours, de tailles et de formes différentes. Toutes étaient reliées entre elles par une fine passerelle de cristal. C'était comme une dentelle translucide tissée dans les airs. Chaque tour se terminait par un toit pointu dont la couverture était d'or pur. À leur sommet, trônait une sculpture représentant un animal du zodiaque des fées, réalisée en or et pierres précieuses.

Asra ne le remarqua pas aussitôt, éblouie par le reflet du soleil sur le métal, mais chaque feuille d'or du toit était gravée d'une multitude de petits signes composés d'une combinaison de traits horizontaux ou verticaux. Elle eu comme un flash, elle avait déjà vu ces signes mais à quel endroit ? Impossible de s'en rappeler.

Dans l'épaisseur de l'ivoire de chaque tour étaient percées d'innombrables fenêtres ajourées, à la manière des moucharabiehs arabes. Cette dentelle opalescente filtrait les rayons d'un étrange soleil bleu et projetait sur le sol de jade des motifs évoluant au gré des caprices de la lumière. Au cœur même de cette forêt de tours, se dressait majestueusement un sublime jardin aux fleurs d'étranges couleurs, inconnues des deux jeunes gens. Certaines, grandes comme des arbres se retournèrent à leur approche pour les contempler, puis se détournèrent pour reprendre leur orientation face au soleil. Devant elles, se balançant dans les airs, s'étendait à perte de vue un petit lac d'un bleu intense. Les deux compagnons n'eurent pas le temps de détailler davantage l'édifice car un groupe de fées venait de sortir du palais et leur faisait signe de les suivre. Leur tenue différait légèrement de celle des fées rencontrées juste avant, leur vêtement était plus clair et leurs ailes étaient blanches. Ils pénétrèrent à leur suite dans un hall immense. La pureté de la matière qui composait tout le palais était surprenante, Asra rassura Jamyang qui lui demanda avec inquiétude d'où tout cela provenait.

– Il y a des gisements d'ivoire dans la montagne céleste, ici, ils sont infinis et uniques et c'est le seul endroit où il ne provient pas d'animaux. À la différence de celui que nous connaissons, il est dur comme de la pierre, mais se sculpte merveilleusement bien, c'est la raison pour laquelle il est autant utilisé.

Autour d'eux, rien n'était laissé au hasard, les murs étaient gravés de scènes de temps immémoriaux, les fines colonnes qui couraient tout autour de la pièce soutenaient un étroit chemin de ronde aux balustrades sculptées en forme de harpe. Dès qu'un souffle de vent s'aventurait, les cordes vibraient emplissant le hall d'une musique envoûtante.

Les chapiteaux des colonnes formaient des motifs de fleurs et de feuilles mêlées, s'épanouissant en de somptueux entrelacs qui soutenaient un entablement de figures toutes plus incroyables les unes que les autres. Il s'agissait de l'ensemble des ancêtres des premières fées. Au centre du hall tombait une petite pluie fine qui coulait dans des rigoles dorées formant au sol des motifs d'arabesques avant de disparaître dans les profondeurs du palais. En levant les yeux, Jamyang se rendit compte qu'elle provenait d'un petit nuage blanc qui surplombait la salle. Il faillit sursauter quand il aperçut au cœur de la masse vaporeuse deux yeux énormes qui le dévisageaient. Tout dans ce palais était un sujet d'éblouissement pour les deux jeunes gens.

Suivant toujours les petites fées, ils empruntèrent un long couloir à claustras qui les mena directement dans une petite pièce entièrement recouverte d'or. Au fond, allongée sur des coussins de soie brodés aux tendres couleurs, se tenait majestueuse, la grande dame, la reine des fées. Elle se leva aussitôt pour les accueillir. Elle était à peine plus grande que les autres fées. Elle portait une longue robe d'étoiles qui dansaient autour d'elle et d'où émergeaient à peine ses petits bras translucides. Elle avait d'immenses yeux bleus comme toutes ses congénères. Sa chevelure composée de fils d'or, tressée de rayons de lune, tombait délicatement sur ses chevilles, ondulant autour de ses petites ailes blanches. Elle s'avança vers Asra et Jamyang.

– Bienvenu mes amis sur les terres des fées, la montagne céleste est heureuse de vous accueillir. Venez vous asseoir et vous reposer, votre voyage a été long, et vous devez être fatigués.

Elle leur indiqua les coussins. Jamyang s'assit en tailleur tandis que la reine et Asra s'allongèrent, étendant leurs jambes sur le côté. La reine les dévisagea un instant silencieusement, puis s'adressant à Asra :

– Je suis heureuse de te revoir belle princesse, j'ai eu souvent le plaisir de rencontrer ta mère, mais tu ne l'as accompagnée que peu de fois et il y a de ça bien longtemps. Tu es devenue une belle jeune fille et je lis dans ton cœur et ton esprit que tu as désormais son infini savoir. Il te sera fort utile pour la suite des événements, car je sais que vous entreprenez une quête longue et laborieuse, mais racontez-moi rapidement ce qui s'est passé et ce qui vous amène, je n'ai pas eu le temps de lire l'étang sacré ces derniers jours.
– Commence Asra, dit Jamyang, car je ne sais même pas de quelle manière tu nous as retrouvés, ni quelle est ton histoire, et encore moins l'exacte explication de ce qui s'est passé la nuit dernière…
– Je ne peux tout expliquer moi-même, mais s'agissant de mon histoire et de la façon dont je suis parvenue jusqu'à vous, je peux sur ces quelques points t'éclairer.

Asra commença alors à parler, elle s'exprimait distinctement et rapidement, il était de leur devoir d'informer la reine des fées du motif de leur venue, mais le temps pressait et elle devait faire au plus court.

– Je me nomme Asra fille d'Asraita, elle-même fille de Sulya de la lignée d'Asrati Saya, Maharani de Jaipur, descendante directe du maharaja Jai Singh II qui fonda la ville au XVIIIème siècle. Mon père est le dernier descendant de la dynastie des Ming renversée au XVIIème siècle par les Qing. Voilà pour les impressionnants titres de mon illustre famille, dit-elle avec un petit sourire contrit. Mon père s'est marié pour des raisons… politiques dirons-nous avec ma mère, et s'est installé dans un des palais de la famille de maman à Jaipur. Il est arrivé avec tous ses serviteurs et la petite cour de fidèles qui le suivaient attendant un impossible retour sur le trône de la dynastie Ming. J'ai vu le jour trois ans après ce mariage. J'ai deux frères cadets : Djothi qui a deux ans de moins

que moi et Asok qui a lui, cinq ans de moins que moi. Nous ne sommes que trois enfants, porteurs de tous les espoirs déçus de nos familles. Pour ma part, j'ai été relativement épargnée, mère n'a pas voulu m'envoyer dans un collège et s'est occupée de mon éducation d'une manière, je dirais, peu conventionnelle.
Mes frères, quant à eux sont allés avec Tadjib, un ami cher de notre famille, à Oxford et à Yales. Son joli regard se voila, ils en sont revenus suffisants et impudents comme il est à peine possible de l'imaginer.
J'ai eu devant moi une dizaine d'années heureuses auprès de ma mère. Vous la connaissez bien, dit-elle en s'adressant à la grande dame, – elle est merveilleuse, si douce et si belle, et puis elle sait des choses étonnantes, en fait… dit-elle en regardant Jamyang,
– ma mère est magicienne… mais personne ne le sait à part moi, c'est un secret très dangereux pour elle. Je crois que cela pourrait poser de graves problèmes au sein de nos familles si conventionnelles. Le fait est qu'elle m'a transmis tout ce qu'elle savait : la littérature, l'histoire des religions et surtout l'histoire des temps passés. C'est elle qui m'a appris la science des plantes, mais aussi de nombreuses formules magiques. Tout était parfait jusqu'à ce que mes frères et Tadjib reviennent. C'est à ce moment-là que j'ai appris que nous étions fiancés. Cela se faisait beaucoup entre grandes familles de former des alliances entre les enfants dès leur plus jeune âge. Je crois que lui le savait, et qu'il attendait la fin de ses études pour que tout cela se concrétise. Cela ne m'aurait en aucun cas dérangée si… s'il n'était revenu si différent. Il nourrissait des rêves de grandeur, il se voulait l'héritier des maharajas et ne souhaitait rien de moins que de diriger notre pays. Il est d'une autre branche de la famille de maman. Nous avons eu beaucoup de discussions à ce sujet à son retour, il était méprisant pour notre peuple qu'il considérait comme étant stupide et vil, ses idées rétrogrades et son caractère despotique m'exaspéraient et m'effrayaient à la fois, il s'estimait supérieur à tous à ces gens,

bref, en peu de temps, je détestais ce qu'il était devenu. J'étais désespérée, le mariage approchait et je ne voyais aucune issue. J'en parlais à mère qui affichait un sourire serein, elle me dit de ne m'inquiéter de rien, mais je la sentais sur le qui-vive. Elle s'enfermait des heures avec moi pour m'enseigner de nouvelles choses, j'avais l'impression qu'elle tentait de rattraper le temps qui s'écoulait, nous nous couchions tard et nous levions tôt. Je pratiquais beaucoup, et elle était contente de ce que je faisais.
Un jour, ma mère m'a réveillée en pleine nuit, nous étions à un mois et demi du mariage, toute la maison était en effervescence, j'essayais de faire semblant de rien, mais je ne dormais plus. Elle me dit de m'habiller, et me conduisit dans la petite salle souterraine du palais où nous avions habituellement nos leçons. Cet endroit était interdit à tous et même à mon père, qui de toute façon aurait eu trop peur de ce qu'il risquait d'y découvrir pour y mettre les pieds. Une fois dans cette salle que je connaissais par cœur, elle appuya sur une des briques du mur, un motif se dessina alors sur celui-ci. Elle sortit un diamant de sa poche et en introduisit la pointe dans une minuscule encoche invisible à l'œil nu. Elle forma ainsi un signe et soudain, une petite porte s'ouvrit dans le mur, nous pénétrâmes dans la pièce secrète.
C'était la première fois que ma mère me dévoilait ce lieu, j'étais très intriguée par ce que j'y trouverais. Durant toutes ces années, jamais elle ne m'en parla. J'en passai le seuil et me retrouvai dans une grande salle. Sur tout un pan de mur, se dressait une immense bibliothèque, les autres murs étaient couverts d'étagères disparaissant sous des bocaux, des fioles, et toutes sortes d'autres ustensiles. Au centre, se tenait un petit bassin, ma mère me fit signe d'approcher. « Asra, durant toutes ces années je t'ai enseigné tout ce que je savais, apprenant moi-même la nuit dans les livres pour te transmettre ce savoir le jour. Mon enfant, ta destinée n'est pas de rester dans ce palais, et rassure-toi elle n'est pas non plus d'épouser Tadjib, mais peut-être tout cela serait-il préférable

à ce qui t'attend...» « Mère qu'est-ce que cela signifie ? » « Asra, tu fais partie de ceux qui devront accompagner l'élue dans sa quête, ce que je t'ai appris, tu devras le mettre au service d'une mission...» – C'est alors qu'elle me révéla ce qu'elle savait de tout cela, l'élue, la prophétie, le pays de Lyriati, le palais de cristal renfermant les tables d'or. Dans l'eau du bassin, elle a fait apparaître le reflet de ceux qui avaient été choisis pour la quête : c'est ainsi que je vous vis pour la première fois, nous devrions être cinq me dit-elle, mais seuls vous trois apparurent. Je ne sais pas pour quelles raisons nous avons été désignés, mais c'est ainsi. Elle me dit également que ce soir-là était le début de tout, je crois que c'était le jour des dix-sept ans de Louna. Je devais quitter le palais et aller vous rejoindre, vous aviez besoin de moi. C'est alors qu'elle consulta les perles, celles-ci nous indiquèrent : le lieu, la date et l'heure où je devrais vous retrouver. Tout était tellement précis, c'était terriblement troublant, comme si un événement allait se passer auquel je devrais prendre part, mais en parallèle de vous. Ma mère me remit un livre avant de partir :
« Il contient tous ceux que tu vois ici dans cette bibliothèque mon enfant, tout ce que je t'ai enseigné, mais surtout ce que je n'ai pas eu le temps de faire. Chaque page correspond à un ouvrage, il te suffira de désigner celui que tu souhaites consulter et de prononcer la formule « Livera multi », alors, le livre que tu choisiras se transformera en celui que tu désires, tu pourras alors le consulter dans son intégralité. Dès que tu le refermeras, il reprendra sa forme initiale. Chaque fois que tu en consulteras un, je le saurai, je ferai tout mon possible alors pour t'aider dans la mesure de mes connaissances. Maintenant, accroche-le par cette chaîne autour de ton cou. » – Étonnée par la taille du livre, je fis cependant ce qu'elle me dit, et aussitôt, l'imposant volume se transforma en un minuscule livre médaillon. « Dès que tu le retireras de ton cou, il reprendra sa taille originelle. » – Puis ma mère se retourna vers une des étagères et saisit tous les petits sacs

de peau qui s'y trouvaient. « Dans les sacs de couleur, tu trouveras tous les ingrédients nécessaires aux potions que je t'ai apprises… dans les sacs blancs, se trouvent les plantes correspondant à des potions que tu n'as jamais réalisées… les formules sont dans les livres, fait bien attention si tu en as besoin car ces plantes sont très dangereuses. » – Elle jeta tous les petits sacs dans un autre plus volumineux de cuir, serré par une cordelette de soie, que j'accrochai à ma ceinture, le camouflant sous mes jupes. Enfin, elle détacha de son cou une fine chaîne d'argent. Au bout de celle-ci, se balançait une émeraude merveilleuse, taillées en multiples facettes d'un côté et en cabochon de l'autre. « Je te donne cette pierre mon enfant, elle te servira dans ta quête. Je connais certains de ses pouvoirs, mais il en existe bien d'autres que tu devras découvrir seule... ne la perds jamais car elle est la clé. »

Jamyang sursauta.

– Lilouya est la clé aussi... quelle phrase étrange !
– C'est ce que m'a dit ma mère, je ne sais rien de plus… Puis j'ai quitté le palais pour partir à votre rencontre. J'ai pris de train et suis arrivée à temps pour prendre la correspondance pour Delhi.
– Tu étais dans notre train ?
– Je ne vous ai trouvés qu'à l'arrivée. J'étais inquiète car l'enfant n'était pas là. C'est plus tard que je me suis rendu compte que vous aviez des ennuis, mais je ne pouvais vous rejoindre car j'avais toujours cette heure dans la tête. Je vous ai donc suivis, vous avez retrouvé Tashi au Fort Rouge, nous étions enfin presque au complet. Puis je vous ai surveillés à l'hôtel.

Asra raconta comment elle surprit les hommes en noir attendant de déclencher l'attaque. Elle ne savait que faire, quand un rêve lui revint en mémoire, elle se souvint avoir vu une jeune fille attaquée par des ombres, tout autour d'elle la bataille faisait rage, quand soudain, des éclairs jaillirent, comme sortis de nulle part. Les ombres, exposées à ce jour inattendu, pour beaucoup prirent la fuite, cependant, la jeune fille se trouva malgré tout en fâcheuse posture, alors, se détachant sur le ciel étoilé, une lune monstrueuse apparut. Des rayons partirent alors de l'astre céleste vers celle-ci qui, avec une force inouïe déclencha une vague de lumière gigantesque inondant toutes les ombres de ses flots dévastateurs.

– Ce n'est que peu de temps avant l'attaque que je compris qu'il s'agissait d'un rêve prémonitoire, et que l'on m'indiquait là, le rôle que je devais jouer dans cette bataille.
Je fouillai dans le livre à la recherche des formules pour créer des feux d'artifice, ce fut tout bête, les hommes en noir perdirent dès lors le bénéfice de la surprise et de l'obscurité. Dès que le sifflement de départ de l'assaut retentit, je commençai, quelques instants après, des détonations et des éclairs jaillirent de partout. Je cherchai alors le chef des ombres, lui seul pouvait leur permettre de se réorganiser et de reprendre l'avantage, malheureusement je mis trop de temps à le trouver, nous nous battîmes alors violement, il avait l'avantage, mais tandis que je faiblissais, l'émeraude sortit de mon corsage, l'homme poussa un cri et se désintégra devant moi. Puis, comme dans mon rêve, la lune apparut, et tous les hommes furent balayés par la vague de lumière. Ce que je ne vis pas, c'est que Tashi se trouva seul à lutter contre quelqu'un de très puissant, et que cette personne le blessa gravement …
– C'est pour cette raison que vous me demandez mon aide…

Asra et Jamyang acquiescèrent d'un signe de tête.

– J'irai chercher cette plante pour vous dans le jardin des cimes, car vous ne pouvez perdre l'enfant… il est beaucoup plus important pour cette quête que vous ne l'imaginez, sa mort serait la fin de votre entreprise… même l'élue ne pourrait plus rien... L'enfant de cristal a un rôle à jouer dans la destruction du *mal noir*, il est celui qui rendra sa fin définitive et irréversible. Sans lui, la lutte serait vaine car il reviendrait un jour. Les êtres des ombres savent cela, c'est pourquoi ils ont tenté de l'éliminer. Vous devez prendre autant soin de lui que de l'élue, car elle a besoin de lui pour achever sa mission.

Jamyang ne disait rien, un nouveau poids s'ajoutait sur leurs épaules.
C'est Asra qui la première rompit le silence :

– Ma reine, puis je vous poser une question ?

La grande dame lui sourit.

– Savez-vous ce qui s'est passé ce soir-là entre la lune et l'élue ?
– Je le sais…

Les deux jeunes gens étaient suspendus à ses lèvres.

– L'élue possède plus de pouvoirs que vous tous réunis… mais elle ne les connaît ni ne les maîtrise encore… cependant, cette nuit-là, vous avez pu apercevoir la force de suggestion qui est en elle. Aucune pleine lune n'est apparue dans le ciel, rien ne s'est réellement produit, mais son esprit s'est instinctivement défendu contre la menace en créant cette montagne lumineuse. Dans le désespoir de sa situation, elle a appelé de toutes ses forces son protecteur, et a puisé en lui la puissance nécessaire pour vaincre ses ennemis.
– Et cet horaire… pourquoi ?
– Pour que tout ce qui s'est passé puisse se passer…
– Je ne comprends pas ?
– Asra, il est des événements tragiques qui sont parfois indispensables

car ils produisent des conséquences bénéfiques… vous deviez venir ici… or sans cette heure fatidique, peut-être que tout cela ne serait pas arrivé, ni la blessure de l'enfant, ni ce que l'élue a appréhendé sur elle-même ce soir-là…

La jeune magicienne faisait la moue, tout cela était bien difficile à comprendre et elle ne voyait pas en quoi les événements tragiques de la nuit pouvaient avoir un quelconque effet bénéfique.

– Les choses se dénoueront d'elles-mêmes, à présent, nous devons nous restaurer, car la route est longue jusqu'au jardin des cimes.

La reine des fées battit trois fois des ailes, ils entendirent à peine un bruissement, pourtant, aussitôt, d'adorables petites fées arrivèrent les bras chargés de plats précieux regorgeant de fruits et de gâteaux sucrés. D'autres les suivaient portant des pétales de fleurs qu'elles répandirent sur le sol de jade, tandis qu'une dizaine d'entre elles, disposaient autour du petit groupe des pots argentés contenant des plantes merveilleuses. Puis toutes se retirèrent dans un frémissement de soie froissée. La reine claqua des doigts et comme par enchantement, apparurent aux quatre coins de la pièce de petits bassins d'eau parfumée, entourés de bougies et couverts de nénuphars en fleur. La pièce d'or venait de se transformer en petit paradis pour le plaisir des trois convives. Cependant si le spectacle leur ravissait les yeux, ils se dépêchèrent tous de manger quelques gâteaux, ni les uns ni les autres ne souhaitaient traîner davantage, il en allait de la vie de leur ami. Quand le repas fut terminé, la reine claqua de nouveau des doigts et tout disparu.

– Il est temps de nous mettre en route, venez…

Les deux jeunes gens lui emboîtèrent le pas, retraversant le long couloir, ils bifurquèrent sur la droite avant d'arriver dans le hall. De là partait un second couloir allant vers une petite tourelle au loin. Soudain, à leurs pieds il n'y eut plus rien que le vide, le couloir se prolongeait en une passerelle de cristal translucide, laissant apparaître le sol à des centaines de pas plus bas. La reine s'y engagea sans hésiter suivie de Jamyang, tandis qu'Asra sentait son cœur battre à tout rompre. Elle avait l'impression de marcher dans les airs, et cela n'était pas sans l'impressionner considérablement. Cela n'avait rien à voir avec leur arrivée sur le chemin d'étoiles, car à présent il faisait grand jour et elle pouvait distinguer chaque pierre, chaque arbre, chaque ruisseau en contrebas.

Ils arrivèrent enfin dans la petite tourelle. Elle était minuscule, mais la toiture au faîte pointu s'élançait à perte de vue. Un léger souffle de vent passait par les fenêtres, tourbillonnait autour des visiteurs, puis repartait comme il était venu. Les murs, toujours en ivoire étaient sculptés de plantes et de fleurs extraordinaires, toutes plus grandes et plus belles les unes que les autres, qui bondissaient en arc vers le cœur de la salle. De petits papillons d'or voletaient de fleur en fleur, butinant cette végétation intemporelle.

Leurs pas résonnaient dans le silence de la pièce et venaient se perdre dans l'infinie de la voûte. La reine se dirigea résolument vers une petite niche dans le mur qu'ils n'avaient pas aperçue en arrivant. Elle saisit une petite clé d'or et les mena au centre de la pièce. D'un geste de la main au-dessus d'eux, elle fit apparaître deux manteaux de fourrures épaisses qui vinrent se poser délicatement sur leur dos, tandis qu'autour d'elle, les étoiles de sa robe se faisaient plus denses, lui couvrant les bras et le cou.

– Il fait très froid là où nous allons ! À présent ne bougez plus !

Elle avança la petite clé devant elle dans le vide, Asra et Jamyang ne virent rien, mais à leur grand étonnement ils entendirent un bruit de serrure qui s'ouvrait, puis un énorme roulement et des milliers de petits clics se succédèrent, comme si tous les verrous d'une énorme porte sautaient les uns après les autres. Soudain, ils se sentirent happés dans un tourbillon, ils n'eurent pas le temps de comprendre ce qui leur arrivait qu'ils se retrouvèrent ballottés en tous sens dans un froid glacial, aucun d'eux ne parvenait à ouvrir les yeux tant l'air était vif. Ils entendirent à leurs oreilles la voix réconfortante de la reine :

– Le voyage est toujours aussi pénible, mais il est assez court, ne vous inquiétez pas.

En effet, peu de temps après, le vent se calma. Jamyang se risqua à ouvrir un œil, comme celui-ci ne semblait pas geler, il se risqua alors à ouvrir le second.
Le paysage qui les entourait était féerique, ils se tenaient sur la montagne de cristal, celle qui dominait tout de pays, la montagne céleste de la légende. Tout autour d'eux, des pics immenses gelés s'élevaient à perte de vue, mais surtout, en contrebas, ils pouvaient apercevoir les couleurs merveilleuses des fleurs du jardin des cimes. La reine les guida sur un petit chemin neigeux jusqu'à celui-ci. Il était entouré d'un enclos d'or filigrané, les mailles de la clôture étaient si fines que l'on pouvait le croire paré d'un immense collier. La reine s'approcha d'une petite porte à peine visible dans l'enchevêtrement des fils d'or et posa sa main sur un minuscule papillon. Aussitôt, celui-ci s'envola dans un éclat de paillettes multicolores puis entreprit de voleter selon un ordre très rigoureux dans les interstices laissés entre les fils d'or.

– Dans un instant, le gardien du jardin nous aura ouvert.

En effet, il ne fallut que quelques secondes au papillon pour décoder la porte qui s'ouvrit délicatement devant les trois visiteurs. Devant eux, perçant de leurs troncs et de leurs branches vigoureuses la neige d'un blanc immaculé, se tenaient des arbres aux fruits cristallins, des fleurs aux teintes évanescentes, jamais ni Asra ni Jamyang n'avaient vu quelque chose d'aussi sublime.

La reine les guida directement sur la droite du jardin, là où poussaient des fleurs plus petites et plus colorées. Les indigos se mêlaient savamment aux mauves et à l'or, tandis que les roses clairs côtoyaient des verts pâles rehaussés par le blanc infini qui les entourait.

C'est là qu'ils virent enfin ce qu'ils étaient venus chercher, seule, isolée des autres, se dressait sous un voile de cristal tressé, une fleur merveilleuse. Ses feuilles d'un bleu tendre avaient l'aspect de la peau d'une pêche. De longues tiges souples en partaient se terminant par un minuscule bouton entouré de longs pétales blancs semblables à des plumes d'autruches. En leur cœur, se dressaient cinq pistils, l'un rouge, l'autre rose et les trois derniers aussi blancs que les pétales.

– Voici la fleur de vie, la seule qui puisse sauver votre ami… mais vous devez aussi savoir qu'elle est également fleur d'immortalité… celui qui la consomme vivra 1001 ans en plus de sa vie terrestre… la vie peut-être un lourd fardeau… et la mort une délivrance. Je crois que vous n'avez pas le choix à cet instant, mais sachez que vous condamnez votre ami à la vie, et avec elle, à toutes les souffrances qui la constituent…

La reine des fées eut un soupir, et son regard se voila.

– Pour que la fleur dispense son pouvoir à la personne qui la consommera, la même main doit prélever le pistil et le poser dans sa bouche… lequel d'entre vous souhaite accomplir ce geste ?

– Ce sera Asra, c'est elle qui nous a sauvés cette nuit-là, il est juste qu'elle puisse achever ce qu'elle a entrepris.

Asra regarda le jeune moine, elle comprit le prix de ce sacrifice, car si quelque chose leur arrivait sur le chemin du retour, il n'aurait d'autre choix que de rester combattre pendant qu'elle devrait partir sauver l'enfant. Elle se dirigea vers la fleur épanouie, la reine lui tendit une fine lame d'argent.

– Tu ne dois couper qu'un des pistils blancs, cela suffira.

Asra saisit le bijou et s'approcha de la fleur, celle-ci docile, s'inclina doucement afin qu'elle puisse s'exécuter plus facilement. Une goutte de sang rouge perla à l'endroit de la coupure, Asra recula, surprise.

La reine la rassura :

– Cette plante vit comme vous et moi, il est normal qu'elle souffre si on la mutile, mais son sacrifice ne sera pas vain, et rassurez-vous, dans dix lunes, elle aura recréé le pistil que vous venez de lui ôter.

Cette dernière tendit un petit sac de soie rouge à Asra.

– Il sera protégé à l'intérieur. À présent, vous devez partir, le temps ne s'écoule pas de la même façon ici et sur la Terre, et votre absence n'a que trop duré.

Tous quittèrent vivement le jardin, la peur au ventre d'avoir dépassé le temps limite.... Ils refirent le chemin en sens inverse jusqu'à la tourelle et regagnèrent la petite salle dorée.

– Je vais ouvrir la voie des étoiles, vous pourrez alors courir retrouver vos amis. Sachez que vous trouverez toujours aide et assistance en ma personne et en mon peuple. Que toutes les forces de la lumière protègent votre quête contre les ténèbres et le mal, allez…

À ces mots, la petite salle dorée explosa en mille morceaux, tout devint noir autour d'eux, ils furent de nouveau dehors, dans la nuit. Des étoiles tournaient autours d'eux, puis l'une d'entre elles se détacha, puis une autre, enfin toutes s'alignèrent formant ainsi un chemin qui se perdait dans le lointain. Sans aucune hésitation, ils se précipitèrent dessus. Ils courraient à perdre haleine depuis longtemps déjà quand, devant eux, les premières lumières de la ville apparurent, puis ils purent distinguer les maisons, les arbres, la Terre était là, à leurs pieds. Jamyang attrapa la main d'Asra et de la dernière étoile sauta dans le vide.
La chute leur parut interminable. Ils tombaient lentement, voletant comme des plumes au gré du vent, enfin, ils se posèrent avec délicatesse. Jamyang avait déjà sorti le Lilouya, ils reprirent alors leur course éperdue jusqu'à la maison de Patli et son père. Ni l'un ni l'autre ne savaient combien de temps s'était écoulé, peut-être était-il déjà trop tard. Asra n'osait y penser de peur que ses jambes ne se dérobent sous elle. Ils devaient arriver, c'était tout.

***

Louna ne savait plus que faire, à bout de force, épuisée par ces jours de veille, tenue miraculeusement éveillée par la crème d'Asra, elle n'avait oublié aucun cataplasme, mais si l'enfant vivait encore, il était au plus mal. Il souffrait de plus en plus et gémissait sans cesse dans son sommeil tourmenté. Une seule fois il avait semblé s'éveiller, l'avait regardée de ses grands yeux noirs, la suppliant de l'aider, puis il était retombé sur le lit inconscient. Les taches brunâtres avaient gagné tout son corps à présent, et elles tendaient à se rejoindre. Les préparations avaient énormément retardé les effets du poison, plus que ne le pensait Asra, car à l'aube du septième jour d'attente, il respirait encore, mais chaque seconde qui passait le rapprochait un peu plus de la mort. Désespérée, elle écoutait tous les bruits de la maison avec une attention redoublée, sursautant, dès qu'elle entendait quelque chose, allant et venant comme un lion en cage.

Pourquoi ne revenaient-ils pas ? Que s'était-il passé, avaient-ils trouvé l'antidote. Après chaque crise de désespoir elle revenait vers lui, constatant la dégradation toujours plus importante de son état. Pourquoi n'avait-elle pas le pouvoir de le guérir, elle était l'élue près tout, à quoi cela servait-il si elle devait assister impuissante à sa mort.
Louna sentait une rage furieuse la gagner, tout son être se révoltait contre cette injustice. Les heures de la journée passaient et ils n'arrivaient toujours pas. Les taches brunes se rejoignaient de plus en plus vite, la mort le gagnait lentement, elle sentait à peine son souffle passer à travers ses lèvres déjà bleues. Elle était à présent torturée, le moment qu'elle redoutait tant arrivait. Devait-elle le soulager définitivement de ses souffrances, et s'ils arrivaient un instant après, tout serait trop tard, mais s'ils n'arrivaient pas, l'enfant mourrait ainsi, anéanti par ce mal qui le rongeait, souffrant malgré son sommeil, et gémissant jusqu'à son dernier souffle, elle ne pouvait laisser cela se faire.

Elle abandonna un moment le jeune Patli qui veillait à côté de son ami et se dirigea vers le patio. Elle ne s'était rendu compte de rien, mais la nuit était tombée, le septième jour venait de s'achever et elle était toujours seule… elle devait se décider à présent. Elle leva la tête vers le ciel, un croissant de lune trônait majestueux au milieu d'une multitude d'étoiles, soudain, traversant le ciel à la vitesse de l'éclair, Louna aperçut une étoile filante, alors, se rappelant ce qu'elle faisait quand elle était enfant, elle joignit les mains et fit un vœu : « que Tashi revienne à la vie, que quelqu'un arrête ma main avant qu'il ne soit trop tard car je ne peux pas le laisser souffrir davantage... » puis, forte de sa résolution, elle releva la tête et se dirigea vers la chambre.

Dès qu'il la vit arriver, Patli lut dans son regard que sa décision était prise. Il enfouit sa tête entre ses mains et se mit à pleurer doucement. Sans un regard pour lui, Louna se dirigea vers le lit, elle ne devait ni voir ni entendre ce qui se passait, sinon elle ne pourrait pas... elle allait tuer l'enfant, elle n'avait pas le choix, mais son cœur avait cessé de battre dans sa poitrine.
Lentement, elle saisit le sac noir accroché à sa ceinture. Les petites feuilles brunâtres n'avaient pas bougé, elle les regarda un instant avec autant d'effroi que de répulsion, puis, bien malgré elle sa main s'avança. Instinctivement, elle attrapa une petite feuille dentelée de bryone, il fallait respecter l'ordre que lui avait indiqué Asra. Elle la déposa délicatement dans le petit mortier de cristal et la broya en fine poudre. Elle dilua alors celle-ci dans de l'eau et la fit couler doucement entre les lèvres de l'enfant, puis attendit. Ensuite, elle retira du sac noir une petite baie de belladone. Comme Tashi ne s'alimentait plus depuis des jours, elle dut également broyer le fruit et le diluer, elle lui fit boire la potion de la même manière. Les effets des deux drogues ne tardèrent pas à se faire sentir, le visage du petit garçon soudain se détendit, ses sourcils se défroncèrent, son nez n'était plus pincé comme quelques minutes auparavant, et ses lèvres étaient de nouveau pleines et charnues. Si ce n'était leur affreuse couleur bleue, Louna aurait presque cru qu'il revenait à la vie. Elle comprit à cet instant, en regardant l'ensemble de ses membres se détendre, ses poings se desserrer, ses bras redevenir souples, à quel point les souffrances endurées étaient violentes et surtout à quel point il les maîtrisait et les intériorisait, gémissant très peu,

ne les laissant transparaître que sur son corps. Louna ferma les yeux, une larme coula le long de sa joue. Cette décision était la bonne, elle devait le faire. Elle attendit encore quelques minutes que tout son corps fut totalement reposé et préleva cette fois une feuille d'aconit. Elle la broya également et la dilua, mais sa main ne parvenait pas à verser le liquide dans la bouche de l'enfant. Elle reprit sa respiration, approcha le verre de ses lèvres et commença à verser le liquide, celui-ci emplit le petit espace entre ses lèvres puis se mit à couler le long de son menton sur le lit. Louna était stupéfaite, comment cela était-il possible ? Il avait bu sans problème les autres potions, et était à présent dans un état second, ses lèvres devraient être incapables de se fermer. Elle cessa de verser pour voir ce qui se passait et fut interloquée de constater qu'il tenait les dents serrées fortement les unes contre les autres empêchant le liquide de pénétrer dans sa bouche. Elle eut un geste de recul, il refusait de mourir et elle était en train de le tuer, comment avait-elle pu ? Elle regarda horrifiée la boisson mortelle, jamais elle n'aurait dû faire cela, il voulait vivre et... Soudain elle entendit du bruit derrière elle, des gens courraient, son sang se glaça, elle eut à peine le temps de reconnaître Jamyang et Asra avant de laisser tomber le verre sur le sol et de tomber évanouie.

– Mon Dieu, il est trop tard, il a bu la potion !
– Non, le verre était plein, elle allait lui faire boire et...

Jamyang s'arrêta net, sur la bouche et le menton de Tashi, la potion d'aconit coulait doucement.

– Il l'a bue, nous arrivons trop tard.

Asra s'approcha de l'enfant, son corps était à présent totalement brun, les taches s'étaient rejointes il ne bougeait plus. Aucun souffle ne s'exhalait de sa bouche.

– Il a les dents serrées.
– Pardon ?

– Elle a tenté de le faire boire, mais il a refusé et a serré les dents, c'est pourquoi le poison coule encore sur sa joue.

Sous leurs yeux éberlués, la bouche de l'enfant remua légèrement, tandis que ses dents à présent se desserraient, appelant désespérément la fleur magique. Asra n'eut pas un instant d'hésitation, elle y déposa le pistil nacré et referma la bouche délicatement avec la main. Celle-ci esquissa une petite moue, puis redevint parfaitement immobile.
La jeune fille se tenait au bord du lit, le cœur battant, tandis que Jamyang serrait Louna dans ses bras, toujours évanouie. Il s'assit sur le sol, posa sa tête contre son corps et attendit. Rien ne se passait, ils n'avaient pas été assez rapides.

– Il bougeait pourtant quand je lui ai déposé la fleur dans la bouche, gémit Asra.
– Les muscles se détendent après la mort, ses dents ont finalement dû se desserrer, il a lutté contre la mort… mais il était trop tard pour nous.

Asra s'effondra en sanglots. Jamyang se releva, s'empara de sa main, et portant Louna toujours inanimée, se dirigea vers le patio. La nuit était calme, de temps à autre, quelques oiseaux criaient. De la chambre, venait par vague le murmure des pleurs de Patli. Il avait refusé de les suivre et restait là, prostré au pied du lit. Soudain, le ciel pris un éclat différent, ils levèrent ensemble la tête, pour constater qu'une pleine lune se tenait à présent énorme dans la nuit. Au même moment, Louna s'agita sur les genoux de

Jamyang. Un rayon venait d'effleurer son visage. Elle regarda son ami, puis le visage strié de larmes d'Asra et comprit aussitôt. Elle se redressa alors et fermant les yeux, tendit les bras vers le ciel, la lune grossissait à vue d'œil, elle semblait avancer vers la jeune fille, ses rayons la couvraient de toutes parts, elle était à présent totalement enfermée dans un halo argenté. D'un geste de la main, elle ramena à elle tous les rayons, les maintenant posés sur sa paume. Alors, d'un pas décidé, le visage crispé, elle se dirigea vers la chambre.

Jamyang et Asra ne bougeaient pas, fascinés par la scène à laquelle ils assistaient, quand soudain, une lumière aveuglante jaillit de la pièce à côté, ils n'eurent pas le temps de s'approcher, que Patli sortait en courant et en hurlant :

– Les taches, elles disparaissent, venez vite, elle est en train de le sauver, venez !

Sa petite voix suraiguë était à présent totalement hystérique. Il hurlait et s'agitait en tous sens.
Les deux jeunes gens furent saisis par le spectacle qui s'offrait à eux. Devant le lit, Louna avait la main levée et caressait du bout des rayons de lune, contenus dans sa paume, tout le corps du petit garçon. Chaque once de chair touchée par la lumière argentée reprenait une couleur tendre et rosée. Les monstrueuses marques brunes reculaient, la lumière effaçait les meurtrissures qui avaient parsemé le corps enfantin. Enfin, quand il n'y en eut plus aucune, que ses membres eurent repris un semblant de vie, elle baissa la main. Les rayons de lune s'évanouirent dans l'air ambiant tandis que la lumière déclinait dans le patio.

– Il faut attendre à présent.
– Louna, que s'est-il passé ?

– Je lui ai rendu assez de forces pour que la fleur produise son effet et se diffuse dans son corps. Les rayons l'ont aidée à se propager, mais nous devons attendre à présent...

Plus personne ne parlait, on entendit seulement au loin des pas accourir, le père de Patli surgit quelques instants plus tard.

– J'ai entendu des cris et...

Il s'arrêta net quand il constata le silence qui régnait dans la pièce. Pétrifié à son tour devant le changement d'aspect du corps de Tashi, il regardait l'enfant avec la même intensité et le même espoir que les autres.
Soudain, ses cils commencèrent à battre, puis lentement il ouvrit les yeux, découvrant les cinq personnes immobiles autour de lui.

– Que vous arrive-t-il ? Vous avez l'air d'avoir vu le diable !

Il se redressa sur son céans.

– Hé ! Ça suffit, dites quelque chose !

C'est Patli qui le premier lui sauta dessus, il s'accrochait à son cou, riant et pleurant à la fois, l'embrassant. Asra et Louna vinrent s'asseoir sur le bord du lit et lui saisirent ensemble les mains, pleurant elles aussi. Le père de Patli ne bougeait toujours pas, et il fallut que Jamyang vienne le soutenir car il commençait à défaillir.

– Tashi, petit Tashi, c'est une très longue histoire que nous te raconterons, mais en attendant, nous allons tous fêter cela !
– Ah oui alors, dit soudainement le père de Patli qui reprenait à peine ses esprits.

Il repartit en courant vers le reste de la maison pour préparer un festin de roi, en présence de toute la famille cette fois. Ils entendirent des cris venant de diverses pièces et peu de temps après, plusieurs petites filles arrivèrent curieuses dans la chambre. Elles poussèrent des cris de joie en reconnaissant Tashi qui fut au moins aussi heureux qu'elles de les revoir.
Jamyang fit cependant évacuer tout ce petit monde le temps que l'enfant reprenne ses esprits et s'habille. Restés seuls, Tashi le regarda d'un air grave.

– Je sais ce qui s'est passé Jamyang ! J'ai lutté tout le temps et je n'ai perdu connaissance qu'après que Louna ait tenté de verser la potion.

Jamyang blêmit à ces mots.

– Je sais ce que vous avez tous fait pour moi, ce que l'élue a souffert et comme sa décision fut difficile, je sais le voyage que vous avez entrepris car je vous ai vus. J'étais dans un état de souffrance extrême, mais je ne sais comment cela a pu se faire également, j'étais omniscient. Je vous voyais tous agir, je vous entendais penser, est-ce l'effet de ce poison ? je ne saurais dire, mais quelque chose est différent à présent, mes sensations, ce que je vois, ce que j'entends, je sais ce qui se passe dans la pièce à côté sans y être… je ne suis plus le même… cette épreuve a changé ce que j'étais, je crois que le combat contre cette chose a révélé des pouvoirs qui sommeillaient en moi… Tout cela a-t-il un sens pour l'avenir ?

– Sans doute, la reine a parlé d'épreuves nécessaires afin d'en retirer les bénéfices plus tard.
– Peut-être que tout cela devait se passer afin que je sache ce dont je serai capable pour la suite.

– Mais au prix de quelles souffrances !
– Il ne se passe rien sans souffrances dans ce monde, nous le savons parfaitement toi et moi, et nous croyons au bénéfice de celles-ci, mais l'épreuve réelle est toujours plus douloureuse et difficile que la théorie… nous venons tous d'en faire l'expérience.
– Seul l'avenir nous dira si tout cela a été vain ou non…
– Il faudra soutenir l'élue, son combat a été terrible, probablement le plus terrible de nous tous, car si nous combattions la mort, elle, a dû s'obliger à la donner. Cela ne sera pas sans conséquences… on n'ôte pas la vie de quelqu'un que l'on aime sans que cela vous affecte profondément, mais je ne parviens pas à lire en elle aussi bien qu'en vous, si j'entends ses pensées, son âme reste secrète…
– Elle est l'élue et ses pouvoirs sont immenses… souviens-toi de ce que la reine a dit…
– C'est ainsi qu'elle a pu me sauver. J'étais mort Jamyang, et la force de sa volonté m'a rendu à la vie, suffisamment pour que la fleur puisse agir… ses pouvoirs sont infinis et elle commence à les découvrir… mais est-il nécessaire que cela se passe de manière si tragique à chaque fois ?

Jamyang regarda le petit garçon, songeur...

– … Vous m'avez tous sauvé, sans vous je serais mort…. je vous dois la vie et je ne sais si un jour je pourrai m'acquitter de cette dette…
– Si tu pouvais ne jamais avoir à le faire, voilà qui serait parfait pour nous tous.

Tashi lui sourit. Jamyang le prit dans ses bras et le serra un moment.

– À présent, rejoignons tout le monde… si tu t'en sens capable.
– Je vais très bien… Jamyang ?

– Oui ?
– Je préférerais que cette discussion reste entre nous, je ne veux pas que Louna sache que j'ai entendu ses pensées, que j'ai lu en elle quand elle s'est décidée… je ne veux pas qu'elle sache que j'ai sciemment refusé la potion car je vous voyais arriver, elle en souffrirait trop, tout cela doit rester secret… pour le moment…
– Je ne dirai rien, mais à présent, allons les retrouver pour fêter ton retour à la vie.

L'enfant enserra la main du moine dans la sienne et tous deux, mi-souriants mi-graves, sortirent de la chambre rejoindre le festin qui les attendait. Déjà, Louna pressait Asra de questions, poussant des exclamations sur tous les tons au fur et à mesure de son récit.

Chapitre 12

L'héritage de Lila.

Louna était seule dans le patio. Tout le monde était encore endormi, il était de bon matin mais les événements de la veille ne lui avaient pas permis de trouver le sommeil. Elle ne s'expliquait pas comment Tashi avait pu résister quand elle lui avait versé la potion, mais surtout, elle n'osait imaginer ce qui serait arrivé s'il n'avait pas résisté...
Comment avait-elle su ce qu'il fallait faire quand ils lui avaient dit que le remède n'avait pas fait d'effet... tout était venu naturellement, elle avait rassemblé ses forces et la lune était apparue, dispensant en elle son énergie bienfaitrice. Elle n'avait eu qu'à la transmettre à l'enfant pour aider la substance du pistil de la fleur à se diffuser dans son corps, mais elle ne savait toujours pas de quelle manière elle avait réussi cela.

Louna commençait à découvrir qui elle était au fur et à mesure de ses péripéties, mais pour autant, de plus en plus de choses la concernant, lui échappait et elle se sentait de plus en plus perdue.
Elle entendit un pas derrière elle.
Jamyang aussi était réveillé. Il s'approcha doucement.

– Comment vas-tu Louna ?
– Hum... elle fit une petite moue contrite.
– Cette semaine a été difficile pour nous tous, mais sur tes épaules reposait la tâche la plus ardue. Toutes les décisions que tu as

prises étaient celles qu'il fallait prendre. Tu as fait ce qui était juste et ce que ton âme te conseillait…
– Jamyang, il a résisté, il a refusé la mort que je lui donnais… c'est comme si j'avais voulu le tuer et qu'il s'était débattu, je suis une meurtrière.
– Ce qui compte est ton intention fille de lune, ce que ton cœur avait choisi de mieux pour lui…
– Mais comment est-ce possible ?
– Beaucoup de choses depuis que nous nous sommes rencontrés restent inexpliquées, et sa réaction l'est également, mais tu as fait ce qu'il fallait faire, de la même façon tu as su de quelle manière tu pouvais le sauver.

La jeune fille baissa la tête, effondrée par son geste de la veille.

– Louna, regarde-moi… elle releva le visage, ses grands yeux noirs brillaient de larmes contenues. Sans toi il était condamné, tu l'as sauvé deux fois, tu as tenté de le délivrer de ses souffrances, puis tu l'as sauvé de la mort… tu as été pour lui plus qu'un ange gardien, sans toi, notre quête était vaine, sans toi, il serait à côté, mort… et sais-tu ce qui se serait passé si tu n'avais pas tenté de lui faire boire le poison ? Peut-être n'aurais-tu pas trouvé la rage et la force de lui transmettre toute cette énergie pour aider son corps à retenir la fleur de vie… Louna… nous ne pouvons pas revenir sur les choses du passé, car mêmes lorsqu'elles sont néfastes, elles ont des effets qui peuvent être bon dans l'avenir.

– C'est difficile à croire !
– C'est ainsi… sans ton geste, les événements auraient été différents, peut-être n'aurait-il pas vécu. Ne regrettons rien tant que derrière la peine et la douleur il y a la joie…
– Je m'en rappellerai Jamyang… car quelque chose me dit qu'il faudra que je me répète souvent cela à l'avenir…

– Nul ne sait de quoi l'avenir est fait… avançons confiants… c'est la seule voie possible.
– À propos, tu ne m'as toujours pas dit où vous avez trouvé cette plante.

Jamyang lui raconta alors toute leur aventure, le palais, la montagne, Louna n'en croyait pas ses oreilles. Tout s'était passé exactement comme dans la légende du vieil homme de son enfance. Était-ce fait exprès, toutes ces légendes n'étaient-elles faites en réalité qu'à la préparer à son futur destin ? Elle n'eut pas le loisir d'y réfléchir davantage, des pas se rapprochaient d'eux.

– Hé ! Tout le monde est déjà levé ?

Asra arrivait tout enjouée.

– Houla ! Que de mines sombres… est-ce notre départ qui vous attriste ainsi ?
– Oui, mentit Louna, Patli va me manquer, et tout le monde ici… mais je suis heureuse de reprendre la route, j'ai hâte d'arriver au temple…
– Moi aussi, à quelle heure partons-nous Jamyang ?
– Le père de Patli nous a pris des billets pour 16 heures, nous avons donc un peu de temps devant nous.
– Dans ce cas, je connais quelqu'un qui va en profiter pour prendre un énorme petit déjeuner. Vous avez mangé ?
– Pas encore ! répondit Louna à son amie manifestement affamée.

Jamyang sauta sur l'occasion pour détourner la conversation sur un mode plus léger :

– Voilà une excellente idée, allez, les sauterelles, sus aux réserves de la famille !

La journée se passa tranquillement. Seuls Patli et son père les accompagnèrent à l'aéroport. Avant de quitter tout le monde, Louna demanda au bol magique un cadeau pour chacun d'entre eux afin de les remercier de leurs bontés.

Les filles eurent de petits bijoux, la mère de Patli reçut un énorme diamant rose qui la fit presque tomber à la renverse, Patli un petit poignard d'or et d'argent incrusté de pierreries, et pour son père, féru de l'histoire de son pays, un manuscrit précieux, rédigé à la cour du roi Açoka.
Tout le monde pleurait autant de tristesse que de joie, enfin ce fut une merveilleuse cacophonie à laquelle il fallut bien mettre un terme, car le temps passait.
Patli fit promettre à Tashi de revenir le voir et embrassa très fort Louna en rougissant.
Son père leur souhaita une bonne route les invitant à séjourner sous leur toit aussi souvent qu'ils le voudraient… ainsi qu'à donner des nouvelles de temps à autre, car il se doutait bien que la suite de leur périple ne serait pas de tout repos.
Enfin, ils montèrent dans l'avion, direction Madras, capitale du Tamil Nadu.
De là, ils prendraient le bus pour Mahabalipuram. Selon les indications des documents dérobés avec François, le temple se situait en bord de mer, il ne leur resterait plus qu'à le trouver.

La ville était très touristique en raison de ses nombreux monuments du Vème siècle construits sous la dynastie Pallava, ils pourraient sans peine se fondre dans la foule et passer inaperçus.

Bien que très fatigués par le voyage, celui-ci se passa sans incident. Après une nuit à Madras, ils arrivèrent tôt le lendemain matin, à la gare routière de Mahabalipuram.

Le voyage n'avait pas été particulièrement éprouvant, mais tous se remettaient difficilement de leur semaine passée.
Il fut décidé d'un commun accord que rien ne serait entrepris avant le lendemain. Ils avaient donc la journée pour se reposer, se restaurer et se balader. Une petite pause était bienvenue pour tout le monde.

Le père de Patli leur avait fait une réservation à l'hôtel Surya dans lequel il avait déjà séjourné. Ils n'eurent donc qu'à indiquer l'adresse au taxi. Aucun des quatre ne sut ce que celui-ci avait dit au propriétaire, mais il les reçut en personne et les guida vers ses deux plus belles chambres. Il fut convenu que les deux jeunes filles partageraient l'une tandis que Tashi et Jamyang prendraient la seconde.

La première avait vue sur un adorable petit lac tandis que l'autre donnait sur un jardin intérieur, décoré de sculptures.
Toutes deux étaient immenses, avec une salle de bains occupée en quasi-totalité par une baignoire à l'allure de piscine. Chacun était ravi. Ils se donnèrent rendez-vous dans le hall vers midi pour déjeuner et chacun parti s'enfermer dans sa chambre pour profiter, qui d'un bon bain ou d'une bonne douche et surtout d'un repos bien mérité.
Louna profita de ce moment de répis pour ouvrir son gros sac récupéré en catastrophe avant leur fuite, et en sortit son ordinateur. Elle se connecta aussitôt sur sa messagerie, qui affichait trente-sept mails non lus, dont trente provenaient de son père. Elle ouvrit le dernier et n'eut pas besoin de lire plus de deux ligne pour se rendre compte de l'état d'inquiétude dans lequel elle avait plongé sa famille, en les laissant sans nouvelles si longtemps.
Elle leur raconta en quelques phrases les derniers événements, tout en passant sous silence leurs dangereuses tribulations.

Pendant ce temps-là, Asra avait fait un inventaire rapide des vêtements de Louna et affichait une moue dubitative devant ses jeans et ses tee-shirts, s'apercevant de sa contrariété, son amie demanda au bol de quoi se vêtir correctement et celui-ci ne fit pas fait les choses à moitié. Il opta pour deux saris, l'un d'un merveilleux rose camélia, rebrodé d'or et assorti avec un petit haut d'un ton plus clair, l'autre bleu pâle brodé de fils d'argent, également assorti d'un petit haut de couleur bleu nuit.

Louna se dirigea instinctivement vers le vêtement bleu, tandis que son amie s'emparait du sari rose. Le partage fut donc vite fait et toutes deux descendirent ainsi parées. Cette arrivée ne passa pas inaperçue au plus grand plaisir des jeunes filles, mais si les regards admiratifs de leurs deux amis en disaient long sur la réussite de leur petite surprise, leur froncement de sourcils leur rappela qu'ils n'étaient pas sensés se faire remarquer. Tant pis, il était si bon de se sentir un peu élégantes, qu'un instant elles en oublièrent toute prudence.

Le directeur de l'hôtel revint les saluer, leur demandant si tout leur convenait, puis il lança un regard étrange à Louna et les quitta. Celle-ci le suivit un moment des yeux, intriguée, mais fut bientôt arrachée à sa contemplation par une main ferme qui la tirait vers l'extérieur.

– Louna j'ai faim !

Tashi ne tenait plus en place, trouver un restaurant était une priorité absolue.
Le réceptionniste leur avait conseillé d'aller déjeuner dans une des petites cahutes bordant la mer ce qui leur convenait parfaitement. Ils s'engagèrent donc résolument sur la Thirukula Street, puis obliquèrent sur Othavadai Street en direction de la

plage. L'ambiance était au beau fixe, excepté pour Jamyang qui semblait soucieux. Intriguée Louna s'approcha de lui et lui demanda ce qui se passait.

– Tu n'as pas remarqué que la ville était totalement envahie par des militaires ? Ils sont partout et plus nous approchons de la plage, plus ils sont nombreux.

Interloquée, la jeune fille regarda autour d'elle, cela ne l'avait pas frappée de prime abord, or la ville avait effectivement des allures de base militaire. Elle fit également la moue.

– À ton avis, pour quelle raison sont-ils là ?
– Je n'en ai aucune idée… nous demanderons au restaurant, tiens, nous y sommes.

Ils arrivaient enfin en vue d'une plage magnifique qui s'étendait à perte de vue. Au loin, la mer resplendissait sous le soleil de midi.

– Nous n'avons que l'embarras du choix, dit Jamyang en désignant une dizaine de petits restaurants serrés les uns contre les autres. Tashi, à toi l'honneur de choisir puisque tu es le plus affamé.

Le jeune garçon se dirigea vers le premier d'entre eux et entra résolument.

– Ici ça me paraît parfait, dit-il en s'asseyant d'office.
– Bien, va pour le Santhana beach !

Les deux jeunes filles le rejoignirent, Jamyang fermait la marche. Ils se régalèrent d'un énorme plat de langoustes et de homards, spécialités de la maison.

Louna se prit à rêver quelques instants dans ce cadre idyllique que toute cette entreprise n'était que le fruit de son imagination débridée et que tout reviendrait bientôt à la normale… mais l'air de plus en plus songeur et préoccupé de Jamyang la ramena à la réalité. Asra l'avait remarqué également.

– Que se passe-t-il ?

Le jeune moine lui expliqua ce qui l'inquiétait. Asra tout comme Louna, n'y avait pas prêté attention, et si Tashi l'avait bien remarqué, il ne s'en était pas inquiété outre mesure. Quand le serveur revint, Jamyang lui demanda s'il y avait une base militaire près d'ici.

– « Une » base ? Bien plus que cela ! Voilà plus de quinze ans que les militaires sont ici. Ils ont fermé un jour le temple du Rivage, le « Shore temple », vous le voyez au loin là-bas ! Tout le monde tendit le cou. Eh bien, on ne peut plus y accéder, allez savoir pourquoi ? On se demande bien ce qu'ils y font… enfin, ils sont des centaines, juste pour le temple, et du coup, il y en a partout en ville, mais que voulez-vous, la raison d'État est plus forte que nous.

Puis il partit en maugréant contre le gouvernement.

– Vous avez entendu, depuis quinze ans, c'est à peu près la date de la disparition de tes parents Louna... croyez-vous qu'il reste quelque chose de… bizarre dans le temple ?
– Non Tashi, je ne pense pas, mais toute cette histoire s'est déroulée dans des conditions si incroyables qu'ils préfèrent sans doute empêcher toute enquête sur place, et toute visite bien sûr, ne sachant ce qui a pu arriver.
– Comment faire pour entrer, ils sont très nombreux d'après ce que dis le serveur !

– Ce sera difficile d'y aller tous les quatre c'est certain, si nous ne trouvons pas de solution, il faudra répartir nos efforts et faire diversion pendant que l'un de nous pénétrera. À mon avis, ils ne gardent que les accès, mais ne peuvent pénétrer au cœur même du temple. Je ne pense pas que le gouvernement souhaite voir ses militaires fouiner dans des affaires comme celles-ci.
– Nous irons cet après-midi nous balader vers là-bas… sans les filles trop voyantes !
– Merci Jamyang pour ce compliment ! dirent-elles en cœur.
– Nous étudierons les possibilités d'y entrer. Vous n'aurez qu'à visiter les rathas et faire du shopping en attendant !
Asra fronça les sourcils, elle n'aimait pas être mise à l'écart et surtout de manière aussi cavalière. Cependant il avait raison, elles étaient très apprêtées, et très heureuses de l'être, de plus, l'idée de visiter et faire quelques emplettes était loin de lui déplaire.

Louna faisait également une moue désapprobatrice, mais ses yeux brillants indiquaient malgré tout qu'elle était ravie de cette perspective.

Ils se séparèrent donc après le repas, les filles se dirigèrent vers la ville tandis que les deux garçons s'engageaient sur la plage en direction du temple.

L'après-midi passa rapidement, la visite des rathas, petits temples en forme de chars sculptés sous la dynastie Pallava était passionnante, d'autant qu'une guide indienne commentait chacun d'entre eux. Asra eut bien quelques problèmes pour comprendre le tamul, étant originaire du nord de l'Inde, mais Louna avec une facilité déconcertante lui traduisit l'ensemble de ses propos. Elles terminèrent leur balade par le grand rocher sculpté de la pénitence d'Arjuna. Divers mythes étaient représentés sur celui-ci, encadrant une immense fissure naturelle qui symbolisait le

Gange. Elles tentèrent d'en apprendre davantage sur la signification du bas-relief, mais comme personne ne s'entendait sur le sens des sculptures, elles laissèrent la question aux spécialistes et se dirigèrent vers de petites boutiques.

Louna marchanda quelques petites statues et des tissus pour sa famille tandis qu'Asra achetait des bâtons d'encens qu'elle alluma et alla déposer sur un petit autel devant une statue du Bouddha.

– Nous allons avoir besoin de tous les bons auspices possibles et Bouddha est le meilleur protecteur, lui dit-elle.
L'adolescente la regarda sceptique, mais s'abstint de tout commentaire. Il était près de 17 heures et elles étaient assez fatiguées.
Elles prirent la décision de rentrer à l'hôtel pour se rafraîchir et voir si les garçons étaient revenus.

En arrivant dans le hall, elles croisèrent de nouveau le directeur qui jeta un regard encore plus insistant sur Louna. Celle-ci se sentit mal à l'aise et grimpa rapidement les marches qui les séparaient de leur chambre. Elles y déposèrent leurs affaires et se précipitèrent vers celle de leurs amis, mais personne ne répondit à leurs coups répétés, ils étaient encore dehors ! Tant pis ! Elles pourraient ainsi prendre une bonne douche.

La jeune indienne pria sa compagne de la prendre en premier car elle souhaitait faire quelque chose auparavant.
Elle s'assit dans un coin, les jambes croisées, les mains posées sur les genoux, paumes ouvertes et ferma les yeux. Louna la laissa prier tranquillement et se dirigea vers la salle de bains.
Une demi-heure plus tard, fraîche comme une rose, vêtue d'un petit short de coton beige et d'un débardeur bleu pâle elle se précipitait chez ses voisins. Toujours personne. Déçue, elle décida

de descendre prendre un verre dans le jardin, ne voulant pas déranger son amie.
Elle s'installa confortablement au soleil et ferma les yeux.
Une main sur son épaule la fit sursauter.

– Vous désirez boire quelque chose mademoiselle ?
– Heu ! Oui, avez-vous des cocktails de fruits ?
– Nous avons un cocktail composé des différents fruits de la région, pressés et mélangés avec une goutte de sirop de menthe, c'est le « Baraco ».
– Je crois qu'un « Baraco » sera parfait, merci !
Le serveur s'inclina et disparut avec la commande.
Elle commençait à s'assoupir, quand elle entendit son pas revenir et le bruit du verre sur la table. Elle ouvrit à peine les yeux et le remercia. Cependant, une voix résonna à son oreille qui la réveilla tout à fait :
– Vous êtes la fille de Lila et Charles n'est-ce pas ?

Elle ouvrit grand les yeux cette fois, et constata que celui qu'elle avait pris pour le serveur était en réalité le directeur de l'hôtel.

– Je... c'est-à-dire...
– Vous permettez ?

Il s'empara d'une chaise et s'assit en face d'elle.

– Vous leur ressemblez comme deux gouttes d'eau... j'ai tout de suite su que vous étiez leur fille... et puis vous avez son âge, j'ai raison n'est ce pas ?
– Oui, Charles et Lila sont mes parents... vous les avez connus ?
– Plutôt oui ! On a travaillé des années ensemble avec Charles avant que je ne quitte le métier pour m'installer ici, alors vous pensez bien.

Louna soudain ouvrit grand ses yeux et ses oreilles, c'était la première fois qu'elle rencontrait quelqu'un qui avait vraiment connu ses parents, à part Philippe et Camilla bien entendu !

– Oh ! Parlez-moi d'eux s'il vous plaît !
– Une autre fois, sûr, mais là, j'ai quelque chose à vous montrer… venez…

Il se leva et quitta la terrasse, la jeune fille surprise, le rattrapa plus loin dans le couloir, il marchait vite et semblait inquiet. Il la fit pénétrer dans un bureau et ferma la porte à clé. Elle se sentit un peu ennuyée de se retrouver seule enfermée avec cet inconnu, mais son air débonnaire la rassura aussitôt, il n'avait aucune mauvaise intention. Il s'assit sur une énorme chaise de cuir fauve et alluma un cigare.

– Vous en voulez un ?
– Hum, non merci !
– Oh pardon ! La fumée vous dérange peut-être ?
– Non non, je vous en prie.

Il tira une bouffée de son havane et sembla se sentir mieux.

– J'ai une histoire à vous raconter… un peu… bizarre… ça s'est passé peu de temps avant la disparition de vos parents.

Louna était très concentrée à présent.

– Voilà, je n'avais pas revu Charles depuis des années. On s'était un peu perdu de vue… pour une broutille, enfin… on était un peu fâché. Bref, j'avais décidé de quitter le métier et d'ouvrir cet hôtel, mais je ne lui en avais pas parlé. Cinq ou six ans ont passés, quand un jour, je les ai vus pénétrer dans le hall de mon établissement, tous les deux... il marqua une petite pose, ému à l'énoncé de ces souvenirs... ils étaient si beaux ensemble, elle avec ses longs cheveux dorés, les même que les vôtres... lui avec ses yeux en amandes, si noirs... il dévisagea de nouveau l'adolescente qui rougit... Hum ! Bref, ils étaient descendus chez moi sans le savoir, et comme je ne regarde jamais les réservations, ce fut une surprise pour tous les trois. Nous étions vraiment très heureux de nous revoir et tout fut oublié. Ils ne m'ont pas dit pourquoi ils étaient ici, mais je savais qu'ils avaient un chantier de fouille sur la côte. J'ai découvert plus tard que c'était au temple, mais ils ne m'en ont jamais parlé, et je n'ai pas cherché à en savoir plus... enfin, nous avons passé du temps ensemble, puis ils sont repartis.

Il fit une petite pose dans son récit, tira quelques bouffées de son cigare puis repris :

– Trois mois après, ils revenaient avec une équipe et installaient leur campement sur un terrain dans le sud de la ville. On se voyait de temps en temps, mais plus rarement car ils étaient très pris. Ta mère, je peux te tutoyer n'est ce pas ? Louna acquiesça d'un signe de tête. Ta mère venait plus souvent, elle était un peu étrange, mais elle non plus ne disait rien. Puis une nuit, c'était dix jours à peu près avant leur disparition, elle est venue... seule... il faisait nuit et il pleuvait. Elle était trempée et grelottait. Elle a frappé à la fenêtre du bureau... tous deux tournèrent instinctivement la tête vers cette dernière, j'ai ouvert bien sûr, très inquiet. Elle n'avait pas l'air bien, elle était très préoccupée, elle disait des choses incohérentes. J'ai dû l'arrêter et lui servir un café pour qu'elle se calme. Elle n'a pas voulu dire grand-chose après, elle était très abattue. Elle disait juste que cela devait rester secret, qu'elle n'avait pas confiance au campement et que je devais garder quelque chose pour elle. Je lui ai dit qu'il n'y avait pas de problème, qu'elle pouvait compter sur moi.

Il se leva et soulevant un tableau hideux sur le mur, décolla avec précaution la tapisserie derrière, dévoilant un petit coffre fort. Un instant plus tard, il posait sur la table un petit livre sale et abîmé.

– Elle me l'a tendu en tremblant, et m'a bien spécifié que personne ne devait savoir qu'il était là, qu'elle reviendrait le chercher parce qu'elle en avait besoin, tout est dedans m'a-t-elle dit. Je lui promis que j'en prendrais bien soin, qu'elle pouvait le récupérer quand elle voulait et je l'ai mis dans le coffre. Elle ne bougeait plus, regardait fixement devant elle, je commençais à avoir un peu peur, quand soudain, ses yeux se sont révulsés et elle a fait une crise… d'épilepsie, ou un truc comme ça. J'ai aussitôt appelé un médecin, un ami, en lui demandant de garder le silence sur cette visite. Quand elle est revenue à elle, elle m'a demandé ce qu'elle faisait là. J'ai cru qu'elle jouait le jeu devant le médecin et j'ai donné une explication bidon. C'est en la raccompagnant au camp, que j'ai compris qu'elle avait vraiment tout oublié, le livre et tout, elle ne se rappelait plus de rien, et de plus elle me regardait avec suspicion. Je l'ai ramenée à Charles en expliquant que je l'avais rencontrée somnambule sur la route. Cela n'a pas eu l'air de l'étonner, j'ai même été surpris qu'il considère cela normal. L'autre type, lui avait l'air surpris.

– Quel autre type ?
– Un vieux, avec des cheveux blancs.
– Sûrement le Général !
– Ça ne m'étonnerait pas, il était droit comme un i, prêt au salut ! Bref, je suis rentré bien ennuyé. On ne s'est revu qu'une fois, avant que… enfin… eh bien toujours rien, pas un mot, pas une allusion, rien, elle s'en souvenait plus ! Dur je me suis dit, elle vient me voir en me confiant un truc hyper précieux et après elle me lâche. J'aurais bien voulu le dire à Charles, mais ça me gênait qu'elle soit venue me trouver sans lui en parler. Le temps

que je réfléchisse à ce que je devais faire, il était trop tard. Le lendemain de leur disparition, les militaires étaient partout. Ils avaient avec eux plein de types du gouvernement et un autre avec une immense cape et des allures de magicien satanique. J'en ai encore des frissons dans le dos.
On m'a beaucoup questionné, comme je les connaissais bien, puis plus rien. J'ai essayé d'avoir des infos, demandé comment avançait l'enquête etc., mais on ne voulait plus rien me dire, puis après on m'a fait des ennuis, on m'a suspecté.... du coup j'ai eu peur... ils ne sont pas très cool les militaires...

Louna tendit la main vers le livre, elle se sentait irrésistiblement attirée, comme s'il était un objet connu et chéri enfin retrouvé. Elle le prit dans ses mains, une intense chaleur l'envahit, juste un instant. Il lui appartenait, elle ne saurait dire comment ni pourquoi, mais il était sien, et lui aussi savait cela, il avait l'art de se faire doux dans sa paume, se blottir contre elle, elle le sentait vivre et vibrer entre ses doigts.
Pendant ce temps, l'homme continuait :

– Quand je t'ai vue, alors je me suis dit, c'est à elle que je dois le remettre... ça ne peut pas être le hasard, n'est-ce pas ? Ce n'est pas le hasard ?

La jeune fille n'écoutait plus depuis quelques instants. Elle se leva brusquement, sans savoir pourquoi, elle avait besoin d'être seule à présent.

– Je dois y aller... merci encore pour le livre, vous avez bien fait de me le remettre, je suis sûre que c'est ce qu'aurait voulu Lila.
– C'est bien ce que je me suis dit... enfin si tu veux que je te parle de tes parents, reviens me voir quand tu auras du temps...

Sa phrase resta en suspend son interlocutrice était déjà partie.

Il n'y avait personne dans le hall, elle fourra son précieux ouvrage dans sa poche. Elle ne savait trop que faire de ce qu'elle avait appris, des hommes du gouvernement, du magicien à la cape, cependant elle ne pouvait en parler à ses amis sans mentionner le livre, ils sauraient tout de suite qu'elle mentait. En même temps, rien ne pressait. Cela ne changerait rien pour l'instant. Elle décida d'attendre…

– Louna, où étais-tu, on te cherchait partout !

Derrière elle se tenait Asra.

– Je suis allée me balader…
– Viens vite, ils sont rentrés !

Les deux jeunes filles montèrent les escaliers quatre à quatre vers la chambre des garçons.

– La voilà !
– Bon, asseyez-vous ! leur intima Jamyang, on va tout vous raconter !

Elles s'assirent en tailleur sur le lit, près de leurs deux amis. Le jeune moine prit la parole :

– Tout d'abord, on ne peut pas approcher à moins de cent mètres du grillage qui entoure tout le temple, c'est couvert de fils de fer barbelé et tout le toutim… donc pour résumer, ça va être très difficile. Autour du grillage, il y a un militaire tous les dix mètres, et à l'intérieur, ils sont une bonne quinzaine à faire les cent pas. Il va donc falloir que nous fassions diversion, sinon, nous n'avons aucune chance.

– Et alors, tu as une idée ? lui demanda Louna.

Jamyang poursuivit :

– Pour commencer, il faut obtenir le plan du temple, pour que celui qui y entrera puisse s'y repérer.
– Ça c'est facile ! s'exclama Asra, dans tous les guides touristiques vendus à côté des rathas, il y a un plan de tous les temples de Mahabalipuram.
– Très bien, dans ce cas, tu es chargée de nous en obtenir un pour chacun. La suite, est plus compliquée…
– Je pense qu'il faut que ce soit toi qui y aille, dit soudain Louna. Asra et moi sommes des femmes, nous pourrons plus facilement occuper les gardes, faire diversion, quant à Tashi, c'est un enfant, ils ne se méfieront pas non plus. Qu'en pensez-vous ?
– Je suis d'accord, renchérit le petit garçon.

Et désignant la jeune indienne.

– Par ailleurs, elle connaît des potions qui pourront nous être utiles et Louna a des talents cachés qui pourraient bien les surprendre. Quant à moi… eh bien je pourrais t'être très utile dehors... il lança un coup d'œil complice à Jamyang.
– Très bien j'irais seul. Maintenant, voyons comment nous allons procéder... quelqu'un a une idée ?
– Déjà, il faut y aller de nuit, nous avons vu ce que ça donnait cet après-midi, de jour nous n'avons aucune chance. Il faudra relever le nombre de gardes, il se peut qu'ils soient moins nombreux à une certaine heure.
– Tashi a raison, de plus, l'idéal serait d'y aller cette nuit afin d'observer les mouvements de chacun et savoir s'il y a oui ou non du monde à l'intérieur du temple.
– Je suis d'accord avec Asra, repris l'enfant.

– Moi aussi, et toi Louna ?
– O.K. !
– Bon, il est vingt heures trente, conclut Jamyang, puisque le programme de la nuit est voté à l'unanimité, je propose que l'on descende grignoter un bout et qu'à vingt et une heures trente on commence notre veille.
– Ça c'est une super idée ! s'exclama Tashi de nouveau affamé.

Tous les quatre se dirigèrent donc vers la salle à manger pour prendre quelques forces en prévision de la longue nuit qui les attendait.

Chapitre 13

Le secret du temple du Rivage.

– Nous y sommes ! Baissez-vous tous, et ne faites aucun bruit, chuchota Jamyang en s'allongeant sur le sable.

Devant eux, se détachant sur le bleu de la nuit, se dressait la masse plus sombre du temple du Rivage. Les quatre étaient tapis derrière une dune de sable et s'approchaient en rampant de la clôture barbelée. Jamyang sortit une pince et ouvrit une brèche. Ils continuèrent à avancer en se suivant les uns les autres. Ils s'arrêtèrent enfin à une trentaine de mètres de l'enceinte grillagée. Les garçons avaient vu juste, il y avait des gardes partout, et pénétrer à l'intérieur ne serait pas une mince affaire.

– Il faut nous séparer, et nous répartir tout autour, ordonna le jeune moine.
– Il est orienté aux quatre points cardinaux, dit Asra, vous avez tous vos plans ?
– Oui !
– Oui !
– Ça va, chut ! Leur intima la jeune indienne en levant la main. Bon, Louna tu iras au nord, Tashi au sud, et Jamyang à l'est, je prends l'ouest. On se retrouve à six heures du matin, et toutes les heures je ferai ceci, elle imita à la perfection le cri d'un oiseau. Vous devrez me répondre pour me dire que tout va bien.
– Je sais faire ce que tu as fait, dit Tashi.

– Très bien, et toi Louna ?

La jeune fille leva les yeux au ciel.

– Non je ne sais pas !
– J'ai une idée dit Jamyang, Louna et moi utiliserons le bol magique, on te l'enverra l'un après l'autre avec un message disant que tout va bien.
– Parfait ! acquiesça la magicienne, si tout va bien, personne ne bouge, sinon, je crierai trois fois de suite, il faudra alors se retrouver ici même, aussi vite que possible. C'est entendu ?

Tous acceptèrent d'un signe de tête.

– Dans ce cas, à tout à l'heure, leur chuchota Asra.

Elle disparut, aussi silencieusement qu'un chat, se faufilant entre les dunes de sable. Les autres ne se firent pas prier et quelques minutes plus tard, tout le monde fut à son poste.

Les premières heures passèrent sans qu'aucun mouvement ne se produise dans le temple. Tous répondaient à l'appel d'Asra chaque heure comme convenu, il n'y avait rien à signaler. Vers trois heures du matin, il y eut quelques mouvements dans l'enceinte. Il était difficile de distinguer ce qui se passait, manifestement les gardes s'étaient déplacés. Ils paraissaient moins nombreux. Cinq minutes plus tard, la porte grillagée s'ouvrit, laissant passer une douzaine de soldats qui disparurent dans la nuit. Il ne restait plus que trois gardes près du temple, mais aucun de ceux qui surveillaient le grillage de l'extérieur n'avait bougé. Enfin, dix minutes plus tard, une petite colonne approcha, la relève arrivait. Elle vint remplacer ceux qui restaient autour des murs, les autres entrèrent alors à l'intérieur. Il y eut un moment de flottement, pendant lequel on entendit des rires, enfin tout se calma et le silence retomba sur le site. Soudain, jaillissant dans la nuit, le cri strident d'un oiseau retentit trois fois. Personne n'y fit attention, mais à ce signal, quatre ombres discrètes se murent vers un même point.

– Que se passe-t-il ? demanda Jamyang inquiet.
– Venez, dit Asra une fois que tout le monde fut réuni, partons.

Ils glissèrent aussi discrètement que possible sur le sable jusqu'à une distance raisonnable du sanctuaire, où ils purent enfin se mettre debout et partir en courant.

Arrivés à l'hôtel, ils s'installèrent sur les lits.

– Nous t'écoutons, qu'as-tu vu ? repris le jeune moine avide d'explications.
– Nous pouvons y aller du côté où je me trouvais ! Je vous explique. À trois heures pile, vous avez remarqué qu'ils se relayaient… eh bien je les ai entendus parler à ce sujet. L'un d'entre eux disait, manifestement à un nouveau venu, qu'il trouvait cela stupide de garder cet édifice vide, d'autant qu'en plus ils ne pouvaient même pas aller prier à l'intérieur. Un type l'a fait, il a été tué aussitôt par un des capitaines. Depuis, personne ne s'y risque, par ailleurs, ils ont changé la porte et le cadenas, on ne peut plus la forcer, disait-il…

Tashi intervint :

– Ça, ce n'est pas une bonne nouvelle.
– Non, mais attends. Le type a continué à se plaindre, puis il a dit qu'il était toujours en faction ici, de ce côté de l'édifice j'entends, et qu'avec l'autre garde, entre deux et trois heures, il faisait un

petit somme. L'autre lui a répondu que ça lui allait parfaitement, car il avait été retiré d'un bon poste par un supérieur jaloux pour être enterré ici, et qu'à présent, il se moquait bien de faire correctement son travail. Ils se sont tapés dans le dos et semblaient très contents. Ensuite, le premier a repris pour lui préciser que normalement tous étaient censés attendre la relève avant de quitter les lieux, mais qu'ils en avaient tellement assez de ce trou, qu'un détachement partait toujours avant son arrivée, qu'ils restaient à trois dedans, ce qui était amplement suffisant pour protéger cette coquille de pierre vide.
Cela signifie donc que pendant dix minutes, comme ce soir, il n'y aura plus que trois gars à l'intérieur. L'homme a continué en affirmant qu'ils en profitaient en général pour grignoter un peu, cachés tranquillement avant que les autres n'arrivent. C'est à ce moment-là que nous devrons agir, créer une diversion dehors pour que Jamyang pénètre dans l'enceinte, puis il n'aura qu'à attendre que les gardes se retirent pour forcer la porte sans risque.
– O.K., ça semble bien, acquiesça le jeune moine, pour les détails nous verrons après, et pour sortir, tu as une idée ?
– À vrai dire, là, je ne sais pas trop… répondit Asra ennuyée.
– Parce que ce serait bien qu'après je puisse tout de même vous retrouver, non ? dit jamyang inquiet.
– Ça va ça va ! Je ne sais pas pour le moment, mais nous allons trouver.
– Si tu prenais Lilouya, proposa Louna, tu n'aurais qu'à te faire porter par le bijou au-dessus des grilles. Le temps qu'ils réagissent, tu aurais disparu depuis longtemps…

Le jeune moine secoua la tête.

– Ce n'est pas bête, mais ce n'est pas très discret…
– En attendant, personne n'a une meilleure idée ? questionna Asra.
– Et pour entrer dans l'enceinte, que fait-on des gardes dehors ? demanda Tashi.

– Je peux les hypnotiser, suggéra la jeune indienne, cela suffira pour passer discrètement.
– Eh bien le voilà notre plan ! s'exclama le petit garçon, ravi.
– Ne te réjouis pas trop vite, lança Louna inquiète, rien n'est fait, et c'est toujours plus simple en théorie !
– Tout sera bien préparé, tu t'inquiètes pour rien, poursuivit Tashi.
– Je suis de l'avis de Louna, dit Jamyang, mais nous n'avons pas le choix. Nous irons donc jeudi au temple, c'est-à-dire dans deux jours. Maintenant, je propose que tout le monde aille dormir…

Cette fois il n'y eut pas de discussion, tout le monde était épuisé. Les filles réintégrèrent leur chambre, et peu de temps après, tous dormaient à point fermé.

Les deux jours suivants servirent à terminer les préparatifs de l'expédition, ils demandèrent au bol des vêtements adéquats pour le grand soir : il fournit à Jamyang, Tashi et Louna une tenue noire à porter près du corps, et un sari plus ravissant que jamais pour Asra.

– Eh bien ! Si les gardes ne viennent pas tous voir ce que tu leur veux avec un truc pareil sur le dos, c'est qu'ils sont totalement insensibles, lança Tashi en riant.
– J'y compte bien, sinon, je serai trop loin pour tous les hypnotiser…

Il était convenu, que le jeune garçon resterait caché derrière Asra, armé au cas où quelque chose irait de travers, tandis que Louna aurait la difficile tâche de faire disparaître la pleine lune qui par malchance tombait ce soir-là, afin de permettre à Jamyang de passer inaperçu. Tous étaient très impatients de mettre leur plan à exécution.
Enfin, le jeudi soir arriva.
Louna aida Asra à se préparer. Elle lui attacha les bijoux offerts

par le bol, tandis que la jeune indienne nouait savamment son sari. Il était d'un jaune d'or qui resplendissait à la lueur de l'unique lampe de leur chambre. La jeune femme avait bon espoir que la curiosité des gardes du temple les pousserait à s'enquérir de la présence d'une inconnue si élégamment vêtue.

Attendre deux heures du matin leur sembla interminable. Tapis derrière une dune, ils commençaient à avoir des crampes quand, enfin, il fut temps de bouger. Asra, se faufila le plus près possible des gardes, suivie de Tashi, tandis que Jamyang prenait position un peu plus loin. Louna, elle, ne bougea pas. Soudain, la magicienne se redressa et laissa tomber le manteau noir qui la couvrait. Ses bijoux jetaient mille feux à la lueur du ciel constellé d'étoiles et son sari doré sous les rayons de lune l'auréolait d'un halo lumineux. Déjà, les gardes commençaient à s'animer. Ils ne l'avaient pas vue arriver et étaient très étonnés de cette soudaine apparition. Avant même qu'ils ne prononcent un mot, elle posa un doigt sur sa bouche leur intimant de se taire.
Fascinés par cette merveilleuse jeune fille, les cinq hommes qui gardaient la façade ouest de l'édifice approchèrent d'un même mouvement. Quelques instants plus tard, Asra se retrouvait entourée de cinq regards tant curieux qu'admiratifs. L'un d'entre eux, pris enfin la parole :

– Eh bien, que fait une aussi belle fille que vous dehors aussi tard dans la nuit ?
– C'est une longue histoire mes amis et je ne voudrais pour rien au monde vous importuner…

La jeune femme se tourna imperceptiblement de manière à avoir tous les hommes en face d'elle.

– J'ai besoin de votre aide et de votre protection… je savais que

je trouverais ici des hommes valeureux près à défendre… Asra inclina délicatement la tête, non je ne peux pas le dire…
– Dites-nous, que vous est-il arrivé ?

Elle les regarda les uns après les autres, droit dans les yeux puis sortit de son corsage l'émeraude et la brandit devant elle. Avant qu'aucun de ses interlocuteurs n'ait eu le temps de réagir, l'éclat de la pierre avait pénétré leurs yeux, les hypnotisant totalement. Elle leva la main à l'attention de Jamyang. À.son signal, il courut jusqu'au grillage et avec une énorme pince, en découpa une partie, se glissa à l'intérieur, le rabattit et disparut dans les ombres de l'édifice.
« Ça y est, il est dedans, maintenant il faut se débarrasser des gardes. » pensa Asra en reculant doucement tout en tenant toujours le bijou devant elle. Aucun des hommes ne broncha, quelques instants plus tard, elle avait rejoint Tashi qui lui rendit le manteau noir qu'elle glissa aussitôt sur ses épaules, alors seulement, elle se tapit près de lui, rangea l'émeraude, puis rampa jusqu'à la position qu'elle devait occuper pour faire le guet. La petite troupe fut enfin en place, chacun surveillant une partie du temple. Il ne fallut que quelques secondes aux hommes pour reprendre leurs esprits. On les sentait manifestement désorientés, se demandant ce qu'ils faisaient là. Ennuyés, ils regagnèrent discrètement leur place, ne comprenant pas ce qui les avait fait bouger. Il était temps, car trois heures venaient de sonner. Comme prévu, les militaires quittaient le sanctuaire avant la relève. La petite troupe franchit la porte grillagée, laissant l'édifice uniquement surveillé par les trois gardes. Louna à ce moment-là leva les bras vers le ciel, la lune sembla se balancer un moment sur elle-même quand soudain, elle fut comme aspirée par la jeune femme, fascinée elle contempla un instant la sphère merveilleuse nichée au creux de ses paumes avant de la faire disparaître en refermant ses deux mains.
La nuit était devenue d'un noir d'encre. Jamyang pouvait agir.

Une dizaine de minutes plus tard, la relève arriva reprenant possession de l'espace. Louna n'osait pas lâcher la lune de peur que Jamyang ne fut en difficulté à l'intérieur, quand une petite voix résonna à ses oreilles. Il était dedans, tout allait bien. Alors, elle se redressa et rejeta la boule de feu dans les airs, où elle reprit instantanément sa position majestueuse entourée de sa cour d'étoiles. À présent il fallait attendre.

Pendant ce temps, Jamyang s'était faufilé à l'intérieur du temple. Au bénéfice de l'obscurité totale provoquée par Louna, il avait pu accéder assez facilement à la porte qui ouvrait l'édifice. Caché dans l'ombre des énormes moulures de pierre qui encadraient celle-ci, il avait patiemment attendu que les trois hommes qui la gardaient se retirent pour leur petit en-cas, et muni d'une énorme pince il avait commencé à s'attaquer à la chaîne qui l'entravait sur toute sa hauteur. Le cadenas étant énorme, il était hors de question d'y toucher, il devait donc impérativement couper l'un des formidables maillons métalliques pour pénétrer dans le sanctuaire. Il crut bien ne jamais y parvenir tant il dut forcer. Cependant, l'énergie du désespoir eut raison de l'obstacle et la chaîne se brisa enfin dans un claquement sec. Tremblant que le bruit n'attire quelqu'un, il se faufila furtivement à l'intérieur, et de là, la porte à demi-ouverte, il remit la chaîne en place, de telle sorte que l'on puisse la croire, de loin, toujours intacte. Il savait que la supercherie ne tiendrait pas à un examen attentif, mais il comptait sur la démotivation des gardes pour ne pas venir vérifier, d'autant que comme rien d'anormal ne s'était produit, ils n'avaient aucune raison de venir la contrôler. Il réfréna ses inquiétudes, et pénétra plus avant.

Une odeur âcre d'humidité flottait dans l'air, qui le prit à la gorge. Il sortit une petite lampe de poche et regardant sur son plan, tenta de s'orienter. La « Cella », l'espace le plus sacré du temple se trouvait tout près, c'était dans doute là qu'ils avaient fouillé, il devait donc y commencer ses recherches.

Il emprunta un long couloir sur sa gauche, les murs suintaient, et à distance régulière étaient encore accrochées de vieilles torches moisies. Un moment plus tard, le couloir obliqua, et descendit alors tout doucement pour déboucher dans une salle rectangulaire. C'était là, il le sentait. Il éclaira les murs, aucune statue, aucune sculpture, ils étaient justes taillés, pas même polis. Il descendit la lumière vers le sol. Aucune trace de fouille. Ennuyé, il s'attacha à faire le tour de la salle, quand il manqua de tomber directement dans un trou, à peine de la taille d'un homme. Il n'avait rien décelé de prime abord, car le jeu des ombres et des lumières créé par sa lampe de poche le lui masquait. En se penchant prudemment, il constata que par chance, une vieille échelle était toujours appuyée. Jamyang s'engagea résolument sur le premier barreau, puis le second quand il comprit la fragilité de sa position. L'échelle, sans doute laissée là par les archéologues, était aussi pourrie et vermoulue que les torches qu'il venait de voir. À chaque pas qu'il faisait, elle émettait des craquements de mauvais augure à ses oreilles. Il n'avait pas besoin de regarder pour savoir que les barreaux disparaissaient les uns après les autres après les avoir à peine effleurés. Il décida de persister en employant la plus grande prudence, n'ayant pas d'autre solution pour descendre. Chaque pas était une épreuve, il se retrouvait parfois à chuter dans le vide quelques instants, se contorsionnant dans l'espace minuscule et se râpant le dos contre la paroi, avant de se retrouver sauvé par une partie plus solide.

Il commençait à regretter sa témérité, mais n'avait plus le choix à présent, il ne pouvait que continuer la descente, trop de barreaux manquaient pour remonter. Alors qu'épuisé, il posait son pied sur le suivant, un craquement encore plus sinistre que les précédents résonna dans le boyau. Avant qu'il n'ait pu comprendre ce qui se passait, sa lampe lui échappa des mains et il se sentit tomber sans rien cette fois pour le retenir. Soudain, il aperçut une lumière qui se rapprochait à toute vitesse de ses pieds, puis il heurta violement le sol, s'écrasant lourdement sur sa lampe de poche.

– Houch ! Zut ! zut ! zut !

Le pauvre était à présent étendu de tout son long par terre, la lampe coincée sous ses jambes, éclairant d'un faible halo sa cheville droite qui formait un angle des plus surprenants. Il sentit qu'il avait de plus en plus chaud. La douleur qui remontait de celle-ci le long de sa jambe, associée à l'inquiétude de se retrouver ici, dans ce trou piégé comme un rat, lui faisait couler de grosses gouttes de sueur le long du dos.

– Allons courage !

Il palpa doucement la blessure. Non seulement il avait dû se briser les os, mais ceux-ci s'étaient sûrement déplacés car il les sentaient saillir sous ses doigts. Ne pas s'affoler, surtout ne pas s'affoler. Il avait quelques notions de médecine apprises au monastère, c'était le moment de prouver qu'il avait bien fait de les travailler consciencieusement. Il commença par se calmer en contrôlant sa respiration et sentit aussitôt son corps s'apaiser. Les mains posées sur les genoux, il s'employa à maîtriser la douleur en détachant son esprit de son corps. Cela lui prit plus de temps que d'habitude, mais il finit enfin par se sentir plus calme. Quand il eut suffisamment repris possession de lui-même, il attrapa doucement sa cheville, ses doigts trouvèrent immédiatement la source du problème. D'un mouvement sec, il replaça l'os. La douleur fut telle qu'il bascula, tremblant sur le sol. Il ferma les yeux quelques instants.

C'était fini, il l'avait replacée, le plus difficile était fait. Dès qu'il se sentit mieux, il la banda solidement avec un morceau de son vêtement et sortit de sa poche une petite baie rouge. C'était un cadeau d'Asra, si quelque chose n'allait pas à l'intérieur, lui avait-elle dit, prends cela, tu auras la force nécessaire pour continuer et revenir au plus vite vers nous. Effectivement, sa cheville le fit instantanément moins souffrir.

Il regarda alors autour de lui, la pièce était de petite taille, sur un mur se détachait une porte de bois colorée. Jamyang s'en approcha, elle était peinte et sculptée de motifs protecteurs. Il en reconnut certains, très anciens, qu'il avait lors de ses lectures au monastère… quel âge pouvait donc bien avoir cette porte ?

Le jeune homme n'en revint pas, il souleva alors le loquet de bois et pénétra dans la pièce suivante. Dès son entrée, il remarqua des taches noirâtres de brûlure sur le sol. Il se pencha pour regarder plus attentivement. Les traces se dirigeaient vers le fond de la pièce, comme si quelque chose de lourd avait été traîné. En s'avançant, il nota qu'elles figuraient à plusieurs endroits, il en compta cinq exactement… il pensa aussitôt aux archéologues disparus, mais non, ils étaient sept... à moins que… c'est vrai, l'un d'eux avait été retrouvé mort, tandis qu'un autre avait soi-disant disparu. Cinq traces, cinq personnes disparues. Son sang se glaça, il n'osait imaginer ce qu'il avait pu advenir d'eux. Il décida de continuer, ses investigations lui fourniraient sûrement une explication moins effrayante. Il se dirigeait vers le fond de la pièce quand une aspérité le fit trébucher. De la lave séchée était accumulée en petits bourrelets par endroits, formant comme des cercles. Tout cela était décidément bien surprenant. Il ne savait pas ce qui l'attendait en pénétrant dans le temple, c'était un fait certain, cependant, jamais il n'aurait pu imaginer une telle chose. Il continua, fit quelques pas, quand il sentit quelque chose lui brûler le torse, il retint un cri de douleur, et sortit le Lilouya incandescent de son vêtement. Jamais le bijou ne s'était comporté ainsi. Jamyang se demanda ce qui pouvait bien se trouver dans la pièce pour le faire réagir de la sorte. Le cristal avait une intensité incroyable, éclairant même le haut de la voûte. Le jeune homme le regardait inquiet quand celui-ci se mit à bouger seul et se dirigea d'un coup vers le mur du fond de la salle, cassant net la chaîne qui le retenait à son cou. Il s'arrêta au bord d'un puits bordé d'une croûte de lave noire et informe, hésita, enfin, sans crier gare, il plongea. Jamyang eut juste le temps de se saisir de la chaînette et se retrouva ainsi happé à sa suite vers le centre de la Terre. Il ne sut pas combien de temps dura sa chute, mais après une éternité à son goût, le Lilouya le déposa sur un sol de pierre aussi délicatement qu'une plume touchant le sol.

Le bijou diffusait toujours autant de lumière, ce qui lui permit de voir qu'il se trouvait dans une petite pièce dont les murs et le sol étaient recouverts d'or.

En regardant attentivement autour de lui, il constata que des empreintes monstrueuses étaient incrustées partout comme si un énorme reptile avait rampé, imprimant les roches encore molles de la forme de son corps.
Jamyang sentit son cœur se serrer, et si c'était là que *le mal noir* avait sommeillé tout ce temps, si cet or partout dans la pièce était bien le *Lia* dont parlait l'élue, marqué du poids de la bête immonde attendant son heure… mais alors, où avait-elle disparu ? Et qu'était-il arrivé aux parents de Louna ?

Le jeune homme vit se profiler dans son esprit un scénario de cauchemar, celui qu'il n'osait imaginer, auquel il n'osait croire, les cinq archéologues traînés sur le sol disparaissant dans l'antre du monstre. Tout prenait une dimension atrocement réelle à la lumière de ces constatations.

Il contempla encore avec effroi la trace étincelante à la lumière de sa torche quand le Lilouya s'agita de nouveau, il avait repéré quelque chose. Fatigué d'être remorqué, Jamyang décida de suivre le médaillon à distance, celui-ci se dirigea sans hésiter vers un coin de la pièce et se posa sur une aspérité du mur. Intrigué, il passa la main pour tenter de comprendre de quoi il s'agissait. Il sentit un creux dans le mur, à l'intérieur, quelque chose roula au bout de ses doigts, au même moment, son corps fut traversé par un éclair fulgurant, il vit son cerveau brûler et dans sa tête, l'empreinte monstrueuse se mit à bouger, elle avait pris forme, elle vivait...

Dehors, les trois s'impatientaient, il était cinq heures du matin, et dans peu de temps, les premières lueurs de l'aube commenceraient à pointer, Jamyang devait impérativement sortir.

Louna s'agitait en tous sens, manquant de se faire repérer à chaque instant. Soudain, elle entendit un cri dans la nuit, Asra ! Il arrivait, il était temps ! Elle regarda de nouveau vers le ciel, la lune, sous l'effet de son charme mystérieux, se posa délicatement dans sa main plongeant la plage dans un noir opaque. Il ne lui restait qu'à rejoindre les autres à présent.

Chapitre 14

Jamyang.

– Il a mis beaucoup de temps, j'ai hâte de savoir ce qu'il a trouvé !
– Moi aussi Louna, dit Tashi, mais il y a quelque chose…
– Quoi ? demanda Asra.
– Rien… sans doute rien…

Le petit garçon avait les sourcils froncés et semblait inquiet. Soudain, ils entendirent des cris venir de l'enceinte du temple suivis de coups de feu tandis que dans le ciel une forme noire se dirigeait droit sur eux. Quelques instants plus tard, Jamyang porté par le Lilouya les rejoignait.

– Vite, partons avant qu'ils ne nous trouvent, dit-il en entraînant ses amis.

Ils disparurent rapidement dans la nuit. Il éait temps, car l'énorme phare de garde s'alluma dans la cour du sanctuaire pour tenter de trouver le rôdeur.

Les quatre arrivèrent à l'hôtel en un temps record, et montèrent directement dans la chambre des garçons. Tous les regards furent pour le jeune moine.

– Alors raconte ! lança aussitôt Louna au comble de l'impatience. Son visage était grave, mais avant qu'il n'ait pu dire un mot, la jeune fille bondit en apercevant son pied bandé :

– Tu t’es blessé, fait voir…
– Ce n’est rien !
– Fait voir, lui dit Asra d’un ton sans appel, je sais soigner les blessures.
– Non non, ce n’est rien de grave… peut-être une légère foulure, c’est sans importance.
– Nous ne pouvons pas nous permettre d’être retardés, et une blessure même légère peu toujours s’aggraver.

Elle saisit alors d’autorité sa cheville ce qui le fit grimacer. Elle retira le bandage et la palpa.

– Non, je ne sens rien… au moins tu n’as rien de cassé c’est certain !

Tashi, qui observait Jamyang bizarrement depuis quelques minutes se renfrogna.

– Comment peux-tu en être si sûre ? lui demanda Louna anxieusement.
– Je vois dans les blessures… c’est une sorte de don… de guérisseuse, je vois l’os, je vois les muscles… tout est parfait, heureusement, dit-elle au jeune homme. Mais… c’est étrange, je vois également la plante d’altore dans tes veines, tu as pris le remède que je t’avais donné ? Tu as vraiment dû avoir très mal sur le coup…

Tashi ouvrit la bouche pour faire une réflexion, mais se ravisa. Il était de plus en plus préoccupé et inquiet.

– Je suis tombé de haut, et j’ai cru m’être fait mal, ce doit être mes muscles qui ont souffert, du coup, j’ai pris la plante aussitôt, j’avais peur de perdre du temps, mais bon, assez de parlotte.

Il retira brusquement sa jambe et la ramena sous lui, l'arrachant au regard trop perspicace d'Asra. Celle-ci lui jeta un regard interloqué, mais ne dit rien.

– Et alors, qu'as-tu vu ? redemanda Louna cette fois rassurée sur l'état de son ami.
– Elle vivait là…
– Quoi, qui ? dit-elle exaspérée d'attendre.

Les trois étaient à présent suspendus à ses lèvres.

– Cette chose que nous devrons combattre… j'ai vu sa trace sur le sol, j'ai vu l'or aussi, le *Lia*, il en restait partout en bas dans la grotte. La légende ne mentait pas, tout ce que l'on nous a dit est vrai… elle vivait là…
– Et mes parents ?

Le regard de Jamyang se voila.

– Quoi, qu'est-ce que cela veut dire, quel est ce regard, dis-moi, tu ne dois rien me cacher !
– J'ai vu des traces sur le sol, au début j'ai pensé que des choses avaient été halées par les fouilleurs, peut-être des objets qu'ils auraient découverts… cela se dirigeait vers le puits de lave, mais cela me paraissait bizarre... quand j'ai compris qu'il devait s'agir… enfin, ils ont dû être enlevés par le monstre, il les aura traînés sur le sol, probablement inconscients…

Louna poussa un cri, elle était devenue blanche comme une morte.
Jamyang reprit :

– Il a dû les envelopper dans des anneaux de lave… cela paraît insensé, mais je ne vois pas d'autre explication, il y en avait partout dans la pièce, en cercle, c'est de là que partait chacune des traces… après je ne sais pas, c'était trop profond...

Tashi fronça les sourcils.

– C'est tout ?

Le regard franc du moine le transperça.

– Oui pourquoi ?

Mais Tashi n'eut pas le temps de répondre que déjà Louna revenait à la charge :

– Et ces traces, es-tu sûr que c'était eux ? Ce pouvait être autre chose…
– Je ne crois pas, il y en avait cinq, or d'après ce que nous a dit Louna à propos du rapport « Ashram » ils étaient sept, on a retrouvé le corps de l'un d'entre eux, et un autre avait probablement réussi à s'échapper... le nombre correspond…
– C'est affreux !

Louna avait enfoui son visage entre ses bras. Jamyang s'empara tendrement de sa main.

– Nous savions à quoi nous en tenir fille de lune…
– Oui, mais… à présent, je les vois, attirés par la bouche de feu, dévorés, enfermés dans l'antre du monstre.

La jeune fille était effondrée, elle regarda un à un ses compagnons puis se leva.

– Je crois… que c'est assez pour ce soir, je vais aller me coucher, nous en reparlerons demain.

Asra se leva à son tour.

– Louna a raison, nous sommes tous fatigués et particulièrement toi Jamyang. À demain les garçons.

Le jeune homme les salua, mais Tashi perdu dans ses pensées ne dit pas un mot. Asra allait fermer la porte, quand Louna refit irruption dans la chambre.

– J'ai oublié de reprendre Lilouya.

Une ombre passa sur le visage de Jamyang.

– Bien sûr !

Il lui tendit le bijou. La jeune fille récupéra le lacet d'une de ses chaussures et enlevant la chaîne brisée, raccrocha Lilouya à son cou.

– Dors bien fille de lune.

La porte se referma.

Les filles prirent une douche rapide et quelques instants plus tard, gagnèrent leur lit respectif. Louna s'endormit aussitôt, tandis qu'Asra qui avait du mal à trouver le sommeil se retournait nerveusement dans son lit. Quelque chose la chiffonnait, mais elle ne parvenait pas à trouver ce dont il s'agissait, son inconscient l'avait alertée, elle ressentait un malaise et ne pouvait l'expliquer. « C'est sans importance, » se dit-elle au bout d'un moment, la nuit avait été fertile en émotions, elle se faisait sans doute du souci pour rien. Épuisée par la journée, elle sombra à son tour dans un sommeil pesant, sans rêve.

Dès que Tashi entendit la porte des filles se refermer il se releva, regarda Jamyang droit dans les yeux, et lui lança d'une voix agressive :

– Il va falloir me donner quelques explications à présent, car comme tu le sais j'ai un nouveau don à présent, je peux lire dans les pensées… or je sais que tu t'es cassé la cheville, j'ai senti ta souffrance et je sais que tu t'es soigné.

Tashi marqua une pose, Jamyang ne disait rien.

– J'ai aussi vu cette chose prendre forme dans ta tête… et depuis je me heurte à un nuage noir, ton esprit est devenu opaque, je ne sais plus ce que tu penses… alors tu vas me raconter la vérité, et il va falloir être convaincant, car je n'ai pas aimé ce que tu nous as servis tout à l'heure !

Ses yeux lançaient des éclairs, il était à présent menaçant, redoutant un quelconque piège de leurs ennemis.

– Tashi, je suis désolé d'avoir menti. Je ne voulais pas affoler les filles, j'ai effectivement vu beaucoup d'autres choses dans ce souterrain. Tout d'abord, je me suis bien cassé la cheville. Comme tu as dû le voir, j'ai eu très mal, j'ai réussi à remettre en place l'os, ai fait un bandage de fortune et ensuite j'ai pris la plante qu'Asra m'avait donnée. C'est elle sans doute qui a réparé la fracture. Puis le Lilouya m'a entraîné vers un endroit caché de la pièce, il y avait une petite aspérité dans le mur, j'ai mis la main, et c'est là que j'ai reçu ce choc, j'ai vu cet être pénétrer ma tête, c'était horrible. J'ai aussitôt retiré la main, je me suis douté qu'il s'agissait de quelque chose d'important pour attirer ainsi le Lilouya, alors je me suis concentré très fort et j'ai appliqué les enseignements du monastère, j'ai bloqué mon esprit, caché mes pensées, fermé la porte de mon âme, c'était le seul moyen de piéger cette chose sans qu'elle me possède. C'est à ce moment-là que tu m'as perdu.

Tashi s'était un peu calmé.

– Et après ?
– Après j'ai repassé la main et j'ai sorti ceci.

Il déposa devant Tashi une petite pierre noire de la taille d'une piécette.

– Ce n'est tout de même pas…
– Je le crois pourtant !

Tashi eut un geste d'effroi.

– Le Ni ?
– Oui !

L'enfant avait avancé la main vers la petite pierre.

– Ne la touche pas surtout, elle est extrêmement dangereuse !
– Mais que faisait-elle encore là ?
– Je l'ignore, peut-être a-t-elle été enfermée avec le monstre il y a très longtemps, mais pourquoi ses disciples ne l'ont pas récupérée ? Je n'en ai aucune idée. Cette chose est un poison et je ne sais qu'en faire. Je voulais prendre une décision avant d'en parler à Louna et Asra, je ne voulais pas les mettre en danger… tu me comprends n'est-ce pas ?
– Oui… et tant que cette pierre sera en ta possession…
– Mon esprit restera irrémédiablement fermé… je ne veux rien risquer, les conséquences pourraient en être tragiques.

Tashi était songeur à présent…

– Tu n'as rien vu pour ses parents ?

Jamyang plissa les yeux.

– J'ai entendu des cris quand j'ai touché la pierre... et j'ai vu furtivement une jeune femme allongée, traînée sur le sol par des anneaux de feu… je pense que le Ni m'a restitué un instant ce qui s'est passé ce jour-là, ils ont été attirés dans le puits, mais pour aller où après ? On ne voit rien à l'intérieur… je ne sais rien de plus.
– Je suis désolé d'avoir douté de toi Jamyang, mais l'ennemi est tellement rusé qu'un instant je me suis demandé… enfin, je ne comprenais pas.
– C'est normal… maintenant nous devrions nous coucher ne crois-tu pas ?
– Oui, la suite des événements ne devrait ni s'arranger ni se simplifier, il faut nous reposer.

Tashi regagna son lit. Cette histoire de cheville le troublait un peu, mais il se dit qu'il devait être trop nerveux, et que la nuit porterait conseil. Il se coucha donc, pendant que Jamyang se dirigeait en boitillant vers la salle de bains.
Quelques instants plus tard, les deux garçons se couchèrent et s'endormirent très vite.

Louna était assise sur un immense trône de cristal. À ses côtés se tenait Shu. Debout, il serrait son épée d'une main et dans l'autre un immense bâton gravé dont l'une des extrémités se terminait par une pointe acérée. Son visage était contracté. Il s'avança d'un pas, se postant au plus près d'elle, regardant droit devant lui. Au loin, résonnaient des bruits sourds. La jeune fille avait les lèvres serrées, ses yeux se plissaient de fureur. Elle chercha inconsciemment son petit poignard et s'en empara avidement. Il vibrait doucement contre elle, au rythme des bruits qui se rapprochaient. Quand son ami leva son épée, sa main agrippa fébrilement l'accotoir de cristal. Enfin, dans un fracas terrible, la porte du palais vola en éclat, livrant passage à un homme, le visage déformé par la haine et la fureur. Jamyang ! Louna se leva d'un bond. Dressé devant eux, il tenait un bâton identique à celui de Shu. Les deux hommes se faisaient face. Ils avancèrent lentement l'un vers l'autre, tandis qu'elle ne pouvait détacher ses yeux du spectacle.

Elle vit les lèvres de Jamyang bouger et comprit que Shu lui répondait. Ils se toisèrent encore quelques instants, puis ce fut comme si tous les feux de l'enfer se déchaînaient. Le jeune moine bondit. Son adversaire esquiva le coup et se retournant lui asséna un coup d'épée sur le dos, l'envoyant rouler une cinquantaine de pas plus loin. Quelques gouttes de sang maculèrent le sol de jade. Il releva lentement la tête, dans son regard brillait une lueur maléfique, soudain, il se ramassa vivement sur lui-même et roula violemment dans les jambes de Shu, le fauchant comme une quille.

Louna le vit avec horreur se relever, du sang coulait abondamment de sa poitrine, tandis que Jamyang le regardait avec dégoût, un poignard ruisselant à la main. Alors que le jeune moine esquissait un petit sourire victorieux, Shu prit son élan, traversa la salle en quelques bonds, puis, prenant appui sur une colonne soutenant la grande salle, bondit sur son adversaire le surprenant par la rapidité de son attaque. Ses pieds battaient l'air au-dessus de lui, son vêtement flottant autour de son corps lui donnait des allures fantomatiques. D'un geste vif du poignet, il enfonça la pointe de son bâton dans l'épaule de son ennemi, qui n'eut pas le temps de l'esquiver. La lance le traversa de part en part, lui arrachant une partie du membre. Il poussa un hurlement sauvage. Horrifiée, Louna vit son visage marqué par la souffrance tandis que ses oreilles ne percevaient toujours aucun son. Pourquoi ne parvenait-elle pas à les entendre ? Quel était ce prodige ? Elle les vit échanger de nouveau quelques paroles tandis que le visage de son ami se décomposait. Jetant ses armes au sol, Jamyang sortit de son vêtement une petite pierre ronde, noire et luisante. Elle comprit ce qui se passait en voyant Shu tendre une main désespérée vers elle, vers le bijou qu'elle portait précieusement sur son sein. Le combat ne se ferait plus à la loyale, ce serait celui de deux magiciens, des ténèbres contre la lumière : du Lilouya contre la pierre noire. Elle n'eut que le temps d'apercevoir une fumée noire entourer leur ennemi, puis tout devint flou. Elle tenta vainement d'arracher le médaillon de son cou sans y parvenir, tandis que Shu ne bougeait pas, attendant désespérément qu'elle le lui remette. Il fallait lui donner, tout de suite, mais sa main refusait, une main affreuse, odieuse, acérée, une main démoniaque, elle poussa un hurlement épouvantable...

Louna se réveilla en sursaut. Elle était trempée de sueur, son lit était complètement défait. À son cou, le Lilouya brillait d'une lueur étrange, une lueur gris sale. Elle reprit un peu ses esprits et s'aperçut qu'elle tenait dans sa main crispée, le poignard de la reine Monia. Tout cela n'était pas normal, mais alors pas normal du tout. Pourquoi Jamyang et Shu luttaient-ils puisque l'un et l'autre ne faisaient qu'un.

L'adolescente avait un mauvais pressentiment, n'y tenant plus, elle décida de se lever et d'aller voir le jeune moine pour lui faire part de son cauchemar. Dans le lit d'à côté, Asra dormait profondément. Elle ne l'avait pas réveillée, c'était d'ailleurs presque étrange avec le remue-ménage qu'elle avait fait durant son sommeil.

La jeune fille se dirigeait à pas de loup vers la porte quand, avant même d'avoir pu poser la main sur la poignée, celle-ci s'ouvrit à toute volée. Jamyang se dressait devant elle.

– Oh ! Tu m'as fait peur, j'allais te cherch…

Mais elle s'arrêta net devant le visage de son ami. C'était comme si l'être terrifiant de son rêve venait de se superposer au jeune homme qu'elle avait connu jusque-là. La jeune fille recula instinctivement, tandis que la porte se refermait derrière lui. Dans la pénombre, elle serra plus fort encore son petit poignard.

– Que se passe-t-il ? Que veux-tu ? demanda-t-elle d'une voix blanche.
– Des petits souvenirs enfant de lune que j'attends depuis bien longtemps…

Instinctivement, Louna posa la main sur le Lilouya.

– Il m'appartient !
– Il appartient au Maître, usurpatrice, il est temps désormais de lui restituer son bien.
– C'est absurde ! répliqua-t-elle violemment. Puis se radoucissant, que s'est-il passé, pourquoi nous trahis-tu maintenant ? Pourquoi être revenu si c'est pour aujourd'hui reprendre ce que je t'avais confié hier ?
– Tu ne comprends donc rien, le moment est venu où tout va changer, il ne sert à rien de lutter, le Maître récompensera ses serviteurs. Quant au Lilouya, j'ai besoin de ta présence pour ce que je compte accomplir avant de partir, mais avant tout donne-moi le livre !

La jeune fille blêmit sous le choc, comment en avait-il eu connaissance, elle n'avait rien dit !

– Aurais-tu oublié que je lis en toi comme dans un livre ouvert ?
– Je ne l'ai plus !
– Je ne te le redemanderai pas une seconde fois !
– Plutôt mourir que de céder à ton odieux chantage !
– Dans ce cas, je vais être dans l'obligation de prendre de force ce que tu me refuses.
– Je suis prête !

Louna brandit devant elle le petit poignard, mais contre toute attente, Jamyang éclata de rire :

– Enfant de lune, tu ne peux rien contre moi !

Il passa la main dans son vêtement et retira une petite pierre noire, merveilleusement ronde, qui jetait des éclairs maléfiques autour d'elle.

– Le Ni !
– Oui, le Ni, qui va reprendre la place qui lui est due, la place qu'il n'aurait jamais dû quitter, sa place au cœur du Lilouya !

D'un geste, il jeta le bijou dans les airs. Aussitôt le médaillon s'agita au cou de la jeune fille, ce fut comme s'il voulait fuir. Elle ne parvenait plus à le retenir, il l'étranglait, se contorsionnant, elle parvint à défaire le nœud qui le retenait prisonnier, aussitôt, il s'éleva en flèche dans les airs. Le Ni était comme un prédateur guettant sa proie. Le Lilouya fuyait désordonné tandis que la pierre noire se mouvait avec rapidité et intelligence. Louna était horrifiée par le spectacle qui s'offrait à elle. Soudain, alors que le Lilouya parait encore une attaque de la pierre, celle-ci feinta et revenant en arrière, percuta de plein fouet de bijou, s'incrustant parfaitement en son centre. Aussitôt, l'élue perçut comme un second cœur battre en elle, un cœur brûlant, visqueux comme de la lave en fusion. Elle se sentit étouffer. D'un geste, elle voulut se saisir de son médaillon et arracher la pierre immonde, mais d'un revers de main, Jamyang l'envoya à terre. Sa tête explosa en morceaux, son corps la fit atrocement souffrir, elle éprouva comme une brûlure de l'intérieur, puis, la sensation s'estompa, en même temps son propre cœur ralentit, de plus en plus, elle ne le sentit plus, elle ne sentit plus rien d'ailleurs… enfin doucement, il s'arrêta. La dernière vision qu'elle eut avant de s'évanouir fut la lumière glaciale qui envahit la pièce tandis que le bijou venait se lover dans la paume du jeune moine triomphant.

– Louna ! Lounaaaaaa !

La jeune fille sortit peu à peu de sa torpeur. Elle ouvrit lentement les yeux. Sa tête était terriblement douloureuse, son sang battait à grand-coups sur ses tempes.
Asra était penchée au-dessus d'elle, le visage ravagé d'inquiétude.

– Que s'est-il passé Louna ?
– Oh ma pauvre tête, Jamyang, il…
– Quoi, il est blessé ?
– Non, on s'est battu, c'est… compliqué.
– Battu ? Mais qu'est-ce que tu racontes ?
– Il faut aller voir… à côté, Tashi… j'ai peur !

Asra était stupéfaite. Comprenant à sa mine défaite qu'elle ne plaisantait pas, la jeune fille se précipita dans le couloir tandis que son amie la suivait, titubant, se tenant la tête à pleines mains.

Elles firent irruption comme deux folles dans la chambre voisine, et se figèrent devant le spectacle qui s'offrait à elles. Celle-ci était sens dessus dessous, les couettes et les oreillers avaient été lacérés, les meubles renversés, tous les tiroirs gisaient ouverts et fracassés sur le sol, mais surtout, Louna nota tout de suite les

taches de sang sur le sol. Affolée, elle se précipita dans la pièce, où était-il ? Était-il toujours en vie ?
Soudain, son regard fut attiré par une petite forme étrange prise dans les draps roulés en boule sur le sol. Doucement, elle souleva un pan de tissu. Là, gisait Tashi, inconscient. Elle tenta aussitôt de desserrer l'étau de tissu qui l'étouffait, le retenant prisonnier. Un instant plus tard, elle libérait son ami, et découvrait effarée, son corps frêle maculé de sang. Ses bras et ses mains portaient la trace de nombreuses blessures. L'adolescente était au bord de l'hystérie.

– Il est mort, Asra il est mort !
– Tais-toi, ne dit pas ces choses-là ! De plus, il est immortel ! Je pense qu'il n'est que blessé et sonné, ce qui est déjà étonnant avec la plante de vie… La lutte a dû être effroyable !
– Il ne bouge plus ! Mon Dieu Asra, tu dois pouvoir l'aider ?
– Mes affaires sont restées dans la chambre, va me les chercher, je vais voir ce que je peux faire en attendant.
Louna se précipitait déjà. Elle trouva les petits sacs de cuir sans trop de peine, quand son regard fut attiré par une trace étrange sur le sol. De petites taches rouge brun, comme des traces de sang, qui descendaient les escaliers puis s'arrêtaient. Intriguée, elle les suivit, mais une fois arrivée dans le hall, il n'y avait plus rien.

Elle regarda autour d'elle un moment, et s'apprêtait à repartir quand elle remarqua un angle étrange sur sa droite. La porte du bureau du directeur était entrouverte, ce qui était surprenant, car il avait orti une clef la dernière fois pour l'ouvrir. Elle s'apprêtait à poser la main sur la poignée quand une femme de ménage lui passa devant, la bousculant sans ménagement. Elle bafouilla une excuse incompréhensible, la vieille femme la poussa alors de son chemin et ouvrit la porte en grand. Devant elles, se trouvait le même spectacle que dans la chambre au dessus. Tout avait été cassé, renversé, fracassé, des papiers jonchaient le sol, pas un meuble n'avait été épargné, même le mur avait été lacéré.

Elle releva instinctivement la tête et tomba sur un trou béant, le coffre avait été ouvert, vidé. Les deux femmes, sans se concerter, pénétrèrent dans la pièce d'un même mouvement. Là, derrière une table, dans une position grotesque, parmi les documents épars, gisait le directeur de l'hôtel.

La jeune fille était pétrifiée, elle sentait que ce crime odieux avait quelque chose à voir avec les événements de la nuit. Ne s'attardant pas une minute de plus, elle allait tourner les talons quand un cri strident lui fit exploser les tympans. La femme près d'elle venait d'ouvrir une bouche démesurée d'où provenait un hurlement qui n'en finissait pas. Quelques instants plus tard, toutes les personnes de l'hôtel se trouvaient près d'eux, regardant horrifiées le spectacle de la pièce saccagée où reposait l'homme assassiné. Dans la confusion, Louna s'éclipsa et remonta les marches quatre à quatre jusqu'à la chambre.

– Asraaa, il a été assassiné !

Deux têtes se tournèrent vers elle, le regard sombre, le visage crispé. Tashi venait juste de reprendre ses esprits grâce aux incantations de la jeune magicienne.
Elle raconta alors à ses amis ce qu'elle avait vu en bas.
– Je crois qu'il va falloir que vous me donniez des explications sur ce qui vous est arrivé cette nuit à tous les deux, dit Asra en fronçant les sourcils.
– Je vais commencer, lui répondit son amie.
– Très bien pendant ce temps, je vais terminer les soins de Tashi avec les plantes.

Louna lui tendit le sac et commença. Elle raconta alors son rêve étrange, son réveil et l'arrivée de Jamyang dans sa chambre. Tashi blêmit, quand elle leur expliqua qu'il avait réuni le Lilouya au Ni sous ses yeux.

– Il m'avait dit qu'il n'en ferait rien pourtant !
– Comment ça « il n'en ferait rien ! » Tu savais pour le Ni ? questionna Louna.
– Oui, il avait trouvé le Ni hier… la pierre maléfique du Lilouya… il voulait attendre pour vous en parler… il voulait vous protéger, il ne savait pas ce que ferait la pierre près de l'élue… je l'ai cru…
– Mais comment as-tu su qu'il avait le Ni ? Il te l'a dit ?
– Il vous avait caché beaucoup de choses, alors je l'ai questionné et…

Tashi se rendit compte un peu tard qu'il avait trop parlé.

– Comment sais-tu qu'il nous avait caché des choses ?
– Parce que… depuis… l'attaque…
– Oui ? l'encouragea la jeune indienne.
– Je lis dans les pensées…
– Quoi ?

Louna venait de pousser un rugissement à faire s'effondrer les murs.
– Je ne voulais pas le dire, pas tout de suite !
– Mais c'est incroyable ! Qui a encore des petits secrets à cacher ici, allons-y c'est le moment des grandes révélations !
– Louna calme-toi ! lui intima Asra.

Elle reprit d'une voix calme :

– Résumons : Jamyang est parti avec Lilouya et le Ni. Il a le bijou maléfique entier et personne ne sait ce qu'il compte en faire, mais sûrement rien de bien, enfin…

Asra n'eut pas le temps de terminer, Louna venait de l'interrompre :

– Tashi, sa voix tremblait… tu ne m'as rien dit, mais quand tu étais… alité… tu entendais ce que je pensais n'est-ce pas ?

Tashi acquiesça d'un air sombre.

– Tu m'as entendue alors… décider que… que… c'est pour cela que tu as refusé le poison ?
– Oui… je savais qu'ils arrivaient, il me restait une chance mais tu ne pouvais pas le savoir, tu avais pris la bonne décision.
– Je voulais te tuer et tu le savais, tu t'es débattu… Oh ! C'est affreux…

L'adolescente tremblait à présent de tous ses membres. Le petit garçon lui attrapa la main.

– Tu as fait ce qu'il fallait faire fille de lune, nous sommes une équipe dans ce que nous entreprenons, je savais que je devais vivre, il me restait une chance infime, je t'ai guidée dans une autre voie, c'est tout… tu n'as pas essayé de me tuer, c'est ainsi que tout devait se passer…

La jeune fille était anéantie, Asra regarda l'enfant.

– Nous t'écoutons Tashi.
– Nous avons eu une explication tous les deux hier soir. Il y avait des incohérences dans son histoire, particulièrement avec cette cheville, je savais qu'elle avait été cassée, or il avait affirmé le

contraire, et je ne pensais pas que la plante que tu lui avais donnée pouvait le guérir.
– Tu veux dire réparer l'os fracturé ? demanda Asra.
– Oui c'est ça.
– Cette plante ne fait rien de tel Tashi, elle enlève simplement la douleur et aide la zone lésée à dégonfler.

Les trois se regardèrent silencieusement. Enfin, la jeune indienne rompit le silence la première :

– Il y a quelque chose de très troublant dans ce que tu nous racontes et d'inexplicable, car enfin, une cheville brisée ne se remet pas toute seule, mais laissons cela de côté pour le moment, continue Tashi.
– Je disais donc que nous avons discuté, tout ce qu'il me dit, semblait plausible. Nous nous sommes couchés, mais sans comprendre pourquoi, je n'étais pas tranquille… c'est la raison pour laquelle je décidais de veiller. Tout semblait paisible, quand vers deux heures du matin, je l'entendis se lever, sortir de la chambre, je le suivis. Il descendit dans le hall et pénétra dans le bureau du directeur, alla droit vers le coffre et l'ouvrit. Il fouilla partout, tout retourné, il semblait très énervé, je ne sais pas ce qu'il cherchait…

– Ça !

Louna sorti le bol de bronze du Lama et en extirpa le livre donné par l'ami de ses parents.
– Je ne savais pas qu'en faire, je voulais vous en parler, mais c'était la dernière chose que ma mère me léguait… je voulais l'avoir pour moi seule un moment, il y avait peut-être des notes, quelque chose de sa main, vous comprenez n'est ce pas ?
– Nous comprenons ! la rassura Asra.
– Je ne savais où le mettre pour qu'il soit en sécurité, alors j'ai

pensé au bol pour le conserver, il me suffisait de le lui demander pour qu'il me le rende… personne ne pouvait savoir qu'il était là…
– Que contient ce livre ? demanda l'enfant intrigué.
– Je ne sais pas…je ne comprends pas…
– Montre-le-moi s'il te plaît ? lui demanda la jeune magicienne.

Son amie lui tendit le minuscule volume. Elle l'ouvrit et poussa une exclamation :

– C'est un livre divinatoire de Yi King !
– Quoi ?
– Un traité si tu préfères, il contient des prédictions du passé et à venir, ce livre est infiniment précieux… je ne peux pas le déchiffrer ainsi, il me faudrait du temps, c'est incroyable… incroyable, cela fait des siècles que cet ouvrage a été rédigé, regarde ce sceau, c'est celui du premier empereur de Chine … elle tourna quelques pages… C'est incroyable, ses yeux étaient grand ouverts de surprise, il y a le sceau de nombreux empereurs de Chine, et d'autres beaucoup plus anciens encore que je ne connais pas, j'ai l'impression que tous se rapportent à un même événement, et... oh !

– Quoi ?
– Qu'as-tu lu ?
– Il est question du pays de Lyriati dedans, je crois que ce livre va pouvoir nous aider à le localiser…
– Et peut-être aussi la tombe du roi des Rois ?
– C'est possible, mais nous n'avons pas le temps de nous occuper de cela maintenant, continue plutôt Tashi !
– C'est donc ce livre qu'il cherchait, il a dû apprendre qu'il était dans le coffre. Comment ? C'est un mystère ! Et comme il ne l'a pas trouvé, il est remonté furieux, c'est alors qu'il s'est dirigé

vers votre chambre. J'ai couru récupérer mon sabre et je suis revenu voir ce qui se passait. Il s'était arrêté devant la porte en se tenant la tête dans les mains, il semblait souffrir abominablement, ses bras luttaient, désordonnés, il donnait des coups de sabre dans le vide, comme s'il luttait contre un ennemi invisible. Par moments il se frappait lui-même, puis soudain, épuisé il est tombé à genoux, et tout son corps s'est révulsé. Il est resté un moment ainsi allongé. Puis son visage s'est transformé, il est devenu hideux, je le reconnaissais à peine, ses traits étaient emprunts d'une haine farouche, indomptable, absolue. C'est alors qu'il se releva, paisiblement, comme si de rien n'était, ses yeux se posèrent sur moi, son regard était glacial, je sus qu'il me faudrait me battre. C'est comme si un autre lui-même l'avait possédé.
– Je crois savoir ce qui s'est passé… il y a quelque chose que je ne vous ai pas raconté…

Alors Louna leur parla de Shu, pas du roi du Lyriati, mais de l'homme que fut Jamyang dans une vie antérieure, de son ami d'enfance, de son compagnon, de son confident… l'un et l'autre comprirent aussitôt la nature des relations qu'elle entretenait avec son ami invisible, ce qui les éclaira sur un certain nombre d'ambiguïtés dans le comportement des deux jeunes gens... Ainsi avant de rencontrer Jamyang, elle connaissait Shu... et ils s'aimaient l'un et l'autre… la trahison de leur ami prenait une dimension nouvelle à la lumière de ce qu'elle venait de leur révéler. Elle redressa bravement la tête.

– Ils ont lutté cette nuit, Jamyang a vaincu Shu. Je ne sais pour quelle raison il a fait ça car je n'arrive toujours pas à croire à sa trahison, mais il a vaincu son âme, il s'est tué lui-même.

Louna jeta un regard douloureux vers Tashi qui reprit lentement :

– Après, il s'est dirigé vers toi Asra, il a tendu la main vers ton cou, je suis sûr qu'il n'en voulait pas à ta vie, je crois que c'était l'émeraude qu'il convoitait, mais il n'a pas pu approcher, la pierre a jeté un rayon si étrange… il a été comme paralysé. Puis, d'un seul coup la porte s'est refermée, je me suis précipité, mais impossible de l'ouvrir. Enfin, après une éternité, il est ressorti, je l'attendais dans le couloir, « Traître, lui ai-je dit, - comment peux-tu faire ça, comment peux-tu nous trahir ainsi ! ». Il a rit… Il a dit que nous étions tous stupides et fous de lutter contre « lui », qu'« il » allait tout dominer et qu'« il » serait près de lui pour le grand jour, puis il m'a dit de passer mon chemin… je me suis interposé… je lui ai dit qu'il ne passerait pas sans combattre, il a rit encore… d'un rire que je ne connaissais pas, un rire démoniaque, puis il a sorti de son vêtement le Lilouya, il avait incrusté la pierre maudite dedans. Le bijou était devenu entièrement gris, comme fané, c'est alors que du cristal terni est sortie de la fumée, une fumée âcre et épaisse, je ne voyais plus rien, même la lumière de l'épée de jade ne perçait pas les ténèbres qui m'entouraient. C'est à ce moment-là qu'il m'a frappé, sournoisement, j'ai fait ce que j'ai pu, mais il était trop fort. Il m'a repoussé dans la chambre, ma tête tournait, je ne voyais rien, il m'a de nouveau frappé, je n'ai pu parer le coup… j'ai perdu connaissance. Quand je suis revenu à moi, Asra était à côté de moi. Voilà, mais à toi Louna, à présent qu'as-tu vu en bas, que s'est-il passé ?

– Je crois… je crois qu'il a tué le directeur aussi… ce ne peut être que lui !
En entendant cela, la jeune indienne réagit sans attendre :

– Il faut partir, nous avons trop traîné ici, notre situation n'est plus sûre. Il s'est passé trop de choses. Cette chambre est retournée, il y a des traces de sang, on va nous questionner, et il faudra s'expliquer… Tashi, réunis tes affaires, quant à nous, allons récupérer ce que nous avons. Je sais qu'au fond du grand hall il y a une porte qui donne sur le jardin, de là nous pourrons nous enfuir, mais il faut nous dépêcher.

Les deux jeunes filles coururent en vitesse vers leur chambre. En quelques minutes, elles rassemblèrent leurs affaires, et rejoignirent l'enfant dans le couloir. En bas les bruits s'intensifiaient. Dominant les hurlements généraux, une voix d'homme s'imposa. La police arriva et prit l'enquête en main.
Ils descendirent prudemment l'escalier, le hall était bondé, personne ne fit attention à eux, les uns derrière les autres ils bifurquèrent aussitôt en bas des marches, évitant ainsi de passer devant ce qui s'avérait être en réalité tout un régiment de militaires. L'un d'entre eux, plus gros et surtout avec l'air plus agressif, dirigeait les opérations. Il était en grande discussion avec le portier et regardait régulièrement en direction de l'étage. Les trois se faufilèrent sous l'escalier et se dirigèrent le plus discrètement possible vers la porte du jardin. Soudain, alors qu'ils s'apprêtaient à sortir, Louna se frappa le front.

– Tashi, le livre, je l'ai laissé sur ton lit, tu l'as pris ?
– Non, nous sommes partis si vite, je l'ai oublié !
– Je dois y retourner !

Asra n'eut pas le temps de protester que déjà la jeune fille faisait demi-tour. Elle se faufila comme une anguille à travers la foule et remonta en un clin d'œil jusqu'à la chambre. Posé en évidence sur le lit, le livre n'avait pas bougé. Elle ouvrit la porte doucement, au moment où elle sortit la tête dans le couloir, une main lui agrippa violement la nuque. Derrière elle quelqu'un cria :

– C'est elle, c'est la meurtrière ! je l'ai vue entrer dans le bureau avec le moine, c'est elle, meurtrière ! meurtrière ! Tu paieras pour ton crime horrible !

C'était le maître d'hôtel, il semblait enragé. Louna ne comprenait pas ce qu'il lui arrivait. En une seconde elle se retrouva menottée, encadrée de trois militaires une arme braquée sur elle.

– Emmenez-moi cette fille et retrouvez-moi le reste de cette bande de vauriens.

Elle fut aussitôt poussée sans ménagement dans l'escalier en direction de la sortie. L'adolescente eut un regard consterné en direction de la petite porte vers laquelle ses amis avaient sûrement disparu. Pourtant, aucun des deux ne put se résoudre à partir, tapis sous l'escalier, pétrifiés, ils la regardèrent sortir entourée de ces hommes armés jusqu'aux dents, conspuée par le personnel de l'hôtel. Ils n'eurent cependant pas le temps de faire quoi que ce soit, les militaires se déployèrent dans tout l'immeuble. Ils étaient menacés également, et se retrouver tous les trois arrêtés n'arrangerait rien. Ils devaient fuir, et tout de suite cette fois. Ils se dirigèrent aussi discrètement qu'ils le purent vers le fond du hall et disparurent dans le jardin.

Louna se retrouva bousculée jusqu'à la sortie. Dehors, une énorme Jeep les attendait. Un des hommes la poussa rudement à l'intérieur, elle se cogna le bas du visage sur un des sièges, sous l'effet du choc, sa lèvre se fendit comme un fruit trop mûr. Personne ne sembla s'en préoccuper. La voiture démarra en trombe, laissant sur les marches de l'hôtel une dizaine de personnes, hurlant et se lamentant.

Non loin de là, cachés derrière un bosquet du jardin, Asra et Tashi reprenaient leur souffle. Ils ne pouvaient rester là très longtemps non plus, mais aucun des deux n'avait pu se résoudre à fuir sans savoir ce qu'il advenait de leur amie. Quant à savoir où l'emmenait cette voiture… où plutôt dans quelle prison, cela n'allait pas être une mince affaire.

Le constat qu'ils firent de leur situation était déplorable : ils n'avaient plus le Lilouya pour se déplacer, la pierre maléfique avait retrouvé le cristal risquant de déclencher on ne sait quel événement épouvantable ! Leur équipe s'était réduite de moitié, l'un des membres les avait trahis doublement en les volant, mais aussi en les faisant accuser de meurtre, car aucun des deux ne doutait que tout cela ne fut une machination de Jamyang pour les faire tous arrêter. L'élue était prisonnière des militaires indiens qui dépendaient d'on ne savait qui ! Enfin, dans l'ombre, le *mal noir* continuait son œuvre.
Qu'allait-il advenir d'eux, que faire à présent. Asra sortit un livre minuscule de son corsage : « Il va falloir nous aider à présent, on a vraiment besoin de toi petit livre, et de toi aussi maman, » se dit-elle à elle-même… Elle l'avait à peine ouvert que déjà il avait repris sa taille normale.

– Bien, il nous faut un sort pour devenir invisible. Tashi, fait le guet pendant que je tente de trouver quelque chose.

À des milliers de kilomètres de là, une femme très belle sommeillait paisiblement, quand soudain, elle se réveilla en sursaut. Son cœur battait à tout rompre, il se passait quelque chose, elle l'appelait, elle avait besoin d'aide. Elle quitta sa chambre précipitamment et descendit les escaliers qui menaient aux souterrains du palais. Arrivée dans une petite salle, elle fit jouer un ressort caché dans le mur, une porte dérobée s'ouvrit. Elle pénétra dans une minuscule pièce emplie de livres. « Asra ma fille, » pensa-t-elle tout haut, - dis-moi ce que tu cherches.

– Un sort pour devenir invisible, marmonnait Asra, où cela peut-il être ?

La jeune fille tournait les pages comme une folle, rien ne correspondait à ce qu'elle souhaitait. Concentrée, elle n'entendit pas Tashi s'approcher d'elle, et sursauta brutalement quand il lui posa une main sur l'épaule.

– Les gardes fouillent les jardins à présent, dans quelques minutes ils seront ici, dépêche-toi !
– Oui, oui ! Maman, aide-moi !

Au même moment, dans la petite pièce secrète, un livre sortit d'une rangée et comme porté par les airs, vint se poser devant cette femme d'une grande beauté. « Voilà ce qu'il te faut ma fille, pour devenir invisible. Par contre, je ne sais pas dans quelle situation tu te trouves pour avoir besoin de ces sortilèges, mais je peux t'assurer que ceux qui te poursuivent ne te retrouveront pas ». D'autorité, la mère d'Asra ouvrit le livre, elle le connaissait parfaitement, et n'hésita pas une seconde. Elle sélectionna la page neuf, un sort facile, rapide et qui ne durerait pas trop longtemps, voilà ! Celui-ci semblait parfait.

Asra désespérée regarda intensément l'ouvrage en se concentrant de toutes ses forces sur le sort qu'elle désirait. Soudain, les pages se mirent à tourner seules, et s'arrêtèrent approximativement à la moitié, le livre correspondant s'intitulait : « Différentes manières de quitter le monde visible. » C'était parfait !
Aussitôt, sous ses yeux stupéfaits, le gros livre qu'elle tenait à la main changea de format, se referma en un claquement sec puis se rouvrit sur un sort très court qui ne nécessitait ni instrument ni potion. Asra reconnu la perspicacité et l'efficacité de sa mère d'avoir choisi quelque chose de simple et rapide, se doutant qu'elle était dans une situation difficile. Elle la remercia en souriant, avec son aide, elle ne doutait plus, ils s'en sortiraient, elle le savait.

– Tashi donne-moi la main, lis avec moi, lentement et articule bien, car certains sorts sont très proches. Puis tu fermeras les yeux un instant, sinon le sort s'annulera aussitôt, d'accord ?

Tashi acquiesça. Les voix d'hommes se rapprochaient, ils n'avaient plus le temps de fuir, ils devaient réussir !

– Arouda, aya, en transparence transforme-moi, youri asrata, que je quitte cet état, araya liouita qu'invisible je sois.
Avec une remarquable unité, ils fermèrent les yeux. Quand ils les rouvrirent ce fut pour se retrouver nez à nez avec un militaire. Asra retint de justesse un cri, l'homme était devant eux, mais de toute évidence, il ne les voyait pas. Ils avaient réussi !

– Il y avait quelqu'un ici, j'ai vu quelqu'un et j'ai entendu du bruit.

L'homme les frôla et continua son chemin vers un buisson, battant les arbres du canon de sa mitraillette.

– Ça a marché, chuchota la magicienne. Maintenant partons d'ici.

L'un derrière l'autre, le plus silencieusement possible, ils quittèrent le petit jardin et s'évanouirent dans la nature.

***

Louna était assise sur le sol glacé de sa prison. Elle n'avait aucune idée de l'endroit où elle avait été emmenée car on lui avait bandé les yeux dès le départ de l'hôtel. Elle se sentait épuisée et moralement très abattue. Elle jeta un coup œil autour d'elle. Elle était dans une sorte de cachot. Une énorme grille de fer forgé la séparait d'un étroit couloir dans lequel brillait une faible lueur. Il n'y avait aucune ouverture, elle ne savait pas depuis combien de temps elle était là, mais cela lui semblait faire une éternité.

Les murs étaient grossièrement taillés et suintaient. De grandes traces noirâtres les maculaient tout du long, l'adolescente n'osait

imaginer ce que cela pouvait être. Le sol était bétonné, dans un coin gisait une écuelle à demi emplie d'une bouillie grise. Elle sentit son cœur se soulever en la regardant. Tout était silencieux, c'était comme si elle était seule détenue ici. Elle fit le point sur son état physique et constata qu'à part sa blessure à la lèvre, ils ne l'avaient pas trop malmenée. Elle avait bien quelques bleus, mais cela finirait par passer.
Par contre, on l'avait totalement dépossédée, en plus du Lilouya qu'on lui avait dérobé, les gardes lui avaient confisqué son poignard, son livre et le bol. Ses vêtements étaient sales et déchirés, elle n'en avait aucun autre et était épuisée. Pas question d'imaginer une douche ou un quelconque rafraîchissement, les allures de la prison lui indiquaient manifestement que ce type de service n'était pas du tout au programme. Déprimée, elle se laissa tomber sur le sol, la tête entre les mains, une larme coula doucement sur sa joue laissant un sillon clair sur son visage maculé de la crasse du cachot.

Elle se sentait terriblement perdue, ses parents ne lui avaient jamais autant manqué qu'en cet instant. Elle fit mentalement le point sur sa situation : Jamyang les avait trahis. Depuis quand méditait-il son coup, elle n'en avait aucune idée… peut-être fomentait-il sa traîtrise depuis le début… pourtant elle avait reconnu la voix de Shu, elle savait aussi qu'il vivait d'une certaine manière en lui… que s'était-il donc passé ? Avait-il pu la tromper au point de feindre tout cela ? Pourtant, Tashi avait dit qu'il paraissait lutter contre lui-même, était-ce bien Jamyang contre Shu comme elle l'avait suggéré à ses amis ? Si ce n'était pas ça, alors, contre quoi, ou contre qui luttait-il ?
Tout s'emmêlait dans sa tête, ce qui était sûr, c'est qu'il l'avait touchée en plein cœur cette nuit-là, et elle ne se remettrait sans doute jamais de cette blessure.

Quant à Tashi et Asra, elle ne savait même pas s'ils avaient pu s'échapper… peut-être étaient-ils prisonniers comme elle ? Ici ? Non, elle faisait confiance à son amie magicienne pour les avoir tous deux sortis de ce mauvais pas, mais comment leur indiquer sa prison, comment les retrouver, comment sortir de ce cachot ? Devant l'horreur de sa situation, Louna éclata en sanglots, cela faisait des heures qu'elle retenait ses larmes, trop fière pour pleurer devant ses geôliers, mais à présent qu'elle se retrouvait seule, toute l'angoisse, la douleur de ce qu'elle ressentait la submergea.

Qu'allaient-ils tous devenir, et leur mission, s'achevait-elle dans une sordide prison indienne ? La jeune fille ne parvenait pas à y croire.
Alors qu'elle se lamentait ainsi sur son sort et celui de ses camarades, une faible lueur se mit à briller au centre de la pièce. Tirée de sa torpeur, elle regarda plus attentivement. Un visage se dessinait, un visage qu'elle ne pouvait oublier, un visage qu'elle aurait reconnu entre mille.

– Lila !
– Louna, mon enfant !

Sa mère avait les pommettes terriblement saillantes, les traits tirés, mais ses yeux verts brillaient toujours du même feu arrogant.

– Tu dois trouver en toi la force de continuer. Ne te laisse pas abuser par les apparences et reprends ta quête, tu es l'élue et tes pouvoirs sont immenses, cherche en toi et tu trouveras… je t'attends Louna, je t'attends…

Son visage se crispa soudain, elle tourna la tête et une ombre de terreur passa dans ses yeux, il y eut juste un flash et la lueur disparut.

– Lilaaa ! L'adolescente hurlait seule dans sa cellule, ne me laisse pas, reviens… j'ai tellement besoin de toi…

Elle battait l'air de ses mains cherchant à rattraper la vision évanouie. Il y avait si longtemps qu'elle ne l'avait vue… elle ne ressemblait plus du tout à la jeune femme de la photo, celle qu'elle vit dans l'album, les tourments et l'angoisse avaient irrémédiablement laissé leurs traces sur son beau visage. Ses joues s'étaient creusées, ses yeux enfoncés, ses lèvres desséchées… mais c'était bien elle… elle vivait, elle ne pouvait abandonner, ils comptaient sur elle…. Qu'avait-elle dit, de ne pas se fier aux apparences ? Tout ce qui s'était passé ne serait qu'une illusion ? C'était impossible, Jamyang avait trahi et l'avait menée directement dans cette geôle ignoble. Il avait tué le directeur de l'hôtel et l'avait compromise sans qu'elle sache encore comment. Et surtout, il avait commis l'irréparable : assembler la pierre noire au Lilouya.
Pourtant, tout cela était sans importance, le visage de sa mère lui avait redonné du courage, elle sortirait d'ici, elle retrouverait ses parents, où qu'ils soient ! Elle retrouverait Asra et Tashi et tous les trois continueraient la lutte. Elle était l'élue, elle ne faillirait pas.
Louna redressa fièrement la tête face à son destin, elle était prête à l'affronter, quel qu'il soit, elle ne baisserait pas les bras…

Épilogue

Sous la montagne des quatre Mondes, la montagne des ténèbres, une intense activité régnait. Le Maître des Maîtres s'apprêtait à prendre la parole devant tous les disciples du *mal noir*, enfin réunis, après des siècles d'errances et de confusion.
Les plus illustres avaient leurs entrées au palais tandis que les autres s'étaient répartis entre la ville des nains, la montagne elle-même et les collines environnantes, allant même jusqu'à la vallée du désespoir située à plusieurs kilomètres de là. Le paysage était devenu méconnaissable, les fidèles venaient de toutes parts, aussi bien de pays fort lointains que des entrailles de la Terre, tant des hommes, que des êtres mystérieux disparus des mémoires depuis des millénaires. Tous avaient répondu à l'appel du Maître, aucun n'aurait voulu manquer cela, les temps allaient changer, le *mal noir* était de retour, à nouveau il gouvernerait le monde, enfin ils pourraient retrouver leur vraie place, celle qu'ils attendaient depuis si longtemps, celle qu'on leur avait promise autrefois, celle qu'ils méritaient pour leur fidélité.

Le mage Olia du pays de Liu était venu avec sa suite et les hommes de son peuple, les mages des Monts d'Or avaient eux aussi fait le déplacement, et occupaient avec leurs amazones tout un quartier du palais pourtant à peine assez grand pour loger toutes ces farouches guerrières. Avaient également répondu présents, tous les grands sorciers qui avaient participé à la réunion de la salle des destinés. Enfin, les chefs de gouvernement, ministres et autres dignitaires pervertis, à la solde du pouvoir maléfique, logeaient dans le sous-sol du palais, dans le secteur des mauraux noirs, le secteur de l'œil du diable.

Le Maître Suprême ne leur faisait pas véritablement confiance et les avaient placés sous la garde rapprochée des monstrueux cyclopes. Tous les autres s'étaient logés comme ils pouvaient. Les hôtels et les auberges des nains affichaient complet, tandis que chacun y allait de ses relations pour tenter d'obtenir le gîte. Enfin, ceux qui étaient arrivés plus tard, ou n'avaient pas la chance d'avoir de connaissance dans la ville, campaient dehors.

C'était là une gigantesque assemblée hétéroclite, des groufs tremblants côtoyaient des nains à cheveux rouges émigrés, toujours accompagnés de leurs terribles serpents à tête de souris. Près d'eux, se tenaient un groupe d'hommes et de femmes d'Afrique du Nord, tandis que les Français et les Suisses sympathisaient non loin de là avec de gigantesques créatures d'un blanc laiteux aux allures fantomatiques. Quant aux Américains, ils tentaient désespérément de se faire une place entre le démon Astaroth et sa suite, et toute une délégation de vampires venant d'arriver de Hongrie. Il faut dire que le *mal noir* avait parmi ses serviteurs les plus zélés, en plus d'hommes et de femmes venant des quatre coins du monde, tout un groupe de monstres plus effrayants les uns que les autres. Il y avait par exemple les disciples de la secte des « Dévoreurs », qui vivaient sous terre, cachés au plus profond d'un immense volcan, leur ville avait été réalisée à partir de lave en fusion, modelée à même la main par ces créatures. C'est là qu'ils s'étaient réfugiés après la chute effroyable du grand dieu et survivaient depuis, se nourrissant de charognes, volant la nuit dans les élevages des environs, effrayant les honnêtes gens par leur répugnante physionomie. Leur peau brune et rugueuse était couverte d'écailles luisantes. Leurs multiples yeux constamment en mouvement, guettaient la moindre présence, prêt à fondre sur l'innocente victime qui aurait eu le malheur de croiser leur chemin.

La communauté entière du *mal noir* était présente sur la montagne. Les campements de fortune, les tentes de peaux tannées, de toiles d'araignée couvertes de feuilles, de salive et de bave ou d'ossements empilés s'étendaient à perte de vue. Personne n'aurait voulu manquer un instant pareil. Les temps anciens allaient revenir, la période de gloire était annoncée.

Le Maître des Maîtres se préparait. Il avait revêtu sa tenue de cérémonie la plus précieuse, une immense robe de soie prune bordée d'un liseré pourpre sur lequel étaient cousus les crânes réduits d'ennemis qu'il avait tués de sa propre main. Les manches étaient brodées de fils de venin de dragon rouge. Par-dessus l'ensemble, il jeta une lourde cape de velours noir dont personne n'avait jamais pu connaître les propriétés magiques. À chacun de ses pas, un petit pendentif oscillait autour de son cou, d'une vague couleur gris terne, celui-ci était incrusté de turquoises et d'une plus grosse pierre noire, qui lançait par moments des éclats maléfiques.

Le Maître regarda son reflet dans la glace et sembla satisfait. Il esquissa un sourire en s'arrêtant sur le Lilouya dans lequel se tenait enchâssé le Ni, et fut agité d'un tremblement nerveux. Il parvenait à peine désormais à contenir son exaltation. Tout était en place, tout était prêt pour l'ultime moment. Il possédait le bijou, les parents de l'élue, et ce n'était plus qu'une question d'heure avant qu'on lui livre celle-ci. Rien ne pourrait l'arrêter. Dans deux lunes, il serait l'être le plus puissant du monde aux côtés du dieu, celui qui lui avait redonné vie, celui qui serait récompensé.

Devant l'affluence extraordinaire provoquée par la nouvelle de la réunion, le Maître dut improviser. Celle-ci ne pourrait pas se tenir dans la grotte du lac, trop petite. Il décida donc de la faire à l'extérieur, au sommet de la montagne à minuit, quand la lune serait au plus haut, à l'endroit même où son dieu avait expiré, c'est là qu'il annoncerait sa résurrection.

***

Au même moment, un enfant se présentait aux portes d'un invraisemblable palais digne des mille et une nuits.
Il annonça aux gardes qui en surveillaient l'entrée qu'il venait voir Asraita fille de Sulya, Maharani de Jaipur, et qu'il se prénommait Tashi Wangpo. L'un d'entre eux disparut aussitôt, tandis que l'autre l'invitait à entrer dans une petite pièce munie de plusieurs bancs. C'était sans doute là que gouverneurs et autres hauts dignitaires patientaient avant d'être reçus en audience par leur souverain. Il eut à peine le temps de s'asseoir que le garde revenait en courant lui intimant d'un geste pressant de le suivre. Ils traversèrent une succession de halls, dont quelques-uns étaient agrémentés de fontaines ornées de mosaïques de couleur, passèrent un immense jardin à la végétation luxuriante, enfin il le laissa dans une sorte de boudoir et disparut. Tashi s'apprêtait à le poursuivre afin de savoir si la Maharani allait venir, quand une voix aussi douce que le miel l'interpella :

– Je t'attendais Tashi, sois le bienvenu dans ce palais, tu es à présent chez toi.

Devant le petit garçon, se tenait la plus belle femme qu'il lui ait jamais été donné de contempler.
Elle s'approcha et lui saisit les mains.

– Je suis si heureuse de te rencontrer. Asra est avec toi n'est-ce pas ?
– Oui, elle m'a dit que vous sauriez comment la faire pénétrer discrètement dans le palais.

L'indienne acquiesça d'un signe de tête.

– Suis-moi.

Ils traversèrent à nouveau de nombreuses pièces à la décoration somptueuse et à l'architecture complexe avant d'arriver dans ce qui semblait être un observatoire astronomique. D'immenses instruments de mesure, des longues vues, des machines toutes plus compliquées les unes que les autres se dressaient devant lui. Elle le guida vers un petit bureau caché par un gigantesque astrolabe et y saisit un disque de pierre. Il était orné de multiples signes et dessins sur le pourtour, et présentait un ensemble de points perforés en son centre. Elle se dirigea alors vers une des encoignures de la pièce et apposa l'objet au sol sur la dalle d'angle. Celle-ci s'enfonça très légèrement tandis qu'une petite tige métallique jaillissait s'encastrant au centre même du disque. Elle retira ensuite le chaton de diamant d'une de ses bagues, puis pressa la pointe dans certains des trous en un ordre connu d'elle seule. Aussitôt, tout un pan de mur pivota dévoilant une volée d'escalier qui s'enfonçait dans le sous-sol.

– Viens, nous pourrons la rejoindre par ici, vous me raconterez en chemin ce qui s'est passé.

Tashi acquiesça et ils disparurent dans le souterrain.

***

Louna avait beau retourner la situation dans sa tête depuis des jours, rien ne se présentait. Elle ne parvenait pas à communiquer par la pensée avec Shu, mais cela n'avait rien de surprenant si l'on considérait les derniers événements survenus. Si le jeune moine avait neutralisé l'esprit qui le guidait, alors il ne faudrait compter sur aucune aide de sa part. Quant à Asra et Tashi, rien de leur côté non plus. Connaissant en partie les pouvoirs de l'un et de l'autre, la jeune fille en déduisit qu'elle devait se trouver dans un endroit particulier, dans lequel une magie très puissante l'isolait de ses amis. Elle en était là de ses réflexions quand elle entendit un bruit dans le couloir. Pour avoir plusieurs fois appelé en vain, elle savait qu'elle était seule dans cette prison, c'est donc elle que l'on venait voir. À la fois inquiète et intriguée, elle s'apprêtait à se relever quand une ombre se dressa devant les barreaux de sa cellule. Louna eut juste le temps de se rendre compte qu'il s'agissait en réalité du corps monstrueux d'un être gigantesque avant de s'évanouir d'horreur.

***

Il était l'heure. Le Maître des Maîtres se leva lentement du fauteuil dans lequel il se recueillait avant de retrouver les disciples du grand dieu. Il entendait d'ici monter les clameurs sur la montagne, c'était un moment unique et chacun en avait conscience. La foule était galvanisée par ce qui se préparait. Ce soir enfin, ils sauraient quand, tel un phénix, leur souverain renaîtrait de ses cendres pour les porter au faîte de leur gloire.
Dehors, il faisait nuit, la lune illuminait la montagne de sa parfaite rondeur, des torches étaient réparties en grappes sur d'immenses piliers, leur flamme dansant au gré du vent, faisant onduler des ombres fantomatiques sur l'assistance. C'était une marée gigantesque d'êtres en tout genre qui se tenaient, serrés, compressés les uns contre les autres, chacun espérant être le premier à voir apparaître le Maître Suprême.

Au premier rang, assis sur des trônes formés par de colossaux cafards aux antennes délicatement recourbées sous les pieds de leurs hôtes, se tenaient tous les chefs de sectes, les mages et les princes de sang, accompagnés de leur suite, de leurs guerriers ou guerrières et de leurs esclaves personnels. Puis venaient les dirigeants et hauts responsables des différents pays, ceux qui par leur position au sein d'un gouvernement ou d'une administration réussirent à protéger et dissimuler l'existence du dieu. Il y avait là un ministre russe, un ministre indien, le chef de la sécurité chinoise, le ministre de la défense français et beaucoup d'autres encore, qui avaient rallié le *mal noir* depuis bien longtemps.

C'est leur action conjuguée aux pouvoirs magiques des mages qui permirent de débusquer l'enfant tibétain, de suivre les quatre et finalement d'arrêter l'élue.

Derrière eux, venait la masse informe de la foule des adeptes, hommes ou bêtes, êtres hybrides et difformes. Par endroits, l'atmosphère était tendue entre des peuples autrefois rivaux avant de s'unir sous la bannière maléfique du dieu. Certains ayant abusé de la bière de racine des nains et ne tenaient debout que parce qu'il n'y avait plus d'espace autour d'eux pour s'écrouler. D'autres complètements saouls, injuriaient leurs voisins dès qu'ils se croyaient bousculés, enfin, la différence de taille et de corpulence des uns et des autres, créaient certaines tensions qui se terminaient parfois de façon très radicale aux dépens du plus petit ou du moins bien armé.

Soudain, quelqu'un se mit à crier, l'attention générale se dirigea alors vers un point mouvant à l'horizon, puis ce fut l'ensemble de l'auditoire qui se leva en hurlant, la montagne vibrait sous cette immense clameur, et tremblait sous les trépignements d'impatience. Le Maître des Maîtres venait d'apparaître au faîte de l'immense rocher à la pointe de la montagne. Il écarta les bras et le silence se fit aussitôt. Il regarda un instant l'assemblée extraordinaire qui se tenait devant lui, puis se mit à parler. Sa voix grave résonna comme une musique se déversant sur la montagne, enveloppant les collines, ondulant jusqu'à la vallée où des milliers de fidèles se pressaient continuant à affluer de toutes parts.

– Fervents serviteurs du grand dieu, disciples dévoués, si je vous ai réunis en ce jour, c'est parce que les temps nouveaux arrivent, l'heure est venue où notre Maître à tous revient parmi nous. Nos ennemis de toujours sont vaincus, ils sont à notre merci, prisonniers impuissants, vermines anéantis, parasites broyés. Par leur sang et par leur chair, lors de la grande cérémonie du renouveau, le *mal noir* va revivre et reprendre sa place, plus puissant que jamais, invincible !

Devant lui, la foule galvanisée se mit à hurler, des haches, des sabres, des épées fendaient l'air, tandis que par endroits, un malheureux se retrouvait la tête arrachée par l'enthousiasme d'un voisin maladroit. Le grand Maître étendit la main et l'assemblée se calma aussitôt, puis d'un même mouvement d'exaltation à peine maîtrisé, les disciples commencèrent à se balancer en cadence, grognant et soufflant de plaisir.

– Nous avons retrouvé l'élue et le bijou ! clama-t-il en exultant, plus rien ne peut nous arrêter, nous allons dominer le monde !

À ces mots, la foule déchaînée se mit à vociférer de plus belle, mais il ne leur laissa pas le temps de se réjouir que déjà il reprenait, brandissant sa main droite vers l'assistance, faisant ainsi briller à la lueur des torches l'énorme rubis qui la paraît.

– À la prochaine lune notre Maître sera parmi nous. Par le feu, et les flammes des mondes inférieurs, grâce à la pierre rouge sacrée, le sang même de notre Maître mêlé à celui de ses plus implacables ennemis, j'ai nommé la fille des étoiles et l'héritier de la dynastie de Shao, le *mal noir* va renaître et régner parmi nous comme autrefois. Il pourra s'unir enfin avec l'élue et par cet acte, deviendra invincible et immortel, et tous avec lui nous régnerons pour l'éternité. Maintenant mes amis, fidèles d'entre les fidèles, restaurez-vous, amusez-vous, profitez sereinement, car notre heure de gloire est arrivée

***

Jamyang ouvrit un œil, puis un second. Tout était noir autour de lui. Il lui fallut plusieurs minutes pour s'habituer à l'obscurité et discerner ce qui l'entourait. Il était dans une petite pièce ronde, sans fenêtre ni porte, sans eau ni nourriture, seul. Ses geôliers n'avaient pas pris la peine de l'attacher, après vérification, il n'y avait en effet aucun moyen de s'échapper.
Le jeune moine tenta de reprendre ses esprits. Son corps entier était douloureux, comme si chaque membre lui avait été arraché l'un après l'autre. Comment avait-il pu se meurtrir à ce point. Puis, lentement, la mémoire lui revint, le temple, cette force irrépressible qui l'avait attiré, la petite pierre noire, et soudain cet être qui avait pris forme dans sa tête et l'avait possédé, anéantissant toute volonté, le dominant entièrement. Soudain il fut épouvanté. Il n'avait plus aucun souvenir de ce qui s'était passé après ce moment-là, de ce qu'on lui avait fait faire ou dire. Mais une chose était sûre, ils avaient sous estimé les pouvoirs de leurs ennemis et c'était là une immense faute de leur part.

Il ne lui restait qu'une solution, tenter en méditant de se remémorer des bribes d'événements passés lorsque cet être était en lui, car il devait se préparer à ce qui l'attendait dehors, expliquer ses actes s'il avait commis des choses irrémédiables, après, il lui faudrait sortir d'ici par n'importe quel moyen.

Le jeune homme s'assit les jambes croisées, la tête inclinée et le regard dirigé vers le sol et commença à se concentrer de toutes ses forces.

Plusieurs heures passèrent ainsi, mais il ne parvenait toujours pas à revoir ce qui s'était déroulé avant son arrivée au cachot. Son esprit pourtant totalement déconnecté de son corps, errait dans une autre dimension, des milliers de souvenirs défilaient devant ses yeux, son enfance au monastère, son apprentissage, ses maîtres, la grande sagesse de leurs enseignements, l'élue, Tashi, à nouveau l'élue... Ses pensées étaient à présent focalisées sur la jeune fille. Il la voyait assise sur un trône somptueux, se tenant debout à ses côtés. Mais une autre vision venait se superposer à celle-ci, Louna, dans un cachot en tout point identique au sien, le visage entre les mains, prisonnière. Ils la détenaient, là, près de lui, il en était sûr. Il devait la délivrer, il ne pouvait perdre davantage de temps à rechercher ses souvenirs, ce qu'il venait de voir lui commandait d'agir sur le champ.

Au moment même où il s'apprêtait à tout arrêter, un flash lui traversa l'esprit en même temps qu'une voix résonnait dans sa tête. Il vit son bras lever un poignard et sans une émotion, sans un tremblement, le planter dans le cœur d'un homme. Il connaissait cette personne, il s'agissait du directeur de leur hôtel de Mahabalipuram. Jamyang poussa un cri d'horreur, son esprit s'était finalement ouvert sur ce qu'il redoutait le plus : il avait tué. Cet être avait fait de lui un meurtrier. Mais pourquoi, pourquoi en vouloir à cet homme ? Tremblant d'effroi, il se força cependant à reprendre sa méditation pour quelques instants. À présent, ce qu'il voyait ne lui disait rien, il s'agissait d'un immense trône de cristal qu'il gravissait lentement pour s'asseoir enfin au sommet. Devant lui s'étendait un immense lac aux eaux noires et gelées. Des murmures en sortaient, le jeune homme ne comprenait pas bien de quoi il s'agissait. Parfois des mains s'élevaient au-delà de la surface, comme pour appeler à l'aide, puis, coulaient à nouveau, disparaissant dans les profondeurs glacées. Comprenant enfin l'horreur de ce qu'il avait sous les yeux, il perdit le fil de ses pensées. Il transpirait abondamment. Sentant cependant qu'il s'agissait de quelque chose de très important, il focalisa de nouveau son attention sur la terrible scène. Quelle sensation étrange, c'était comme s'il pouvait voir par les yeux de quelqu'un d'autre et entendre son esprit. Il était ce quelqu'un d'autre. Il pouvait sentir sa joie, une joie furieuse, malsaine, il entendait ses pensées.

– C'est à cause de ce satané grouf… le mage de la Moa qui… parce que si le grand jour…

Tout se mêlait pour lui, il se perdait dans la complexité de cet esprit, qu'est-ce qu'était un grouf ? Et ce mage ? Non décidément il ne comprenait rien. Cet esprit était-il celui qui lui avait volé son corps et son âme, l'enfermant par la suite ici ? Si c'était le cas, alors il possédait à présent un don incroyable, celui de connaître les projets de leur ennemi, de les suivre et donc de pouvoir les contrecarrer.

Jamyang ouvrit les yeux. Maintenant qu'il savait cela, il était sûr de pouvoir retrouver ces visions plus tard, il était donc plus urgent de quitter cet endroit. Il devait comprendre de quelle manière il avait été enfermé afin de réfléchir à une solution pour en sortir. Le jeune moine fit consciencieusement le tour de sa cellule. Il n'y avait réellement rien, que des pierres scellées les unes aux autres, inamovibles. Soudain, il eut l'intuition que si on ne l'avait fait entrer ni par le sol, ni par une quelconque ouverture dans les murs, il ne restait que le plafond. Il leva la tête, au-dessus de lui, le vide s'étendait à perte de vue. Il était au fond d'un puits infini.

Mais comment faire sans échelle, sans même une corde pour s'extirper de là. Il n'avait pas d'autre choix, il devait se concentrer sur une partie des enseignements des moines de son monastère, il fallait léviter. C'était le seul moyen. Il devrait s'élever jusqu'à une hauteur improbable, encore jamais réalisée. Il s'assit en tailleur et ferma les yeux. Il savait que son temps était compté, ainsi que celui de ses camarades. Il devait réussir.

***

Tashi, Asra et la Maharani étaient assis, silencieux autour d'une petite table dans la bibliothèque secrète de la grande magicienne. L'enfant et la jeune indienne venaient de relater en détail leur aventure et tous trois étaient à présent anéantis par la situation. Le rappel de ces souvenirs en rendait le constat encore plus douloureux et aucun ne savait que faire à présent. Ils avaient bien essayé de contacter Louna par la pensée durant leur voyage jusqu'au palais, mais ni l'un ni l'autre n'avaient réussi. Quant à Jamyang, il avait disparu avec le médaillon sacré, auquel la pierre maléfique enchâssée conférait une puissance néfaste terrifiante.

Personne ne savait par où commencer les recherches, ils en étaient au point mort. Le temple indien n'avait pas livré son secret, et surtout, ils savaient que *le mal noir* se préparait dans l'ombre à émerger, mais où ? Et quand ?

Asra se tenait la tête entre les mains et ruminait, Tashi marmonnait, le regard dans le vide, tout aussi désespéré.
Soudain, une petite boule de lumière se mit à flotter dans les airs au-dessus d'eux. C'est Asraïta qui l'aperçut la première. Une seconde apparut, puis une troisième, en quelques instants, ils se retrouvèrent entourés d'une multitude de petites sphères lumineuses. Intrigué, Tashi tendit la main vers l'une d'elles qui

s'ouvrit dans un léger pop, dévoilant une adorable fée. Les unes après les autres, elles en révélèrent au final une dizaine voletant dans les airs, tournant autour d'eux, semant de leurs délicates ailes translucides une pluie d'étoiles argentées. L'une d'entre elles enfin se détacha et vint se poser sur la main d'Asra.

– Nous sommes là pour annoncer la venue de notre reine qui souhaite s'entretenir avec vous d'un sujet de la plus haute importance.
– Elle est la bienvenue en ces lieux petit émissaire enchanteur, ma mère Tashi et moi sommes très honorés qu'elle se déplace jusqu'à nous.
– Je souhaiterais à présent m'assurer qu'elle peut apparaître sans danger.
– Nous sommes ici dans une pièce connue uniquement de nous trois, repris la jeune indienne, mais je vous laisse juger de la sécurité des lieux.

Le petit être de lumière sortit alors de sous ses ailes un instrument métallique s'apparentant à un compas, l'une des branches se terminait en pointe tandis que l'autre supportait une pierre de lune. Elle posa la première extrémité au sol, saisit la pierre dans une main et dessina autour d'eux un cercle invisible tout en prononçant quelques mots. Aussitôt, ils se retrouvèrent dans une sphère blanche opaque, qui rappela à Asra l'ivoire dont était constitué le palais de la reine des fées. Une fois l'opération terminée. Elle se plaça à l'exact centre de celle-ci et déchirant l'air de la pointe de son instrument, elle dévoila sa souveraine.

Elle était aussi belle et resplendissante que la première fois que la jeune magicienne l'avait rencontrée, mais son air inquiet détourna son attention de sa beauté. Ses petits sourcils argentés étaient froncés et sa bouche crispée alarma immédiatement ses hôtes, elle leur parla aussitôt :

– Laissons-là les formules de politesse, car l'heure est grave. Ce que j'ai à vous apprendre est terrible, et vous seuls pouvez agir. Vous devez savoir que mon peuple surveille depuis des milliers d'années les disciples du *mal noir*. Les plus agiles, les plus adroits, les meilleurs magiciens d'entre nous se relaient pour veiller sur les activités de ses anciens adeptes. Mon unique enfant était la plus habile de tous, mais son équipe tomba dans un traquenard tendu par le Maître Suprême, je ne sais ce qu'elle est devenue. Rappelez-vous ceci, ne les sous-estimez jamais, le prix à payer est la mort. Mais ce n'est pas de cela que je veux vous entretenir, leurs activités actuelles sont alarmantes, ces derniers temps, des sectes que nous croyions à jamais disparues ont surgi du néant, des monstres terribles, des êtres abjects. Tout ce que le monde a pu créer de créatures épouvantables est ressorti des ténèbres, la Terre a vomi les plus infâmes parmi les infâmes, le *mal noir* va ressusciter, ses prosélytes se réunissent et se préparent. Hier, au péril de leur vie, mes espions ont assisté à une réunion secrète qui s'est tenue sur le sommet de la montagne des quatre Mondes, à l'endroit même où le grand dieu fut vaincu. Le plus dangereux de tous ses disciples a pris la parole, le Maître des Maîtres a annoncé le retour de leur guide suprême, le *mal noir* sera ressuscité grâce au sacrifice des parents de l'élue.

Asra poussa un cri tandis que tashi se mit à trembler. Asraïta ne laissa rien paraître de ses sentiments, mais son regard se voila.

– Ce n'est pas tout, il y a plus terrible. Mes fées ont surpris le transfert d'un prisonnier, emmené sous la montagne par des mauraux noir.
– Des quoi ? demanda Tashi encore plus effaré.
– Des mauraux, je vous expliquerai plus tard. Il était voilé aux yeux de tous, cependant, grâce à leurs pouvoirs, elles ont pu voir son visage – sa voix se brisa – l'élue est prisonnière, ils l'ont capturée !

– C'est impossible se récria Asra, nous l'avons vue emmenée par des militaires, comment ces êtres ont-ils pu la prendre, vos fées doivent se tromper !
– Hélas, non ! De nombreux gouvernements sont à la solde du pouvoir maléfique, elle aura été livrée contre je ne sais quelle récompense. Elle est en leur possession avec ses parents et le lilouya reconstitué. Plus rien ne peut les arrêter.

Un long silence accompagna ces déclarations. Tashi était blême et n'osait prononcer un mot, tandis qu'Asra se tordait nerveusement les mains.

C'est sa mère qui réagit la première.

– Puisque l'élue est prisonnière, il faut la délivrer. C'est la seule chose à faire, nous ne pouvons pas échouer. Reine des fées, pouvez-vous nous guider jusqu'à la montagne des quatre Mondes, ensuite nous trouverons le moyen d'y pénétrer et de délivrer l'élue.
– Je peux vous emmener là-bas, mais sachez que c'est un pays de magie, qui se situe à la limite des enfers. Rien n'y est comme ici, vous serez confrontés à des forces surnaturelles que vous ne pouvez imaginer et contre lesquelles vous aurez du mal à lutter, vous n'avez plus le Lilouya pour vous aider, ni Jamyang, ni l'élue.
– Nous savons tout cela, dit Asra, Jamyang nous a trahis et a volé le médaillon pour le donner à nos ennemis.
– Ne vous méprenez pas, vos ennemis ont des ressources qui pour le moment vous dépassent, il vous faudra apprendre à les connaître pour les combattre. Quant à votre ami, rappelez-vous ce que je viens de vous dire, et que la quête se fait à cinq. Vous étiez quatre et vous vous êtes reconnus, il ne peut y avoir d'erreur. La cinquième personne vous rejoindra quand l'heure sera venue.

Comme pour chacun d'entre vous. Jamyang vous a tous sauvés plus d'une fois, il ne vous aurait pas sacrifiés.
– On pourrait s'y méprendre pourtant, rétorqua Tashi d'une voix dure.
– Jeune garçon, pour réussir dans cette quête il faudra vous faire confiance au-delà de ce que la nature permet, et déjouer les pièges de vos ennemis.
– Vous voulez dire que Jamyang se serait fait manipuler ? reprit la jeune indienne pleine d'espoir.
– C'est probable, vous en aurez l'explication sans doute plus rapidement que vous ne le pensez. En attendant, il est urgent de délivrer l'élue. Asraita, vous ne pouvez pas venir, vous ne faites pas partie des cinq et l'on ne peut changer ni la prophétie, ni le destin. Vous deux seuls viendrez avec moi, mais je suis certaine que de ce palais, vous saurez les aider remarquablement comme vous l'avez fait jusqu'ici.

La magicienne hocha la tête. Elle savait que l'on ne pouvait aller contre ce qui était écrit.

Asra et Tashi étaient encore sous le choc. Il passait du vide, et du désœuvrement le plus total, au plan d'action le plus dangereux qui soit, mais il n'y avait pas à réfléchir, il fallait partir.

Faire leurs bagages ne leur prit pas plus d'une minute, ils avaient tellement peu de choses. La jeune indienne vérifia qu'elle avait toujours le minuscule livre des potions accroché au cou, tandis que l'enfant enfermait précieusement son sabre dans le tissu offert par le moine et accrochait le tout à sa ceinture aux côtés du sac contenant l'anneau.

Ensuite, guidés par la reine des fées, ils se positionnèrent au centre de la sphère, et lui tenant la main, disparurent avec elle dans la déchirure d'atmosphère qui se referma aussitôt derrière eux.

Asra ressentit la même impression que la première fois quand elle s'était rendu au jardin des cimes avec Jamyang, une sorte de gouffre glacial, puis ils atterrirent lourdement sur un sol froid et humide tandis que la petite fée se posait délicatement sur une souche vermoulue.

– Vous devrez être très prudents, car ici tout est enchanté. La montagne se dresse au-delà de cette forêt, vous en trouverez facilement l'entrée, elle est reconnaissable à la flèche de pierre qui la surmonte, mais il ne faudra pas passer par-là. Vous devrez chercher la porte oubliée, celle dont seules les fées connaissaient l'existence, car avant d'être l'antre du démon, la montagne était notre pays. Le *mal noir* nous a chassés, mais cela remonte à la nuit des temps et sa position a été oubliée. Aidez-vous de ce qui est en votre possession. Je sais Tashi que c'est là que te seront utiles le sabre, l'anneau et le tissu. Ils vous aideront à retrouver l'élue et à la délivrer. Ne tentez de reprendre le Lilouya que si vous le pouvez, l'urgence est de soustraire l'élue de leurs griffes. Pour le reste, vous y réfléchirez plus tard. Et n'oubliez pas, seuls les cinq réunis pourront vaincre le *mal noir*.

– Nous ne sommes plus que deux, murmura tristement Asra.
– Je sais, mais ne perdez pas espoir, voyez comme chaque rencontre fut le théâtre d'un événement exceptionnel. Des vies furent épargnées et chacun d'entre vous apprit à mieux connaître ses propres pouvoirs. Cette épreuve sera décisive. Gardez la foi et vous vaincrez. Mais n'oubliez pas, conservez confiance en chacun d'entre vous, c'est le plus important, car c'est sur cela qu'ils agiront pour vous séparer.
– N'ayez crainte, répondit Tashi, je crois que je commence à comprendre. Nous sauverons l'élue, et retrouverons Jamyang

ainsi que le cinquième membre de notre groupe et ensemble, nous les vaincrons.

La petite fée le regarda d'un air grave, puis son image s'estompa et disparut dans un nuage de poussière d'étoiles. Tashi et Asra se serrèrent la main longuement puisant des forces l'un en l'autre, puis redressant la tête, ils se dirigèrent avec précaution vers l'orée de la forêt. Le spectacle qui s'offrit à eux les pétrifia sur place.

***

Louna se réveilla en sursaut. Elle ne se rappelait plus très bien ce qui lui était arrivé. Elle avait vu une ombre gigantesque et puis plus rien.

Elle se redressa et regarda à nouveau autour d'elle. Ce n'était plus le même endroit. Elle se trouvait à présent dans une pièce circulaire, sans porte ni fenêtre. Intuitivement elle leva la tête et constata qu'il s'agissait d'un cachot d'une profondeur que l'absence de lumière ne permettait pas de mesurer. Sa situation ne s'était pas du tout améliorée, elle avait même très largement empiré. Pourtant, étrangement, quelque chose revivait en elle. Comme si le don qu'elle possédait, annihilé dans l'autre prison, renaissait ici. Il lui paraissait même plus fort qu'auparavant, plus présent, comme révélé par une présence. La jeune fille ne comprenait pas à quoi cela était dû, mais une chose était sûre, elle devait s'en servir pour sortir de là.

Elle commença par se redresser et faire le tour de la pièce. Il n'y avait rien du tout sur les murs, seule la pierre nue et lisse. Rien à quoi s'accrocher pour escalader. Il n'y avait que par ses propres capacités qu'elle pourrait trouver le moyen de filer d'ici.
Elle tenta de se remémorer ce qu'elle avait découvert sur elle-

même ces derniers temps avec ses amis. Par la force de la lune elle avait réussi à repousser les guerriers en noir, sauver Tashi, mais l'ennui est qu'elle ne savait pas de quelle manière elle avait fait cela et par conséquent était bien incapable de reproduire quoi que ce soit de la sorte. À moins qu'elle n'arrive à rejoindre Tashi et Asra par l'esprit et rester suffisamment longtemps avec eux pour que son corps vienne aussi. Mais Shu lui avait dit un jour que c'était dangereux, qu'il y avait des risques que l'un et l'autre ne se retrouvent pas, ou se remettent mal ensemble. Or elle ne l'avait jamais pratiqué et n'avait aucune idée de ce que cela impliquait si l'un et l'autre se rataient. Et puis pour cela, il faudrait parvenir à communiquer avec ses amis, et elle n'était pas certaine que cela soit possible. Sinon, il ne lui restait qu'à trouver peut-être un autre pouvoir qui lui permette de voler, traverser les murs sans encombre, ou résister aux flèches, arc, couteaux et autres armes magiques dont ses geôliers étaient sûrement pourvus. Autant dire que c'était impossible.

Elle en était là de ses constatations quand une petite pierre tomba près d'elle. Intriguée, elle leva la tête, mais le puits était si haut qu'elle ne pouvait rien distinguer. Soudain, une seconde pierre lui atterrit sur l'épaule. Elle poussa un cri de douleur. Au même moment, une voix lointaine et pourtant si familière l'appelait :

– Louna, tu es là ? Louna, c'est moi Jamyang, réponds si tu es là !

Redoutant un autre piège, elle hésita, mais soudain la voix de Shu résonna dans sa tête avec une netteté qu'elle n'avait jamais eue.

– Réponds-lui, tu peux lui faire confiance. Il t'expliquera tout. Réponds Louna !

Alors, sans hésiter elle cria de toutes ses forces :

– Oui c'est moi, je suis là, je ne sais pas comment sortir d'ici, ça me paraît très profond, peux-tu m'aider ?
– Ne bouge pas, j'arrive !

Louna sentit son cœur battre à tout rompre, elle allait sortir, elle ne doutait pas que son ami parvienne à la délivrer. Elle attendit un moment, plus rien ne se passait, puis le bruit d'énormes raclements lui parvint, enfin, elle entendit la voix du jeune moine :

– Écarte-toi, colle-toi le plus près du mur à l'opposé de l'endroit où je vais lancer une pierre.

Au même moment, elle entendit chuter quelque chose près d'elle. Instinctivement, elle se plaqua contre le mur sur le bord opposé.

– Je peux y aller ?
– Oui, répondit Louna.

Soudain, un vacarme monstrueux retentit, c'était comme si une chaîne gigantesque tombait, elle l'entendit racler le mur, les anneaux métalliques tintant au fur et à mesure de leur chute, enfin un bruit sourd, l'extrémité venait de toucher le sol.

Quelques instants plus tard, deux pieds atterrissaient à ses côtés et des bras se refermaient sur ses épaules. Elle éclata en sanglots. Jamyang la serrait comme s'il risquait de la perdre à nouveau. Elle se blottit sur son torse, écrasant son corps contre le sien, lui broyant le dos de ses mains. Elle sentait sa joue contre la sienne, son souffle sur sa nuque, sa bouche, qui se posa tendrement dans son cou, remonta lentement pour frôler sa joue, puis effleura délicatement son menton, se grisant de son odeur. Quand leurs lèvres se rencontrèrent, Louna eut l'impression d'un vertige immense, des images se bousculaient dans sa tête, Shu et elle-même s'étreignant au cœur d'un immense palais, des bruits de lutte de toutes parts autour d'eux, puis le visage de son ami baigné de larmes, penché sur elle, et puis le vide encore une fois. Elle reprit ses sens, Jamyang l'avait doucement posée sur le sol, sa voix inquiète parvenait à peine jusqu'à elle. Tout avait été si violent, si réel, elle avait vécu cela, elle avait vécu avec Shu, dans un autre temps, ils s'étaient aimés follement, et ce regard éperdu ne pouvait signifier qu'une chose, sa propre mort. Elle fut agitée d'un long tremblement, le visage de Jamyang, penché sur le sien comme Shu autrefois était pétri d'angoisse. Mais pour le moment, elle était bien vivante et comptait le rester longtemps encore. Sans un mot, elle le serra longuement contre elle, puis se leva.

– Il faut partir à présent, nous devons retrouver Tashi et Asra ainsi que le cinquième, car ce qui se prépare va être terrible.
– Viens, lui dit Jamyang en lui tendant la main.

Il se saisit de l'énorme chaîne qui pendait près d'eux, et se mit à grimper sur les mailles comme sur une échelle, indiquant à Louna la façon de procéder.

Quelques minutes plus tard, ils émergeaient dans une immense pièce constellée de puits identiques à leur cachot respectif. Par endroits, d'énormes chaînes semblables à celle qu'ils venaient d'utiliser étaient enroulées au bord des excavations. Contournant celles-ci, ils se dirigèrent vers une source de lumière sur leur droite. Un long couloir se déroulait devant eux, éclairé par des torches alignées le long du mur. Ils s'avancèrent prudemment, mais ne virent personne. Jamyang hésita, quand un flash lui apparut, il regardait une pièce avec dégoût dans laquelle des êtres mi-hommes mi-bêtes, des créatures des enfers se vautraient dans la nourriture et la boisson, hurlant, chantant et brandissaient leurs armes à la gloire du Maître. Cette vision fut aussitôt chassée par une autre identique, mais dans une salle différente, et encore une autre, puis dehors cette fois, toujours la même image de ces êtres ripaillant vulgairement. Il entendait le mécontentement dans sa tête, se disait que le palais était peu gardé, car tous fêtaient la victoire prochaine, mais qu'il ne devait pas y attacher trop d'importance, il n'y avait aucun risque. Puis, encore bouillant de colère, il se mit à gravir son trône de cristal pour se repaître du paysage des eaux tourmentées du lac. Jamyang s'arracha avec horreur à ce spectacle, et prenant la main de Louna, la tira vivement en avant.

– Nous devons y aller, il n'y a personne qui garde les cachots, je t'expliquerai, c'est maintenant que nous devons sortir.

L'un et l'autre se mirent alors à courir le long du couloir, essayant tout de même d'atténuer le bruit de leurs pas. Quelques instants plus tard, ils débouchèrent, haletants, dans une pièce plus petite d'où partaient trois boyaux.
Ils se regardèrent affolés, aucun des deux ne savait par où aller, quand soudain, Jamyang s'immobilisa, comme pétrifié, les yeux perdus dans le vague, Louna entendit alors la voix de Shu résonner dans sa tête : « *Tu dois aller sur la droite, le boyau de droite, suis ton instinct car on t'y attend avec impatience, alors tu sauras par où sortir.* »

Dès que la voix s'arrêta, Jamyang repris ses esprits, Louna l'entraîna aussitôt.

– C'est à droite, il faut aller, à droite !
– Comment le sais-tu ?
– Je le sais c'est tout, je n'ai pas le temps de t'expliquer !

Ils reprirent leur course, mais cette fois, bordant de part et d'autre le couloir, il y avait des portes, des centaines de portes, identiques, fermées par d'énormes cadenas rouillés.
Soudain, la jeune fille s'arrêta, l'une d'entre elles ne possédait pas de cadenas, c'était là que Shu voulait la conduire, elle le sentait, Il fallait l'ouvrir.

– Que se passe-t-il, vient dépêche-toi, nous devons filer ! La houspilla Jamyang.
– Non attends, il faut ouvrir cette porte et savoir ce qu'elle renferme.
– Quoi ! Mais il n'y a rien ici, ce n'est qu'un mur, viens vite, nous risquons d'être pris à tout moment.
– Non, il y a une porte, je la vois, je sais que je dois entrer, ce qui s'y trouve derrière nous aidera.
– Louna, je t'en prie, quand bien même il y en aurait une comment sais-tu qu'elle n'est pas fermée, et comment comptes-tu l'ouvrir si c'est le cas, lui répondit le jeune homme excédé, je ne vois rien, je ne peux pas t'aider, nous perdons du temps, s'il te plaît, suis-moi !
– Fais-moi confiance, attends, je vais voir.

Louna regarda devant elle, il n'y avait ni poignée, ni système de fermeture, la porte était hermétique comme un mur. Mais comme elle posait ses deux mains pour tenter de la pousser, celle-ci disparut aussitôt en cendres, elle passa alors lentement le seuil. Jamyang la vit disparaître comme par enchantement, il était à présent seul dans le couloir. La pièce était vide, il n'y avait rien. Pourtant, elle sentait que c'était bien là qu'elle devait chercher. À l'extérieur, le jeune moine s'impatientait.

– Dépêche-toi, j'ai un mauvais pressentiment, reviens, je ne te vois plus, reviens, je t'en prie !

Il entendit alors la voix de son amie, venant de nulle part :

– C'est sans danger, ne t'inquiète pas, laisse-moi un instant, c'est important.

Elle s'avança dans la pièce, regardant tout autour d'elle, cherchant quelque chose pour l'aider, un indice de ce qu'elle devait trouver. Il n'y avait rien, pas une trace, pas un objet, rien qui permette d'imaginer que quoi ou qui que ce soit puisse se trouver ici.
Elle ferma les yeux un instant tentant de réfléchir à ce que Shu lui avait dit : quelque chose ou quelqu'un l'y attendait avec impatience, et ce qu'elle découvrirait l'aiderait à sortir. Était-ce un objet magique qui lui permettrait de passer les murs du palais ? Dans ce cas, pourquoi était-il impatient ? Non, c'était plutôt une émotion humaine, il devait s'agir donc de quelqu'un, et probablement prisonnier de ces cachots depuis très longtemps. Mais qui pourrait les aider à fuir le palais, à part ... le cinquième d'entre eux ? Au moment même où la pensée se formait dans son esprit, elle vit lentement se matérialiser dans une pluie d'étoiles bleues, une merveilleuse petite fée. Ses traits ressemblaient beaucoup à la reine de la montagne céleste, mais ses cheveux avaient des reflets plus dorés, et sa peau était d'un rose laiteux, d'un nul autre pareil.

– Louna enfin, tu m'as délivrée. Seule toi ici, m'appelant à vous rejoindre dans votre quête pouvait briser le sortilège qui me retenait prisonnière. Je suis Tilia, la fille de la reine des fées.

Louna lui sourit.

– Je suis si heureuse que tu sois à présent parmi nous, viens vite avec moi, un ami nous attend dehors.

Le jeune homme n'en crut pas ses yeux quand devant lui se matérialisèrent Louna et sa nouvelle amie.

– Jamyang, je te présente Tilia, la princesse du royaume des fées.

Le jeune moine sourit à son tour.

– Les cinq se sont enfin retrouvés, la quête peut vraiment démarrer, à présent venez, nous devons sortir d'ici et retrouver Tashi et Asra au plus vite. Il se passe des choses graves dans ce palais, nous devons agir…s'il est encore temps...

À ces mots, les trois repartirent en courant, toute la légèreté de ces retrouvailles s'était envolée en un instant.

– Nous ne savons pas par où sortir, annonça Louna à la jeune fée, mais Shu m'a guidée vers ce boyau, je suis sûre qu'il nous aidera encore.
– Non, cette fois c'est moi qui vais vous assister. Mon peuple a habité autrefois la montagne et je suis la dernière gardienne du savoir perdu des fées, je connais le plan des souterrains du palais, et de la ville des nains. Je sais où sont situés les gardiens, les passages secrets, les issues dérobées, et surtout, où trouver la porte cachée que notre peuple avait créé. Venez.

La petite fée battit violement des ailes semant autour d'elle une pluie d'étoiles bleues et passa devant eux, les guidant dans le labyrinthe de la montagne. Il n'y avait personne, nulle part ils rencontrèrent âme qui vive.
Alors que la princesse s'inquiétait de cette anomalie, Jamyang lui raconta la vision qu'il avait eu de ces êtres terrifiants, participant à des orgies toutes plus répugnantes les unes que les autres.

La jolie princesse sourit.

– Ils fêtent déjà leur victoire… c'est le destin, c'est que nous devions sortir.

Au terme d'une longue marche, tantôt courant dans des couloirs interminables, tantôt rampant dans d'étroits boyaux, ou se glissant par des anfractuosités de roche, ils s'arrêtèrent enfin devant un mur, identique à tous ceux qu'ils venaient de longer.

– C'est ici, derrière, nous débouchons sous une racine dans la forêt magique, mais là encore il ne faudra pas traîner, car elle est peuplée de gnomes, groufs et autres êtres, suffisamment méchants et sournois pour nous livrer à l'ennemi contre quelques os de mauraux noir à ronger.

Louna et Jamyang se lancèrent un regard interrogateur, ils ne savaient absolument pas de quoi elle parlait, mais ce n'était pas le moment de s'appesantir sur ce type de détail, ils ravalèrent leur curiosité pour regarder de quelle manière elle s'y prenait pour leur faire traverser le mur.

La petite fée s'était retournée et avait apposé ses ailes déployées contre celui-ci.

– Seules les empreintes d'ailes de fée royale peuvent révéler cette porte. C'était l'issue secrète de mon peuple, celle par laquelle nous pûmes nous échapper quand la montagne fut prise par le *mal noir*.

Autour d'elle, se dessinait délicatement en traits de lumière deux battants, des gonds, une armature, enfin un bouton d'or en forme de lotus apparut.

– Je t'en prie, dit-elle à Louna en souriant.

La jeune fille ne perdit pas un instant. Elle saisit la fleur dorée, la tourna vigoureusement, ramenant un des battants vers l'intérieur. Au moment même où elle s'apprêtait à en franchir le seuil, un cri lui échappa. Devant elle, contorsionné, se tenait une gigantesque tête aux yeux noirs en amande, aux cheveux en bataille, brandissant un sabre de jade fort menaçant.

– Tashi !
– Asra, c'est Louna et Jamyang, hurla la tête en se tortillant encore davantage.
– Comme je suis heureuse, enfin nous nous retrouvons ! exulta l'adolescente en sautant de joie, mais elle reprit aussitôt plus sérieuse : cesse s'il te plaît de faire des moulinets avec ce sabre car tu vas finir par blesser quelqu'un.
– En fait je suis coincé, c'est minuscule de ce côté, je ne sais pas pourquoi la reine nous a parlé d'une porte, c'est plutôt un trou de souris.

La princesse éclata de rire.

– Je suis ravie de faire ta connaissance Tashi, en réalité, c'est bien une porte, mais… de fée, l'espace n'est pas le même entre les deux côtés, ceci afin d'éviter les intrus !
– Je crois que j'ai compris, grommela le petit garçon, bon Asra, tu peux me sortir de là ?

On entendit un murmure de l'autre côté, et soudain, dans un hurlement, l'énorme tête disparut.

– Aiiiie ! Asra, tu m'as arraché la moitié des bras !

Mais déjà, le visage de la jeune indienne apparaissait à son tour :

– Comme je suis soulagée, mais venez vite, la forêt n'est pas sûre, il s'y passe des choses étranges, quant à ce qu'il y a en bas…
– Oui, nous arrivons, mais comment allons-nous passer Tilia ? Si la porte est minuscule dehors nous ne pourrons jamais sortir ?
– Ne vous inquiétez pas, il y a juste un sortilège à briser afin que n'importe quel être de n'importe quelle taille puisse emprunter ce passage, je le remettrai juste après.

La petite fée prononça quelques mots, et prenant la main de ses compagnons, elle les entraîna avec elle. Ils se retrouvèrent de l'autre côté dans une semi-obscurité, entourés de mousse et de champignons, avec au-dessus d'eux, formant comme un toit, une énorme racine.

– C'est incroyable ! Jamyang ! Nous sommes minuscules, s'écria Louna épouvantée.
– Oui, j'ai omis de vous dire que ce n'était pas la porte qui s'agrandissait mais vous qui alliez vous adapter à sa petite taille, cependant ne vous inquiétez pas, les effets sont de courte durée.

À peine la princesse avait-elle prononcé ces mots, qu'un grognement furieux retentit. Jamyang venait de retrouver sa taille normale et avait la moitié du buste coincé sous la racine, de la mousse plein la bouche et un champignon qui lui chatouillait les narines. De l'autre côté, Tashi et Asra ne le laissèrent pas longtemps en difficulté, et avec la même délicatesse dont la jeune indienne usa pour extirper l'enfant, il se retrouva à l'air libre, le visage couvert de terre et les bras d'égratignures.

– Si je n'étais pas si content de vous revoir, je vous fesserais tous les deux pour me traiter ainsi, leur dit-il.

Cependant, un immense sourire éclairait son visage tandis que l'enfant se jetait dans ses bras. La jeune indienne récupéra Louna qui avait réussi à s'extraire seule de la redoutable cavité, elle aussi couverte de mousse et de branches mais ravie, et l'embrassa joyeusement.

L'adolescente présenta ensuite brièvement leur nouvelle amie, que chacun accabla alors de questions. Après qu'elle eut tenté d'y répondre tant bien que mal, Asra qui restait malgré sa joie très soucieuse, rappela tout le monde à l'ordre :

– Nous avons beaucoup de choses à nous raconter, cependant, il va falloir remettre cela à plus tard, nous devons quitter cet endroit de malheur, je sens autour de nous des présences hostile et puis il y a… sa voix s'étrangla.
– Quoi ? demanda Jamyang inquiet devant son regard apeuré.
– Venez, vous devez voir ce qui se passe ici, vous devez savoir qui ils sont et combien ils sont, nous ne pouvons davantage ignorer contre qui nous allons lutter.

Alors, passant d'un fourré à un autre, se cachant derrière les souches, et les troncs noueux, ils s'approchèrent de la lisière du bois et virent enfin qui étaient les fidèles du grand dieu.
Partout devant eux, se dressaient les campements de leurs ennemis, ils étaient des milliers, plus encore, il était impossible de les dénombrer, c'était une marée noire qui se répandait partout, grondait, ondulait, enflait sans cesse. Du plus loin que l'on pouvait voir, des colonnes venaient s'y greffer, occupant chaque instant davantage d'espace, détruisant tout sur leur passage. La terre était retournée, brûlée, il ne restait aucune végétation. La vallée autrefois verdoyante n'était désormais qu'un immense désert peuplé d'êtres monstrueux. Sur le sommet de la montagne, se dressait toujours le trône duquel le grand Maître avait fait son

discours, à ses pieds, un immense disque de pierre couvert d'écritures était suspendu au haut d'un mât. Au cœur de celui-ci, un rubis incrusté scintillait jetant un rai de lumière sanglant, qui chaque heure, se rapprochait toujours davantage du centre, lentement, inexorablement.
La princesse poussa un cri.

– Le disque de pierre, ils sont en train de réveiller le dieu. Quand la lumière sera sur le rubis, il s'éclairera alors de l'intérieur, puis se fendra, libérant le sang du seigneur noir… dès lors, la cérémonie pourra commencer. C'est terrible, le compte à rebours est lancé, plus rien ne peut l'arrêter.

Quatre regards éperdus passèrent de la princesse au disque, incapable de prononcer un mot, ils arrivaient trop tard.

– Venez, dit enfin Jamyang, dont la voix tentait de reprendre un semblant d'assurance, nous ne pouvons rien faire pour le moment. Nous devons nous concerter, savoir ce que les uns et les autres ont appris, mais pour cela nous devons nous mettre en sécurité, quitter cet endroit, alors seulement nous serons à même de réfléchir correctement.

Mais la jeune fée ne parvenait pas à détacher son regard de l'effroyable spectacle.

– Tout recommence, comme autrefois… nous n'aurons de véritable paix que quand cet être maléfique aura disparu… il nous faut les tables d'or, celles du palais de cristal, ce n'est qu'ainsi que nous pourront arrêter la cérémonie et contrer le Lilouya.
– Princesse, reprit le jeune homme, tu nous parles de choses qui nous sont totalement inconnues, nous n'avons pas de temps pour apprendre tout cela maintenant, viens, nous y réfléchiront plus tard, loin d'ici.

Il saisit délicatement la petite fée par la taille, l'arrachant à la vision de cauchemar qui l'hypnotisait, et la posa sur son épaule.

- Peux-tu nous guider hors d'ici ?
- Je peux faire mieux encore, répondit-elle gravement en se retournant vers ses amis, je peux tous nous transporter où nous voulons.
- Alors, je sais où nous devons aller, dit Asra, sur la montagne céleste, dans le palais d'ivoire, je crois qu'il y a là-bas une personne qui n'espérait plus avoir le bonheur de te revoir, par ailleurs, je pense que la reine pourra par le biais de ses espions nous renseigner davantage sur ce qui se passe ici.

La petite fée eut un pauvre sourire, elle leva les yeux une dernière fois vers le pays des quatre Mondes et s'envola. De ses petites ailes translucides, elle sema une pluie d'étoiles sur ses amis et dans un tourbillon glacé, les cinq disparurent, s'évanouissant dans l'atmosphère.

Glossaire

Aroub :
Langue magique dont l'origine se perd dans la nuit des temps. Elle est le signe d'une connaissance ou d'une appartenance à des mondes occultes ancestraux.

Asra :
Jeune magicienne, fille d'Asraita, (elle-même fille de Sulya de la lignée d'Asrati Saya, Maharani de Jaipur – Inde –, descendante directe du maharaja Jai Singh II qui fonda la ville au XVIIIème siècle) et du dernier descendant de la dynastie des Ming renversée au XVIIème siècle par les Qing – Chine –. Elle est l'un des quatre compagnons de l'élue.

Atlantide :
Île engloutie il y a de cela des centaines d'années. Elle est mentionnée pour la première fois par Platon dans le Timée puis le Critias. Devenue une légende, elle a été recherchée par de nombreux explorateurs et reste un mythe.

Avalokitesvara :
C'est l'une des plus belles figures mythiques du Grand Véhicule bouddhique. Il personnifie la miséricorde, la compassion ; il protège voyageurs, malades et mourants ; il est « passeur » (tara) des âmes après la mort. Depuis le XVème siècle, au Tibet, le dalaï-lama est considéré comme l'incarnation d'Avalokitesvara.

Ayouda :
Disciple la plus fervente du grand royal du royaume de la Moa. Elle possède de nombreux pouvoirs magiques. Elle a mis son talent et sa beauté au service du mal noir.

Bouddha :
L'homme qui devint le Bouddha naquit sous le nom de Siddartha Gautama, dans le nord de l'Inde, il y a plus de deux mille cinq cents ans. Il décida d'abandonner sa vie temporelle pour se concentrer sur une vie spirituelle et développa sa pratique autour de ce qu'il a appelé, la voie du milieu, celle de la mesure en toute chose. Il crée la philosophie bouddhiste qui est pratiquée dans de nombreux pays de nos jours et qui consiste à travers la méditation à mériter le nirvana c'est-à-dire l'état de vacuité et ainsi sortir du cycle des réincarnations.

Bodhisattva :
Le terme sanskrit bodhisattva signifie « celui dont l'aspiration héroïque est d'atteindre l'éveil ». Il appartient au vocabulaire religieux du bouddhisme et désigne des personnes qui, ayant acquis l'état de bouddha, refusent le nirvana par compassion pour se réincarner et venir en aide aux autres.

Cella :
Pièce la plus sacrée d'un temple, elle renferme une statue précieuse, incarnation de la divinité honorée dans le sanctuaire.

Darjeeling :
Ville indienne située au nord du Bengale occidental. Perchée à plus de 2000 mètres d'altitude, elle est renommée pour la culture du thé.

Dynastie de Shao :
Illustre lignée, à laquelle appartiennent Charles Johns, le père de

Louna et celle-ci. Leurs ancêtres s'illustrèrent dans la lutte contre le mal noir.

Gardes :
Redoutables guerriers à la solde du maître des Maîtres. Couverts de la carapace de moa, ils sont invulnérables. Ils sont accompagnés partout, de leur serpent à tête de souris, aux mâchoires terribles dans les combats.

Grand royal du royaume de Moa :
Un des mages à la solde du mal noir. Le grand royal est à la tête d'un royaume : celui de la moa, situé quelque part entre l'Inde, le Népal et le Tibet, au cœur des entrailles de la terre.

Grouf :
Petit animal poilu et grimaçant, ennemi héréditaire des nains aux cheveux rouges. You, le grouf de l'est, complote avec le maître des Maîtres pour capturer l'élue.

Jamyang (Rinpoché Jamyang Khyentsé) :
Moine Bouddhiste, il est l'un des quatre compagnons de l'élue.

Lilouya :
Médaillon de cristal de roche incrusté de petites perles de turquoise. Il possède un trou en son centre de la taille d'une piécette, dans lequel peuvent s'enchâsser soit la pierre magique néfaste « ni », soit la pierre bénéfique opposée « yi ». C'est le médaillon de l'élue. Il lui a été légué par sa mère, il est « la clé ». C'est un des objets magique des cinq, en plus du poignard de la reine Monia remis à Louna par le grand rinpoché, du tissu, du sabre, du poignard et de l'anneau de Tashi, du bâton de Jamyang, de l'émeraude et du livre miniature d'Asra et du livre de Yi king (traité divinatoire ancestral chinois) légué par la mère de Louna.

Loa :
Bol magique donné par le grand rinpoché à Louna. Il a pour propriété de lui fournir tous les biens matériels dont elle aura besoin pendant son périple.

Louna :
Héroïne de l'histoire. Fille biologique de Charles Johns et Lila Parker, archéologues célèbres disparus en mission quand elle était petite. Dix-sept ans. Fille adoptive de Charles et Camilla Guénélec de Kerfissien. Elle est l'élue, celle qui est désignée pour la grande quête.

Lya :
Or pur baigné de lune. En langue aroub : « ce qui préserve la vie ». Permet de régénérer les êtres. Terre aux puissances maléfique détenue par les mages du mal noir.

Lyriati :
Pays fabuleux entre légende et réalité, autrefois dirigé par le roi des Rois. Disparu depuis longtemps, on ne sait s'il a véritablement existé. Il est dit qu'au cœur de l'ancienne capitale de ce pays, reste intact le palais de cristal qui renferme les dépouilles du roi des Rois et de sa femme, ainsi que les tables d'or des 10 000 lois que recherchent les archéologues et chasseurs de trésor du monde entier.

Madras :
Ville du sud de l'Inde, capitale de l'état du Tamil Nadu rebaptisé Chennai en 1996.

Mahabalipuram :
Ville portuaire du sud de l'Inde, état du Tamil Nadu. Fondée vers 630 – 670 Ap. J-C par Narasimhavarman Ier. De nombreuses

cavernes et temples y sont sculptés sous son règne et tout au long de la dynastie des Pallava.

Maharani :
Titre donné aux femmes des maharaja en Inde. Ils sont les dépositaires de l'autorité temporelle et spirituelle d'un territoire donné. Le titre de Maharaja désigne les rois et empereurs.

Maître des Maîtres :
Fervent disciple du mal noir, un des plus grands mages de son temps. Il est le chef suprême des nains à cheveux rouges, des mauraux noirs, des gardes à cuirasse de moa, et de beaucoup d'autres êtres à la solde du grand dieu.

Mage Olia du pays de Liu et mage Oria du pays de Liu :
Grands mages au service du mal noir. Le pays de Liu se situe quelque part au-delà des océans et des montagnes, dans des contrées magiques invisibles, inconnus des hommes.

Mage de la moa :
Voir grand royal.

Mages des monts d'or :
Grands mages siamois, anciens disciples du mal noir. Leur pays se situe quelque part en Amérique du sud, dans la tête des grandes montagnes.

Mal noir :
Grand dieu de la destruction et du chaos. Repose depuis des milliers d'années dans le Lya en attendant le grand jour de son retour sur Terre pour régner à nouveau par la terreur et la désolation.

Mantras :
Formule d'invocation du divin. La plus connue est celle d'Avalokisteshvara : « Om mani padme hûm », « Ô Toi le joyau dans le Lotus ».

Mauraux noirs :
Monstrueux cyclopes à la solde du maître des Maîtres. Ils sont affublés d'un masque car un seul regard de leur œil unique tue.

Monastère de Shéchèn :
Le monastère de Shéchèn au Tibet oriental était au cœur d'un réseau de près de 160 monastères. Fondé en 1695 par Rabjam Tenpai Gyaltsen, envoyé par le Vème Dalaï-Lama, Shéchèn devint rapidement l'un des six principaux monastères de la tradition Nyingma. Après l'invasion chinoise du Tibet en 1959, le monastère et ses monastères affiliés furent complètement détruits. Lors de son retour au Tibet après de nombreuses années d'exil, Dilgo Khyentsé Rinpoché ne trouva que des ruines. C'est grâce à son inspiration et à la force d'esprit du peuple tibétain que le monastère, maintenant, est presque reconstruit. En dépit de la situation difficile au Tibet, les activités ont partiellement repris.

Monastère de Sera :
Il fut fondé en 1419, par Jamchen Chojey, un disciple de Tsong Khapa. Il comprenait trois universités : Sera Mey dratsang où était donnée l'instruction fondamentale des moines ; Sera Jey Dratsang, réservé aux moines en voyages et, Ngagpa Dratsang, une école pour l'enseignement des tantras Gelugpa.
Sera a abrité plus de 5 000 moines lors de sa pleine activité. Il a été très endommagé lors de l'invasion chinoise et sous la révolution culturelle, à présent restauré, il abrite désormais quelques centaines de moines.

Monia :
Reine de légende, elle est liée à l'énigme du pays du Lyriati.

Montagne céleste :
Pays merveilleux au-delà de la Terre, situé entre la lune et les étoiles, il abrite le palais d'ivoire de la reine des fées, son peuple, ainsi que le jardin des cimes où poussent des plantes aux propriétés magiques.

Montagne des quatre mondes, ou pays des quatre mondes :
Ancien territoire des fées, centré autour d'une gigantesque montagne magique, il est désormais le fief du maître des Maître et abrite la ville des nains à cheveux rouges.

Nains aux cheveux rouge :
Disciples du mal noir. En attendant le retour du grand dieu, ils sont à la solde du maître des Maîtres.

Nébuleuse :
Une des portes magiques menant au pays du *mal noir*.

New Delhi :
Capitale de l'Inde.

New Jalpaiguri :
Ville du nord est de l'Inde, située près de la frontière tibétaine.

Ni :
Pierre noire maléfique qui une fois encastrée dans le Lilouya confère au bijou d'immenses pouvoirs magiques néfastes et le rend esclave des désirs terrifiants du mal noir.

Palais de cristal :
Palais légendaire, dernière demeure du roi du pays du Lyriati. Les tables d'or des 10 000 lois y seraient enfermées.

Perles de Lyi :
Perles magiques qui prédisent l'avenir.

Phari :
Village du Népal à la limite de la frontière avec l'Inde.

Prophéties :
la première se rapporte à l'élue, « L'élue, enfant de lune et fille des étoiles, descendante de la lignée de Shao, devra délivrer le monde des ténèbres, au jour où le palais de cristal du roi des rois, rendra les tablettes d'or des 10 000 lois ».
La seconde se rapporte à Tashi, « Qu'un enfant pur comme le cristal né de la glace et de la lumière renaîtrait sur le toit du monde, pour être le joyau qui sauverait le pays en péril et anéantirait les envahisseurs. »
Reçue dans différentes parties du globe, cette prophétie fut entre autres entendue par Jamyang enfant, ainsi que par un mage très proche des plus hautes autorités gouvernementales chinoises, connu sous le nom de Sinchoo Wong Chen. ....

Ratha :
Temples monolithiques de Mahabalipuram réalisés sous la dynastie des Pallavas.

Rinpoché :
Terme signifiant « précieux » utilisé pour comme le plus haut titre honorifique au Tibet. Il est conféré à une personne reconnue comme réincarnation de maîtres spirituels renommés ou à un maître qui a atteint un haut degré spirituel dans cette vie. Les Tibétains appellent le Dalaï-Lama : Gyalwa Rinpoché, « précieux vainqueur ».

Reine des fées :
Souveraine du peuple des fées, minuscules êtres hermaphrodites aux ailes translucides.

Rubis des mages :
Pierres appartenant aux anciens disciples du mal noir, elles sont constituées du sang de ce dernier.

Salle des destinées :
Salle secrète aux propriétés magiques. Elle possède entre autres le pouvoir de dévorer tout intrus qui s'y aventurerait et de démasquer les traîtres.

Senzar :
Langue sacerdotale très ancienne. Ce dialecte ressemblant au tibétain n'est encore connu que de quelques lamas (moines bouddhistes) pratiquant les langues occultes.

Shu :
Ami d'enfance de Louna, invisible, il est l'esprit qui va la guider tout au long de sa quête.

Tamul :
Langue du sud de l'Inde, parlée essentiellement dans l'état du Tamil Nadu.

Tashi Wangpo :
Enfant du soleil, le plus jeune des cinq compagnons de Louna. Une prophétie se rapporte à lui (voir prophétie).

Temple du Rivage :
Dans l'état du Tamil Nadu, à Mahabalipuram, Inde du sud. Grand ensemble çivaïte au bord de l'océan, il est réalisé en pierres et sculpté de représentations de divinités. Fin du VIIème siècle, début du VIIIème Ap. J-C, dynastie des Pallava.

Tilia :
Princesse des fées, fille de la grande reine des fées de la montagne céleste.

Vieil homme des collines au-delà des collines :
Plus ancien adepte du mal noir, le vieil homme règne sur un des plus grands domaines avec le maître des Maîtres. Son royaume se situe quelque part en Europe, dans un endroit qu'il a toujours réussi à maintenir secret.

Yi :
Émeraude qui s'enchâsse dans le Lilouya et qui permet, le bijou une fois reconstitué, de lutter grâce à ses pouvoirs bénéfiques contre le mal des ténèbres.

Yi King :
Art divinatoire chinois très ancien. Il consistait initialement à décrypter les craquelures sur les ossements d'animaux brûlés, puis sur les carapaces de tortues. Enfin les chamans répertorièrent ces signes qui finirent par former une série de figures symboliques que l'on nomme hexagrammes et dont l'interprétation est au cœur d'un livre majeur, véritable socle de la pensée chinoise, le Yi King, c'est-à-dire « Livre des changements ».

Table des matières

les textes de ce livre ont été imprimés
en impression numérique par
Dop Communication
03 23 70 31 63

ISBN : 978-2-35451-019-0 EAN : 9782354510190

Corrections et mise en page
Création de la couverture :
Carrefour du Net Editions
web : www.carrefour-du-net.com
contact@carrefour-du-net.com
téléphone : 03 23 69 11 28